David Grossman (Jeruzalem, 1954) studeerde filosofie en theaterwetenschappen en werkte bij de radio voordat hij in 1979 zijn eerste verhalen publiceerde. Hij werd op slag beroemd met zijn roman *Zie: liefde*. In Nederlandse vertaling verschenen ook zijn eveneens veelgeprezen romans *De glimlach van het lam*, *De grammatica van het gevoel* en *Jij bent mijn mes*. Zijn nieuwste roman is *De stem van Tamar*.

David Grossman is ook succesvol auteur van kinderboeken.

David Grossman

Het zigzagkind

Vertaald door Shulamith Bamberger

Rainbow Pocketboeken
Cossee, Amsterdam

Rainbow Pocketboeken® worden uitgegeven door
Uitgeverij Maarten Muntinga bv, Amsterdam

www.rainbow.nl

Een gezamenlijke uitgave van Uitgeverij Maarten Muntinga bv,
Amsterdam en Uitgeverij Cossee bv, Amsterdam

Oospronkelijke titel: *Jesj jeladiem zigzag*

Omslagontwerp: Studio Ron van Roon
Foto achterzijde omslag: Bert Nienhuis
Zetwerk: Stand By, Nieuwegein
Druk: Bercker, Kevelaer
Uitgave in Rainbow Pocketboeken september 2002

ISBN 90 417 0370 5 NUR 311

Inhoud

Hoofdstuk 1

De trein floot en vertrok van het perron. In een van de wagons stond een jongen uit het raam te kijken naar een man en een vrouw die hem vanaf het perron toezwaaiden. De man maakte kleine, verlegen bewegingen met één hand. De vrouw zwaaide met twee handen en een gigantische rode zakdoek. De man was zijn vader; de vrouw was Gabriëlla, ofwel Gaby. De man droeg een politie-uniform, want hij was politieman. De vrouw droeg een zwarte jurk omdat zwart slank maakt. Ook kleren met strepen in de lengte maken slank. 'En wat het allerslankst maakt,' lachte Gaby, 'dat is naast iemand staan die nog dikker is dan ik, maar zo iemand heb ik nog niet aangetroffen.'

De jongen in het raam, die met de trein wegreed en naar die twee keek alsof hij ze nooit meer terug zou zien – dat was ik. Nu blijven ze twee dagen alleen, dacht ik. Alles is verloren.

Die gedachte pakte me bij mijn hoofdharen beet en trok me steeds verder het raam uit. Papa's mond ging scheef staan en kreeg die uitdrukking die Gaby 'de laatste waarschuwing vóór het proces-verbaal' noemde. Kon me niks schelen. Als hij echt bezorgd om me was, dan had hij me niet voor twee dagen naar Haifa moeten sturen. En naar wie!

Op het perron blies een man in een spoorweguniform hard op zijn fluitje en gaf met grote gebaren aan dat ik mijn hoofd binnenboord moest houden. Het was om gek van te worden hoe mensen met een uniform aan en een fluitje in hun mond mij altijd weer in het oog kregen, zelfs in een trein vol mensen. Maar ik hield mooi mijn hoofd niet binnen. Integendeel. Dat papa en Gaby me tot het allerlaatste moment zouden blijven zien. Dat ze het kind niet zouden vergeten.

De trein was het station nog steeds niet uit. Hij reed traag door golven van warme, stroperige lucht en dieselstank. Ik begon nu nieuwe dingen op te merken. Reisgeuren. Vrijheid. Ik ging op reis! Ik was alleen! Ik hield een wang tegen de wind, en daarna nog een. Ik liet me door de warme wind strelen, om zijn kus af te drogen. Hij had me nog nooit zo gekust waar andere mensen bij stonden. Wat dacht hij wel, eerst kussen en me dan wegsturen!

Nu gingen er op het perron al drie fluitjes tegen me tekeer. Een heel orkest had ik daar. Omdat papa en Gaby niet meer te zien waren, trok ik mezelf weer naar binnen, maar wel traag en onverschillig, om te laten zien dat dat gefluit me geen fluit kon schelen.

Ik ging zitten. Was ik maar niet alleen in de coupé! En wat nu? Het was vier uur rijden naar Haifa, en aan het eind van de rit wachtte mij, somber en verwijtend en nog wanhopiger dan ikzelf, dr. Sjmoe'el Sjilhav, onderwijzer en pedagoog, schrijver van zeven studieboeken over onderwijs en staatsinrichting en toevallig ook mijn oom, papa's oudste broer.

Ik stond op. Controleerde tot twee keer toe hoe het raam openging, en weer dicht. Deed ook het deksel van het afvalbakje open en dicht. Verder viel er in de coupé niets meer open en dicht te doen. Alles werkte naar behoren. Een trein met alles erop en eraan, ik kon niet anders zeggen.

Dus ging ik op de bank staan. Ik wist me helemaal boven in het bagagerek te wurmen, liet me daarna weer met mijn hoofd naar beneden tot de vloer zakken en keek onder de banken of iemand toevallig geld verloren had. Maar dat had-ie niet, het was een oppassend iemand geweest.

Ik haatte ze, papa en Gaby. Hoe konden ze me zo aan oom Sjmoe'el uitleveren, en één week voor mijn *bar mitswa* nog wel. Van papa was het nog te begrijpen, die had ontzag voor zijn oudere broer en bewondering voor diens pedagogische deskundigheid. Maar Gaby? Die mijn oom achter zijn rug om *uil* noemde? Was dat het speciale cadeau dat ze me beloofd had?

Er zat een klein gaatje in de leren bekleding van mijn bank. Ik stak mijn vinger erin en maakte van het gaatje een gat. Soms vond je op zulke plaatsen geld. Maar ik vond schuimplastic en stalen veren. In vier uur tijd kon ik met mijn vinger op z'n minst door drie wagons heen boren, een tunnel naar de vrijheid graven, verdwijnen om nooit bij Sjmoe'el Sjilhav (voorheen Feierberg) aan te komen. En dan wou ik zien of ze me ooit weer weg zouden sturen.

Mijn vinger hield lang voor de drie wagons op. Ik ging op de bank liggen met mijn benen omhoog. Ik zat vast. Ik was een gevangene op reis. Op weg naar de rechtbank. Er viel geld uit mijn zak. Munten rolden door de hele coupé. Sommige vond ik terug, andere niet.

Alle jongeren in mijn familie hadden één keer in hun leven die zware behandeling door oom Sjmoe'el ondergaan, dat martelritueel dat Gaby *versjmoeling* noemde. Maar voor mij zou het nu de tweede keer zijn. Nog nooit had een kind het twee keer doorstaan zonder blijvende geestelijke schade op te lopen. Ik sprong op de bank en begon op de wand van de coupé te trommelen. Na een poos ging ik over op ritmisch kloppen. Misschien zat er in de andere coupé ook een ongelukkige gevangene die met lotgenoten wilde communiceren. Misschien zat de trein vol criminele jongeren die allemaal naar mijn oom afgevoerd werden. Ik klopte weer, deze keer met mijn voet. De conducteur kwam de coupé binnen en brulde dat ik stil moest zitten. Ik ging zitten.

De vorige keer dat ik versjmoeld was, was genoeg voor het leven. Dat was na dat incident met Pesja Mautner, de koe. Papa's broer had zich toen met mij in een klein, benauwd kamertje opgesloten en zich twee uur lang genadeloos aan me gewijd. Hij begon het gesprek op een zachte, ingehouden fluistertoon. Hij wist zelfs mijn naam. Maar na een paar minuten was het weer zover: hij vergat helemaal waar hij was, en met wie. Voor zijn gevoel stond hij op een groot podium op het stadsplein voor een groot publiek van leerlingen en volgelingen die hem de laatste eer waren komen bewijzen.

En nu moest ik weer. En zomaar, zonder reden. Zonder iets te hebben misdaan. 'Vóór je bar mitswa moet je eerst horen wat oom Sjmoe'el je te zeggen heeft,' had Gaby gezegd. Nu was hij ineens 'oom Sjmoe'el'.

Maar ik wist wel: om mijn vader te kunnen verlaten, moest Gaby mij weg hebben, uit de buurt.

Ik ging staan. Stond te wiebelen. Ging weer zitten. Ik had niet moeten weggaan. Ik kende ze wel. Nu ik er niet was zouden ze ruziemaken en vreselijke dingen zeggen en dan was het niet meer goed te maken. En het was wel mijn lot waarover nu beslist werd.

'Kunnen we daar niet op het bureau over praten?' vroeg papa nu aan Gaby. 'Ik moet terug.'

'Nee, want daar lopen de hele tijd mensen in en uit en steeds weer belt er ineens iemand op en je kunt er nooit rustig praten. Kom, laten we naar een café gaan.'

'Een café?' zei papa verbaasd. 'Midden op de dag? Is het zó erg?'

'Jij altijd met je grappen,' zei ze geïrriteerd en de punt van haar neus was al rood, als voorbode van de tranen.

'Als het weer dáárover gaat,' zei papa met een harde stem, 'kun je het wel vergeten. Wat mij betreft is er niks veranderd sinds ons laatste gesprek. Ik ben er nog steeds niet aan toe.'

'Deze keer ga je luisteren naar wat ik je te zeggen heb,' zei Gaby, 'en je laat me uitpraten ook. Dat is wel het minste dat je kunt doen!'

Ze stapten in het politiebusje en papa startte de motor. De distinctieven op zijn schouders glommen dreigend. Hij keek streng. Gaby zat ineengedoken. Ze waren nog niet eens begonnen met praten en ze hadden al ruzie. Gaby haalde een klein, rond spiegeltje uit haar tas. Ze keek even naar het gezicht dat ze daarin zag. Probeerde de bos krullen op haar hoofd, die berg kroeshaar, in elkaar te drukken. Apenkop, dacht ze bij zichzelf.

'Niet waar!' sprong ik in de rijdende trein overeind. Ik liet haar nooit zichzelf beledigen. 'Je hebt juist een heel interessant gezicht.' En als ik merkte dat ze niet overtuigd was, zei ik: 'En bovendien gaat het om de innerlijke schoonheid.'

'Ja, hoor,' zei ze dan zuurtjes. 'Wel vreemd dat ze nooit een Innerlijke-Schoonheidskoningin kiezen.'

Ineens merkte ik dat ik bij die kleine, rode hendel stond aan de wand naast het raam. In mijn toestand was dat geen goeie plek voor mij. Zo'n hendel kan, als je er per ongeluk aan trekt, een hele trein tot stilstand brengen. Ik las de waarschuwing van de spoorwegdirectie. Je mocht alleen in geval van nood aan de noodrem trekken. Zomaar trekken en de trein tot stilstand brengen, daar stond een hoge boete en een gevangenisstraf op. Mijn vingers begonnen te jeuken. Aan de top van elke vinger, en ook tussen de vingers in. Ik las de uitdrukkelijke waarschuwing nogmaals, en nu met luide, heldere stem. Het hielp niks. Nu begonnen mijn handen ook nog te zweten. Ik stopte ze in mijn zakken, maar ze kwamen er meteen weer uit. Als je ze niet kende, zou je kunnen denken: gewoon, onschuldige ledematen die even lucht willen happen. Ik begon overal te zweten. Ik voelde even aan mijn halsketting. Er hing een pistoolkogel aan, zwaar en koel en geruststellend. 'Hij is uit je vaders lijf gehaald,' zei ik zachtjes tegen mezelf, 'uit zijn schouder, en hij zorgt ervoor dat je geen domme dingen doet.' Maar ondertussen voelde ik mijn hele lichaam al prikken.

Ik kende dat gevoel en wist waartoe het meestal leidde. Daar begonnen de smoesjes al: 'Het zou toch best kunnen dat de machinist niet eens weet in welke wagon er aan de hendel getrokken is?' 'Maar stel dat hij in zijn cabine een apparaat heeft dat zegt aan welke hendel er is getrokken?' 'Nou ja, dan kan ik toch hier trekken en snel naar een andere wagon rennen?' 'En als ze mijn vingerafdrukken op het hendeltje vinden, wat dan?' 'Dan moet ik misschien maar een doekje om mijn hand wikkelen.'

Ik moest me niet laten verleiden tot zulke gesprekken. Als ik er eenmaal aan begon, verloor ik geheid. Ik spande mijn rugspieren en ging staan zoals papa, gespierd en stevig als een beer, en zei tegen mezelf: 'Rustig maar.' Maar niks hielp. Tussen mijn ogen zat een soort heet punt dat op zulke momenten nog heter werd, en ja, daar kwam het al, daar ging ik... Maar op het laatste moment boog ik me naar voren, hield mijn voeten met mijn handen vast en ging opgerold op de bank liggen. Gaby noemde die tactiek van mij 'preventieve hechtenis'. Voor alles had ze een eigen benaming.

'Ik ben geen jong meisje meer,' zei ze nu in het café tegen papa, 'en we zijn nu al twaalf jaar samen, jij en Nono en ik.' Ze had haar stem voorlopig nog onder controle en ze praatte zachtjes en rationeel: 'Twaalf jaar lang zorg ik voor hem, voor jullie, voor jullie huis. Ik ken jou zoals niemand op de wereld je kent, en toch wil ik graag met je leven. Niét alleen maar als je secretaresse op het bureau en je huishoudster thuis, maar echt samenwonen. Ik wil voor Nono ook 's nachts een moeder zijn. Waar ben je nou zo bang voor, als ik het vragen mag?'

'Ik kan het nog niet aan,' zei papa en klemde zijn sterke handen om de kop koffie.

Gaby wachtte even, haalde diep adem en zei: 'En ik kan niet meer zo doorgaan.'

'Luister 's, eh... Gaby,' zei papa nu en keek met nerveuze, onrustige ogen langs haar heen, 'we hebben het toch niet slecht zo? We zijn het al gewend, we hebben het alle drie goed zo, het kind ook. Waarom moet het nou ineens anders?'

'Omdat ik al veertig ben, Jakov, en ik snak naar een vol leven, een echt gezinsleven.' Nu begon haar stem te breken. 'En ik wil een kind van ons samen. Van jou en mij. Ik wil weten wat voor een nieuw mens wij tweeën kunnen maken. En als we nog een jaar wachten, dan ben ik misschien al te oud om een kind te krijgen. En bovendien denk ik dat Nono een moeder verdient die er de hele tijd is, geen deeltijdmoeder!'

Ik kon uit mijn hoofd nazeggen wat ze nu tegen hem zei. Ze had haar betoog met mij gerepeteerd. En die ontroerende zin van 'voor Nono ook 's nachts een moeder zijn' kwam van mij. Ik had haar ook een praktische tip gegeven: niet huilen. Ze mocht hoe dan ook niet gaan janken! Want als ze begon te snotteren, dan was ze verloren. Papa kon haar tranen niet uitstaan. Of welke tranen dan ook.

'Het is nog te vroeg, Gaby,' zuchtte hij nu en wierp stiekem een snelle blik op zijn horloge. 'Gun me nog wat tijd. Zo'n beslissing kun je niet onder druk nemen.'

'Ik heb twaalf jaar gewacht. Ik wacht niet langer.'

Stilte. Hij antwoordde niet. En bij haar sprongen de tranen al in de ogen. Ze moest zich inhouden! Houd je in, hoor!

'Jakov, zeg het me recht in mijn gezicht: ja of nee?'

Stilte. Haar brede onderkin trilde. Haar mond vertrok. Als ze nu begon te huilen was ze verloren. En ik ook.

'Want als het nee is, dan ga ik ervandoor. En deze keer voorgoed. Niet zoals alle andere keren. De-ze-keer-voor-goed!' En ze sloeg driftig op tafel en de tranen rolden al langs haar bolle wangen en de mascara stroomde over haar sproeten naar de twee diepe groeven rond haar mond en papa draaide zijn gezicht naar het raam toe, want hij kon het niet uitstaan als ze huilde. Of misschien zag hij haar gewoon liever niet als ze zo was: met die tranen en die dikke ogen en die trillende bolle wangen.

Ze was nu niet mooi. Dat was godgeklaagd oneerlijk, want als ze ook maar een klein beetje knap was geweest, als ze bijvoorbeeld een lief mondje had gehad, of een wipneusje, dan was papa misschien ineens bezweken voor dat ene mooie ding van haar. Soms kan een man door een klein schoonheidsvlekje op een vrouw verliefd worden, ook als ze geen Uiterlijke-Schoonheidskoningin is. Maar als Gaby huilde viel er bij haar geen één schoonheidsvlekje te bekennen. Zelfs ik moest dat helaas toegeven.

'Oké, ik snap het al,' zuchtte ze in de rode zakdoek die eerder voor nobeler doeleinden gediend had. 'Wat ben ik toch een sufferd dat ik geloofd heb dat je ook maar een klein beetje kon veranderen.'

'Ssst,' smeekte hij en keek angstig om zich heen. Ik hoopte dat iedereen in het café nu naar hem keek. Dat alle obers en koks en koffieproducenten nu uit de keuken kwamen, dat ze met een schort om en de armen op de borst gekruist om hem heen gingen staan en hem aanstaarden. Als er iets was wat hij eng vond, dan was het wel om in het openbaar aandacht te trekken.

'Luister 's, eh... Gaby,' probeerde hij haar te sussen. Hij deed deze keer juist heel lief tegen haar, misschien vanwege al die mensen daar, misschien ook omdat hij aanvoelde dat ze het deze keer echt meende. 'Geef me nog wat bedenktijd, oké?'

'Waarom zou ik? Om op mijn vijftigste te horen dat je weer bedenktijd nodig hebt? En als je me dán wegstuurt? Wie zal me dan nog willen hebben? En ik wil moeder zijn, Jakov!' Alle blikken waren op hen gericht, hij kon wel door de grond zakken, maar Gaby ging stug door: 'Ik kan een kind een hoop liefde geven. En jou ook! Kijk maar wat een goeie moeder ik voor Nono ben. Probeer mij nou 's een keer te begrijpen!'

Zelfs als ze voordeed wat ze tegen hem ging zeggen, liet Gaby zich na een minuut al gaan en gaf zich over aan haar verdriet en huilde en smeekte mij alsof ik hem was.

Maar dan hield ze ineens op, bloosde en zei schuldbewust dat ik voor sommige dingen weliswaar nog te klein was, maar dat ik toch al alles wist.

Ik wist niet alles, maar ik leerde op die manier wel veel.

Nu pakte ze alle vochtige servetten bij elkaar en drukte ze krachtig in de asbak. Ze veegde de resten mascara van haar dikke ogen.

'Het is nu zondag,' zei ze, en haar stem probeerde zich groot te houden. 'De bar mitswa is op zaterdag. Ik geef je tot volgende week zondagochtend de tijd. Je hebt een hele week om te beslissen.'

'Geef je me een ultimatum? Zulke dingen kun je niet afdwingen, Gaby! Ik had je wijzer gedacht.' Hij spuwde de woorden met zachte stem uit, maar tussen zijn ogen verscheen die enge rimpel van woede.

'Ik breng het niet meer op, Jakov. Ik ben nu al twaalf jaar lang wijs, en nog steeds alleen. Misschien gaat het beter als ik dom ben.'

Mijn vader zweeg. Zijn toch al rode gezicht werd nog roder.

'Laten we naar het bureau gaan,' zei ze schor. 'En trouwens, als het wordt wat ik denk dat het wordt, kun je ook een andere secretaresse zoeken. Ik zal alle banden met je moeten verbreken. Ja.'

'Luister 's, eh... Gaby,' zei papa weer. Dat was het enige dat hij te zeggen had: 'Luister 's, eh... Gaby.'

'Volgende week zondag,' zei Gaby beslist en stond op en verliet het café.

Ze ging bij ons weg.

Ze ging bij mij weg.

In de trein barstten mijn handen en voeten los uit hun preventieve hechtenis. Noodgeval, noodgeval, schreeuwden de rode letters bij het kleine hendeltje. Ik zat in de wegrijdende trein en ondertussen ging mijn leven daarginds kapot. Ik hield mijn beide handen over mijn oren en riep tegen mezelf: 'Amnon Feierberg! Amnon Feierberg!' Alsof iemand vanbuiten me waarschuwde om niet aan de hendel te komen, me van mezelf probeerde te redden, papa bijvoorbeeld, of een leraar, of een prominente pedagoog, of zelfs de directeur van een inrichting voor jeugdige criminelen: 'Amnon Feierberg! Amnon Feierberg!' Maar ik was niet meer te redden. Ik was alleen. Verlaten. Ik had nooit weg mogen gaan. Ik moest terug. Nu meteen. En ik waggelde op de hendel af en strekte mijn hand uit en mijn vingers maakten al contact, want het was echt een noodgeval.

Maar toen, net op het moment dat ik met alle kracht aan de hendel wou trekken, ging de deur achter me open en stapten een gevangene en een politieagent de coupé binnen. Ze stonden elkaar aan te kijken en leken nogal in de war.

Hoofdstuk 2

Een echte agent met een echte gevangene, welteverstaan.

De agent was klein en mager en had een nerveuze blik in zijn ogen. De gevangene was langer en breder. Hij lachte me toe en zei met een stralend gezicht: 'Goeiemorgen, jochie! Ga je naar oma toe?'

Ik wist niet of de wet me toestond om antwoord te geven. En bovendien, wat nou oma? Zag ik eruit als een jochie dat naar zijn oma toe gaat? Als Roodkapje?

'Niet spreken met de gevangene!' beval de agent boos en zwaaide met zijn dunne arm een paar keer tussen mij en de gevangene, alsof hij daar draden wilde verbreken die ons met elkaar verbonden.

Ik ging zitten. Ik wist me geen raad. Ik probeerde niet naar ze te kijken, maar juist als je zoiets probeert, kun je het moeilijk laten. Ze keken bezorgd. Er zat ze iets dwars. De agent controleerde steeds weer hun kaartjes en krabde zich beduusd op zijn hoofd. Ook de gevangene controleerde de kaartjes, en ook hij krabde op zijn hoofd. Ze waren net twee acteurs die de uitdrukking 'zich achter de oren krabben' moesten uitbeelden.

'Ik snap het niet. Waarom nou twee aparte plaatsen genomen?' klaagde de gevangene. De agent haalde zijn schouders op en zei dat de man achter het loket niet gezegd had dat het aparte plaatsen waren. Hij, de agent, was ervan overtuigd geweest dat ze naast elkaar zouden komen te zitten, hij was er gewoon van uitgegaan dat die man geen aparte plaatsen zou geven aan zo'n stel, zei hij en stak bij 'zo'n stel' zijn rechterarm omhoog, die met een handboei aan de linkerarm van de gevangene vastzat.

Het was een raar gezicht. Ze waren net een cipier en een gevangene uit een cartoon. De gevangene had een gestreept hemd aan en een gestreepte muts op. De agent droeg een te grote pet, die steeds over zijn ogen zakte. Ze stonden met z'n tweeën midden in de coupé, schommelden samen op het ritme van de trein en wisten zich geen raad. Om de een of andere reden werd ik daar onrustig van.

Eerst probeerden ze nog op de plaatsen te gaan zitten die op hun kaartjes stonden aangegeven: de gevangene naast mij en de agent tegenover mij. Maar vanwege de handboei moesten ze zich sterk naar elkaar toe buigen. Toen stonden ze tegelijk weer op en gingen weer samen op het ritme van de trein schommelen. Die schommeling leek ze tot rust te brengen: het hoofd van de gevangene zakte een beetje op de schouder van de agent, en ook de agent scheen in slaap te vallen. Ik had zin om op te staan en uit de coupé te stappen, ik wilde er nog een volwassene bij halen, die twee leken me namelijk geen echte volwassenen. Maar toch ook weer geen kinderen. Ze waren iets wat ik niet kon definiëren.

Plotseling schrok de agent wakker uit zijn vreemde slaap en fluisterde de gevangene iets toe. Ik kon niet horen wat hij zei. Ze hadden het over mij, dat wel, want de gevangene keek me zo van opzij aan, zoals terughoudende gevangenen doen. 'Geen sprake van!' schreeuwde hij met een fluisterstem. 'Dat doe je niet! We hebben plaatsen gereserveerd!'

De agent probeerde hem te kalmeren, hij zei dat de coupé toch bijna leeg was en dat ze in hun bijzondere situatie best op andere plaatsen mochten zitten dan de officiële van de kaartjes. De gevangene wilde er niet van horen. 'Regels zijn regels!' werd hij boos. 'Als wij ons niet aan de wet houden, wie dan wel?' Toen hij met zijn voet woedend op de grond stampte, merkte ik dat die aan een grote ijzeren kogel vastzat, zoals bij gevangenen uit de boeken.

Ik moet hier weg, dacht ik. Ik krijg het benauwd.

'Niemand zal het merken als we heel even op een andere plaats gaan zitten!' fluisterde de agent hem even boos toe. Hij keek mij kruiperig aan, met zo'n blik van een cipier die door schuldgevoelens wordt opgevreten, en zei met een scheve glimlach: 'Je verklikt ons toch niet, hè ventje?'

Ik schudde met mijn hoofd, want ik kon geen woord uitbrengen, maar dat 'ventje' van hem werd genoteerd en op zijn conto bijgeschreven.

En toen gingen ze aan weerszijden van mij zitten.

De hele coupé hadden ze, en ze moesten uitgerekend links en rechts van mij gaan zitten. Hun handen, met een dubbele ijzeren boei aan elkaar vastgeklonken, hingen vlak boven mijn benen. Het was best eng. Alsof ze met elkaar hadden afgesproken dat ze me zouden bedreigen, maar dan door te doen alsof ik er niet was. Het bleef enkele minuten doodstil. Ik loenste steeds weer omlaag en kon elke keer weer mijn ogen niet geloven: boven mijn knieën bungelden er twee armen op het ritme van de trein, de ene dun en behaard, de andere dik en glad: de wet en de crimineel, en de arm van de wet leek zonder meer zwakker en korter.

Ik weet niet waar ik bang voor was. Ik had de wet tenslotte aan mijn kant, haast tegen me aan, en toch had ik het gevoel dat ik in een mysterieuze val zat, dat die twee bezig waren om me medeplichtig te maken aan een duistere samenzwering.

Maar die twee aan weerszijden van mij ontspanden zich juist. De agent zat met zijn hoofd achterovergeleund te kwinkeleren, en om zichzelf bij de hoge tonen te helpen krulde hij met zijn vrije hand de punten van zijn puntige snor. De gevangene keek door het raam naar de voorbijrazende rotsige bergen van Jeruzalem en zuchtte diep.

'Als iemand je verdacht voorkomt, als je aan hem twijfelt – dan moet je gewoon geduldig afwachten. Niet te veel praten. Niet te veel bewegen. Laat hem wat zeggen of doen en blijf jij maar stilletjes op de loer liggen. Wacht maar totdat hij zich blootgeeft,' had papa, mijn trainer in professionele zaken, me geleerd. Ik haalde diep adem. Dit was dus mijn eerste kans om mezelf in het echt te bewijzen. Ik moest die twee negeren, doen alsof er niks aan de hand was, totdat zij de eerste fout zouden maken.

Snelle blik naar links. Dan naar rechts. Ze gaven geen krimp. Het leek allemaal één grote vergissing, maar ik kon niet zeggen wat er mis was.

'Ik moet me voorbereiden op de ontmoeting met oom Sjmoe'el,' zei ik tegen mezelf, want de vorige keer, een jaar eerder, had hij twee uur lang tegen me zitten praten, en dat zou ik geen tweede keer volhouden. Twee hele uren had ik zijn vlezige lippen voor me zien bewegen, open- en dichtgaan onder zijn kleine snorretje, en soms ook *boven* zijn kleine snorretje. Ik wist dat alle studies en geschriften van mijn oom tegen mij gericht waren, of tegen mijn soort kinderen. Daar, in dat kleine kamertje, zat hij maanden en jaren die dingen tegen mij te schrijven. Misschien had hij zelfs een vergrote foto van mij met het opschrift: 'Gezocht door het ministerie van Onderwijs'. Nu was ik eindelijk in zijn handen, en hij was er niet de man naar om zo'n kans voorbij te laten gaan. Ik kreeg het daar benauwd, de kamer liep steeds voller met allemaal vlezige lippen die snel open- en dichtgingen, en waaruit steeds meer ooms uit de familie der lipbloemigen voortsprongen. Boeken en brochures fladderden om me heen en lispelden mijn naam in de maat. Nog even, en ik kreeg een opvoedingsvergiftiging.

Ik kon zijn woorden niet meer onderscheiden. Ik meende dat hij me van collaboratie met de profeten van de Baal en van Astarte beschuldigde, of van betrokkenheid bij de pogroms van ene Chmelnitski. De hele geschiedenis schaarde zich aan zijn kant, en ik stond al op het punt om alles toe te geven.

Maar toen, na twee besnorde uren, herinnerde ik me ineens het advies dat Gaby me had gegeven voor ik van huis was gegaan. 'Huilen,' had ze me de nacht voor mijn vertrek toegefluisterd. 'Als het ondraaglijk wordt, moet je tranen met tuiten gaan huilen, en dan moet je zien wat er gebeurt.'

Snelle blik naar links. Dan naar rechts. Niks. De agent en de gevangene zaten daar doodstil. Keken ieder een andere kant op. Misschien was er ook wel niks bijzonders aan die situatie. Misschien was ik gewoon opgewonden omdat ik alleen op reis ging. Maar misschien dat zij ook geleerd hadden hoe je een zenuwoorlog moest voeren.

'Oom Sjmoe'el,' zei ik tegen mezelf. 'Denk maar aan hoe het de vorige keer bij hem was.'

Het kostte me toch al nooit moeite om mezelf aan

het huilen te krijgen, en bij die raaskallende oom voelde ik me zó ongelukkig dat het een fluitje van een cent was om een brok in mijn keel te laten opkomen: het bittere, geconcentreerde brok van alles wat me ooit gebeurd, gezegd en onthouden was.

Ik begon dus te janken. Met kleine, gesmoorde snikken. En om mezelf nog verdrietiger te maken dacht ik aan wat papa altijd zei: dat hij niet meer wist wat hij met zo'n kind aan moest, iedere keer als hij dacht dat ik volwassen en stabiel aan het worden was, viel ik meteen weer terug, bergafwaarts, hij snapte gewoon niet hoe iemand als hij zo'n kind als ik kon hebben. En ik wist dat hij gelijk had, maar dacht hij dan dat ikzelf niet graag wou dat het over was? Ondertussen zat ik al écht te huilen, omdat alles wat ik deed misliep en anders uitpakte dan ik wilde, zelfs mijn verdriet op dat moment pakte anders uit dan ik gewild had, want toen het naar buiten kwam, mijn verdriet, toen kreeg het de kleine voetjes van mijn oom in het oog, met die piepkleine sandaaltjes en die grijze wollen sokjes, en dan nog die stropdas midden in de zomer en die terlenkabroek die versleten was van zoveel generaties leerlingen die bij hem op schoot hadden gezeten, en wat was dat toch droevig, en wat was het toch komisch.

En zo zat ik daar te huilen en te lachen, te schreien en te hikken, een beetje echt en een beetje vals, een vreemde mengeling die op een aparte manier plezierig was, zoals chocolade eten achter de rug van de tandarts om. Mijn hele lichaam schokte terwijl ik daar zat te snikken uit berouw en zelfmedelijden, en uit dankbaarheid voor die man, die in zijn eentje om mijn zondige, misdadige ziel vocht...

Oom Sjmoe'el was opgehouden met praten. Hij keek

verbaasd naar me en zijn gezicht werd zacht en glanzend. In de schemerige kamer zag ik het aureool van een verwonderde, tevreden glimlach om zijn snor hangen. 'Nou nou,' mompelde hij en zijn hand fladderde aarzelend boven mijn hoofd, 'ik wist niet dat je zo zou reageren. Wat heb ik nou allemaal gezegd? Het waren maar eenvoudige woorden uit een vol hart... Jempa!' brulde hij ineens met een geweldige stem. Even dacht ik dat het een oeroude zegekreet was die prominente pedagogen slaakten als ze de krachten der duisternis verslagen hadden. Maar toen wreef hij zich snel de handen en ging, zonder me nog een blik te gunnen, de kamer uit. Nu riep hij op een merkwaardig lichthartige toon tegen mevrouw Jempa, die voor hem kookte en schoonmaakte, dat ze mij moest komen kalmeren.

Maar het huilen had ik al bij de vorige versjmoeling gebruikt, en hoe moest het nu? En Gaby had me de afgelopen nacht geen enkel verlossend geheim toegefluisterd waarmee ik me zou kunnen redden als ik helemaal in m'n eentje voor die hele oom stond.

En zijzelf was nu in d'r eentje met mijn papa. En ze ging nu echt weg.

Ineens hield ik het niet meer uit tussen die twee rare, zwijgzame vreemdelingen. Dus stond ik op, of ik probeerde op te staan, maar zij schrokken en sprongen samen op en staken allebei hun geboeide armen in de lucht om me door te laten en stonden zo voor me en begonnen meteen weer in de maat te schommelen, naar voren en naar achteren, en hun oogleden vielen dicht, ze waren net slapende kuikentjes, en ik, ontredderd als ik was, riep: 'Zullen we ruilen? Dan kunnen jullie naast elkaar zitten.'

Mijn stem klonk verstikt en pieperig, maar zij lachten me breeduit toe en begonnen meteen om me heen te draaien in een poging om me te passeren zonder dat ik tegen hun gezamenlijke handboei zou stuiten, en zo dansten we een paar minuten met wapperende handen rond, totdat zij de weg hadden gevonden en naast elkaar gingen zitten. Ik plofte op de andere bank neer.

'Maar niet kijken!' blafte de agent en dreigde de gevangene met een vinger.

'Ik heb niet gekeken, ik zweer het!' riep de gevangene en legde zijn hand op zijn hart.

'Net was je oog pal op mij gericht!' zei de agent boos.

'Ik zweer bij m'n dochter dat ik niet gekeken heb! Heb jij me naar hem zien kijken?'

Die vraag was aan mij gericht. Maar hoezo? Wat had ik ermee te maken? Nu boog ook de agent zich naar me toe en wachtte op een antwoord. Hij wachtte zo hard dat hij aan de punt van zijn snor zat te knabbelen. Iedere beweging van die twee was overdreven en storend, maar vreemd genoeg ook fascinerend. Ik wilde wegrennen, maar kon geen stap verzetten.

'Ikke... ik geloof dat u een klein beetje naar hem gekeken hebt,' flapte ik eruit.

'Aha!' stak de agent een triomfantelijke vinger omhoog. 'Nog één keer kijken, en mijn geduld is op!'

Weer viel er een stilte. De gevangene staarde stug naar het raam. We reden door een eikenbos. Een kudde geiten knabbelde aan de lage struiken en een van de geiten stond op twee poten aan een boom te vreten. De agent staarde de andere kant op, naar de coupédeur. Ik durfde geen kant uit te kijken, en mijn ogen dichtdoen durfde ik ook niet. Ik wilde alleen maar weg zijn.

'Ja, nu! Nu heb je gekeken!' schreeuwde de agent en sprong met een ruk overeind, maar viel door de gezamenlijke handboei weer terug op zijn plaats. 'Je hebt gekeken!'

'Ik zweer bij mijn dochter dat ik niet gekeken heb!' riep de gevangene en sprong eveneens op en zwaaide woedend met zijn arm, maar viel door de handboei zelf ook terug op zijn plaats.

'En je kijkt nu ook!' brulde de agent. 'Recht in mijn ogen! Hou op! Weg met dat oog!'

Maar deze keer bond de gevangene niet in. Hij bracht zijn grote hoofd tot vlak bij de agent. Wat was dat nou? Wat gebeurde er tussen die twee? Een vreemde blikkenstrijd: ogen die staarden en ogen die ze probeerden te ontwijken. De gevangene boog zich steeds verder naar de agent toe, en hoe harder de agent zijn ogen probeerde te mijden, hoe meer de gevangene zich in allerlei bochten wrong om de blik van de agent te vangen. Hij lag nu praktisch over hem heen!

'Hé... Laat me gaan...' hoorde ik de gevangene ineens fluisteren.

'Hou je mond!' kreunde de agent met een verstikte stem. 'Hou je mond en kijk naar het raam! Niet in mijn ogen kijken! Naar het raam!'

'Laat me gaan...' smiespelde de gevangene met een nieuwe stem, een zachte, aarzelende stem die op de verschrikte agent afkroop. 'Het was mijn schuld niet... Ik had toch geen keus?'

'Dat moet je maar tegen de rechter zeggen!' snauwde de agent met de tanden op elkaar.

'Alsjeblieft. Ik heb thuis een klein meisje...'

'Ik ook! Naar het raam!'

En toen keek de gevangene de agent heel fel aan en dwong hem als het ware om zijn gezicht langzaam naar zich toe te draaien. Het was een deprimerend en onheilspellend gezicht. De agent probeerde zich te verzetten. Ik zag hem worstelen om zijn gezicht van zijn gevangene af te keren, ik zag hem zijn schouders samentrekken in een poging om de ogen te ontwijken die hem in de ogen keken. Maar die andere ogen waren sterker. Ze keken fel, standvastig. Ze boorden zich in zijn hoofd. En hij gaf zich langzaam over: hij ging dieper ademhalen, zijn schouders zakten wat, hij wierp wazige blikken op de gevangene, lachte een paar keer luchthartig, kinderlijk, zijn ogen werden zwaar, moe, leeg...

'Je hebt een zware dag achter de rug, Avigdor...' zei de gevangene zoetjes, met een hele zachte, lieve stem. 'Mij achternazitten, door de steegjes rennen, op me schieten en tegen me brullen en de hele tijd o zo wettig zijn...'

De mond van de agent viel een beetje open. Zijn pupillen rolden omhoog.

'Het valt niet mee om gerechtsdienaar te zijn...' fluisterde de gevangene hem lieflijk toe. 'Geen moment rust... Aldoor die zware verantwoordelijkheid...'

Ik voelde mijn mond ook openvallen. Mijn vader zei precies dezelfde dingen! Hij kwam 's avonds thuis van zijn werk, plofte doodmoe in de fauteuil en sprak precies diezelfde woorden, tegen mij of tegen zichzelf. Hij klaagde over het zware werk en over de verantwoordelijkheid, hij zuchtte dat je geen moment, maar dan ook geen moment rust had. Als we een moeder hadden gehad, bedacht ik dan, was die nu zijn gespannen nek komen masseren. Maar wij hadden alleen Gaby, en die durfde niet.

De gevangene strekte voorzichtig zijn hand uit naar de riem van de slapende agent en trok er een grote bos sleutels van los. Het waren er wel tien. Hij zocht er één uit, stak die in het slot van de handboei en draaide het open. Blij liet hij zijn bevrijde hand heen en weer dansen, alle kanten op. Zijn pols was felrood.

'Alleen al voor zo'n moment is het de moeite waard om geboeid te zijn,' zei hij tegen mij.

Toen trok hij zijn gestreepte hemd uit, zette zijn muts af en legde ze allebei op de bank naast mij. Ik was als verlamd. Ik besefte dat hij ging vluchten, dat ik getuige was van een klassiek geval van vluchtpoging en dat ik, uitgerekend ik, met mijn hele ervaring en training en met die hele vader van me, geen vin kon verroeren.

'Wil je dit even voor me vasthouden?' vroeg hij met een aangename stem en legde de zwarte revolver die hij uit de holster van de agent had gehaald in mijn hand.

Ik herkende hem meteen: een Webley dienstrevolver. Papa had er een van zijn werk, en ik had hem al duizend keer in mijn hand gehad. Ik had er zelfs losse flodders mee afgeschoten op de schietbaan van de politie. Maar nog nooit was ik in zo'n positie geweest, met een vuurwapen in mijn hand en een echte crimineel voor me. Maar wat kon ik doen? Hem doodschieten? Mijn vinger beefde, raakte de trekker en schrok terug. Waarom zou ik hem nou doodschieten? Wat had hij mij gedaan? Op dat moment wilde ik niks liever dan eindelijk dat bolle gezicht van oom Sjmoe'el zien. Ik zou op hem afrennen en in zijn armen vallen en de rest van mijn leven een modelkind zijn.

'Hartstikke bedankt hoor,' zei de gevangene en pakte de revolver weer terug en stak hem in zijn broekriem. Nu ging hij héél voorzichtig, alsof hij een slapende baby aan het uitkleden was, het overhemd van de agent openknopen en uittrekken. De agent, Avigdor dus, sliep gewoon door. Hij dróómde er niet van om wakker te worden. Die man werd geduwd, door elkaar geschud, omgedraaid – en hij maar slapen! Ik was woedend: ik dacht aan mijn vader, die in twintig jaar dienst niet één keer te laat op zijn werk was gekomen, die aan de allergevaarlijkste operaties meedeed, ook als hij koorts had. En dan die man daar...

Verdorven.

Vlug trok de gevangene hem het gestreepte hemd aan en zette hem de gestreepte muts op. Daarna haalde hij de ketting met de kogel van zijn eigen voet af en maakte die vast aan de enkel van de agent. Met moeite trok hij het ondermaatse uniformhemd van de agent over zijn eigen brede bovenlijf, zette toen de politiepet op zijn hoofd en stapte naar het raam.

Een goede rechercheur denkt als een crimineel, wist ik. Ik wist ook precies wat er nu ging gebeuren: dat hij het raam omhoog zou schuiven en uit de rijdende trein zou springen en vermomd als een politieman de benen zou nemen. Ik zei tegen mezelf: 'Doe iets!' Ik beval mezelf: 'Pak 'm!'

Maar niks, hoor.

De gevangene keek nog een lang moment naar de voorbijflitsende bergen, ademde de vrijheid diep in, zuchtte en ging toen weer naast de slapende agent zitten. Bedroefd stak hij zijn hand weer in de open boei die aan de pols van de slapende hing en klikte die weer dicht. Weer waren die twee aan elkaar vastgeklonken.

'Wakker worden! Je bent in slaap gevallen!' zei hij ineens grof en stootte de agent met zijn schouder aan.

De agent schrok wakker en keek verdwaasd om zich heen.

'Wat is er gebeurd?' vroeg hij. 'Wat heb ik gedaan? Ik heb niks misdaan!'

'Je hebt geslapen!' voer de ex-gevangene tegen hem

uit en bracht zijn kop met de politiepet erop vlak voor het gezicht van de agent.

'Ik sliep niet...' mompelde de agent en viel stil. Zijn hand betastte zwakjes de handboei, zakte langs zijn been omlaag en voelde toen de ijzeren ketting. Zijn vingers maakten er een droeve wandeling langs, totdat ze de grote ijzeren kogel bereikten en ontsteld tot stilstand kwamen. Hij zweeg. Hij fronste alsof hij zich iets probeerde te herinneren. Toen gaf hij het op. Daar zat hij dan, slap en ingezakt als een lege zak. Er gingen een paar verschrikkelijke momenten voorbij. De ex-agent wierp een slaafse blik op de geüniformeerde man naast hem.

'Laat me gaan...' fluisterde hij.

'Hou je mond!' blafte de gevangene.

'Het was mijn schuld niet...' smeekte de ex-agent. 'Je weet dat ik geen...'

'Zeg dat maar tegen de rechter!' merkte de reus onverschillig op.

'De rechter...?' De agent zweeg. Hij zat ineengedoken en met een druipsnor. Raar dat het hem zo goed staat om de gevangene te zijn, dacht ik bij mezelf. Tot een diepere gedachte was ik op dat moment niet in staat.

'Alsjeblieft,' begon hij weer met een zielige glimlach, 'ik heb thuis een klein meisje...'

'Ik ook!' snauwde de gewezen gevangene hem af, keek op zijn horloge en beval: 'Opstaan! Geef acht! We moeten opschieten!'

'Waar gaan we heen?' vroeg de agent bleek.

'Naar de rechtbank!' verordende de gevangene. 'Voorwaarts, mars!'

'Zo snel?' fluisterde de agent en begon met weke benen te marcheren. De stoere gevangene liet hem voorgaan, de coupé uit, en deed de deur achter zich dicht.

Zo. Afgelopen. Ik was als verlamd. Ik zag het gezicht van de ex-gevangene nog in een flits in de coupédeur verschijnen: een groot, glimlachend, best aangenaam gezicht. Hij keek me aan en legde een dikke vinger op zijn lippen, alsof hij me vroeg om wat ik net gezien had geheim te houden. Heel even was hij daar – en toen niet meer.

En dat was dat.

Het was een moeilijk moment. Ook nu, bijna dertig jaar later, heb ik het er nog moeilijk mee als ik eraan denk. En ik heb er behoefte aan om dat bedrukkende gevoel wat te verlichten en te zeggen dat ik vanaf het volgende hoofdstuk een nieuwigheidje ga introduceren: ieder hoofdstuk krijgt een korte titel, een soort naam die verwijst naar wat er in dat hoofdstuk verteld wordt.

Of een koosnaam.

Ik wilde dat de trein zou stoppen en op de rails zou omkeren en terug naar huis zou rijden, naar papa en Gaby, maar vooral naar papa, want misdaden waren toch zijn terrein en ik was er kennelijk nog niet sterk genoeg voor, en sorry dat ik zo tegengevallen ben.

Maar toen zag ik de witte envelop voor me op de andere bank liggen. De bank van de ex-gevangene. Die envelop had er daarnet nog niet gelegen. Ook niet voordat de gevangene en de agent de coupé waren binnengekomen. En wat echt vreemd was: mijn naam stond erop, met grote letters en in een bekend handschrift.

3 *Olifanten kunnen ook fijngevoelig zijn*

'Gegroet bar mitswa-kind, en mogen de goden je een lang leven en een korte neus bescheren. Ik hoop niet dat je nu helemaal van de kaart bent door de kleine verrassing die we voor je georganiseerd hebben, je papa en ik. En ben je wel een beetje geschrokken, dan bid ik dat je je zondige dienaren gauw zult vergeven.'

Wat nu? Gillen? Het raam opendoen en tegen het landschap roepen: 'Wat ben ik dom!'? Me wenden tot de VN-organisatie die zich bezighoudt met de problemen van de kinderen op de wereld om een aanklacht in te dienen tegen papa en Gaby die me dit aangedaan hebben?

'En ga nou niet meteen weer een klacht indienen bij de VN,' schreef Gaby verder. 'Wacht daar nog even mee. Ten eerste balen ze daar bij de VN al behoorlijk van je onbehoorlijke handschrift, en ten tweede is het gebruikelijk om een verdachte het woord te geven voordat je een uitspraak doet.'

De letters dansten voor mijn ogen. Ik kon niet verder lezen. Hoe hadden ze dat klaargespeeld, papa en Gaby? Waar hadden ze de tijd vandaan gehaald om zo'n operatie voor te bereiden? Wanneer hadden ze het allemaal bedacht en waar hadden ze die twee, de agent en de gevangene, gevonden? En zou het kunnen dat... Het was toch... O, wat was ik toch een oen! Ik leunde met mijn hoofd achterover en deed mijn ogen dicht: misschien waren het gewoon twee acteurs geweest... Als ik nu gauw de trein doorzocht... Maar wat als ze zich ondertussen al verkleed hadden, wat als ik ze niet meer zou herkennen tussen alle passagiers...

Ik staarde uit het raam; het lukte me niet om verder te lezen. Het was haar idee geweest, daar was ik van overtuigd. Ik voelde me een beetje schuldig, omdat ik er niet echt enthousiast over was, ik zat er alleen maar onthutst en een beetje mismoedig bij, zonder te weten waarom.

Misschien omdat haar verrassing zo verbluffend en extreem was, dat ik vanbinnen geen ruimte meer had voor enthousiasme. Als ze zelf kinderen had gehad, dacht ik... maar stopte meteen. Dat was onaardig, zoiets moest je niet eens denken. Maar die Gaby, nee echt, die vond het soms heerlijk om mensen te overbluffen, of te choqueren, of in verlegenheid te brengen, of om verschrikkelijke dingen te zeggen die je niet hardop mocht zeggen. Papa had al een keer geïnformeerd of het niet erg vermoeiend was om aldoor zo *apart* te zijn, waarop zij meteen had geantwoord dat hijzelf zo hard geoefend had om niet op te vallen, dat-ie al helemaal vlak was geworden. Gaby praatte je gewoon onder tafel, je kon haar de mond maar beter niet openbreken. Maar mijn vader was ook niet op zijn mondje gevallen: iedere keer als ze zo'n discussie hadden, kwam hij met één klassenzin, een voltreffer die keihard aankwam. Je kon dan aan haar gezicht zien hoeveel pijn het deed. Ze was met stomheid geslagen, zwaaide ademloos en sprakeloos met haar handen. En die zin dook later, jaren daarna nog, steeds weer op om haar te kwellen. Papa kon zich verontschuldigen wat-ie wou, hij kon haar verzekeren dat hij zomaar wat gezegd had, uit boosheid – zij kon haar verontwaardiging niet meer loslaten. Bij die ene ruzie had hij iets gezegd over haar ongevoeligheid, en dat ze ook nog de huid van een olifant had, en bij dat 'ook nog', wat inhield dat ze ook in andere opzichten een olifant was, was ze beledigd opgestaan en het huis uitgelopen.

Zoiets gebeurde eens in de zoveel maanden. Dan stapte Gaby op en kwam niet meer terug. Op het bureau was ze overdreven beleefd en zo hartelijk als een vork. Ze voerde papa's opdrachten uit, typte zijn rapporten, en dat was het dan. Geen glimlach. Niks persoonlijks. Maar ze belde mij stiekem twee keer per dag en dan praatten we gewoon met elkaar en overlegden hoe we hem subtiel op de knieën konden krijgen. Na een week begon papa te bezwijken. Hij mopperde dat hij er schoon genoeg van had om dag in dag uit in de politiekantine te eten, en dat het schandalig was dat hij rond moest lopen in overhemden die hij zelf gestreken had, en wat een bende dat het bij ons thuis was, net een arrestantenhok na de nacht. Ik liet me niet verleiden tot de ruzie die hij zocht; ik zweeg. Ik zei niet dat Gaby onze werkster niet was, en dat als ze de boel bij ons een beetje netjes hield, dat het dan alleen maar kwam doordat ze zo'n goeierd was, en allergisch voor stof. Ik wist dat hij haar miste, en niet omdat ze voor hem kookte en streek, maar omdat ze Gaby was, en omdat hij gewend was dat ze er was, met haar onafgebroken geratel en haar opwindingen en haar grappen waar hij zo z'n best voor moest doen om er niet om te lachen.

En ik wist ook dat hij haar miste omdat hij het dankzij haar makkelijker had met mij.

Waarom dat zo was, waarom wij tweeën Gaby nodig hadden om dichter bij elkaar te komen – dat kon ik niet verklaren. Maar we beseften wel dat het goed was om

Gaby te hebben, dat ze ons, papa en mij, tot een soort gezin maakte.

En zo gingen er een paar dagen van gemor en geprut-tel voorbij. Op het bureau zocht Papa naar smoesjes om iets persoonlijks tegen haar te zeggen, maar zij hield haar poot stijf en zei dat hij wat explicieter moest zijn, dat zulke subtiele signalen niet tot haar doordrongen omdat ze een bepaald húidprobleem had. Hij smeekte haar om terug te komen, beloofde dat hij haar beter zou behandelen, en zij deelde hem dan mee dat zijn verzoek genoteerd was en dat ze binnen dertig dagen een uit-spraak zou doen. Hij greep naar zijn hoofd en riep dat dat waanzin was, dertig dagen, ze moest meteen vrede met hem sluiten, hier en nu! En Gaby rolde haar ogen naar het plafond en zei met zo'n stem waar ze in de su-permarkt mededelingen mee doen dat ze hem hoe dan ook eerst een VVVV ging overhandigen: voorwaarden voor een vernieuwde verhouding, en liep vervolgens met opgeheven hoofd de kamer uit.

En belde mij dan meteen op en fluisterde dat de ou-we melanchool zich weer over de hele linie gewonnen had gegeven en dat we die avond met z'n allen oriëntaals gingen eten. En dat gebeurde dan ook.

Op die verzoeningsavonden keek papa bijna vrolijk. Hij dronk een paar biertjes en zijn ogen glinsterden. Hij vertelde verhalen die we al kenden, van de Japanse juwe-lier die hij gepakt had en die even vals bleek te zijn als zijn juwelen, of van die keer dat hij drie dagen lang in een hondenhok had gezeten met een kolossale boxer, een teef met stamboompapieren van het Belgische ko-ningshuis én met vlooien, en dat alles om een beroeps-hondendief te pakken die speciaal voor die teef uit het buitenland was overgekomen. Af en toe stopte papa even en vroeg achterdochtig of hij die verhalen niet al eens eerder verteld had, en dan schudden we allebei enthousiast van: nee, nee, hoe kom je erbij, ga verder, en ik keek naar hem en dacht bij mezelf dat hij ooit een jongeman was geweest, dat hij allerlei dolle avonturen had meegemaakt, en dat daar allemaal een einde aan was gekomen door die ene gebeurtenis in zijn leven.

Ik zat in de rijdende wagon. Ik bedacht dat het me weken zou kosten om het allemaal te verwerken: hoe ze binnen waren gekomen, de gevangene en de agent, en hoe ze hun geboeide handen boven mij hadden gehouden, en hoe ze van mij hadden willen horen of de gevangene de agent in de ogen had gekeken, en hoe de gevangene een revolver in mijn hand gelegd had en hoe mijn vinger op de trekker had gebeefd, en hoe ik daar had staan wachten tot hij uit het raam zou springen...

Kortom, ik was net twee kinderen die uit de bioscoop komen en tegen elkaar roepen van weet je nog van dat, en dat, en dat...?

Maar anders dan die twee filmliefhebbertjes was ik helemaal niet vrolijk. Sterker nog, hoe meer ik dacht aan wat er in die coupé gebeurd was, hoe bozer ik werd. Ik snap niet hoe mijn vader het al die jaren met die Gaby uithoudt, dacht ik bij mezelf. Als ze zelf kinderen had gehad, als ze moeder was geweest, dan had ze haar eigen kind nooit zoiets aangedaan. Dan had ze geweten hoe die zich bij zo'n verrassing zou voelen.

En ik voelde me ook vernederd. Niet omdat ik er ingetrapt was. Het was een ander soort vernedering. Ik besefte ineens dat ik nog een kind was en dat volwassenen van die dingen konden regelen buiten mij om.

En papa had er ook aan meegedaan. Zeker weten. Gaby had de show bedacht en de rollen van de twee acteurs geschreven, maar papa was de uitvoerder. Ze moest hem eerst overtuigen dat het vrij eenvoudig was. Toen ze merkte dat hij twijfelde, zei ze dat het merkwaardig was dat zo iemand als hij terugschrok voor zo'n simpele operatie. Ik wist zeker dat ze het woord 'operatie' had gebruikt om hem lekker te maken. Hij had geaarzeld, ik wist gewoon dat papa geaarzeld had. Op sommige punten voelde hij me toch beter aan, ik was bij hem tenslotte erfelijk. Hij vond het wat overdreven om voor één kind zo'n ingewikkelde show op te voeren en dacht dat ik de humor ervan misschien niet zou inzien. Zij lachte en zei dat hij conservatief was, en een droogkloot, en had hij maar een kwart van mijn humor gehad, en ze mompelde nog, zogenaamd bij zichzelf, dat hij vroeger, voordat hij zo *wettig* was geworden, juist bekend had gestaan als een wilde jongen; of waren al die verhalen die ze gehoord had alleen maar sprookjes en fabeltjes? En toen had hij dus geen keus meer en moest bewijzen dat hij nog minstens net zoveel lef en fantasie en humor had als in zijn jonge jaren, toen hij met zijn eigen privé-tomatenstruik door de straten van Jeruzalem had gereden, en zo probeerden ze elkaar af te troeven in durf en vindingrijkheid en vergaten zich af te vragen hoe de jubilaris zelf het zou vinden. Ik, dus.

De zurige zweetlucht van de gevangene en de agent hing nog in de coupé. Kon ik ze maar vragen hoe ze zich op hun taak hadden voorbereid. Of het niet moeilijk was geweest om de tekst uit hun hoofd te leren. En hoe ze aan die kostuums waren gekomen, en aan die ijzeren kogel. En wat het allemaal gekost had om zo'n voorstelling op te zetten, allemaal voor mij alleen, zo'n show, de treinkaartjes hadden vast ook geld gekost en wie weet, misschien hadden papa en Gaby alle plaatsen in de coupé opgekocht zodat niemand de pret zou verstoren... Wat een ingewikkelde operatie hadden ze opgezet.

Geleidelijk aan zakte mijn woede. Ze hadden het tenslotte goed bedoeld. Ze hadden me blij willen maken. Ze hadden er zoveel tijd en aandacht aan besteed. Eigenlijk wel heel aardig van ze... Echt iets om blij van te worden. Zo zat ik in mezelf te mompelen, totdat ik wat opgeknapt was en haar brief weer vast kon houden, en toen zag ik meteen dat het nu een ander handschrift was.

'Het idee was, zoals altijd, van mevrouw Gabriëlla,' verklaarden papa's grote, zwarte hanenpoten. 'Maar toen onze waaghals me er eindelijk van overtuigd had dat jij het zo leuk zou vinden, schrok ze zelf terug, ze was bang dat je misschien zou schrikken, dat je van streek zou raken. Maar toen zei ik... Nou, je raadt vast wel wat ik gezegd heb.' Dat hij op mijn leeftijd zo goed als eigenhandig de koekjesfabriek van zijn vader gerund had, en dat het leven geen verzekeringsmaatschappij was.

'Percies!' jubelde Gaby's kleine, ronde handschrift. 'En aangezien je vader je als loontrekker van de Israëlische politie niet eens een kwart fabriek kan nalaten, maar daarentegen wel vette schulden (hier had Gaby drie druppels van de een of andere vloeistof op het papier gedruppeld, er een cirkeltje omheen getekend en ernaast geschreven: 'tranen van de krokodil en zijn secretaresse'), is het zijn plicht om je te harden en, nu je meerderjarig wordt, voor te bereiden op een leven vol strijd, uitdagingen en gevaar. Om te beginnen, jong, moet ik je alvast teleurstellen en mededelen dat je je aanbiddelijke oom dr. Sjmoe'el Sjilhav vandaag niet zult ontmoeten. En om je de gelegenheid te geven je verdriet te verwerken, las ik hier een korte pauze in.'

Een anonieme boer, grijsharig en door de zon verbrand, reed door de velden langs de spoorlijn op een wagen getrokken door een muilezel. Hij schrok op toen hij vanachter het raam van een voorbijrijdende trein een huiveringwekkende vreugdekreet hoorde slaken door een kortharige jongen.

'Het spijt me, troebelkind van me, dat we zo wreed zijn geweest om je te laten geloven dat je in Haifa zou belanden, rechtstreeks in de klauwen van die prominente pedagoog uit de familie van de nachtroofvogels. Maar ja, om je te kunnen verrassen, moesten we zorgen dat je niets zou vermoeden en zagen we ons dus helaas gedwongen om de allergemeenste middelen te gebruiken, waarvoor we je op onze blote knieën onze excuses aanbieden.'

Ik maakte zelf ook een kniebuiging naar de twee gestalten die eventjes voor me verschenen. Papa stond daar lomp en breedgeschouderd zijn handen te wringen; Gaby maakte een gracieuze plié en haar ogen lachten me toe. Ik was helemaal in de war van alle wederwaardigheden van het laatste uur: aan de ene kant voelde ik de depressie om de reis naar Haifa en om hun rotstreek uit me wegvloeien, en aan de andere kant stroomde mijn kleine hartje steeds voller van opwinding en hoop. Ik voelde me net een zwembad dat tegelijk leegloopt en bijgevuld wordt.

Het stugge, donkere handschrift verdrong de ronde, huppelende letters:

'13 is een heel bijzondere leeftijd, Nono. De leeftijd waarop je verantwoordelijk gesteld wordt voor je eigen doen en laten. Op jouw leeftijd moest ik, wegens de rampen die het joodse volk hadden getroffen...'

Een lange kronkellijn over de hele breedte van de

bladzijde gaf aan dat een mysterieuze, mollige, vlugge hand het papier weggegrist had vanonder de pen die zich in zijn herinneringen begon te verliezen: 'Je vader vergeet dat dit geen dagorder aan zijn manschappen is,' constateerde haar handschrift. 'Ik vraag me weleens af of hij werkelijk zo anders is dan zijn prominente broer.'

'Vanaf je 13de heet je geen kind meer te zijn,' liet papa's zwarte pen weer weten. 'Ik wou dat ik ervan overtuigd was dat de ommekeer inderdaad op die dag plaats zou vinden. Helaas...'

Hier volgden drie lege regels. Ik kon me de discussie voor de geest halen die in onze keuken had plaatsgevonden: wat zij gezegd had en wat hij gezegd had, hoe zij verontwaardigd met haar voet had gestampt en hoe hij had volgehouden dat iedere kans om mij op te voeden benut moest worden, en hoe de sterkste had gewonnen. Zoals altijd.

'Nu ik je vader heb weten over te halen om een kop koffie te gaan drinken, kan ik ongestoord doorgaan,' vervolgde Gaby, en ging toen ineens door in een snel en opgewonden handschrift: 'Nono lief, de sippe ouwe heer heeft zoals altijd gelijk. Dertien is niet zomaar een leeftijd. Het is de leeftijd waarop een kind volwassen begint te worden. Ik hoop dat je als volwassene net zo leuk wordt als je nu als kind bent.'

Nu zou ze nog 'slijmde Gaby' schrijven, of 'kroop Gaby in het stof voor de miljonairszoon,' zoals altijd als ze iets liefs gezegd had. Maar nee, deze keer niet.

'We wilden je op je bar mitswa dus iets bijzonders geven naast het feest op zaterdag en de camera die papa je beloofd heeft. Iets wat je niet met geld kunt kopen, iets wat je er later aan zou herinneren hoe wij drieën, papa en jij en ik, waren geweest toen je nog een kind was.'

Maar de woorden 'wij drieën' herinnerden me aan de dreiging die me boven het hoofd hing. Schreef ze 'wij drieën' in de zin van iets wat zijn zekere, vaste plek in het leven had en waar mijn vader nu ook mee akkoord ging? Of zat er iets van een afscheid en een einde in? Ik las de zin opnieuw. Ieder woord leek me kritiek. Ik kon maar niet beslissen: aan de ene kant putte ik moed uit het feit dat het die twee gelukt was om met elkaar, in een perfect samenspel, zo'n complexe operatie op touw te zetten. Kennelijk hadden ze mij dus niet nodig om te kunnen samenwerken. Mooi zo, pet af! Aan de andere kant schrok ik van dat 'iets wat je er later aan zou herinneren hoe wij drieën waren geweest'. Het had iets weg van een grafrede. Hoezo 'waren geweest' dacht ik. Zijn we dan niet meer?

'Dus hebben we dit idee bedacht. Dat wil zeggen, ik kwam met een klein, bescheiden ideetje, en je vader heeft het me afgepakt en zoals gewoonlijk tot een grote, complexe operatie opgeblazen, zoals hij me nu ook deze brief probeert af te pak...'

Weer veranderde het handschrift. Het was een titanenstrijd die daar gevoerd werd. Er zat een grote spat koffie op de rand van het papier.

'Eindelijk gerechtigheid!' verklaarde papa met zijn grote, lelijke handschrift. 'We houden het kort! Er kan op deze reis van alles gebeuren! Wie weet, haal je Haifa niet eens! Misschien wachten je huiveringwekkende avonturen waar je van je leven nooit van gedroomd hebt!' Ik vond het altijd ontroerend als papa haar stijl probeerde te imiteren om bij mij een punt te scoren. Dan was hij net een dansbeer die probeerde te volksdansen. Dus, hoewel hij nooit om mijn grappen lachte, glimlachte ik nu gul. Hij ging door: 'Misschien kom je nieuwe vrienden tegen, en ouwe vijanden! Misschien kom je ons wel tegen! Let op, het gaat beginnen!'

'Maar allereerst: een potje krabben!' kreeg Gaby er nog heel eventjes tussen.

Braaf, Gaby, braaf... Mijn vingers krabden haar – op afstand – tussen de oren, diep in de haarbos, en zij lag daar te kirren, met opgetrokken benen en met haar tong uit haar mond, maar richtte zich meteen weer op en schreef in één adem: 'Welke avonturen we voor jou in petto hebben, daar kun je zo meteen zelf achter komen. Als je dat tenminste wilt. Dat wil zeggen, mocht je het God verhoede niet willen, dan kun je tot aan Haifa op je plaats blijven zitten, vier doodsaaie uren lang, en in Haifa meteen weer de trein terug naar Jeruzalem nemen, en dan zul je nooit weten wat je gemist hebt.

Maar ben je een fiere, dappere, jonge Israëli, sta dan op, Nono Leeuwenhart, en trotseer moedig je lot!'

Gaby schreef precies zoals ze praatte. Soms had ik het idee dat niemand behalve papa en ik, haar kon volgen.

'Heb je besloten om je op de gevaarlijke weg te begeven die wij met zoveel moeite voor je aangelegd hebben, loop dan ogenblikkelijk naar de derde coupé in de wagon *links* van de wagon waarin je nu zit. (Links als je met je rug naar het raam staat, Columbus! Dat je niet per ongeluk in India terechtkomt!) Wat je daar te wachten staat? Dat weet God alleen (en die zal zoals gewoonlijk zwijgen, heeft Hij beloofd). Je zult daar iemand aantreffen die op jou zit te wachten. Op jou, en op jou alleen! We zeggen niet of het een man is of een vrouw, of die jong is of oud. We vertellen ook niet hoe die eruitziet. Plaats nummer drie zal onbezet zijn en klaar om je krent van een kontje op te vangen. Ga lekker zitten en laat je onderzoekende blik over de inzittenden gaan. Heb je eenmaal besloten wie je medeavonturier is – dan moet je hem aanspreken met een wachtwoord dat hij al kent en waar hij op wacht.'

'Welk wachtwoord?' vroeg ik hardop.

'Ssst!' vermaande Gaby me. 'Muren hebben oren, van achteren en van voren! Nee hoor, dat is het wachtwoord niet. Het wachtwoord is een vraag. Een simpele vraag. Je moet degene die je uitgekozen hebt vragen: Wie ben ik? Meer niet.'

'Wie ben ik?' mompelde ik twee keer achter elkaar. Fluitje van een cent.

Goeie God, schrok ik weer, wat die twee allemaal bekokstoofd hebben! En in hun eentje nog wel. Zonder mij!

'Heb je de juiste keuze gemaakt, dan zal de onbekende je echte naam noemen. Pas dan mag hij je verder in het avontuur begeleiden. Allereerst zal hij je op zijn mysterieuze, woeste manier blij willen maken en plezier willen doen. Als je van die belevenis bijgekomen bent, stuurt hij je door naar een andere wagon: de volgende etappe van ons spelletje. Daar wacht je weer iemand anders die je alleen maar wil vermaken en die niets liever wenst dan je toch al spitse oren van plezier nóg meer te zien spitsen. En als hij zijn snode plan volbracht heeft, stuurt hij je weer verder naar de volgende etappe, enzovoort, enzovoort, tot... Totdat je een échte verrassing tegenkomt!'

Ik legde de brief neer en haalde diep adem. Het gebeurde allemaal zo snel dat ik nu pas een idee begon te krijgen van de omvang van hun operatie. Hoeveel dagen en nachten hadden ze niet besteed aan de voorbereidingen en aan de besprekingen met de mensen die mee zouden doen! En ze hadden waarschijnlijk voor iedere deelnemer een apart toneelstukje geschreven dat hij voor mij, en voor mij alleen moest opvoeren... Ah! Mijn adem stokte. Ik probeerde verder te lezen, maar het lukte niet, mijn blik werd wazig. Ik wist dat papa bij de uitvoering van haar idee net zo te werk was gegaan als bij een politieoperatie: hij had alle mogelijkheden onderzocht, op alle ontwikkelingen geanticipeerd, alle tegenvallers, alle mogelijke en onmogelijke tactieken... En ik was trots omdat ze speciaal voor mij al die moeite hadden gedaan. Maar ook een beetje verbaasd, het wilde er bij mij gewoon niet in, want ja, ik had altijd gedacht dat ze mij nodig hadden om met elkaar te kunnen praten, dat ze zonder mij niet zouden weten hoe ze met elkaar moesten omgaan, dat ik ervoor zorgde dat ze niet de hele tijd ruziemaakten, en nu hadden ze met z'n tweeën, gewoon, zonder mij...

'Nono Leeuwenhart,' schreef Gaby, 'staartknopje van me, als je de hersens hebt en ook het oog – het scherpe oog van de beste rechercheur ter wereld – om in iedere wagon de persoon te vinden die je daar opwacht, zul je het alleravontuurlijkste avontuur beleven dat een dertienjarige ooit heeft beleefd. En aan het einde van de rit zul je als een volwaardige dertienjarige uit de trein stappen: een kloeke en gestaalde jongeman die een zware proeve van slimheid en dapperheid heeft doorstaan. Kortom...'

En hier pakte papa haar de brief weer af en toeterde met zijn grote, lelijke handschrift: 'Kortom, dan ben je net als ik!'

'Als je maar net zo bent als jij,' sloot zij af en tekende met een kus, met daarnaast het gezicht van papa, groot en breed, en haar eigen bolle smoel, met hazenoren en een stralenkrans.

Met moeite bleef ik nog heel even zitten. Ik dacht eraan hoe Gaby en papa deze krakende oude trein ineens in een rijdend avonturenpark hadden omgetoverd. Ik bedacht dat er op datzelfde moment in de verschillende wagons allerlei mensen, jong of oud, man of vrouw, zaten te wachten totdat ik bij ze kwam, één voor één, in de volgorde die papa en Gaby bepaald hadden. En ze wachtten op mij, en op mij alleen. Ze zaten daar met een ondoorgrondelijke, geheimzinnige uitdrukking op hun gezicht, en de andere passagiers wisten niks en vermoedden niks en hadden geen idee voor wie ze deze treinreis maakten, ze beseften niet dat het allemaal om één jongen ging. En als ik niet naar ze toe kwam, als ik ze mijn simpele vraag niet stelde, want stel dat ik geen fiere, dappere jonge Israëli was, dan zouden al die mensen daar voor noppes zitten, helemaal tot aan Haifa...

4 *Mijn debuut in een monocle*

Ik stapte de coupé uit. Links was de kant van je horloge (had papa me geleerd) en van je hart (Gaby), en die koos ik. Ik liep langzaam, ik mocht niet rennen, niets laten merken. In het raam vloog het heuvellandschap voorbij. Kale rotsen scheerden vlak langs de wagon en in de bocht zag ik de staart van de trein ver achter ons: hij sleepte even over de rails, en verdween weer. In die tijd reden er tussen Jeruzalem en Haifa nog treinen met afgesloten coupes. Per wagon vier coupes en een smalle gang over de hele lengte. Die gang was wel erg smal: als er iemand uit het raam stond te kijken kon er niemand meer langs. Maar ik was mager, dus ik kon wel makkelijk achter die iemand langs. Hij bekeek me vanuit zijn ooghoek, licht teleurgesteld omdat ik hem belet had zijn traditionele taak te vervullen.

Aan het eind van de wagon moest ik worstelen met een zware, hardnekkige ijzeren deur die maar niet open wou. Ik duwde met mijn handen en voeten. Toen het me eindelijk gelukt was om de deur op een kier te krijgen en ertussendoor te glippen, stond ik ineens op de overloop tussen twee wagons en werd overspoeld door een hels lawaai, een gedreun en geratel en geknars en gepiep, en zag dat de vloer uit twee zwarte ijzeren platen bestond met allemaal ijzeren wratten erop, en die twee platen grepen in elkaar en botsten tegen elkaar als twee worstelaars die elkaar bij de schouders vastgrijpen, en ik durfde er niet op te stappen, ik deed mijn ogen dicht en probeerde er met twee benen tegelijk overheen te springen en viel bijna, want ze wilden me van zich af smijten, ze bolden op en kronkelden, misschien had ik iets verkeerds gedaan, misschien mocht je als passagier niet naar een andere wagon terwijl de trein nog reed, en ik huppelde van de ene voet op de andere om niet langer dan één seconde op een vloerdeel te hoeven staan, wie had gedacht dat er zo'n gevaar dreigde zo dicht bij een treincoupé waar mensen rustig met elkaar zaten te praten. De wind gierde om me heen, overal, ook van onderen, waar ik door de kieren de aarde voorbij zag schieten, waar ik de wielen keihard hoorde ratelen, het ijzer hoorde knarsen en krijsen, één onvoorzichtige stap en ik zou ertussendoor vallen, en weg was ik.

Ik kon op dat moment niet helder denken. Van lawaai raakte ik altijd de kluts kwijt. En van zo'n heidens kabaal dat van alle kanten op me afkwam, werd ik letterlijk knetter. Ik raakte in één klap de huid kwijt die me tegen de rest van de wereld beschermde, werd die maalstroom van herrie ingezogen, aan flarden gescheurd en merkte niet eens dat ik het was die daar zo gilde.

'Laat me erdoor!' krijste ik tegen de zware deur, 'laat me er verdomme door!' en ik beukte met mijn handen en voeten, ramde met mijn hoofd, op zulke momenten kon ik met mijn hoofd tegen een stuk ijzer rammen zonder pijn te voelen, op school hadden ze al een benaming voor die uitbarstingen van me. Maar toen, in die trein, hielp het wel, de vulkaan Feierberg explodeerde, de deur ging op een kiertje, en dat was op dat moment voldoende, ik was kennelijk net zo iel als mijn gegil, ik wrong me erdoor, deed de deur achter die maalstroom dicht en haalde opgelucht adem: hè hè.

Ik stond te hijgen. De trein tjoekte weer rustig voort, het was weer zo'n treintje uit de kinderliedjes, maar ik keek er vanaf dat moment toch anders tegenaan.

En nu...

'Wie ben ik?'

Ik begon te prevelen, te repeteren.

'Wie ben ik. Wie ben ik. Wie.'

Eerste coupé. Ik liep erlangs zonder naar binnen te kijken. Tweede coupé – idem dito. Derde coupé. Ik stond stil, bleef even buiten staan.

Ik geloof dat het me op dat moment begon te dagen dat ik een klein probleempje had: Stel, ik ga de coupé binnen. Stel, plaats nummer drie is inderdaad onbezet, zoals Gaby beloofd heeft. En stel zelfs dat ik erachter kom wie van alle inzittenden mijn man is. Waar haal ik dan de moed vandaan om die ineens aan te spreken en te vragen: 'Wie ben ik?'

En wat zouden de anderen denken? Ik zag ze al voor me, de ogen die me zouden aanstaren.

'Typisch een idee van Gaby,' zei ik droogjes tegen mezelf. 'Papa zou me nooit in zo'n lastig parket brengen. Hij weet hoe gênant het is.'

Wie ben ik?

Ja, het wordt eigenlijk wel tijd dat ik wat over mezelf vertel.

In de tijd dat dit verhaal speelde, zevenentwintig jaar geleden precies, was ik op een paar dagen na dertien jaar oud. Ik was, vond ik zelf, een heel gewoon kind, maar daar waren de meningen over verdeeld, dus vermeld ik hier liever alleen maar de feiten waar geen onenigheid over bestond: Naam: Nono Feierberg. Geboorteplaats: Jeruzalem. Burgerlijke staat; ongehuwd (uiteraard), met één papa en één Gaby. Beste vriend: Micha Doebowski.

Bijzondere kenmerken: diep litteken op rechterschouder; halsketting met pistoolkogel. Andere bijzonderheden: mijn hobby.

Die hobby is de politie. Op mijn dertiende ken ik de stamnummers van alle politieofficieren in de regio Jeruzalem en het Zuiden uit mijn hoofd. Ik ken alle wapen- en wagentypes die bij ons gebruikt worden. Ik heb thuis een verzameling van alle 'wordt gezocht-affiches' die we de laatste vijf jaar hebben verspreid. En ik heb verder nog een grote verzameling, misschien wel de grootste in Israël, van alle mensen die vermist zijn en over wie een politiebericht is uitgezonden. En naast dat alles weet ik – langs wegen die beter verzwegen kunnen worden – mijn hand te leggen op alle geheime rapporten die Gaby uittypt, waaronder die van lijkschouwingen van beroemde moordslachtoffers, plus de tekeningen van de plek des onheils, plus de foto's die gemaakt zijn door de technische dienst. Ik heb de hoofdcommissaris tot twee keer toe persoonlijk gesproken: een keer op de trap van het regionaal hoofdkwartier, en nog een keer op de bruiloft van een van de commissarissen. Op die bruiloft zei hij – waar iedereen bij stond – dat ik de mascotte van de regio was.

'Wie ben ik. Wie ben ik.'

En wat als het de verkeerde man was?

Hoe zou ik dan meteen weer een andere durven aan te spreken? En in dezelfde coupé nog wel?

Even afkoelen en nadenken.

'In de eerste plaats,' zei ik tegen mezelf met de stem van papa, 'moet je zoveel mogelijk te weten komen over de tegenpartij. Je moet informatie inwinnen.' Want dit had hij me geleerd: kennis is macht. Duizend keer had hij het me ingepompt: 'Kennis is macht!' En hij sloeg daarbij met zijn vuist in zijn handpalm, en ik vroeg me af welke van de twee hij belangrijker vond, de kennis of de macht.

'Wie ben ik?'

En daar was de derde coupé al. Die trein ging me te snel.

De eerste keer liep ik de coupé als de bliksem voorbij. Ik vond het zo eng dat ik niet eens naar binnen durfde te kijken. Maar ik keerde meteen weer terug op mijn beverige schreden en liep er een tweede keer langs en dwong mezelf om naar binnen te gluren. Ik zag in een flits vijf koppen zitten. Vijf mensen, en in het midden een lege plaats. Met eroverheen een rood lint met daarop: GERESERVEERD!

Goh!

Ik ging terug. Liep er voor de derde keer langs. Maar deze keer wat rustiger. Nu zag ik dat er drie mannen en twee vrouwen waren. Een van de mannen had een bril op en zat een krant te lezen. De vrouwen waren mager. De ene was van middelbare leeftijd en had haar haar in een knotje, de andere had een pony. Daar kon je moeilijk iets uit opmaken. Ik liep er weer langs. Een van de vrouwen, de oudere, stootte de man naast haar met haar elleboog aan en wees met haar ogen op mij. Ze had van die nare ogen die me ergens aan oma Tsitka deden denken, maar ik was nu een stapje verder: ik had gemerkt dat een van de mannen een zwarte hoge hoed op had. Dat was vreemd, hij zag eruit als een buitenlandse diplomaat. Of als een begrafenisondernemer. Er borrelde een klein, duister, maar juichend vermoeden in me op: wat doet een begrafenisondernemer in de trein naar Haifa?

Ik stopte. Maakte rechtsomkeert. Liep terug. Nee. Ik stopte weer. Ik had een alibi nodig, een goede reden waarom ik als een kip zonder kop langs hun coupé liep heen en weer. Want het geheim van een goede speurneus – had ik van je-weet-wel-wie geleerd – is dat hij helemaal opgaat in zijn vermomming. Als je je als bedelaar voordoet, moet je je ook een bedelaar voelen, je moet de mensen die je geen aalmoes geven haten, en de gevers moet je van harte bedanken. Ga je gekleed als vrouw, dan moet je ook in alles een vrouw proberen te zijn: zoals je loopt, zoals je beweegt, de etalages waar je voor stil blijft staan, de etalages die je overslaat. Eén overbodige beweging – en je wordt ontmaskerd door degene die je aan het schaduwen bent. Papa's ogen vernauwden zich dreigend, de diepe groef ertussen werd nog dieper en donkerder: 'Nu moet je goed luisteren, Nono. Een acteur die slecht speelt, krijgt een slechte recensie, meer niet. Maar een rechercheur die zijn rol slecht speelt, eindigt misschien met een kogel in zijn hoofd!' Papa voelde onbewust aan zijn schouder en ik aan de kogel aan mijn halsketting. We keken elkaar in de ogen. Hij had me nooit verteld wie de boef was geweest die op hem geschoten had, en ik had het hem niet gevraagd. Er waren van die dingen waar je niet over praatte. Dingen waarover mannen zwegen.

Ik liep weer, voor de vijfde keer misschien, langs hun coupé. Ik fronste moeizaam mijn voorhoofd. Kruiste mijn armen over mijn borst. O, wat zat ik toch met een probleem! O, wat liep ik daar te peinzen! Tja, dat kreeg je als jonge wetenschapper die op het punt stond de slinger uit te vinden.

Maar ja, ondanks mijn perfecte alibi zaten alle vijf inzittenden van de coupé nu voorovergebogen om me goed in de gaten te kunnen houden. Door die overdreven aandacht lukte het me niet om meer gegevens te verzamelen over mijn verdachte, die met de begrafenis-ondernemershoed. Droeg hij een rode vlinderdas? Ik stopte. Moest ik misschien een andere vermomming kiezen? Zouden ze mij te jong vinden voor een jonge wetenschapper? Of vermoedden ze dat de slinger al uitgevonden was?

De tijd drong. We naderden Haifa. Ik bedacht ogenblikkelijk een ander alibi, draaide me om, vervloekte Gaby en liep weer langs de coupé, deze keer als een toneelspeler die de rol van een gekwelde pingpongbal instudeerde. Alle inzittenden – ook de begrafenisondernemer – zaten met hun gezicht naar de deur toe met elkaar te smiespelen, of te praten, of misschien zelfs boos te schreeuwen – ik kon het door het glas heen niet horen.

Dat ging niet goed. Hoe vaak kon ik nog langs de coupé lopen voordat ze me met z'n allen zouden aanvliegen, me gillend de coupé in zouden sleuren en me zouden verscheuren? Met angst en beven stopte ik bij de deur. Ze keken me alle vijf woest aan. Ik deed dapper mijn ogen dicht, stapte naar binnen, viel bijna over hen heen, tussen hen in, onder hen, trapte op alle voeten die er waren, baande me stotterend een weg naar de lege plaats met het rode lint met GERESERVEERD! erop en plofte uiteindelijk neer en bleef als bevroren op mijn plaats zitten. Alleen mijn oren gloeiden.

Vijf paar ogen keken me afkeurend aan. Ze konden zich niet voorstellen dat de ereplaats gereserveerd was voor een kind.

Vijf paar afkeurende ogen?

Eén van de aanwezigen zat toch op me te wachten?!

Ze keken allemaal streng.

Minutenlang durfde ik niemand aan te kijken.

En toen, heel voorzichtig, vluchtig...

Zogenaamd toevallig... alsof ik mijn ogen zomaar liet dwalen...

Pony... Kale kop... Bril... Hoge hoed...

'Wie ben ik... Wie ben ik...'

De trein reed door, de wielen klepperden. Mijn tanden ook. Ik had nog nooit zoiets aan een vreemde gevraagd. 'Wie ben ik... Wie-ben-ik... Wiebenik...'

En wat als de man met de zwarte hoed de Zweedse ambassadeur was die voor zijn plezier een reis door ons land maakte?

Of een kok in de rouw?

Ik nam hem met vluchtige blikken op: Lange man. Streng gezicht. Dunne, op elkaar geklemde lippen. Iemand die in staat was om je een draai om de oren te geven als je een brutale vraag stelde.

Maar wacht 's even!

Die daar, naast hem... Een klein, rond mannetje met een rood, bol gezicht, behoorlijk kaal, brede neus, grote, wijd opengesperde neusgaten, vlezige lippen. Hij had het gezicht van een banketbakker. Of een ballonnenopblazer. Hij zat naar het raam te staren en in zichzelf te mompelen. Of was hij misschien aan het repeteren voor het grote moment, als ik hem zou toespreken?

Of die jonge vrouw met die spijkerbroek aan. Ik gaf haar signalement door via mijn denkbeeldige portofoon: blauwe lap op linkerknie, groen shirtje. Bruin haar, korte pony. Kaki rugzakje. Bijzondere kenmerken: geen. Saaie kop. Einde signalement, over.

Of die oudere vrouw, die me deed denken aan Tsitka, papa's moeder en helaas ook mijn oma, ingewikkeld verhaal, maar goed, hoorde die vrouw nou bij het spel?

Of was dat de verborgen bedoeling van mijn vader?

Vier van die uren waren meer waard dan een maand trainen en praten. Een intensieve praktijkcursus. Want om hiervoor te slagen moest ik alle kneepjes van het vak toepassen. Een geweldig idee voor een bar mitswa-cadeau, dacht ik met gemengde gevoelens, maar ja, een Zwitsers horloge is ook een heel mooi cadeau.

Een gezicht. En nog een gezicht. Een uitdrukking en een glimlach, neus en lippen. Papa zei altijd dat het gezicht een boek was dat je moest leren lezen. Een echte beroeps kon uit iemands gezicht, uit de rimpels en de trekken, bijna alles over die iemand te weten komen. Toen ik tien werd, kreeg ik van papa een zelfgemaakte compositie-tekeningkit cadeau. Net zo één als hij op het bureau had. Hij had een heleboel transparanten gemaakt met alle bestaande gelaatstrekken erop, neuzen en kinnen, baarden en wenkbrauwen en oren en ogen – alles wat een mens op zijn gezicht heeft, had mijn papa getekend. En hij gaf me dat pakket en zei: 'Lees maar, dit is het boeiendste boek ter wereld.'

De tijd verstreek, de trein holde naar Haifa en ik wist nog steeds niet wie mijn man was. Ik begon steeds meer de hoge hoed te verdenken. Hij zat daar kaarsrecht en stijf, zijn ogen gingen schuil onder zijn dikke, krullerige wenkbrauwen en hij klemde zijn lippen grimmig op elkaar. Ik was ervan overtuigd dat hij mijn man was, maar ik was voor hem nog banger dan voor de anderen. Of ging het papa en Gaby er juist om dat ik die angst zou overwinnen? Vanuit mijn ooghoek wierp ik gekwelde blikken op hem. Kon hij me niet een beetje helpen? Even glimlachen? Een glimp van een glimlach zou al genoeg zijn om me de eerste stap te helpen zetten. Maar hij vertrok geen spier. Hij keek precies zoals mijn vader als ik hem aan het lachen probeerde te maken.

Ik maakte er een potje van. Ik durfde niet. Waarom hielp niemand mij?

En zij almaar naar me kijken. Schaamteloos staren. Wat zagen ze? Een klein, mager jongetje. Stroblond haar, heel kort geknipt (het enige kapsel dat de politiekapper kende). Grote blauwe ogen, een beetje wijd uit elkaar, een beetje verwarrend waarschijnlijk als je in beide tegelijk probeerde te kijken. Ja, zo was ik. En als je niet al te goed keek, zag je het gezicht van een brave Hendrik. 'Wat een signalement,' zuchtte Gaby altijd verbijsterd, 'een engelengezichtje, maar het hart van een schurk!' Want uit het signalement kon je niet afleiden dat de ader in mijn hals de hele tijd zo hard klopte dat het pijn deed. Of dat mijn wangen altijd gloeiend rood waren. Of dat mijn vingers geen moment stil zaten. Dat mijn ogen steeds heen en weer schoten, nerveus zochten: Wil iemand horen hoe ik bijna helemaal in m'n eentje een zakkenroller gepakt heb (bijna)? Wil iemand een tweedehands kompas kopen? Of een hondenfluitje? Of een mop horen?

'En de oren van een duiveltje,' voegde Gaby eraan toe en raakte ze verbaasd aan. 'Kijk, spitsoren. Puntig. De oren van een wilde kat. Ben je nou een kind of een dier?'

'Wiebenik, wiebenik...'

Maar ik kon het niet. Ik kon het niet over mijn hart verkrijgen om een van die mensen aan te spreken en te vragen wie ik was. Het was alsof we door een glazen wand van elkaar gescheiden waren. Honderd keer begon ik 'wie ben ik' te mompelen, maar de woorden verbrokkelden in mijn mond. Wat zou papa van me denken? Hij zou minachtend zijn neus optrekken: alweer viel ik hem tegen. Hij had zo'n verrassing voor me bedacht, en ik was niet in staat om ervan te genieten.

Maar voordat ik zelf wist wat ik nu eigenlijk wou, besloot de vulkaan Feierberg voor me en spuwde me als hete lava de coupé uit, de gang in.

En nu? Teruggaan kon ik niet meer. Dan maar het hele avontuur laten varen?

Lafaard, lafaard. Nono Hazenhart.

Ik liep weg van de coupé. Bleef staan bij het raam aan het andere eind van de wagon en haatte mezelf. Ik wist dat de geheimzinnige man die papa en Gaby in de coupé hadden zitten, zou rapporteren hoe ik me gedragen had. Hoe ik mezelf en papa te schande had gemaakt.

'WIE BEN IK??!'

Wie had zich kunnen voorstellen dat een rijdende trein zo zou galmen.

Maar nu ik het gedurfd had, nu het plotseling uit me losgebarsten was, wou ik die impuls niet laten schieten. Ik mompelde in mezelf almaar 'wiebenik, wiebenik', draaide me bedachtzaam om, liep terug richting derde coupé, bleef het almaar fluisteren, uit angst dat als ik ook maar heel even zou stoppen, de moed me in de schoenen zou zinken, liep zo met hele kleine stapjes en dacht bij mezelf: ik doe mijn ogen dicht en stap zonder te kijken de coupé binnen en stel de vraag en dan merk ik het wel. En zo liep ik erheen, angstvallig fluisterend: 'Wie ben ik,' met kleine pasjes, alsof ik een kaars droeg die ieder moment kon uitgaan, 'wie ben ik,' en het viel me op dat ik iedere keer als ik die vraag stelde diep in mijn borst een tikje voelde, alsof er iemand vanbinnen klopte om mijn aandacht te trekken, om me te attenderen op mijn hart dat met iedere herhaling van de vraag steeds zwaarder werd, steeds bitterder. Vreemd, ik had nog nooit die simpele vraag gesteld, ik wist toch wie ik was, iedereen weet toch wie hij is? Ik was Nono, de mascotte van de regio, ik had papa en Gaby en mijn vriend Micha en de afspraak met papa dat we collega's zouden worden als ik groot was, maar om de een of andere reden had ik op dat moment het gevoel dat er misschien wel *allerlei* antwoorden gegeven konden worden op de vraag wie ik was, en dat misschien niet alles vanzelfsprekend was, en toen zonk er plotseling iets in me, werd ik ineens zwaar, traag, ik had bijna geen zin meer in dat hele avontuur, ik voelde een soort onbestemd verdriet in me opwellen: 'Wat heb ik toch, wie ben ik...'

En precies op dat moment zag ik achter de glazen deur van een van de coupes een man naar me staren met een heel bijzondere blik in zijn ogen: alsof hij me zag, maar toch ook weer niet. Ik stopte. Of liever gezegd: ik moest stoppen. Ik voelde me door zijn blik aan de grond vastgenageld. Ik wist, ik wist gewoon dat mijn gezicht hem aan iemand deed denken, want hij bleef naar me kijken en in zichzelf glimlachen, en het was de afwezige glimlach van iemand die in gedachten of in herinneringen verzonken is. Een lang moment stond ik zo voor hem en bewoog me niet. Ik had het gevoel dat hij me – zonder woorden – vroeg om te blijven staan zodat hij me kon bekijken en zich aan die herinnering kon overgeven.

En plotseling werd zijn blik scherp, braken zijn ogen door het waas dat erover lag en door de verwarrende weerspiegeling in de ruit en waren nu op mij gericht. Zonder twijfel. Ze keken nieuwsgierig en vriendelijk. En zijn lange been, dat over zijn knie lag, begon een beetje te schommelen, heel zachtjes. Met twee lange vingers viste de man iets uit zijn borstzak op: een kleine, ronde lens die met een fijn gouden kettinkje aan zijn zak vastzat. Hij zette de lens aan zijn oog en kneep hem tussen wang en wenkbrauw vast. Ik had al een keer in een film zo'n ding gezien. Een monocle. Een bril met één glas. Zoals ze die bijvoorbeeld in Engeland hadden.

Ik wórd door een monocle bekeken, dacht ik gelukzalig en richtte mijn hoofd op en begon meteen aan allerlei nobele dingen te denken om in die lens een behoorlijk figuur te slaan, want je krijgt als Israëlische jongen niet iedere dag de kans om in een monocle te verschijnen.

Maar terwijl de man me zat op te nemen verzuimde ik mijn beroepsplicht ook niet: hij was een man op leeftijd, een jaar of zeventig, sterk gebruind, zijn huid had de kleur van donker koper, en hij had een knap en boeiend gezicht, het gezicht van iemand die uit een ander land komt. Hij had heldere, lachende, blauwe ogen, de ogen van een baby in een mannelijk gezicht, met zongebruinde kraaienpootjes en aparte wenkbrauwen die twee dikke, harige driehoeken boven zijn ogen tekenden. En tussen die ogen prijkte een neus. En wat voor een neus! Groot en krachtig en majestueus. Een uit rots gehouwen neus. Een neus waar je U tegen zei. En mooi verzorgd haar dat die man had! Sneeuwwit, golvend haar dat achter zijn oren viel en daar omkrulde, zoals bij oude kunstenaars.

Hij zat alleen in de coupé. Natuurlijk was hij alleen, hij hoorde niet bij de andere mensen in de trein. Hij droeg een chic, wit pak en een kleurige stropdas, zo kleurrijk als een exotische vogel. En dat was nog niet alles, want er stak ook een rode roos in zijn knoopsgat en de driehoek van een zakdoek uit zijn borstzak. Ik herinner me al die details nog heel goed. In die tijd waren er in Israël niet veel mensen die zich zo kleedden. Wie had toen het geld om een pak te kopen? En als je al een pak had, droeg je het niet in de trein, en al helemaal niet op weg naar Haifa, de arbeidersstad.

Ik voelde meteen dat het zijn eigen pak was. Hij was geen acteur die dat pak alleen die dag droeg, speciaal voor mijn spelletje. Dat pak was van hem zelf, zoals ook de roos door hem zelf geplukt was. Alles paste goed bij hem, alles zat lekker aan zijn lijf. Je kon voelen dat de kleren zelf het heerlijk vonden om door hem gedragen te worden.

En ik herinner me nog iets: hij deed me heel even aan mijn vader denken. Niet qua uiterlijk, helemaal niet. En nu ik eraan terugdenk weet ik eigenlijk niet zo goed waarom hij me aan hem deed denken. Misschien omdat hij daar helemaal alleen zat. Maar in alle andere dingen was hij heel anders. In die tijd was mijn vader – dat moet ik toegeven–steeds een beetje KONEBBESJ (*ko*rzelig-*ne*rveus-*be*hoorlijk-*be*zweet-*sj*ofel), zoals Gaby dat noemde, terwijl die man daar vriendelijk en sympathiek overkwam, een levensgenieter die heerlijk kon niksen en alle tijd van de wereld had en erg nieuwsgierig was en geïnteresseerd in de medemens. Toch had hij tegelijk ook... Ja, er zat ook een soort dunne, onzichtbare lijn om hem heen die hem van andere mensen scheidde. Misschien is dat wel het teken van echte adel, want dat had hij, iets adellijks. En toen, zonder na te denken, gewoon in een opwelling, trok ik de deur van zijn coupé open. Het klopte niet met de instructies van papa en Gaby, het was niet volgens de regels van het spel dat ze voor me bedacht hadden, maar dat kon me niks schelen, de rest zou ik later wel inhalen, ik stapte nu naar binnen en bleef daar kaarsrecht voor hem staan en vroeg met luide, heldere stem: 'Wie ben ik?'

Zijn glimlach werd nog breder, hij sloeg zijn benen

andersom over elkaar en keek me langdurig aan. In de coupé hing een lichte after-shavelucht. En toen bewoog hij een spiertje in zijn gezicht, de monocle viel neer in zijn handpalm en verdween in zijn borstzak en het was allemaal zo wonderbaarlijk, net een film. Hij had nog geen antwoord gegeven. Een behaaglijk gevoel verspreidde zich door mijn hele lichaam. Van die opwinding en lichte spanning die je voelt als je op het punt staat een raadsel op te lossen. De man genoot ook van dat verlengde, vertraagde moment. Ik wilde zo graag dat hij het goede antwoord zou geven. Hij was de man met wie ik het spel graag wilde voortzetten.

'Jij bent Amnon Feierberg,' zei hij uiteindelijk met een glimlach. Zijn stem was hoger dan je zou verwachten en hij had het accent van een nieuwe immigrant uit Roemenië. 'Maar thuis, meneer jouw papa noemt jou... Nono.'

5 *Is-ie nou een goeie of een slechte?*

Ik zweeg. Ik gaf hem mijn hand en hij schudde die. Hij zei: 'Excuseer, ik vergeet: Felix, dat is mijn naam!' Ik dacht: ik wil later ook zulke handen hebben, lang en elegant en krachtig. Ineens voelde ik mijn ziel overkoken als melk op het vuur. Ik weet niet wat het was, zijn verschijning misschien. Ik gaf hem weer mijn hand en kreeg weer een handdruk, hij zal wel begrepen hebben dat ik hem nog een keer moest aanraken, zodat mijn vingers meteen de vorm zouden overnemen die ze uiteindelijk moesten hebben, en niet alleen de vingers, ook die lange, krachtige arm, ja, zijn hele persoon zou op me overgaan en in me gegrift worden om, als ik groot en volwassen was, wakker te worden en in me te ontluiken, met dat hoofd van hem, die leeuwenkop, en de majestueuze neus, en de blauwe ogen met de kraaienpoten eromheen, en ook zijn adellijkheid, alles.

Als ik niet zo verlegen was geweest, had ik hem laten zien hoe ik me in een wip in het bagagerek kon wurmen, om me dan met mijn kop naar beneden weer te laten zakken tot de grond. En dan had ik in een rijdende trein een handstand gedemonstreerd. Met mijn laatste krachten lukte het me nog om een schijn van beschaafdheid op te houden en recht op mijn benen te staan.

'U wil niet zitten, meneer Feierberg?' zei hij teder, alsof hij de kleine explosies in mij aanvoelde en me wou helpen kalmeren. Ik ging zitten. Ik wilde dat hij weer wat tegen me zei. Zodat ik hem onmiddellijk kon gehoorzamen. Laten zien hoe trouw ik kon zijn.

Hij haalde een zwartwitfoto uit zijn borstzak. Hij bekeek hem goed, en keek daarna naar mij. Toen glimlachte hij weer: 'Precies de foto. Alleen knapper.'

Hij liet me de foto zien. Ik kende hem niet. Je zag mij erop van school teruglopen in mijn grijze, pafferige jack. Papa had me kennelijk stiekem vanuit zijn auto gekiekt zonder dat ik er erg in had.

'Met een telelens, hè?' zei ik tegen die Felix, om te laten zien dat ik een kenner was. 'Van papa gekregen? Om me te kunnen herkennen?'

Een blauwe glimlach flitste op uit de drie stoere rimpels bij zijn ooghoeken. Ik dacht dat ik flauwviel. Die glimlach! Net een filmster. Ik glimlachte terug en streek vluchtig met een vinger over mijn eigen ooghoek, maar die wilde maar niet rimpelen. Hoeveel jaren moest ik nog verdoen voordat ik zelf drie scherpe, rechte rimpels kreeg, van de ooghoek tot aan de slaap? Bij hem zag het eruit alsof hij ermee geboren was. Hij bestudeerde de foto aandachtig. Ik bedacht dat er op dat moment misschien nog meer mensen in de trein zaten die mijn foto bij zich hadden om me te kunnen herkennen! Wat had mijn vader toch aan alles gedacht! Wat had hij toch veel voor me over!

Ik boog me voorover om de foto te bekijken, maar ook om de after-shave van Felix beter te kunnen ruiken. Op de foto stond ook Micha Doebowski, mijn beste vriend. Die liep twee stappen achter mij, met zijn mond open.

'En hier, het is jouw vriend,' zei Felix vriendelijk, maar ik had de indruk dat hij niet helemaal tevreden was over Micha, ik meende iets van terughoudendheid in zijn stem te horen. En ik moet zeggen, Micha zag er inderdaad nogal onnozel uit zoals hij daar sloom en versuft achter me aan slenterde.

'Nou, vriend,' zei ik haastig. 'Zeg maar een speelkameraad. Eigenlijk is-ie mijn adjunct.' Thuis noemden we hem Vrijdag. Gaby deed een beetje schamper over hem. Maar hij was een goeie jongen. Als adjunct, bedoel ik.

'Wil jij beetje vertellen van hem?' vroeg Felix en kruiste zijn armen over zijn borst, alsof hij zeeën van tijd had om naar mijn verhalen over Micha te luisteren. Ik zei dat er niet zoveel te vertellen viel. Wat kon je nou over Micha zeggen? Eigenlijk was hij zomaar iemand die al een paar jaar aan me bleef plakken. Hij verbeeldde zich dat hij mijn maatje was, maar eigenlijk ging ik alleen maar uit medelijden met hem om, voegde ik er nog gniffelend aan toe en dacht bij mezelf dat het wat overdreven was om zoveel tijd te verspillen aan Micha, ook al was hij best een goeie jongen.

'Wie wel is jouw beste vriend dan?' vroeg Felix verbaasd. 'Ik dacht, dat is Micha.'

Daar had ik me dus mooi in de nesten gewerkt. Papa had hem waarschijnlijk tot in het allerkleinste detail over me verteld, en nu moest ik Micha zonodig zwartmaken alleen maar omdat ik dacht dat hij bij Felix niet in de smaak zou vallen en dat hij te min zou zijn voor zo'n adellijke man, terwijl Micha echt een goeie jongen was.

'Micha is eh...' Ik wilde het helemaal niet over Micha hebben. Hoe was die er opeens tussen gekomen? Wat kon ik nou over hem vertellen? Hij was gewoon zo iemand die er altijd was. 'Micha is eigenlijk mijn lijfwacht,' begon ik uit te leggen, en toen sloeg plotseling de kleine motor in mijn hoofd aan, dat gezoem midden op mijn voorhoofd, die warmtebron. 'Maar mijn beste vriend,' ging ik bloedserieus door en luisterde ondertussen naar mijn rollende tong om te weten wat ik ging zeggen, 'is eigenlijk Chaim Stauber. Die is een echte vriend. Een bijzondere jongen, hoor. Een genie. We zijn al jaren maatjes. Wat wij al niet samen hebben gedaan!'

Micha keek me vanaf de foto aan. Die rustige, slome Micha. Zijn mond leek nog verder open te staan dan normaal. Als ik zo begon te praten, als het tussen mijn ogen warm werd, dan raakte Micha gehypnotiseerd. Dan luisterde hij in een soort trance naar mijn allerergste leugens. Hij sprak me nooit tegen waar andere kinderen bij waren. Hij zei er nooit wat van. Soms werd ik wel gek van zijn gehoorzaamheid. Het leek wel of ik alles mocht. Ik kon hem leugens vertellen over hemzelf, dingen waarvan hij wist dat het leugens waren, maar hij luisterde gewoon en zijn tong lag als een luie hond over zijn onderlip.

De knappe, elegante man luisterde ook naar me, maar zeker niet stompzinnig. Hij knikte traag en peinzend met zijn hoofd en ik had het gevoel dat hij bij me naar binnen keek en alles wist, over mij en over Micha, en ook over mijn kleine verraad nu.

Maar ik kon niet stoppen. Dat gezoem tussen mijn ogen was heerlijk, alsof iemand me precies midden op mijn voorhoofd met een veertje kietelde en het fantasiegebied in mijn hersenen stimuleerde: 'Die Chaim Stauber! Jammer dat u hem nooit ontmoet hebt. Wat een jongen! Hij kent de hele bijbel uit zijn hoofd! En hij speelt piano! En hij heeft de hele wereld afgereisd, zelfs in Japan is-ie geweest! En hij heeft al twee keer een klas overgeslagen!' De meeste dingen die ik zei klopten wel.

Ik wilde die Felix ook laten zien dat sommige van mijn vrienden wereldburgers waren, dat ze niet allemaal gewoontjes waren, zoals die Micha. Alleen was Chaim Stauber niet meer mijn vriend. Na dat incident met de koe van Mautner hadden we allebei een verklaring ondertekend waarin we de schooldirectie en de moeder van Chaim beloofden dat we geen woord meer met elkaar zouden wisselen zolang we nog op school zaten.

Ik voelde me nu rottig. Waarom moest ik mijn eerste kennismaking met die man beginnen met leugens en verraad? Hij leek zo puur. Zo lief en zonnig als een grote baby. Zonde. Ik had het gevoel dat ik pas op de plaats maakte in plaats dat ik vooruit holde. Dat ik iets misliep. En het spel ook. Want we waren al bijna in Haifa. Maar goed, vroeg ik aan die mysterieuze Felix, wat moest ik nu eigenlijk doen? Moest ik misschien teruggaan en alle etappes van het spel één voor één aflopen totdat ik weer bij hem kwam? Eerlijk gezegd had ik daar niet zo'n zin in, maar toch, papa en Gaby hadden alles gepland, en de mensen zaten op me te wachten, en ze hadden hun rol ingestudeerd...

Gelukkig vond ook de man die Felix heette niet dat ik me zonder meer aan alle regels van het spel moest houden. Hij glimlachte flauwtjes, uit minachting voor al die mensen leek het wel, en ik lachte mee zonder te weten waarom, alleen maar om die glimlach uit te proberen, even op mijn lippen te passen. Toen haalde hij een dunne ketting uit zijn broekzak. Ik moest me heel erg inhouden om er niet aan te komen: deze keer was het een zilveren ketting met een rond, wit horloge eraan. Ik had tot dan toe maar één keer in mijn leven iemand gezien die een horloge aan een ketting in zijn zak had. Dat was in de film 'Pimpernel Smith'. De cijfers op het horloge van Felix waren groot en vierkant. Om de ronde wijzerplaat zat een dun goud randje. Als ik zo'n horloge had gehad, had ik hem in een kluis gedaan en er maar één keer per dag een blik op geworpen. En wel 's nachts, als ik helemaal alleen was. Zo'n horloge mocht je niet in je zak stoppen. Die Felix was kennelijk erg goedgelovig. Had hij soms nooit van zakkenrollers gehoord? Van rovers? Nou, ik kon hem wel het een en ander leren, als hij daar geen bezwaar tegen had.

Hij deed zijn ogen dicht en zijn lippen bewogen alsof hij aan het rekenen was. 'Wij kunnen dat zo zeggen,' zei hij uiteindelijk met zijn zwaar buitenlandse accent, 'dat jij komt bij mij beetje vroeger dan ik heb gewacht. Maar wij kunnen ook zeggen dat zo meteen komt jouw tijd.'

Ik kon het niet volgen, zijn Hebreeuws niet en ook niet wat hij zei.

'Nu het is drie uur en tien minuten, jongheertje Feierberg. Wij moeten zijn bij de auto precies om drie uur en drieëndertig minuten klokslag. Zo is dat.'

Ik vroeg welke auto.

'Heb ik gezegd auto?' Hij stak zijn beide handen omhoog, alsof hij zich overgaf. 'Excuseer! Felix wordt oud! Hij praat voorbij zijn mond! Maar jongheertje Feierberg zal vergeten meteen alle geheimen wat hij heeft gehoord, hij zal wachten geduldig op de verrassing. Want verrassing is belangrijk, maar nog belangrijker, dat is wachten op de verrassing, toch?'

In die tijd was het zo dat mijn rechterbeen begon te trillen als iemand het woord 'geheim' tegen me zei; en als ik het woord 'verrassing' hoorde, dan begon mijn linkerbeen automatisch te spartelen. Felix had geen idee wat hij me aandeed toen hij beide woorden in één zin gebruikte.

'Waarom meneer Feierberg springt zo?' wilde hij weten. Hij bukte en haalde een bruine leren koffer onder de bank vandaan.

Ik legde maar niet uit hoe het met die trillingen van me zat.

'Koffer van leer, *made in Rumania,*' zei hij en klopte goelijk op de koffer. Zijn stem verraste me iedere keer opnieuw: beetje oud, hoog, kronkelig en kraaierig; hij paste helemaal niet bij zijn deftige uiterlijk. 'Mijn hele leven ik ga alleen met dit koffer,' zei hij, gespte de koffer zorgvuldig dicht en gniffelde bij zichzelf: 'Mijn enige vriend in mijn hele leven.'

Terwijl hij sprak probeerde ik te raden waarvan mijn vader hem kende en hoe het kwam dat hij me nooit over hem verteld had. Was hij misschien van Bijzondere Operaties? Een van die legendarische rechercheurs die ook in het buitenland opereerden misschien? Van die jongens die met een gestolen identiteit de wereld afreisden en met Interpol en de FBI samenwerkten? Soms kwam er zo iemand met verlof, en liep dan door de gangen van het regionaal hoofdbureau met een ruisende golf van geheimzinnigheid achter zich aan. Dan werd er op de kamers gefluisterd dat er een *undercover* – zo noemden ze zo'n geheime jongen – in het gebouw was, en de secretaressen bedachten allerlei smoesjes om een kijkje te gaan nemen. Zelfs mijn vader richtte zich helemaal op als een van die figuren langs zijn kamer kwam. Eén keertje had hij met zijn ogen op zo'n undercover gewezen en tegen me gezegd: 'Onthoud maar dat je hem gezien hebt!' En vlak erachteraan, heel streng: 'En vergeet dat je hem gezien hebt!' Hij bedoelde uiteraard voor het geval ik in handen van afpersers en kidnappers zou vallen, die geheime informatie over de politie van me los zouden proberen te krijgen. En juist die man, nota bene de enige undercover die ik ooit gezien had, zag er heel gewoon uit, zo iemand in burgerkleren, klein en kaal en met witte handen.

Maar die Felix... Ik kon maar niet beslissen wie hij was. Of wat hij was. Het ene moment leek hij zo onschuldig als een baby, maar dan stak hij ineens zijn hoofd uit de deur en keek links en rechts de gang in, met de professionele blik van een ware undercover. Plotseling ging er een schokkende gedachte door me heen: misschien was hij vroeger een slechte, en is hij later overgestapt naar ons, naar de goeien. Dat zou toch kunnen? Papa had in zijn werk contacten met allerlei mensen. Je zou niet geloven wie er allemaal gedag tegen hem zei als we over straat liepen.

'Kom, meneer Feierberg,' zei Felix, 'wij moeten gaan al.'

'Waarom zegt u meneer tegen me?' vroeg ik. Ik vond het een beetje grappig, maar ook een beetje irritant.

'Wat dan ik moet zeggen, alstublief?'

'Nono.'

'No-no...' liet hij mijn naam even over zijn tong rollen. 'No... No... Nee, ik kan niet zeggen Nono, wij zijn nog niet helemaal vrienden, toch?'

'Waarom niet?' Tja, dat was wel dom van me. We waren het inderdaad nog niet. Maar ik wilde het heel graag. Ik wilde geen tijd verspillen aan formaliteiten. Want zo was hij wel, iemand die je meteen wou vertrouwen.

'Maar iedereen noemt me Nono.'

'Dan ik noem jou meneer Feierberg. God bewaar dat ik doe wat doet iedereen, toch?' Hij stond voor het raam en keek naar zijn spiegelbeeld en trok zijn stropdas recht.

'Misschien,' zei hij intussen tegen mij, 'als wij zijn betere vrienden, dan ik kan jou noemen, bijvoorbeeld... Amnon. Maar meer niet. Te veel dichtbij is niet goed. Iedere mens moet bewaren zijn grens, toch? Jij bent nu meneer Feierberg, en later wij zien wel, goed?'

Och, dan maar meneer Feierberg. Op de een of andere manier klonk het uit zijn mond wel oké. Op school was er een juf die me ook zo noemde, dat klonk alsof ze mijn naam met een pincet vasthield. Maar Felix, dat was andere koek.

De gedachte aan die juf maakte slapende brutaliteiten in me wakker: 'Waarom moet ik dan Felix tegen u zeggen? Hebt u geen achternaam?'

Hij draaide zich naar me toe en glimlachte geïmponeerd: 'Alleen voorlopig, tot wij uitgaan hier.'

'Waar hier?'

'Van de trein. Van de locomotief.'

'Hoezo locomotief?'

'Maar wij kunnen niet uitgaan van de locomotief als wij niet binnenkomen in de locomotief, toch?'

Er fladderde iets wits en koels om mijn hart, beroerde het even en loste weer op nog voordat ik begrepen had wat het was. Een soort sparteling, als een alarm, of waarschuwing. Eén pijnlijke kramp, en weg was het, vergeten.

6 *Ik weet niet wat me overkomt*

We stapten uit de coupé en liepen richting locomotief. Felix voorop, snel, alert, katachtig. Ik kreeg steeds sterker het gevoel dat hij een undercover was. De hele tijd wierp hij snelle blikken naar links en rechts, als iemand die een speciale opleiding voor lijfwachten van hoge pieten heeft gedaan. En ik was kennelijk die piet. Ik vond het wel fijn om zo met een strak gezicht achter hem aan te lopen, hopend dat een meedogenloze killer me zou proberen te vermoorden. Felix zou hem dan aanvliegen en met één klap afmaken, de menigte zou juichen en ik zou nonchalant doorlopen en mijn gevolg toefluisteren: 'Saai, hoor, altijd maar die aanslagen.'

Het was geen killer die op me afkwam, maar de man met de zwarte hogehoed. Toen we langs coupé nummer drie kwamen, zag ik hem opstaan, ik zag zijn mond stemloos uitroepen en zijn hand omhooggaan, alsof hij me wilde tegenhouden. Ik had het meteen door: hij had daar geduldig zitten wachten, dacht toen dat ik ervandoor was, dat ik het niet had aangedurfd, en nu verscheen ik ineens voor hem, maar in plaats dat ik naar hem toe zou komen om 'wie ben ik' te vragen, liet ik hem tot zijn grote verbazing links liggen en zette het spel zonder hem voort!

Felix had hem ook gezien. Eén scherpe blik, als een flitsende zweepslag, was al genoeg: hij pakte me bij de hand en trok me met één krachtige ruk mee, de coupédeur voorbij. Hij handelde zo vastberaden, hij keek zo hard en streng, dat ik even dacht dat papa en Gaby niet zomaar een onschuldig spel voor me opgezet hadden, maar iets wat veel belangrijker en wezenlijker was, haast een kwestie van leven of dood.

Maar er was geen tijd om na te denken. Geen moment om me af te vragen wat er aan de hand was. Het gebeurde allemaal bliksemsnel. Voor ik het wist, vloog ik voor hem uit door de gang, buiten het gezichtsveld van de man met de zwarte hogehoed. Ik snapte niet zo goed waarom ik voor die man moest vluchten, waarom Felix niet even kon stoppen om te zeggen dat meneer Feierberg besloten had om één etappe over te slaan, dat kon toch, meneer Feierberg was toch een vrij man?!

Ik keek achterom en kon mijn ogen niet geloven: Felix drukte zich tegen de deur van coupé nummer drie met in zijn hand een zilveren ketting. Zijn horlogeketting, daar kon geen twijfel over bestaan. Hij rukte de ketting los uit zijn zak en bond er de twee handgrepen aan de buitenkant van de deur mee vast, met het horloge er nog aan! Zijn handen bewogen heel vlug, ze vlogen gewoon. Hij zou een uitstekende zakkenroller kunnen zijn, dacht ik vaagjes bij mezelf. Wie weet is hij vroeger ook zakkenroller geweest. En ik had hem nog voor zakkenrollers willen waarschuwen! Ik stond perplex naar hem te kijken: hij trok zich geen barst aan van de mensen die hij in de coupé opsloot, zijn handen bonden de ketting krachtig vast, zijn lippen trokken zich in diepe concentratie samen en om zijn mond lag een dunne lijn van wreedheid, de wreedheid van een roofdier.

En ook bij mij, ook om mijn mond tekende zich zo'n lijn. Hij groeide van binnenuit en kwam omhoog en ging om mijn lippen liggen. Een dunne, witte lijn. Als een litteken. En ook mijn voorhoofd fronste zich in diepe concentratie, heel intens, heel professioneel. Zelfs mijn handen bewogen met zijn handen mee, maakten op een afstand dezelfde bewegingen, en ik kon voelen wat zijn vingers op dat moment voelden, de prikkeling en de jeuk, ik had zijn vingers tenslotte aangeraakt...

De mensen in de coupé leken behekst: ze zaten als bevroren naar hem te kijken, maar ze beseften niet wat ze zagen. Ze konden niet bewegen. De man met de hogehoed stond nog steeds met gebogen knieën, alsof hij maar niet kon beslissen of hij nou zou opstaan of zou gaan zitten. Zijn hand hing in de lucht en zijn mond vormde een perfecte cirkel van stomme verbazing. De andere man, de kale dikkerd, staarde Felix aan met een domme, ongelovige glimlach over zijn hele gezicht gesmeerd. Achter die twee loerde de vrouw die op oma Tsitka leek, en net als bij Tsitka strekten ook haar lippen zich in verbijstering, maar anders dan Tsitka kon zij geen woord uitbrengen.

Ik trouwens ook niet. Wat ik daar zag was machtiger en wonderbaarlijker dan ik ooit gezien had: een volwassen, zeg maar rustig oude man, een elegant en adellijk persoon, die dingen deed waarvoor ik op z'n minst voorgoed van school getrapt zou worden!

En misschien was ik op dat moment juist daar zo van onder de indruk: dat je net zo kon zijn als ik, maar dan volwassen.

Felix verspilde geen moment aan de mensen in de coupé. Hij wikkelde het uiteinde van de ketting om de handgrepen, controleerde of de dubbele deur niet open kon, pakte me beet bij de arm, duwde me voor zich uit, richting locomotief, en zei met een vluchtige glimlach, een blauwe flits: "Alles goed! Moeten wij gaan!" '

'Maar...' kreunde ik, 'die mensen daarbinnen... Ze kunnen toch niet...'

'Later, later! Excuseer, uitleg komt aan de eind! *Haide*!'

'En het horloge dan?' kermde ik. Laat hem dan op z'n minst zijn horloge niet achterlaten.

'Horloge is niet belangrijk! Tijd is belangrijk! Geen tijd verspillen! *Haide*!'

'Wat is dat, *haide*?' riep ik, terwijl ik meeholde.

Felix stond stil en vroeg verbaasd: 'Jongheertje Feierberg weet niet wat is dat *haide*?'

We stonden tegenover elkaar te hijgen. De wagon schommelde in de bocht. Ik dacht aan *Heidi,* maar zweeg wijselijk.

'*Haide* is hup!' lachte Felix en trok me mee en we holden verder. 'Is kom op! Is schiet op! Zoals bij paard die moet rennen!'

'Aha,' knipoogde ik tegen mezelf, 'net zoiets als *Jempa*!'

We renden door, passeerden nog een wagon, en toen nog een. Buiten rende het landschap mee, deed een wedstrijd met ons, sprong over de houten poten van de lantarenpalen. Daar vlogen lange, groene eucalyptuslanen voorbij, een veld vol zonnebloemen, bruine heuvels, en wij maar verder, door gangen, deuren, wagons. Af en toe meende ik in een coupé een man of een vrouw te zien opstaan, me verbaasd nakijken en een hand opsteken in een stille kreet. Dat waren misschien de mensen die op mij zaten te wachten, de mensen van papa en Gaby, maar ik kon niet stoppen, Felix trok me hard mee, ik wilde ook niet stoppen, en daar was al de laatste, smalle gang, en een zware deur met daarop: TOEGANG STRENG VERBODEN, en Felix, misschien kon hij geen

Hebreeuws lezen, maar nee, hij kon het, hij kon het wel, drukte gewoon hard op de deurknop en de zware deur draaide open en wij stonden nu in de locomotief.

Daarbinnen was het lawaaieriger dan in de wagons. Een reus met een smerig hemdje aan zat gehurkt onder een hoge metalen kist, met zijn rug naar ons toe.

Hij keek niet om toen we binnenkwamen, hij riep alleen maar: 'Toerental loopt alwéér terug! Al de tweede keer vandaag!' Felix deed de deur achter ons dicht en schoof de grendel ervoor. Binnen was het loeiheet en ik begon meteen te zweten. En dan nog dat kabaal. En ik heb al verteld wat ik daarvan kreeg.

Felix gaf me een knipoog en tikte de machinist zachtjes op zijn schouders.

De man stond moeizaam op, draaide zich om en zijn gezicht vertrok in verbazing.

Kennelijk iemand anders verwacht. Zijn assistent misschien, of een collega-machinist. Hij wilde meteen weten wie we waren en hoe we het in ons hoofd hadden gehaald om binnen te komen. Hij moest schreeuwen om boven het lawaai uit te komen, maar Felix glimlachte hem toe, en deze keer was het een hartverwarmend tedere en verlegen glimlach. Hij boog zich naar het oor van de machinist en riep erin dat het hem heel erg speet, dat het inderdaad niet hoorde, maar wat moest hij doen, dit jongetje hier, kleine Eliëzer, wilde graag één keer in zijn leven, de eerste en laatste keer, zien hoe een locomotief er vanbinnen uitzag.

Ja, dat zei hij. Letterlijk. Hij aaide me ook traag over mijn hoofd en ik zag hem de machinist veelzeggend aankijken en met zijn hoofd op mij wijzen.

Het drong eerst niet tot me door. Het leek dat hij tegen de machinist loog. Een grove, lelijke leugen, iets in de trant van dat het hier ging om een kind dat een soort afscheidsreis van de wereld maakte, een 'laatste wens'-reis voordat hij – even afkloppen – aan een ongeneeslijke ziekte zou overlijden.

'Dat kan niet,' zei ik tegen mezelf, 'waarschijnlijk heb ik door het lawaai in de locomotief niet goed gehoord wat hij tegen die man zei.' En ik moest gniffelen om mijn eigen domheid, zo'n verschrikte halve-gniffel, want dat kon toch niet, dat zo'n elegante, knappe man zou liegen? En nog zo'n domme leugen ook, want voorzover ik wist was ik, op een lichte neiging tot grasallergie na, zo gezond als een vis. Maar toen zag ik de blik in de ogen van de machinist, ik zag hoe die me gepijnigd en geschrokken aankeek, en ik begon te denken dat ik het misschien toch wel goed gehoord had, dat het niet uitgesloten was dat Felix die verschrikkelijke woorden had uitgesproken met die hartelijke tederheid van hem, met die o zo integere droefheid.

En ik?

Weg. Tegen de wand van de wagon gedrukt. De gigantische motor van de locomotief brulde via mijn voetzolen rechtstreeks mijn hersenen in. Door de hitte smolten mijn laatste restjes verstand. Het kwam niet eens in me op dat papa onmogelijk toestemming had kunnen geven voor zoiets. Ik had het volste vertrouwen in Felix. Ik riep niet dat hij zijn mond moest houden. Ik zei ook niet tegen de machinist dat hij loog. Ik staarde Felix met grote ogen aan en dacht dat ik droomde.

Dat hij zomaar, zonder te hoeven nadenken, zo'n smoes had bedacht! Dat hij kon liegen zonder een spier van zijn gezicht te vertrekken!

Het zou mij jaren kosten om mijn gezicht zo goed te kunnen beheersen. Míjn leugens – die had iedereen in een mum van tijd door. Behalve Micha dan, die kon er om de een of andere reden niet genoeg van krijgen.

Maar Felix was een volwassene – en toch loog hij! En hoe! Een leugen waarvan de machinist totaal uit het veld geslagen was. Een leugen die je niet mocht vertellen, al was het alleen maar uit bijgeloof!

En ik stond daar maar. Als verlamd.

En ik bewonderde hem.

Tegen mijn wil. Ontsteld. Vol afkeer van zijn onbeschaamdheid. Vol bewondering.

Dat is de bittere waarheid.

Verontwaardigd over wat hij deed, dat wel. Maar ook gedwee en nederig. Ik cijferde mezelf in zijn aanwezigheid helemaal weg, ik loste op, met alles wat ik geleerd had, mijn hele opvoeding, elke dreigende vinger die voor mijn neus was opgeheven: 'Mag niet! Mag niet!', en ook de verschrikkelijke groef tussen papa's ogen, die donkerder en dieper werd als papa boos was, die zwarte, kaarsrechte groef die me de hele tijd boven het hoofd hing, als een permanent uitroepteken. Ik geloof dat ik op het laatste moment nog zwakjes uitriep: 'Nee! Het is niet waar! Het mag niet!' Maar op datzelfde moment ging er, met het gedreun van de motor en de trilling van de locomotief, ook een vreemde vreugdekreet door me heen, alsof ik heel even mee naar een andere wereld was meegenomen waar het wél mocht, waar álles mocht, een wereld zonder leraren met strenge gezichten, zonder vaders met wanhoop in hun ogen, een wereld waar je niet de hele tijd je best moest doen om te onthouden wat wel en niet mocht.

Waar je nergens voor je best moest doen. Je hoefde alleen maar iets te zeggen – en het gebeurde al.

Zoals toen God zei: 'Er zij licht' – en er was licht.

Ja, ik bewonderde hem. Dat hij met zo'n gemak mensen in een treinwagon kon opsluiten en daar gewoon een duur zilveren horloge tegenaan kon gooien! Dat hij ergens naar binnen durfde te gaan waar letterlijk TOEGANG STRENG VERBODEN op de deur stond, dat hij een treinmachinist zo'n verschrikkelijke leugen durfde te verkopen, een leugen die je gewoon niet vertelde!

Alsof hij alles mocht.

En de wereld zijn spelletje was.

En er geen wetten bestonden, alleen zijn wet.

En ik wist toen nog niet eens waartoe hij nog meer in staat was.

En hij was al helemaal opgegaan in zijn leugen, hij geloofde er volkomen in, want zo moet je kennelijk liegen als je geloofd wilt worden, zoals een undercover zijn eigen vermomming gelooft, en als ik naar hem keek voelde ik zelf de warme motor tussen zijn ogen snorren, en het was voor het eerst van mijn leven dat ik die kriebel bij een ander voelde, maar ja, Felix geloofde zo innig in zijn eigen leugen, hij keek me aan met een blik zo beangstigend, zo vol medelijden, dat ik, de gezonde, zij het allergische vis, me meteen flauw voelde worden, me vanbinnen en vanbuiten omwikkeld voelde worden door de grijzige, doorzichtige sluier van ziekte en grote zwakheid die uit de barmhartige ogen van Felix over me neerdaalde, en ik wilde, ik verlangde niets liever dan erin op te gaan.

Zo was het bij me begonnen, die nieuwe gewaarwording, die lichte roes in mijn hoofd, dat genot-tot-bezwijmens-toe. Ik wou dat ik kon vertellen dat ik me langer verzet had, dat ik me sterker van karakter getoond had. Niks verzet en niks karakter. Binnen luttele minuten had Felix me tot medeplichtige gemaakt. Hij hoefde me daar niet eens voor klaar te stomen. Alsof hij precies wist wie ik was en wat ik was en alleen maar het laagje stof hoefde weg te blazen waar de echte Nono onder zat. De valse dus. Wie ben ik...

Ik leunde tegen de wand van de locomotief. De ogen van Felix staarden me aan. Die van de machinist ook. Ik voelde mijn gezicht verkrampen van de pijn, ik voelde me in mezelf wegkruipen, ineenkrimpen. Het leven, mijn kostbare leven, vloeide uit me weg. Ik had het koud. Het was gloeiend heet in de locomotief, maar ik begon heftig te trillen. Van de siddering om de schokkende leugen van Felix maakte ik een rilling van ziekte. Van misère en duisternis. Ik werd getroffen door hartverscheurend verdriet, oprecht en schokkend verdriet om mijn levenslot, om de afschuwelijke ziekte die mijn lichaam verteerde, om het zwartfluwelen doek dat langzaam viel over het korte hoofdstuk dat mijn leven was. Mijn rechterhand spartelde ineens, helemaal uit zichzelf, als een stervend dier. Het was kennelijk de ziekte, waarschijnlijk een symptoom daarvan, ik had er zelf niks mee te maken, de hand was uit zichzelf gaan schokken. Wie had gedacht dat ik zo'n hand had, met zo'n acteertalent, jammer dat Gaby er niet bij was om het te zien. Maar dat dacht ik niet op dat moment, deze opmerking over Gaby komt nu pas in me op, misschien omdat ik me geneer als ik het nu allemaal vertel, maar destijds geneerde ik me allerminst, ik was juist heel trots dat ik mijn rol zo perfect speelde, dat Felix zúlke ogen opzette toen ik daar stond te spartelen en mijn mond te vertrekken alsof ik naar mijn laatste adem snakte. En ik was vooral trots omdat Felix tevreden was over mij zoals een leraar over zijn leerling. Eindelijk was iemand tevreden over mij als leerling. En acteren was tenslotte ook een vorm van kunst, ja toch? Schrijvers verzonnen toch verhalen? Was een verhaal dan niet een soort leugen? Ik stond daar in die voortjakkerende locomotief, het bloed klopte in mijn slapen en ik keek de machinist aan met een tedere, flauwe blik, een smekende blik, maar ook een blik die een eventuele weigering alvast vergaf: U hebt tenslotte uw instructies, meneer de machinist – zei mijn blik – u moet zich aan de regels houden en ik kan het heel goed begrijpen, beste man, dat u geen enkele uitzondering wilt maken, zelfs niet om een kind in mijn toestand blij te maken, want ja, wat is het verdriet van één kind vergeleken bij alle instructies en regels bij de gratie waarvan de wereld op haar plaats blijft en de zon iedere ochtend weer opgaat en deze trein precies op tijd vertrekt? Want kleine kindertjes die stervende zijn, daar zijn er zoveel van, maar zo'n locomotief, zo'n unieke locomotief, daar is er maar één van. 'Dank u, dank u,' fluisterden mijn droge lippen tegen de machinist die me vastpakte en me een krukje gaf net voordat ik in elkaar zakte, omdat de leugen korte benen heeft en dus gauw vermoeid raakt...

Het was gelukt. De machinist geloofde mij. Ik borrelde van opgetogenheid. Hij gelooft het! Hij gelooft mij! Ik, die zo vaak niet geloofd werd als ik de waarheid sprak!

Jempa en *haide*!

De machinist veegde zijn gezicht en zijn kale hoofd af met een roetige blauwe lap, leunde op zijn stoel die aan de grond vastzat, schudde verward met zijn hoofd en durfde me niet aan te kijken. Hij keek naar Felix, niet wetend dat hij daarmee zijn eigen vonnis tekende. Hij begon met een lage, ruwe stem de werking van de locomotief uit te leggen, vertelde over het vermogen: '1650 pk,' zei hij met de kaken op elkaar geklemd en keek me van opzij voorzichtig aan. Hij was een eenvoudige, gezette, lompe man. Plukjes krulhaar prijkten op zijn rug en armen en staken zelfs uit zijn oren. Praten was zijn sterke kant niet, maar voor mij wilde hij wel zijn best doen. Hij bood me zijn stoel aan, boog zich voorzichtig over me heen, wees iedere hendel, schakelaar en meter aan en wierp al doende angstige blikken op de deur, bang dat een collega zou binnenkomen en ontdekken dat hij vreemden had binnengelaten.

En Felix stelde vragen. Waar de remmen van de trein zaten en hoe je de snelheid opvoerde en hoe je floot. De machinist, ingenomen met de belangstelling van Felix, misschien ook wel gevleid, vergat even zijn angst en vertelde en vertelde en vertelde maar. Hij liet ons zien waar de rem zat die de hele trein tot stilstand bracht, en waar de kleine rem die alleen de locomotief deed stoppen, en ik mocht de fluit bedienen, en toen klonk er boven ons een felle, trieste tuut-tuut, alsof de trein jammerde over de leugen die hij vervoerde. Ikzelf was toen om heel iets anders droevig, ik dacht namelijk bij mezelf: wie in de klas zal geloven dat ik aan de fluit van een rijdende trein getrokken heb? En ik wist dat ik geen andere keus had dan dat gefluit weg te laten, anders zouden ze het hele verhaal niet geloven.

De machinist liet zien hoe hij de snelheid van de trein tot 110 kilometer per uur kon opvoeren, en Felix moest eraan terugdenken hoe hij als kind in Roemenië graag op een rots ging liggen waar de trein onderlangs reed en hoe de stoomwolk hem helemaal omsloot en hoe hij dan zijn adem inhield, en de machinist herinnerde zich op zijn beurt hoe hij in Rusland op oude stoomlocomotieven had gereden, niet van die moderne baby'tjes zoals deze diesellocomotief met zijn twaalf cilinders van General Motors, en ook vertelde hij hoe hij in Rusland een keertje, toen hij nog maar een stoker was, onderweg ontdekt had dat de machinist dronken was, onvoorstelbaar, hè meneer? En hoe hij alleen en eigenhandig de hele trein gered had, sodeju!

De ogen van Felix streelden de machinist liefdevol en maakten zijn tong los en hij vertelde over de wonderen van zijn locomotief die honderd ton woog – wagons met reizigers niet meegerekend, die wogen samen nog eens honderd ton – en wat een verantwoordelijkheid dat dat wel niet was, en hij liet ons een verkreukelde, roetige dankbrief zien die hij altijd in de zak van zijn overal bewaarde, kortom: ik was al bang dat de reis zou eindigen voordat ik de kans had om het avontuur van papa en Gaby voort te zetten.

Maar toen!

'Wat denkt u, meneer chauffeur,' sprak Felix hem met zijn brede, innemende glimlach aan, 'de jongetje mag eventjes sturen de locomotief?'

7 *Enkele persoonlijke impressies over het besturen van locomotieven en hoe moeilijk het is om af te kicken*

Nee, dacht ik, dat meent-ie niet. En ik gniffelde weer half en wist dat als de machinist het goed zou vinden – laat hem ja zeggen, laat hem nee zeggen, laat hem – dat ik hem dan zou moeten besturen, de locomotief. Felix herhaalde zijn vraag. De vloer dreunde onder mijn voeten. De locomotief, die naïeveling, sjeesde voort. Flarden van gedachten klopten in mijn hoofd op het ritme van de trein: Achter de locomotief zijn wagons aangespannen... In de wagons zitten mensen... Die mensen hebben niks misdaan... Felix weet misschien niet hoe weinig ervaring ik heb met het rijden op rails... Nee, kinderen mogen geen locomotief besturen... Ik liet me langzaam zakken op het krukje dat opzij stond en gaf me over aan de zieke Eliëzer.

'O God, nee!' schrok ook de machinist en schudde krachtig met zijn hoofd. 'Wat krijgen we nou, meneer? Bent u helemaal gek geworden? U bent toch een volwassen man? Ik word ontslagen!'

Ik betuigde mijn sympathie met een zwakke glimlach. Maar ook Felix lachte hem toe. En Felix had zo'n glimlach, als je die zag moest je zelf ook glimlachen, ook al was je op dat moment helemaal niet vrolijk. Zoals de machinist bijvoorbeeld. Die was allesbehalve blij, maar Felix schonk hem zijn stralende glimlach, lachte eerst met zijn mond, liet zijn glimlach dan langzaam omhoogkomen, naar de ogen toe, nu glimlachten ook alledrie de scherpe, rechte rimpels bij zijn ooghoeken, hij zag eruit als een filmster die van het doek was gestapt voor een kort bezoekje aan de gewone stervelingen, en de glimlach werd steeds groter, steeds breder, als de opgaande zon die steeds feller schijnt, totdat alles met zon overgoten is, totdat alles zonnig is, en de mond van de machinist viel langzaam open en zijn lippen gingen vanzelf glimlachen.

Gelukkig voor mij bestond de machinist uit meer onderdelen dan alleen maar een stel slappe lippen. Met een boos gebaar trok hij zijn ogen los van de blauwe straling van Felix en bromde: 'Meneer! Alles mooi en wel, maar er zijn grenzen! U neemt nu dat kind mee en gaat weg, of ik...!' Maar Felix gaf zich niet zo gauw gewonnen. Hij wenkte de machinist met zijn hand dat hij dichterbij moest komen, de machinist deinsde terug alsof hem een oneerbaar voorstel was gedaan, maar Felix gebaarde weer met zijn hand, nee, met zijn wijsvinger, zijn lange, elegante, als uit ivoor gesneden wijsvinger, en de machinist staarde naar de vinger die hem wenkte, die hem naar zich toe trok, en voor hij het wist raakte zijn hoofd het zilvergrijze hoofd van Felix, en daar stonden ze naar elkaar toe gebogen, de leeuwenkop met het witte, golvende haar, en het blozende kale hoofd van de machinist met zijn stierennek en zijn smoezelige hemd.

Er werd gefluisterd. De machinist schudde ferm van nee. Ik zag een spier in zijn arm opbollen. Felix tikte met zijn vingers op zijn biceps, suste de protesterende spier, vermurwde hem met voorzichtige, onopvallende bewegingen... De stierenkop was nu stil. Hij luisterde. Zijn schouders zakten wat. En toen wist ik dat de zaak beslist was. Felix fluisterde zijn bezweringen in een groot, harig oor, je kon haast voelen hoe zijn zachte, honingzoete woorden druppel voor druppel het oor ingleden dat niets anders gewend was dan kabaal en krijsende remmen...

De machinist draaide zijn enorme hoofd een beetje en keek me van opzij aan. Hij keek alleen met zijn linkeroog: een klein, rooddooraderd, doodvermoeid oogje dat zich zo te zien al overgeleverd had aan een geheimzinnige kracht die het naar zijn hand zette.

Daar, in de galopperende locomotief, maakte ik voor het eerst kennis met die kracht van Felix. Zijn mysterieuze, duistere kracht. Het magnetisme dat hij uitstraalde. In de dagen die volgden zou ik het hem nog een paar keer zien doen, en later, in de jaren daarna, zou ik, iedere keer als ik naar hem informeerde, weer meer van die verhalen over hem horen, en iedereen zei dan dat Felix andere mensen aan zijn wil *onderwierp* – een ander woord hadden ze er niet voor.

En het wonderbaarlijke was dat hij daar meestal geen geweld bij gebruikte, integendeel: hij legde als het ware een wijde, zachte, glimlachende kloof van goedheid en genegenheid en gevoeligheid tussen zichzelf en de mensen, en de mensen snakten zo erg naar zijn genegenheid en gevoeligheid dat ze zwijmelend die kloof invlogen en er neerdaalden, alsof ze velletjes papier uit een sprookjesboek waren. En dan trok Felix de bovenrand van de kloof met een luchtige, vluchtige beweging dicht, sloot hem met een rits en ging ervandoor. En als de mensen weer bijkwamen, bleken ze in een donkere afgrond te zitten die ineens in de koffer van een schurk veranderd was.

En ik? Hoe zat het met mij? Hoe kwam het dat ik zijn verhaal bleef geloven? En wat deed ik en wat voelde ik? Ik voelde me vanbinnen in tweeën gescheurd worden. Mijn ene helft deed een halfhartige poging om bij de machinist te protesteren en te ontkennen wat Felix hem allemaal voorloog. Maar de andere helft was – zoals ik al toegegeven heb, en geheel tegen mijn zin – in de ban van Felix geraakt, van zijn fonkelende blauwe ogen, van zijn krankzinnige lef. En het derde deel (ik was eigenlijk in drieën verdeeld) dacht bij zichzelf: Wat ben je toch een oen, Nono. Noem mij één kind uit je klas dat ooit een locomotief bestuurd heeft! Noem één kind op de hele wereld dat zo'n kans heeft gekregen! Wat zou papa zeggen als hij wist dat hij voor niks zoiets moois voor je georganiseerd had?!

'Goed,' mummelde de machinist en richtte zich met moeite op. 'Heel even maar, een halve minuut, meer niet, het mag echt niet...'

Hij ging traag rechtop staan en leunde tegen de wand tegenover mij. Zijn grote hoofd bleef schudden van nee, van ik wil niet, maar zijn armen hingen al langs zijn zij en zijn ogen waren beneveld: 'Heel even maar, het hoort niet...' mompelde hij weer met een holle stem en zijn hoofd ging een paar keer krachtig op en neer, alsof hij zijn geheugen leeg wilde schudden, om te vergeten dat hij zo misbruikt werd.

'Alsjeblief, Eliëzer,' glimlachte Felix me blij toe. 'Jij mag even sturen de locomotief.'

Ik ging op de draaistoel van de machinist zitten. Met mijn rechterhand hield ik de hendel vast waarmee je de snelheid kon opvoeren. Mijn linkerhand legde ik, zoals ik de machinist had zien doen, op de noodrem. Ik voelde vaag dat de machinist tegen me aan leunde en mijn beide handen op de rem probeerde te drukken, maar ik had geen behoefte aan zijn begeleiding. Ik merkte nu dat ik zonder het zelf te beseffen zijn bewegingen bestudeerd had, alsof ik van tevoren had geweten dat Felix me zou laten rijden. Ik voerde de snelheid wat op; de locomotief bromde gewillig. We gingen te hard, althans we maakten te snel snelheid. Ik haalde de locomotiefrem over, liet wat lucht uit de bovenrem ontsnappen – ik kon sturen. Mijn vader was net zo: hij kon in een willekeurige auto stappen en meteen wegrijden. Maar met een locomotief had hij het, voorzover ik wist, nog nooit geprobeerd.

Maar op dat moment dacht ik niet aan papa. Ik was hem vergeten. Had ik wel aan hem gedacht, dan had ik misschien meteen al begrepen dat het wel erg vreemd was wat daar gebeurde. Té vreemd. Maar de enige gedachte die toen door mijn hoofd ging, was dat ik dit onderdeel van het verhaal waarschijnlijk zou moeten weglaten als ik het allemaal op school vertelde, omdat niemand het zou geloven. Maar nu kon ik tenminste dat trekken aan de fluit van de trein weer in het verhaal halen, want dat leek nu juist heel aannemelijk.

En ik weet nog dat ik naar buiten keek door een niet al te groot raam dat op een taartpunt na stoffig en vuil was, en dat ik de rails met enorme snelheid op me af zag komen en onder me door verdwijnen. Van achteren leunde de machinist met alle gewicht van zijn levenloze lichaam op me. Zijn hand pinde de mijne op de rem vast. Het leek dat hij zijn hele levenskracht op deze laatste, kritieke plek concentreerde. Felix daarentegen stond daar te stralen, zijn ogen glinsterden als twee blauwe diamanten, hij was dolgelukkig dat hij me dit geweldige, waanzinnige cadeau kon geven. We reden door een vlakte. Bananenplantages, rode aarde, cipressen, akkers, gebarsten zandgrond vlogen voorbij. Rechts van ons liep een asfaltweg en ik merkte – dat weet ik nog –

dat ik harder reed dan een rode auto op die weg.

En toen gebeurde het, in één klap: een grote explosie binnen in me, en in een geweldige vloedgolf stroomde de kracht van de locomotief naar binnen, zijn gebrul, zijn majesteit, zijn snelheid die mijn handen deed trillen, en de trilling steeg door mijn armen naar mijn borst, en die kracht was me te sterk, te groot, mijn lichaam kon hem niet bevatten, en ik begon hard te gillen, ik had een locomotief van honderd ton in mijn handen, in mijn borst sloeg een grote trommel, wat had ik ineens een gigantisch hart, en ik trok de snelheidspook steeds verder, zag de wijzer bewegen en... *haide*! Honderd ton locomotief en honderd ton wagons, om maar te zwijgen van de arme, onschuldige mensen die van niks wisten! Als ik wilde, kon ik die locomotief meetrekken, van de rails af, de velden in, ik was niet meer te stoppen, er waren zestienhonderdvijftig paarden voor mijn wagen gespannen en ik, die nog maar kort daarvoor een gewone treinpassagier was geweest, en nog niet eens bar mitswa, ik was ineens uit de massa reizigers geplukt, uitverkoren om te besturen, om te sturen, en dat deed ik volgens mij niet slecht, papa kon trots op me zijn, ik reed die locomotief alsof het niks was, omdat ik niet bang was, omdat ik niet weggelopen was voor het gevaar, ik kon alles, zonder beperkingen, zonder wetten, tot in de eeuwigheid...

Felix en de machinist moesten me met alles wat ze in zich hadden van de stuurbak losrukken. Ik weet niet meer precies wat zich daar allemaal afspeelde. Ik weet alleen dat ik me met alle macht tegen ze verzette. Ik vocht als een wild dier en was sterker dan zij met z'n tweeën, omdat ik mijn kracht rechtstreeks uit de locomotief putte, uit zijn zestienhonderdvijftig paarden...

Ze overmeesterden me uiteraard toch. Rukten me met vereende krachten los. Felix omklemde me met zijn armen tot het pijn deed. Voor een man van zijn leeftijd was hij behoorlijk sterk. Hij gooide me op het krukje neer en ze stonden links en rechts van mij te hijgen. Grote zweetdruppels dropen van het voorhoofd van de machinist en liepen over zijn wangen en zijn nek. Hij keek met afkeer naar me, alsof hij iets engs en onaangenaams gezien had. 'En nu moeten jullie weg,' zei hij en zijn enorme borst ging op en neer. 'Ik wil dat jullie nu weggaan!' herhaalde hij en zijn stem sloeg over in een gil.

'Ja, natuurlijk,' zei Felix verstrooid. Hij keek op de klok aan de wand en mompelde al rekenend in zichzelf: 'Precies op de tijd. Dankuwel voor alles, meneer machinist, en excuseer voor de schade.'

'Nog een geluk dat er niks gebeurd is,' kreunde de machinist. Hij hijgde en hield zijn hoofd verbijsterd met beide handen vast. 'Hoe is 't mogelijk... Hoe kon ik... Nee, laat maar. Ga maar weg. Weg.'

'Is één kleine probleempje,' zei Felix. Ik kende dat kalme, katachtige toontje dat onder zijn beleefde woorden schuilging en ik werd wat onrustig. De machinist liep ook meteen rood aan.

'Wij twee moeten uitstappen van de trein vóór Tel Aviv,' verontschuldigde Felix zich. Hij haalde een zakdoek uit zijn borstzak en depte voorzichtig de zweetdruppel die op zijn voorhoofd opgekomen was tijdens zijn worsteling met mij. Een vleugje parfum zweefde even in de lucht.

'We zijn er over een halfuur. U wacht geduldig in uw coupé!' krijste de machinist en zijn vingers op de rem werden wit.

'Excuseer!' corrigeerde Felix hem geduldig. 'Ik denk dat u begrijp mij niet, omdat mijn Hebreeuws is niet zo goed. Wij moeten uitstappen vóór Tel Aviv. Vóór die bos bomen, daar. Drie kilometers ongeveer.'

Ik gluurde door het stoffige raam naar buiten. De trein reed nu in de vlakte, door verdorde velden. Aan de horizon doemde een donkere massa op: kennelijk het bos. Ik wierp een blik op de klok aan de wand: drie uur en tweeëndertig minuten.

'Nu nog twee kilometers ongeveer,' zei Felix vriendelijk. 'Misschien dat u kan langzamer rijden, meneer machinist?'

De machinist draaide zich abrupt naar hem om. Hij was een heel grote man, en hij zwol nu uit woede nog meer op. 'Als jullie tweeën niet meteen opdonderen...' begon hij en de aderen in zijn nek bolden op als spieren.

'Eén en half kilometer,' meldde Felix rustig en keek uit het raam. 'Ja, de auto wacht, alstublief remmen nu.'

De machinist keek even uit het raam en zijn ogen puilden uit van verbazing. Naast de spoorweg stond een zwarte, extra lange auto. Met gele deuren. Ik stond perplex: Felix had inderdaad iets gezegd over een auto die ons om drie uur drieëndertig minuten ergens zou opwachten, maar wie had gedacht dat hij dit bedoelde, dat we onderweg dus...

De machinist en ik waren net twee opwindpoppen. Met trage bewegingen richtten we beiden onze ogen weer op Felix. En beiden zagen we toen wat hij in zijn hand had. Het kan niet waar zijn, dacht ik bij mezelf, dit is gewoon een nare droom. De machinist had al begrepen dat het iets naars was, maar zeker geen droom. Hij draaide zich met een diepe zucht naar de rem toe en begon af te remmen.

Hij had kennelijk de noodrem gebruikt, want ik voelde mijn ziel uit mijn lichaam gezogen worden en naar voren schieten, en ik rook brandlucht. Ik hoorde het gefluit van geperste lucht die uitgeblazen werd, zag vonkenregens aan weerszijden van de trein, de remmen krijsten, de wagons schokten traag en kreunden, totdat alles uiteindelijk tot stilstand kwam en stil werd. De trein stond sprakeloos. Verslagen. Alleen de motor borrelde en siste nog na.

Eén minuut lang bewoog er niemand.

Wat een verschrikkelijke stilte.

Ook uit de wagons achter ons kwam geen enkel geluid. De mensen waren waarschijnlijk geschokt en konden geen woord uitbrengen. Toen hoorde ik in de verte een kind huilen. Ik gluurde naar buiten en zag dat de trein midden in een gemaaid veld stond. Ik weet nog dat ik er een rij grijze bijenkorven zag staan.

'Kom, moeten wij beetje opschieten,' verontschuldigde Felix zich en trok me van het krukje overeind en liep met me naar de deur.

Mijn benen trilden. Hij moest me vasthouden. Met zijn andere hand, die het pistool nog steeds vasthield, deed hij de deur van de locomotief open. Ik liep met moeite de ijzeren trap af. Ik zakte steeds door mijn benen, alsof mijn knieën tijdelijk verwijderd waren.

'Tot ziens, meneer, dankuwel voor alle vriendlijkheid,' glimlachte Felix tegen de man die, leunend op het instrumentenbord, voor zich uit stond te staren, met twee uitdijende plassen zweet onder zijn oksels. 'En excuseer dat wij hebben u gestoord.' Hij liep naar de telefoon die naast de machinist aan de wand hing, trok die met een vluchtige, luchtige beweging van de wand af en rukte het zwarte krulsnoer los.

'Kom, meneer Feierberg,' zei hij vriendelijk, 'onze auto wacht.'

8 *Corruptie in de speelgoedbranche*

Zwart. Met citroengele deuren. En groot. De grootste die ik ooit gezien had. Hij stond gehoorzaam midden op het land, naast een zandpad. Als een reusachtige hond die op zijn baas moest zitten wachten. Er waren toen niet veel van die auto's in Israel. En niet één als deze. Hij was supermodern, glimmend, spectaculair. Ik dacht eerst dat het een Rolls-Royce was, maar hij was meer dan dat.

'Alstublief, ik ga openmaken de deur voor meneer Feierberg!' en hij holde vooruit, vlug en lenig, en opende de deur naar een wereld vol pracht en praal.

Ik gleed naar binnen en deinde op een chique bank, zacht en verend en met pluche bekleed. Papa en ik hadden vroeger een antieke auto gehad die we samen opknapten. Een Humber Pullman uit de jaren veertig. Koningin Elizabeth had er ook een gehad, en generaal Montgomery had ermee door de westelijke woestijn gescheurd. Wij noemden die van ons 'de parel'. Papa had hem op de sloop gevonden en in de loop der jaren met veel geduld en toewijding weer in elkaar gezet. Toen ik groter werd, hielp ik mee. Uiteindelijk moesten we hem weggeven. Een triest verhaal. Maar vergeleken met die auto van Felix was zelfs onze Humber een wrak. En ikzelf zag er op dat moment geloof ik ook niet al te best uit.

Dat kwam van de schrik. De schok.

Gaby zei altijd dat ik volgens de internationale criteria voor KWAJOS (*kwajo*ngens*s*treken) negen van de tien punten op de schaal van Max & Moritz* haalde. En als mijn naam in de lerarenkamer genoemd werd, gingen twaalf leraren en leraressen op hun achterbenen staan en met hun voorbenen in de lucht schoppen en vol verachting en woede hinniken. Zo was ik wel. Maar hier, met Felix, met die trein, met de mensen die hij in de coupe had opgesloten, met de machinist, hier was me iets gebeurd wat niet meer onder ondeugendheid viel, iets wat tot de wereld van de volwassenen hoorde, de wereld van pistolen, van de echte misdaad, van de echte films. En in die stormachtige wereld dreef ik alleen maar rond als een achterovergeslagen luchtbel.

Felix reed met gierende banden weg. Om ons heen stoof een stofwolk op, maar we kwamen er zwart en glimmend uit.

Ook vanbinnen glom de auto. Hij was met rood pluche bekleed en had een dashboard van roodhout. Een glazen plaat scheidde de voor- en achterbank en voor het achterraam hingen dunne zijden gordijnen. Ik had nog nooit in zo'n auto gezeten. Ik had nog nooit een trein overmeesterd. Ik had nog nooit zoveel nog-nooits op één dag gehad.

'Zwarte knop,' zei Felix en wees met zijn vinger.

Ik drukte erop. Met een draaibeweging ging er een kleine nis open, waarin een lichtje brandde. Er stond een bord in met daarop een sandwich verpakt in plastic folie, plakjes tomaat en schijfjes meloen. Er lagen ook schijfjes van een vrucht die ik niet kende. Achteraf denk

* Max & Moritz – de Sjors & Sjimmie uit het negentiende-eeuwse Duitsland.

ik dat het verse ananas was, maar in die tijd groeide ananas alleen in boeken en blikjes. Ik pakte het bord voorzichtig: het had een dunne gouden rand, net als het horloge van Felix. Ik liet er mijn vinger over gaan: voor het eerst in mijn leven raakte ik goud aan.

'Ik dacht dat je zal honger hebben. Ik heb gemaakt voor jou een sandwich. Met kaas. Vind je lekker, he?' Ik knikte zwakjes van ja. Die combinatie van treinroof en kaas was gewoon ongelofeloos.

'Gaan we naar Haifa?' vroeg ik.

Felix lachte: 'Nou nou, jij hebt geen geduld! Maar wij hebben gemaakt voor jou veel sterkere plan!'

'Jij en mijn vader?'

'Juist! Wij twee. Tergelijk. Iedere van zijn kant.'

We reden een paar minuten in stilte. Ik begreep zijn antwoord niet helemaal. Ik had wel honderd vragen en ik wist niet waarmee ik moest beginnen, alles was zo onverwacht en onmogelijk. Het was toch niet te bevatten dat mijn vader akkoord zou gaan met zoiets illegaals, een treinkaping, en onder bedreiging van een pistool nog wel! Maar goed, stel dat papa zich had laten meeslepen door Gaby's eerste, bescheiden idee (erg onwaarschijnIijk, maar stel), en dat hij het verder was gaan uitwerken en tot een soort misdaadfilm was gekomen – hoe kon het dat zij hem geen stok in de wielen had gestoken? Hij had het in zijn brief over 'huiveringwekkende avonturen' gehad, maar was dit niet wat té huiveringwekkend? Het klopt niet, dacht ik bij mezelf, dit is veel te gevaarlijk voor een kind van mijn leeftijd.

Ik luisterde even: papa zei nu niet meer dat hij op mijn leeftijd de fabriek van zijn vader al min of meer gerund had. Misschien voelde hij zelf ook wel aan dat hij met zijn idee te ver was gegaan. Ik werd overspoeld door een golf van angst die mijn lichaam verlamde, mijn gezichtsspieren. Misschien klopte het allemaal niet. Misschien maakte ik een vreselijke fout. Maar welke fout dan?

'Als je bent bezorgd, ik kan jou nu thuis terugbrengen,' zei Felix.

'Terug naar Jeruzalem?'

'In één uur. Dit is auto Bugatti. Snelste auto van héél Israel.'

'En dan is het spel afgelopen?'

'Maar als jij wil, ik breng jou vanavond thuis. En als je wil meer, kan ook morgenavond. Jij beslist, ik doe het. Yes sir!' En hij salueerde en knipoogde.

'Heeft m'n vader dat gezegd?'

'Jij bent bijna bar mitswa, jongheertje Feierberg. Als je bent bar mitswa, je bent al een man!'

Ik ben nog geen echte man, dacht ik bij mezelf. Ik had wel een paar keer stiekem een hele sigaret gerookt, én geïnhaleerd, en ik had zelfs drie meisjes uit mijn klas gezoend. Vanwege een weddenschap, hoor! En Smadar Kantor, die domme gans, had tegen de andere gansjes verklaard dat ik een gevaarlijke jongen was die met gevoelens speelde. Maar toen ik in die auto naast Felix zat, met in het veld achter ons een hele trein, geschokt, vernederd, toen wist ik dat ik maar een jongetje van dertien was – en ook dát pas zaterdag – en dat dat avontuur me iets te veel was.

De laatste minuten in de trein schoten door mijn hoofd: van de machinist die het pistool in de hand van Felix zag, van zijn ogen die van schrik uitpuilden, haast uit hun kassen vielen, de snelle handbeweging waarmee Felix de telefoon losrukte zodat de machinist geen hulp zou kunnen inroepen. En dan was er ook nog iets wat ik later, toen we al uitgestapt waren, gezien had en niet had begrepen: Felix had iets uit zijn borstzak gehaald, een piepklein dingetje, zo groot als een ring, en het naast de locomotief in de lucht gegooid. Ik had niet gezien wat het was, ik had alleen een gouden glinstering in het zonlicht gezien en een iel gerinkel gehoord, als van een munt die op de grond valt.

We reden zwijgend verder. De autobanden deden stof opwaaien, maar binnen was het koel en helder. We kwamen op een smalle asfaltweg. De auto nam de hele breedte in beslag. We reden langs een dorp, of een kibboets; ik heb niet opgelet. Ik liet expres alles na wat papa me geleerd had. Ik las geen borden, lette niet op herkenningstekens, hield de afstand niet bij aan de hand van de kilometerstand, maakte geen woorden van de beginletters van de afslagen naar het noorden, zuiden enzovoort. Ik was boos op papa en op die overdreven ideeën van hem en haar. Ik verried hem zoals hij mij verraden had. De hele tijd sputterde het in mijn buik dat een bar mitswa-verrassing je blij moest maken, niet bang.

'Je wil naar huis, hè?'

'Nee!'

Maar ik had het met strakgespannen lippen uitgeblaft, en Felix keek me van opzij aan en nam gas terug totdat de auto nauwelijks meer vooruitkwam. Hij staarde zwijgend naar de weg.

'Kijk,' zei ik tegen mezelf, 'dit is een moeilijk moment voor je. Je staat op het punt om het op te geven. Maar probeer nou wat sterker te zijn. Je hebt weliswaar een pijnlijke ervaring achter de rug en je bent een beetje geschokt, maar aan de andere kant is je niks ergs overkomen. Je rijdt in de mooiste auto van de wereld. Je eet ananas (waarschijnlijk) en kaas van een bord met een gouden rand, en als je flink bent zul je met die Felix dingen beleven die geen kind ooit beleefd heeft. En niet in je fantasie, zoals de belevenissen die je zelf verzint. Dus niet zeuren, rechtop zitten en glimlachen. Je hoeft geen man te zijn, wees eerst maar Nono, zoals Gaby in haar brief schreef.'

Ik hield weleens van die peptalks met mezelf. Ik had daar een speciale stem voor, zwaar en gedecideerd, maar wel een binnenstem. En korte, krachtige zinnen, een soort leuzen, of instructies via de portofoon tijdens een operatie. En dat hielp weleens.

Nou en of.

Ik rekte me wat uit. In die auto had je zelfs ruimte genoeg om je benen te strekken. Ik schrokte de sandwich op. De legendarische ananas at ik heel voorzichtig, om zijn smaak over de hele lengte van mijn tong te proeven. Ik trok mijn schouders recht en richtte me op, en ik floot ook luchthartig, om er zeker van te zijn dat ik weer gekalmeerd was. Eén ding wist ik wel: na die ananas was ik een heel ander mens geworden.

Felix zweeg. Hij bekeek me een paar keer onderzoekend in de spiegel. Alsof hij zich afvroeg of mijn vader hem niet misleid had en of ik eigenlijk wel volwassen en flink genoeg was voor wat hij voor me in petto had. De volgende keer dat hij keek, keek ik met een krachtige blik terug. Recht in zijn ogen. Zoals papa me geleerd had: een krachtige blik is een verklaring van zelfverzekerdheid. Net als je spieren aanspannen. Een buitengewoon belangrijk trucje voor zo'n klein scharminkel als ik. Zelfs Felix was daar niet ongevoelig voor, zag ik. Hij lachte me toe. Ik lachte terug. Hij drukte op een knop en boven mij schoof het dak van de auto langzaam open, vouwde naar achteren, en ik zag de blauwe lucht. Nog nooit... enzovoort.

De lucht buiten was warm en aangenaam. Zonder toestemming te vragen zette ik de radio aan. Er kwam Amerikaanse muziek uit. Ik voelde me Amerikaans. Trok een Amerikaans gezicht. Felix lachte met zijn hoofd in zijn nek. Alsjeblieft: eindelijk een volwassene die ik aan het lachen kon maken.

'Wij hebben een Humber Pullman,' zei ik tegen Felix.

'O, ja! Auto fantastico! Zes cilinders, hè?'

'Ja. En zwart, zoals deze.'

'Is altijd zwart, Humber Pullman! Alleen zwart!'

Alleen op de spatborden zat een wit streepje. De auto was namelijk in Engeland tijdens de wereldoorlog geboren, er was toen verduistering en de straten waren donker, dus werd er een speciaal teken op aangebracht, zodat de auto in het donker door voetgangers gezien kon worden.

'Papa had hem op de sloop gevonden. Nog voordat ik geboren was.'

'Maar hoe komt de Humber in de sloop?'

'Papa denkt dat hij vroeger, in de tijd dat de Engelsen hier aan de macht waren, van een Britse officier is geweest, en dat die misschien dronken achter het stuur had gezeten en de auto in de prak had gereden.'

'Yes sir! Kan zijn! Britsen drinken graag! Johnnie is altijd dronken!'

'Papa en ik werken er iedere dinsdag aan,' loog ik.

Werkten, had ik moeten zeggen. In de verleden tijd.

'Heel belangrijk! Zulke auto, moet altijd aan werken! Jullie rijden veel in de auto?'

'Ja... maar alleen op de binnenplaats. Tot aan het hek,

en terug. Papa durft er de straat niet mee op.'

Durfde, had ik moeten zeggen. En: We réden alleen maar tot aan het hek. Allemaal in de verleden tijd.

'Het is een echte parel.'

Wás een parel. Zo noemde papa hem: 'Kom, Nono, we gaan de parel oppoetsen.' En dan pakten we doekjes en emmers met speciaal sop van babyshampoo en gingen de parel poetsen. We werkten dan twee uur lang zonder een woord te wisselen. Bijna. Behalve woorden die met de auto te maken hadden. En dan startten we de parel en luisterden naar het snorren van de motor. Als muziek in je oren. En wat kon papa hem toch mooi bespelen, de auto liep gewoon aan zijn handje, reed langzaam de drie meter tot aan het hek en terug, op fluwelen wielen leek het wel. We moesten maar eens een keertje de spaarrekening aanspreken om de legendarische Roger, de expert in oldtimers, uit Naharía te laten komen om de buitenboordremmen af te stellen.

Er gaat nu nóg een steek door mijn hart als ik aan die auto denk. We hadden er zoveel in geïnvesteerd. We waren zelfs een keertje helemaal naar Tiberias gegaan om bij een verzamelaar speciale woestijnbanden te kopen. Maar dat is allemaal verleden tijd. Ik heb er tot de dag van vandaag schuldgevoelens over. Ik geloof dat mijn vader tien jaar ouder werd op de dag dat hij de auto moest afstaan.

'Maar waarom jullie rijden niet met de auto buiten, op de weg?' vroeg Felix verbaasd.

'Papa zegt dat zo'n auto... Dat-ie niet geschikt is voor de inferieure wegen van Jeruzalem. En bij ons op de binnenplaats is-ie beschermd en blijft-ie goed.'

'Ha!' riep Felix minachtend. 'Humber kan rijden zelfs in de woestijn! Hoe kan Jeruzalem voor hem gevaarlijk zijn?'

'Weet ik niet.'

Soms vond ik het zelf ook wel vreemd dat onze Humber nooit buiten het hek mocht. Hij stond op de binnenplaats als in een kooi. Toen we hem bij wijze van schadevergoeding aan Mautner gaven, durfde die er wel mee te rijden, maar hij kon er niet mee omgaan. De eerste keer dat hij de stad uitging, kreeg hij de auto maar niet onder controle en sloeg uiteindelijk over de kop. Aan de buren vertelde hij dat de auto als een wild beest tekeer was gegaan zodra hij de snelweg was opgereden. Hij kon op de remmen trappen wat-ie wou, de auto bleef vooruitracen. Een vervloekte auto, hij zwoer het ze. En papa luisterde en glimlachte bitter, alsof hij het van tevoren geweten had. Als ik eraan terugdenk, doet het pijn. Mautner verkocht de parel aan een handelaar in tweedehands auto's en we hebben er nooit meer over gehoord. We hebben er ook nooit meer over gepraat. Weg was-ie. Dood.

'Dit is Bugatti,' zei Felix weer. 'Nooit gehoord van de Bugatti, hè?'

Ik gaf het toe.

'In de hele wereld zijn alleen zes,' vertelde hij. 'Heeft gemaakt een genie, beeldhouder Ettore Bugatti! Italiaan en ook Fransman. Iedere auto, hij maakt hem met aparte ontwerp! Speciaal!'

Zwijgend bekeek ik het meesterwerk waarin ik mocht zitten.

'Meneer Bugatti, hij beslist wie zal kopen iedere auto van die zes auto's. En hij heeft beslist: alleen de koning mag hebben de Bugatti! De eerste Bugatti hij verkoopte aan koning Carol van Roemenië. En ik heb gezien nog dat hij rijde in zijn wagen.'

'En deze? Van welke koning is deze?'

'Deze? Van koning Feierberg Twee. Speciaal voor jou Felix haalt deze auto naar Israël. Eén maand in de schip. Grote zeereis!'

'Voor mij?' zei ik bedremmeld. 'Heb je voor mij een auto laten komen? Deze?'

'Sorry, excuseer, is geen echte cadeau, alleen voor vandaag. Dat we hebben een mooie dag. Speciale dag samen.'

'Heb je voor één dag een auto laten overkomen? Voor mij?'

'Och, kleinigheidje. In Italië iemand heeft eerschuld aan Felix. En in Frankrijk, oude gentleman, compagnon van vroeger, ook. Zij dachten dat Felix is dood. Tien jaren niks gehoord van hem. Plotseling gaat de telefoon: Prrr... prrr! Snel snel, oude vrienden bij elkaar, vragen hier, vragen daar... Eerschuld is eerschuld! Et voilà: komt de Bugatti naar Israël voor één week, en gaat daarna terug naar de museum, niemand weet wat of hoe, dankuwel, alstublief, goeiedag!'

Mijn lippen waren droog. Moest je een gebed zeggen als je voor het eerst in een Bugatti reed? Jammer dat niemand uit mijn klas me nu zag. Ofeigenlijk: jammer dat ik geen cameraman bij me had vandaag. Want ik wist: ook al zouden ze geloven dat ik zelf een locomotief bestuurd had, en dat ik gefloten had, en dat ik een rijdende trein tot stilstand had gebracht, niemand zou geloven, zelfs Micha niet, dat er speciaal voor mij een koningswagen per schip naar Israël was gebracht! En eentje met een open dak nog wel! Dan geloven ze het maar niet, dacht ik ineens kwaad. Waarom moet ik ze nou de hele tijd proberen te imponeren? Een koning probeert dat toch ook niet? Hij is gewoon koning, klaar!

'Hij schrok zich lam, die machinist,' zei ik en lachte

wat overdreven, omdat ik nog steeds niet in staat was om aan de gebeurtenissen van zojuist, in de locomotief, terug te denken zonder het gevoel te krijgen dat ik mezelf een beetje vreemd was, en zonder dat ik de angst weer in mezelf zou voelen opkomen.

Felix haalde zijn schouders op. 'En van wat? Van niks, van speelgoedpistool,' zei hij.

Ik voelde me ineens zo opgelucht: 'Niks? Speelgoed?'

Hij haalde zijn schouders minachtend op, nam het pistool uit zijn zak en gaf het aan mij. Het was een klein pistool. Maar best zwaar. Net echt. De kolf was met parelmoer ingelegd. Ik had een keertje op een tentoonstelling van wapens die we in beslag hadden genomen net zo'n pistool gezien, maar dan echt. Papa was er heel lang bij stil blijven staan, hij had het bekeken, bestudeerd, gestreeld, langs de loop gekeken, en toen ik vroeg of er iets was legde hij het meteen weer terug en zei smalend dat het 'een vrouwenpistool' was. Maar dat vertelde ik Felix niet.

Mijn humeur begon zich ook al lekker uit te rekken. Ik hield het speelgoedpistool vast en streek er met mijn hand over. Het was, zoals bekend, mijn tweede vuurwapen die dag, na dat van de nepagent. Wat een eentonig leventje.

We reden nog steeds over binnenwegen. Ik stond op en stak mijn hoofd uit het open dak. Ik zwaaide naar een tegenligger, een pick-up, en de bestuurder zwaaide terug en keek vol bewondering naar de grote zwarte auto. Ik vond het jammer dat ik geen cowboyhoed op had. Dan was het beeld compleet geweest. Ik zei dat tegen Felix. Hij gooide zijn hoofd in zijn nek en lachte, en weer zag ik, heel eventjes, een roofdier voor me, een panter: wel wat oud, met hangende huidplooien aan weerskanten van de mond, maar nog steeds met een vonk in zijn ogen, een roofzuchtig vonkje. En ongemerkt imiteerde ik zijn wisselende gelaatsuitdrukkingen, de glimlach en de dreigende vonken in zijn blauwe ogen... Ik geloof dat ik al eerder verteld heb over mijn grappige neiging om het gezicht van mijn gesprekspartner te passen, om het van binnenuit te proberen. Ik ben er nog steeds niet uit of dat op een acteertalent wijst of op een flexibel karakter. Maar goed, Felix had het uiteraard meteen gezien. Voor hem was ik zo doorzichtig als wat. Hij had me direct door, en ik vond het niet eens erg. Ik zag hem ook in zichzelf glimlachen, alsof hij het leuk vond dat ik zo'n acteur-imitator was. Hij was zelf toch ook een beetje een acteur, zoals hij voor de machinist gespeeld had? Ik had zo'n diep gevoel voor hem, een soort affiniteit, sympathie. Wat een professioneel team waren we daar in de locomotief geweest. Zoals ik, zonder dat we het van tevoren hadden afgesproken, precies geweten had wat hij van me verwachtte, zoals mijn hand vanzelf was gaan spartelen, ja toch? En Felix gaf gas, en de Bugatti scheurde, en hij knipoogde collegiaal en we hadden allebei het gevoel dat daar een bijzondere vriendschap aan het groeien was tussen twee acteurs en avonturiers die nergens bang voor waren, en hij pakte het speelgoedpistool en richtte het door het open dak op de blauwe hemel boven ons en riep '*Haide*!' en haalde de trekker over.

De knal kwam aan als een klap en weergalmde van alle kanten. Ik werd meteen onwel en kreeg het koud. Een dunne sliert van rook steeg op uit de loop van het pistool. Ik zakte neer en plofte op de chique bank. Alle lucht stroomde fluitend uit me, alle avontuurlijkheid, alle vreugde om de nieuwe vriendschap.

'Je zei... speelgoed...' fluisterde ik met zachte stem.

Felix bleef met één hand sturen, snuffelde aan de loop van het pistool, keek me met zijn baby-ogen aan, glimlachte en haalde zijn schouders op: 'Wat denk je, jongheertje Feierberg, misschien zij hebben mij bedriegd in de speelgoedwinkel?'

9 *We vluchten voor de wet*

De rook uit het pistool kringelde omhoog boven mijn hoofd, werd door het open dak naar buiten gezogen en steeg op naar de hemel. Het rook branderig en intens.

'Zullen we toch maar terug naar huis gaan, naar Jeruzalem?' fluisterde ik.

Ik zag de teleurstelling in de ogen van Felix. 'Sorry,' zei hij. 'Excuseer! Spijt mij dat je bent zo geschrokken, ik wilde alleen... Nou... Laten jou beetje lachen.' Zijn driehoekige wenkbrauwen bewogen onzeker op zijn voorhoofd: 'Misschien ik ben beetje oud om te laten kinderen lachen, hè?'

Ik zweeg. Wat een stel waren wij: een volwassene die kinderen niet aan het lachen kon maken, en een kind dat volwassenen niet aan het lachen kreeg.

Ik vroeg met opeengeklemde kaken of hij kinderen had.

Alweer aarzelde hij, alsof hij overwoog welk antwoord hij zou geven. Alsof er niet zoiets bestond als 'feiten' of 'waarheid', alsof er op iedere vraag meerdere antwoorden mogelijk waren en je alleen moest kijken welk antwoord geschikt was voor dat moment, en voor die vraagsteller.

Ja, hij had besloten. Zijn gezicht nam zijn beroemde glimlach aan.

'Nou, één dochter, maar groot,' zei hij, 'kon wel jouw moeder zijn.'

Ik zweeg puur uit beleefdheid. Niemand op de wereld kon mijn moeder zijn. Behalve Gaby misschien.

'Maar ook mijn dochter ik kende haar niet goed toen zij was klein,' zei Felix. 'Ik heb gemist haar kinderjaren omdat ik was altijd op reis, op werk en zo. Erg jammer, hè? Heb ik veel gemist, toch?'

Ik had geen zin om antwoord te geven. Om de bittere waarheid te zeggen, leek hij me niet bepaald geschikt om een kind groot te brengen. Hij leek me eerder zo iemand die leuk met kinderen kon omgaan en ze een paar uur lekker bezig kon houden. Ik wist bijvoorbeeld zeker dat hij met zijn vingers schaduwen kon maken, of dat hij een paar eenvoudige goocheltrucjes kende, of dat hij kleine kinderen verhalen kon vertellen waar hun oren zó lang van werden. Maar kinderen grootbrengen, opvoeden, voor ze zorgen, ruzie met ze maken, ze verzorgen als ze ziek waren en troosten als ze verdriet hadden, zoals Gaby dat bijvoorbeeld met mij deed – dat niet.

'Waarom... waarom kijk jij zo op mij?' vroeg Felix aarzelend en glimlachte geforceerd. Ik bleef hem strak aankijken: laat hem maar merken dat ik boos ben.

'Ik houd echt veel van kinderen...' mompelde hij bezorgd, ongemakkelijk. 'Altijd iedereen zegt: Felix heeft succes met de kinderen! Alle kinderen zij houden van Felix...'

Precies wat ik dacht dus.

Ik zweeg gemeen.

(Want ík vind, mensen die zo trots verklaren dat ze 'van kinderen houden' – en er zijn genoeg volwassenen die dat doen – die denken in hun hart dat alle kinderen eigenlijk één wezen zijn, met één gezicht en één karakter, en die nemen kinderen dus niet serieus. Je hoort toch nooit iemand roepen: 'Ik houd van volwassenen'?

Maar 'kindervrienden', die vind je overal. En ze denken dat alle kinderen even lief en schattig zijn en dat ze allemaal de hele dag alleen maar vrolijk spelen en dansen. 'Aah,' zeggen die grote onnozelaars, 'wat is het fijn om kind te zijn!' En dan heb je zin om ze over hun vierkante bol te aaien en te zeggen: 'Ja hoor, en wat is het fijn om dom te zijn!' Dus kinderen, kijk uit voor kindervrienden!)

'Wat is gebeurd, meneer Feierberg?' hoorde ik Felix naast me mompelen. 'Verloren onze tong?'

Ik zag dat ik hem met mijn kijken en zwijgen in verlegenheid bracht en onzeker maakte. Ik had het gevoel dat hij mijn gedachten letterlijk kon lezen. Prima, dacht ik, lees maar door: als je het mij vraagt, meneer Felix, en als ik met de snelle blik van een beroeps jouw karakter juist inschat, dan ben jij iemand die dol is op zichzelf en die zichzelf fijn weet te verwennen, en die het heerlijk vindt om zichzelf groot te brengen als zijn eigen eeuwige kind. Dat ben je!

Het was precies goed. Wreed, misschien, maar dat was mijn wraak voor dat pistoolschot. Ik moet helaas bekennen dat ik het niet zelf bedacht had, dat snedige betoog over het eeuwige kind dat alleen zichzelf wil grootbrengen enzovoort. Gaby had het ooit gezegd van een beroemde vrouw, de actrice Lola Ciperola, van wie zij een grote fan was, en het was me bijgebleven. Het was frappant hoe goed die woorden ook bij Felix pasten: zijn blik huiverde en zijn wangen bloosden, hij greep het stuur met beide handen vast en keek strak voor zich uit en zweeg.

Het bleef een paar seconden stil in de auto. Toen keek Felix weer naar me, maar nu met heel andere ogen. Ze misten die felle flits. Ik wist dat er iets gebeurd was tussen ons, dat we een klein duel hadden gehad, en dat ik om de een of andere reden gewonnen had.

'Jij bent redelijk een slimme kind, jongheertje Feierberg,' merkte Felix kalm op. 'Maar nu, wij zullen zien of jij bent ook manhaftig om te doorzetten onze reis.'

Zijn Hebreeuws was komisch, het Hebreeuws van een immigrant die dure woorden geleerd had. De zwarte wagen reed langzaam, stil, zwevend. Ik moest nu beslissen. Als ik 'stop' zei, zou de auto tot stilstand komen. Alles zou tot stilstand komen. In één klap zou er een einde komen aan een gekke, prettige, maar ook enge en verwarrende droom. Een droom die nog maar net begonnen was, een droom die één groot raadsel was en waarvan je niet wist hoe hij zich verder zou ontwikkelen. Ik sloot mijn ogen. Ik probeerde me te concentreren om tot een beslissing te kunnen komen, maar mijn gedachten dwaalden alle kanten op, alleen diep in mijn hart lag er een zwaar en kil brok angst, een angst die geen naam had, angst voor wat me met die Felix gebeurde. Maar misschien moest ik ook niet zo mijn best doen om te begrijpen wat er gebeurde, want de oplossing kon nog enger zijn dan het raadsel.

'Laten we maar doorgaan,' flapte ik eruit.

'Mooi zo.' Hij richtte zich op in zijn stoel. Ik zag dat hij opgelucht was. Sterker nog, hij was blij dat ik verder met hem mee wou. Dat ik, ondanks wat ik nu van hem wist, toch bereid was om met hem door te reizen. Ik ging zelf ook rechtop zitten en keek voor me uit. Ik was behoorlijk trots op mezelf, ook al begreep ik niet helemaal wat ik gedaan had om die verandering in hem en in mij tot stand te brengen.

'Maar eerst wij moeten overstappen op de kever, ja?' zei hij.

Een onverwachte wending in het gesprek. En ook in de route. Ik vroeg niets. Ik beet letterlijk op mijn tong en wachtte het verder af. We stopten bij een citrusplantage. We stapten uit de slee. Ik wist niet waar ik was. Waar hij me heen bracht. Felix haalde de bruine leren koffer uit de kofferbak, sloeg het portier dicht en begon te lopen. Ik liep achter hem aan, de plantage in. Ik mocht van mezelf nog steeds niet vragen waar we naartoe gingen. Ik had al een beetje door dat die man onvoorspelbaar was. Dat er ieder moment een nieuwe situatie kon ontstaan, een nieuw plan, een nieuwe toekomst...

We waren nu in de plantage. En maar doorlopen. Ik werd wat onrustig. Er was verder niemand. Alleen hij en ik. We liepen tussen modderige irrigatiebekkens. Hier en daar zat een rood lapje om een boomstam vastgeknoopt. Ik keek om en zag de Bugatti niet meer. De weg ook niet. We waren omgeven door bomen en stilte. Hij en ik en verder niemand.

En toen zag ik tussen twee rijen bomen een grote kikker staan: een groene Volkswagen-kever. Een kikker van een kever. Ik zei niks. Iedere keer stond ik weer paf van de gigantische operatie die ze voor me op touw gezet hadden, maar tegelijkertijd knaagde ergens in mijn achterhoofd ook de gedachte: Waarom kunnen ze me geen gewone cadeaus geven? Wat is er mis met een professionele voetbal? Ik voelde me steeds meer als een blad dat in een stroom meegevoerd werd. Ik liep achter hem aan. Hij stapte door, vlot maar niet gejaagd. Het was beneden hem om zich te haasten. Er zat een eigen ritme in zijn bewegingen, dat ik uiteraard overnam. Hij deed zijn deur open. Ik de mijne. Hij stapte in. Ik ook. Hij startte de motor. Ik kuchte. We zwegen. Het beviel me wel, dat mannelijke zwijgen. De auto reed bekken in en bekken uit. Vond uiteindelijk het zandpad. We reden door.

'Voor mij was de allebelangrijkste dat wij beginnen onze uitstapje met de zwarte Bugatti,' legde hij uit. 'Zulke auto, hij geeft iets bijzonder, geeft stijl, toch?'

Hij zei het woord 'stijl' alsof hij een bonbon proefde. Ik vroeg me af wat er nu met de slee zou gebeuren. Eerst had hij hem met de boot uit het buitenland laten komen voor een halfuurtje rijden. Nu liet hij hem achter zoals hij zijn dure horloge met de zilveren ketting achtergelaten had. En niet eens op slot. Hij was zeker de rijkste man ter wereld.

'Maar andere kant, zwart is ópvallend. En bovendien gele deuren. Zo meteen de politie zal hem vinden. Daarom ik heb de kever klaar. Zijn veel kevers in Israël. Niemand let op hem. Wij kunnen rijden bijvoorbeeld langs de politiebureau, de agenten nemen af de pet en zeggen: goeiedag, dankuwel, alstublief.'

Ik hield mijn professionele, hardvochtige zwijgen vol. Ondertussen verwerkte ik wat hij over de politie gezegd had. Langzaamaan steeg uit de nevelen van mijn suffe kop een interessante gedachte op: 'Hè, vluchten we voor iemand?'

'Ik denk van de politie. Zij vinden zeker niet leuk wat wij hebben gedaan met de trein,' zei hi) en haalde zijn schouders op en klakte drie keer met zijn tong, alsof hij de politie betrapt had op fout gedrag. 'Soms zij hebben oudewetse ideeen.' En hij lachte kort: 'Ik zeg niet je vader, hoor! Natuurlijk niet! Nee nee! Maar daarom je vader is de kampioen, en zij zijn gewoon agenten. Geloof mij, jouw vader is de beste rechercheur in hele Israël!'

Er gebeurden toen twee dingen:

A. Mijn kleine zieltje knetterde van geluk: ik was dus niet de enige die zo over mijn vader dacht.

B. Ik begreep ineens wat papa's echte plan was.

Dat wil zeggen, ik durfde het bijna te begrijpen.

'En wij tweeën, jij en ik dus...' begon ik aarzelend, want ik was een beetje bang voor zijn antwoord. 'Zijn we nu op... op de vlucht? Voor de wet?'

'Aha! Mooi gezegd,' glimlachte Felix. 'Ja, wij zijn op vlucht voor de wet,' herhaalde hij in zichzelf.

'Enne... gaan we morgen ook op de... op de vlucht voor de wet?'

'Ja, en ook eer... nee, ik bedoel overmorgen! Jij zegt tot wanneer. Wat jij zegt – ik doe het voor jou. Jij bent vandaag mijn Aladdin, en ik ben de geest van Aladdin, yes sir!'

En hij salueerde.

Op dat moment sloeg de directeur van mijn innerlijke circus met zijn lange zweep en klonk er een harde knal in mijn beide oren. Het orkest zette een snelle mars in, en mijn tweeëndertig acrobaten, drie vuurvreters, twee goochelaars, mijn messenwerper, clowns, aapjes, leeuwen, olifanten en vijf Bengaalse tijgers stormden allemaal tegelijk mijn arena binnen, de schijnwerpers in, en draaiden in een oneindige carrousel rond... Ja, het was zo'n moment, zo'n zeldzaam geval dat een heel circus ervandoor ging om zich bij één jongetje te voegen. En in mijn roze luidsprekers van oren brulde een spreekstalmeester die dronken was van geluk: 'Dames en heren, lieve mensen, applaus voor... Mij!'

Ik leunde achterover en sloot mijn ogen en gaf me over aan die heksenketel in mijn hoofd, in een poging om de stille, koele fluisterstem te onderdrukken die me steeds wilde waarschuwen, die me wilde vertellen dat ik er volslagen naast zat en dat ik niks begreep van wat er om me heen gebeurde, want ik wou die stem nu niet meer horen, ze moest me maar met rust laten, ze moest het niet voor me verpesten. Felix reed rustig door, neuriede bij zichzelf met die grappige stem van hem en klakte de maat met zijn tong, als een soort eenmansorkest. Ik draaide het raam open en de wind blies in mijn gezicht. Lekker fris. Ik ging weer rechtop zitten. Zo. Het ging weer. Alles zou weer goed komen. Alles was nu simpel en duidelijk. Eindelijk, na uren van verwarring en boosheid over papa en Gaby, werd het me allemaal duidelijk, het hele plan, de gedachte erachter, de list en de durf: dát was dus zijn bar mitswa-cadeau aan mij! En dít was de bijzondere man die hij voor deze taak gekozen had! Ik kreunde weer van verbijstering over de grootsheid van het idee, over de moed van mijn vader. Want als je hem zo zag, kon je niet weten wie en wat hij eigenlijk was en hoe briljant hij kon zijn als hij het wou. Maar ja, zich niet blootgeven was tenslotte zijn specialisme, en Gaby beweerde, zoals bekend, dat dat nu in zijn bloed zat. Maar toch, zelfs ik had nooit gedacht dat hij tot zoiets gewaagds en roekeloos in staat zou zijn, en ik was erg benieuwd wat Gaby gezegd had toen hij met zijn idee kwam.

En of ze nu nog bij hem weg zou durven.

Ik keek nu ook anders tegen Felix aan: als mijn vader hem zo'n gevoelige onderneming toevertrouwde, dan moest hij wel een heel bijzonder iemand zijn. Ondertussen had de bijzonderling een doodgewone, zwarte zonnebril opgedaan, een bril met geen greintje monoclistische adellijkheid. Hij reed zelfverzekerd, achter de brillenglazen leken zijn ogen bijna gesloten, maar ik wist dat geen enkel detail hem ontging. Hij deed me steeds meer aan papa denken. Ze waren zo anders, en toch leken ze op elkaar. Ik slikte. Ik nam me voor om me voortaan te beheersen in wat ik allemaal zei, maar voorlopig lukte het me niet eens om de lichte trilling van mijn vingers te bedwingen.

Want hoe moest het als het te gevaarlijk werd? Of te illegaal?

En wat als ik ze allebei, papa en Felix, zou teleurstellen?

En als we gepakt werden?

Want het plan ontvouwde zich van minuut tot minuut in al zijn grootsheid en dolheid. Wat een gigantisch risico had mijn vader genomen! Om me nou zulke misdaden te laten plegen, bijvoorbeeld met die trein! Als de politie me zou pakken en erachter zou komen wat er eigenlijk gebeurd was, dan zou hij er toch uitvliegen en zou Ettinger, zijn corrupte adjunct, zijn functie krijgen, en wat had het leven van mijn papa nog voor zin zonder de recherche, zonder de politie? Ik verklap niks, zwoer ik bij mezelf, ook al word ik in de politiekelders gemarteld, ik verraad hem niet!

Nee, ik kon het niet bevatten. Ik durfde het niet te bevatten. Ik haalde diep adem. Ik maakte me klaar om een lange, gedetailleerde vraag te stellen die de hele situatie zou verhelderen: 'Enne... wat gaaa... waggg...?'

Ik verslikte me. En viel stil. En zat nog een paar minuten beschaamd te zwijgen. Felix glimlachte zuinig.

Aanvallen! Doen! Gewoon doen!

'En wat gaan weeeh... waaa... Wat gaan we samen doen?'

Dat was kennelijk mijn stem, dat broze, dat brossige dat in de lucht spartelde.

'Och, meneer Feierberg,' stak Felix zijn hand omhoog, 'wij gaan dingen doen wat jij hebt nooit gedaan!'

'En... en als we gepakt worden?'

'Wij worden niet gepakt!'

Nu of nooit! 'Zeg eh... eh, Felix, die... die eh... Ik bedoel... De politie, onze politie! Hebben ze je nooit gepakt?'

Hij bleef maar in zichzelf neuriën, alsof hij me niet gehoord had. Pas na een lang moment draaide hij zijn gezicht helemaal naar me toe en zei: 'Eén keertje. Laatste keertje. Nooit meer zal gebeuren.'

En hij glimlachte: 'Eerste en laatste keer.' Maar hij glimlachte alleen met zijn mond, en daar was weer die dunne, wrede lijn om zijn lippen die ik al eerder gezien had.

'En mijn vader, hoe lang ken je die al?'

'Oho! Tien jaren, misschien meer!'

Ik aarzelde even bij de volgende vraag. Hoe moest ik die formuleren zonder hem te kwetsen?

'Kennen jullie elkaar van... van het werk?'

Nu glimlachten ook de rimpels rond zijn ogen: 'Van de werk. Mooi gezegd.'

Hij gaf gas en concentreerde zich op de weg. Hij floot een wijsje dat ik niet kende, een soort vrolijke vioolmuziek, en neuriede af en toe vergenoegd in zichzelf: 'Van-de-werk!' met een snelle 'pam-pam-pam' erachteraan. Het viel me nu op dat hij bijna altijd floot of neuriede. De hele tijd hing zijn gezoem en geprevel in de lucht. Ik dacht: misschien is dat iets van volwassenen die in hun jeugd net zo waren als ik.

En met alle tegenstrijdige en verwarrende gevoelens die hij bij me opriep, deed het me goed om naar zijn handen te kijken. Lange, mannelijke, rustige handen. Alleen de ring stoorde me. Een grote gouden ring aan de wijsvinger van zijn linkerhand. Die hoorde bij een soort koketterie en ijdelheid die ik niet kende. Er zat een steen in, zwart en ietsje glanzend: de glans van pistoollopen, het zwart van tunnels onder gevangenismuren, het glanzende en zwarte van duistere, fonkelende geheimen.

Dus keek ik alleen naar zijn rechterhand. Daar putte ik moed uit, en genegenheid voor hem, en de wil om bij hem te blijven. De rechterhand was de goeie hand. Daar voelde ik me veilig bij. Die hand zou me eraan herinneren dat mijn vader me op een afstand in de gaten hield en dat hij Felix zorgvuldig had uitgekozen om deze bijzondere missie uit te voeren. En die Felix – één blik op zijn rechterhand, en je wist dat hij als een van die legendarische undercovers was die geen angst kenden. En dat hij voor mij een boef met een gouden hart zou zijn.

'En mijn vader is een echte kampioen, ja toch?'

'Nummer één. Numero uno!' zei hij.

Jammer dat papa het niet kon horen. De laatste tijd begon hij zelf ook te geloven dat hij niks waard was. Met alle collega's bij de politie had hij ruzie. Geen enkele rechercheur wilde nog met hem samenwerken. Twee weken daarvoor had in de krant gestaan dat hij gefaald had in alle belangrijke onderzoeken die hij de laatste jaren gedaan had. Door zijn haat tegen criminelen, hadden ze geschreven, gedroeg hij zich bij ingewikkelde en gevoelige onderzoeken als een olifant in een porseleinkast. Ik hoopte dat Felix die krant niet gelezen had.

'Maar papa heeft de laatste tijd wat problemen gehad,' tastte ik voorzichtig af.

'Is onzin wat staat in de krant! Lariekoek!' zei Felix minachtend. 'Zij begrijpen niet dat jouw papa is niet gewone rechercheur! Bij hem, de rechercheuren zit in de bloed! Niet zoals andere agenten wat gewone ambtenaar met politiepet zijn! Bij meneer jouw papa rechercheuren is kunst! Hij is van de rechercheurs zoals... zoals Bugatti van de auto's!' En hij stak een vinger op om zijn woorden kracht bij te zetten, en ik vond het niet eens erg dat het die vinger was, van de ring.

'Maar in één krant,' zei ik beschaamd, 'hebben ze zelfs geschreven dat hij gek wordt als hij een crimineel tegen het lijf loopt, en dat hij daardoor het onderzoek verknalt.'

'Zij zelven zijn gek!' fulmineerde Felix. 'Ik heb ook gelezen deze onzinnen! Wat denken zij, boeven vangen dat is geen kinderspel!'

'En hij is al een hele tijd niet meer bevorderd,' verklapte ik, en mijn hart sloeg over. Zoiets mocht je niet aan vreemden vertellen. Wij van de politie hingen onze vuile was niet buiten. Maar ik was verbitterd over hun houding tegenover papa, en bovendien wist ik dat Felix een bondgenoot was.

'Rotstreek!' sloeg Felix op het stuur. 'Zij zijn bang van hem, omdat hij is zo fantastico!' en hij perste zijn lippen op elkaar tot ze bijna zijn neus raakten en mompelde verbitterd in zichzelf.

Ik probeerde zijn woorden te onthouden om ze de volgende dag tegen papa te kunnen herhalen. Ik vond het vooral jammer dat Gaby er niet bij was. De laatste tijd had ze een heel irritante mening over hem als rechercheur. Ik snapte het niet dat hij zich zo door haar liet beledigen zonder iets terug te zeggen. Gaby vond bijvoorbeeld dat papa met onmiddellijke ingang bij de politie weg moest en iets anders moest zoeken. Dat had ze tegen hem gezegd, onverbloemd en meedogenloos.

'Iets anders?' vroeg mijn vader en zijn mond viel open. 'Heb je het tegen mij?'

We stonden met z'n drieën in de keuken het avondeten klaar te maken. Ik bevroor bij de koekenpan. Papa begon op te zwellen boven de pan spaghetti. Zij wachtte op een uitbarsting. Toen die uitbleef, vond ze de moed om te zeggen: 'Je moet ophouden met dit werk. Voorgoed!' Stilte. Mijn vader zweeg! Gaby bleef met trillende handen groente snijden: 'Je hebt bijna twintig jaar van je leven aan je werk gegeven. Je hebt er ook dingen aan gegeven die nog belangrijker zijn. Het wordt tijd dat je iets anders gaat doen, iets normalers. Met gewone werkuren, zonder pistolen en schietpartijen. Zonder levensgevaar elke dag weer opnieuw.' Ze keek verschrikt achterom. Papa zei nog steeds geen woord. Ze haalde diep adem en flapte het er snel uit: 'Ik stel voor dat je ontslag neemt, je krijgt een gouden handdruk, ik neem zelf ook ontslag, en dan doen we ons geld bij elkaar en openen een restaurant. Kan toch?'

Het was een nieuw en frappant idee. Restaurateur in plaats van rechercheur. Papa maakte het geluid van een kikker die in Engeland een tunnel was gaan graven en in een Franse keuken uitkwam: 'Restaurant? Restaurant zei je?!' 'Ja ja! Restaurant! Moeders keuken! Ik zal koken en jij zal het run...!' 'O ja? Zal ik maar een roze schortje voordoen en ook gaan staan koken? Hè? Vind je me misschien gewoon te oud om rechercheur te zijn? Zeg het maar, zeg het!'

Daar had je de poppen al aan het dansen. Ik moest snel een ander gespreksonderwerp vinden. Ik kon niks bedenken. Ik zag ze al ruziemaken. Ik zag haar weggaan. En iedere tijdelijke scheiding bracht de definitieve scheiding dichterbij. Zo kon ik niet leven, met die onzekerheid.

'Jij was vroeger een goeie rechercheur,' zei Gaby met

een rustige, onheilspellende stem. 'Je was de beste. Dat weet iedereen. Maar door alles wat er in de tussentijd gebeurd is, door die hele affaire, ben je totaal doorgedraaid. Het lijkt wel of je een persoonlijke oorlog voert tegen de hele onderwereld. Dan ben je geen beroeps meer!'

Stilte alom! Geen mens op de wereld kon zulke dingen tegen mijn vader zeggen en het er levend afbrengen.

Maar hij zweeg! Hij liet het zich zeggen.

'Je bent er zo op gebrand om wraak te nemen, zelfs op de allerkleinste kruimeldief, dat je al je valkuilen verraadt!' Stilte. Papa begon de spaghetti weer traag te roeren. Gaby was zo gespannen dat ze haar arme tomaat niet meer losliet en almaar kleiner hakte. Ze merkte dat papa haar voor de verandering serieus aanhoorde. Ja, en dat was het moment dat ik als de bliksem had moeten ingrijpen, iets zeggen. Want wat wist zij nou van het rechercheren? Wat wist zij van de eeuwige strijd van de rechercheurs tegen de onderwereld? Ze kende onze sombere, harde wereld niet.

Maar toen flitste er een flard van een herinnering door mijn hoofd. Iets wat onlangs gebeurd was. Toen papa en ik meegedaan hadden aan een actie tegen autodieven, en hoe papa zich toen gedragen had. Precies zoals Gaby net omschreven had: hij had de hele operatie verknald. Nog een geluk dat ik erbij was geweest.

Ik zweeg. Ik roerde de eieren in de pan. Ik besefte dat er een nieuwe situatie aan het ontstaan was.

Papa zei zachtjes: 'Alle stoppen slaan door als je in de krant leest dat je net een olifant in een porseleinkast bent. Hoe zou jij het vinden als van jou gezegd werd dat je... eh... eh...'

Met bovenmenselijke heldhaftigheid negeerde Gaby

de flauwe opmerking. 'Ja, het was wel behoorlijk giftig wat ze over je geschreven hebben,' zei ze, 'maar op sommige punten hadden ze wel gelijk, en die moet je ter harte nemen als je iets wilt veranderen in je leven!' Ze liet de tomaat eindelijk los, keek verbaasd naar het hoopje rode pulp op de snijplank en ging nu de komkommer te lijf. 'Je bent zo blind van woede op elk kruimeldiefje, dat je het geduld niet hebt om iemand effectief te schaduwen! Je mist het gevoel voor ritme dat je nodig hebt om een onderzoek te kunnen leiden! En je hebt een te korte adem voor eenvoudige manoeuvres!' En met de drie uitroeptekens hakte ook haar mes drie keer door de komkommer.

We stonden allemaal met de rug naar elkaar toe. Alleen ik gluurde stiekem uit mijn ooghoek.

'En in dit hele rothuis is zeker geen druppel jodium te vinden!' riep ze ineens, smeet het mes neer, rende naar de badkamer en probeerde onderweg het bloeden van haar vinger te stoppen. Papa bewoog niet. Zijn rug was een muur van gietijzer. Ik wist niet of ik haar achterna moest rennen of dat ik bij hem moest blijven om hem te troosten. Wie moest ik nu trouw zijn? Hij had niet gezien wat ik wel gezien had: dat Gaby expres in haar vinger had gesneden. Ze had zich met een gezicht vol lelijke zeifhaat in haar vinger gesneden.

'Ze heeft gelijk,' zei papa plotseling met een lage, teruggetrokken stem. 'Iedereen zegt het tegen me, maar ik wil het niet horen. Ze zegt het omdat het haar pijn doet, omdat ze echt om me geeft. Ze heeft gelijk.'

'Niet,' zei ik met een mond die droog was van de angst. Hoezo had ze gelijk? Hij was de beste rechercheur in heel Israël. Hij moest aanblijven totdat ik me bij hem kon voegen. Samen zouden we een geweldig team zijn.

'Blijf even hier, Nono,' zei papa. Zijn stem was zo mild, ik herkende hem haast niet. 'Ik ga haar vinger verbinden.'

Jammer dat ze daar nu niet was, in de auto, om te horen wat Felix zei.

'Misschien niet alleen in Israël hij is de beste,' zei Felix verder en knikte een paar keer om zijn woorden kracht bij te zetten. 'Misschien niet alleen in Israël!'

Ik haalde diep adem en liet die woorden in me stromen. We reden door en zwegen mannelijk, alleen Felix neuriede in zichzelf. Er daalde een rust over me neer, de rust van een droom. Het was alsof ik zat te luisteren naar een verhaal over mezelf. Een verhaal over een jongen van wie de vader een hoge ome bij de recherche is, en die vader trakteert zijn zoon op zijn bar mitswa op een avonturentocht naar de zelfkant van het leven, naar de duistere wereld van de misdaad. Een speciaal cadeau op zijn volwassenwording, om hem kennis te laten maken met het leven in al zijn facetten, met beide kanten van de medaille. En misschien ook om hem eraan te herinneren dat zijn vader ook een andere kant heeft: vrij, wild, blij.

Of in ieder geval heeft gehad.

Toen hij nog jong was. Voordat hij met Zohara getrouwd was en voordat hij bij de politie was gegaan. En ik kon het weten. Gaby had het me verteld, of gesuggereerd, en af en toe zei iemand met een knipoog tegen me dat mijn vader vroeger een behoorlijke rakker was geweest. Hij had toen twee goeie vrienden, ze deden alles samen, de drie musketiers werden ze genoemd. Ze waren samen in dienst geweest en hadden later in Jeruzalem een verhuisbedrijf opgezet. Papa had me daar nooit over verteld, alsof de herinnering aan die vrolijke dagen zijn rouw om Zohara zou schenden, maar ik bewaarde en koesterde de kruimels die Gaby me toewierp: over de drie vrolijke binken met hun gouden hart, die heel Jeruzalem kende, vooral die ene, Coby Feierberg, met zijn eeuwige cowboyhoed en zijn paardenlach en zijn dwaze weddenschappen, bijvoorbeeld of hij met een koelkast op zijn rug de wals kon dansen, of een zebra uit de Bijbelse Dierentuin kon stelen en daarop op straat gaan rijden; over hoe de musketiers 's avonds na het werk onder de douche gingen en hun haar met haarolie insmeerden en onuitgenodigd naar besloten dansfeestjes in de wijk Rehavja of Ain-Karem gingen, daar het mooiste meisje bij de hand pakten, een wilde dans met haar deden, rondtolden tot ze er bijna bij neerviel, de één dansen en de andere twee zorgen dat niemand tussenbeide kwam, en dan weer op naar het volgende feest...

En hij had ook aanbidsters in die tijd, toen hij nog een vrijgezel was, en vrouwen die iets met hem wilden, en hij ging met ze allemaal uit en maakte hen allemaal het hoofd op hol, maar hij hield van geen van hen echt, hij zei steeds dat de vrouw nog niet geboren was die hem zou kunnen vangen, en dat als een vrouw dat wilde, dat ze hem gewoon zou moeten neerschieten of aan de haak slaan, maar dan letterlijk, echt op hem jagen, en dan lachte hij zijn mannelijke paardenlach. Ja, zo was mijn vader vroeger, een miljoen jaar geleden, hij scheurde door de straten van Jeruzalem op een motor met zijspan, en hij gooide de bak vol aarde en plantte er een tomatenplantje in dat steeds hoger en breder groeide, en hij plukte de tomaten tijdens het rijden en vrat ze op, de mensen noemden hem ook *Cowboy Tomato* – *tomato* is namelijk Engels voor tomaat – en als een agent hem een bekeuring wou geven wegens roekeloos rijden dan kocht papa hem meteen om met een verse, rode tomaat, en iedereen lachte en zuchtte: niks aan te doen, een cowboy blijft een cowboy, die verandert nooit...

Waar was hij? Waar was die jongeman gebleven? Waarom had ik hem nooit gekend? Waarom zag ik hem nooit uit zijn ogen gluren, heel eventjes maar? Waar was de rakker die auto's stal, alleen maar om er vierkante houten wielen op te monteren? Waar was ineens dat verdriet vandaan gekomen dat met een stalen pen zo'n verschrikkelijke groef tussen zijn ogen gegrift had?

Felix reed en neuriede en ik probeerde alleen maar te voorkomen dat mijn hart door de barrière van mijn tanden heen naar buiten zou schieten. Ik zat de hele tijd aan mijn talisman, de kogel die uit zijn lichaam verwijderd was. Een of andere boef had op hem geschoten, maar papa bleef terugschieten totdat die zich overgaf. Zelfs onder de douche deed ik dat ding niet af. Het kwam uit zijn lichaam en het zou tot mijn dood bij me blijven. Samen, dacht ik, ik ben hier samen met papa, alles wat ik nu doe, doe ik samen met hem, zelfs als ik de wet helemaal aan mijn laars lap blijft hij bij me, want zijn ziel zit in die kogel aan mijn hals. Zijn hele ziel. Ook de blije, brutale, verloren ziel. Hier bij me. Vlak bij mijn hart.

Het was een diep en zeldzaam moment. Want ik had lang niet altijd zo'n band met papa, en ik had ook lang niet altijd het gevoel dat we écht op elkaar leken – zeker niet als een tweeling, en misschien zelfs niet als een professioneel duo dat geen woorden nodig had. Soms ging er een vlijmscherpe angst door me heen: dat ik later, als ik groot werd, anders zou worden dan hij. Maar op dat moment, in de voortrazende auto, voelde ik me groeien. Ik groeide samen met hem en mocht, misschien wel voor het eerst, in het diepst van zijn ziel kijken. Ik had het gevoel dat hij zich nu pas echt liet kennen en zich nu pas helemaal gaf, gul en zonder angst, en dat dat zijn grote cadeau was op mijn bar mitswa.

Een politiebusje reed ons met loeiende sirene tegemoet. Vanbinnen lachte ik de grove lach van een ervaren crimineel: ha ha ha, die zoeken misschien de treinkapers, die met de zwarte Bugatti! Ik polste mezelf: ik was niet eens bang. Bijna niet. Wat kon me die politiewagen schelen. Sterker nog, ik hoopte dat ze nu achter ons aan zouden komen en dat we na een wilde achtervolging zouden ontkomen. En dat zouden we. We kenden geen angst en geen wet. We zouden leven als twee wilde dieren. Een paar dagen maar, meer niet, maar dan helemaal zonder angst, en zonder wet. Samen met Felix zat het wel snor. Die had ervaring, en stalen zenuwen. Niemand kon me wat doen zolang ik bij hem was, niemand op de wereld zou me te pakken krijgen, ik werd beschermd door zijn toverkracht, zijn blauwe blik, een paar dagen maar, meer niet, daarna zou ik alles weer vergeten en op het rechte pad terugkeren, ik zou een braaf kind zijn, ik zou geen leugens vertellen en geen herrie schoppen en geen gekke dingen doen. In één klap zou ik zakken tot helemaal onder aan de schaal van Max & Moritz en ik zou maar heel af en toe, 's nachts, als ik alleen was, terugdenken aan deze waar gebeurde maar droomachtige dag, of twee, aan een gekaapte locomotief en een zwarte Bugatti en een donkere, gevaarlijke glans, aan de sirenes van honderd kleine, snelle politieauto's die achter me aan zitten terwijl ik op de vlucht sla, ontsnap, wegglip, omdat ik watervlug en onvoorspelbaar ben, ik zoem en steek en ben weg, verdwenen, ik, de misdaadvirtuoos Nono Feierberg, binnenkort de beste rechercheur ter wereld!

Mijn hart ging tekeer. Ik dook ineen en duwde mijn knieën zo hard mogelijk tegen elkaar, klaar voor een preventieve hechtenis. Even was ik in de war. In paniek. Want wie was ik nu eigenlijk?

10 *Een hoofdstuk waarin ik geen zin heb in titels, vooral geen grappige*

Gaby was er altijd geweest, vertelde ik Felix. Sinds ik me kon herinneren, welteverstaan. Ze was bij ons gekomen na de dood van Zohara, mijn moeder, en die was gestorven toen ik nog heel klein was. Eén jaar, zoiets. Ik zweeg even, want normaal gesproken begonnen de mensen op dit punt al die domme vragen te stellen: waaraan ze was doodgegaan, en of ik me haar kon herinneren. Maar Felix niet, die zweeg.

Het verbaasde me een beetje. Hoezo vroeg hij niks? Wou hij het niet weten? Deed het hem niks, zo'n kind zonder moeder, een heuse wees dus? Maar ik hield mijn verbazing voor me, omdat het zoals gezegd meestal net andersom was, meestal vielen de mensen me lastig met vragen waar ik geen zin in had, dus ik deed alsof het nu ook zo was.

Ik vertelde hem verder over Gaby: dat ze al die jaren met papa gewerkt had, ze was zijn secretaresse geweest toen hij adjunct-chef van het Bureau Fraude was, en ze was met hem meegegaan toen hij inspecteur bij Ernstige Delicten werd, en ze bleef zijn secretaresse, ook toen hij bij de recherche ging. Ze was hem overal gevolgd.

'Ik ben als de donder,' zei ze altijd. 'Althans, als we je vader ten onrechte voor de bliksem aanzien.'

'Ze ís ook wel een beetje een donder,' zei ik tegen Felix. 'Ze is erg dik en ze praat heel hard, maar ze is tof, hoor, en ik weet niet hoe we het zonder haar hadden gered (korte stilte), vooral na de dood van mijn moeder.'

Stilte. Best. Hij had het recht om te zwijgen. Al vond ik zelf dat als een kind 'na de dood van mijn moeder' zei, dat dat hem toch wel een beetje bijzonder maakte. Maar misschien ook niet. Felix reed de groene kever over de smalle weg die naar de zee en naar de zonsondergang liep. We reden rustig, alsof geen enkele politieman op de wereld naar ons op zoek was.

'Ze probeert steeds weer een nieuw dieet,' verklapte ik, 'omdat ze gezworen heeft dat ze de strijd tegen zichzelf niet zal opgeven totdat haar lichaam geschikt is voor menselijke bewoning. Maar ze houdt wel van lekker eten, ze werkt massa's chocola naar binnen, en bovendien maken papa en ik altijd heel veel eten klaar, dus moet ze wel mee-eten.'

Ze at en haatte zichzelf daarom. Maar als papa olijfolie in de koekenpan verhitte, en er fijngehakte ui bij deed, en paddestoelen, en een pan met spaghetti opzette, dan moest je eraan geloven. Soms verdacht ik papa ervan dat hij een beetje een gemene streek met haar uithaalde: hij verleidde haar met al dat eten zodat zij nóg dikker werd en hij nóg minder met haar hoefde te trouwen.

'Zohara was wel erg mooi,' zei ik zonder reden. 'Ik heb 's een foto van haar gezien.'

Stilte. De bestuurder stuurde op de zee af.

'De enige foto die papa bewaard heeft. Van hem en haar samen. Alle andere spullen van haar wou hij na haar dood niet meer in huis hebben,' zei ik, met de nadruk op het woord 'dood', voor het geval dat Felix het eerder niet gehoord had. Maar hij reageerde ook deze keer niet. Hij zat over het stuur gebogen, zijn gezicht lang en gespannen.

Dan maar niet. Je hoefde niet per se te praten over

een of andere vrouw die dood was, ook al was ze de moeder van iemand met wie je zat te praten. Die iemand had tenslotte ook niet zo'n zin om over haar te praten. Hij had haar nauwelijks gekend. Hij was één jaar oud toen ze doodging, en sinds die tijd werd er bij ons haast nooit over haar gepraat. Ze was dood, klaar.

'En Gaby?' vroeg Felix plotseling.

'Gaby praat ook niet over haar.' Maar het gebeurde weleens dat ze het ergens over had en dat ze dan ineens zweeg, en dan viel er een korte stilte, een bijzondere stilte, alsof er iemand geruisloos door de kamer liep, maar je mocht niet zeggen dat je het gemerkt had. Daarna begon Gaby altijd weer met 'Waar waren we ook alweer gebleven?' Ik wist dat papa haar verboden had om het thuis over Zohara te hebben, want iedere keer als ik genoeg moed verzameld had om daar iets over te vragen zei Gaby: 'Als het over Zohara gaat, moet je bij je vader zijn,' en dan zette ze haar kaken op elkaar, ook al merkte ik dat ze stond te springen om het te vertellen.

'Jij begrijp mij niet,' zei Felix. 'Ik bedoel hoe Gaby is gekomen bij jullie.'

'O, dat.'

Mij best, dacht ik. Als hij zo iemand was die geen respect had voor de doden, en als hij het alleen over Gaby wou hebben, dan praatten we maar over Gaby. Ik had toch niet zoveel te vertellen over Zohara. Ik wist niks van Zohara. Je zou kunnen zeggen dat ze voor mij een vreemde was. Zij had me toevallig ter wereld gebracht, maar Gaby had veel meer voor me gedaan.

'Toen papa met Zohara getrouwd was, nam hij verlof van de politie, hij wou 's wat anders proberen. Maar toen ze doodging,' ging ik door, 'besloot hij weer terug te gaan. Maar toen wou Gaby juist weg bij de politie. Ze had geen zin meer om secretaresse te zijn. Ze heeft erg veel talent en ze zou van alles kunnen doen.'

'Zoals wat?'

'Zoals wat? Ze zou zelfs actrice of zangeres kunnen zijn, bijvoorbeeld! En ze is ook ontzettend goed in organiseren. Ze organiseert alle voorstellingen voor de politiekinderen op feestdagen, en ze schrijft sketches voor politiefeesten, en ze is een kei in kruiswoordpuzzels, en ze weet alles van films, we gaan minstens één keer in de week naar de bioscoop, en ze kan beroemde mensen imiteren enne... Wat nog meer... Ze heeft gevoel voor humor en ze is altijd goedgehumeurd. Haast een volmaakt mens dus.'

Felix glimlachte.

'Jij houdt van Gaby, hè?'

'Gaby is zó,' zei ik. Kon ik mijn vader daar maar van overtuigen. Maar hij... Vanwege de uiterlijke schoonheid, of vanwege Zohara...

'Alleen zij is niet zo mooie voor meneer jouw papa,' zei Felix peinzend, en ik moest denken aan wat Gaby altijd zei: 'Wat heb ik van mijn ouders toch een kop als een pannenkoek meegekregen, een smoel van een dikke trien! En dat terwijl in de sterren geschreven stond dat ik Brigitte, de roekeloze hartendievegge zou zijn!' En ik bedacht ook dat als Gaby aan haar uiterlijk had toegegeven, dat ze dan een sombere, verbitterde vrouw was geworden, een saai en levenloos mens, terwijl ze juist zo spits en scherp was, zo'n levensgenietster. En toen kwam ineens de gedachte in me op dat Gaby misschien Gaby geworden was, niet door de eigenschappen die ze geërfd had, en ook niet door haar opvoeding, maar enkel omdat haar geest besloten had om de strijd aan te gaan met haar figuur en haar smoel, en dat ze misschien daarom zo haar best deed om spits te zijn, en anders. Ineens had ik het door. En ik zag nu ook in hoe zwaar die strijd was die ze haar hele leven streed, zonder hulp, zonder daar iemand over te vertellen, in eenzaamheid.

'Vertel mij waarom wilde zij weggaan bij de politie?' vroeg Felix zachtjes.

'Omdat ze geen zin meer had om rapporten uit te typen over lijken en over moorden en over de onderwereld.'

'Maar ik had vooral,' had ze tegen mij gezegd, 'geen zin meer in die zure kop van je vader iedere ochtend.' Dat vertelde ik Felix niet. Nooit zei papa iets liefs of lovends tegen haar, maar hij kon wel vreselijk tekeergaan als ze één dag wegbleef van haar werk.

'En ik, met m'n ezelskop, dacht dat dat gewoon zijn onhandige manier was om te laten zien dat hij me nodig had,' zuchtte Gaby één keer per week als ze me dit weer vertelde.

'Ze was bijna bij hem weggegaan,' ging ik door, 'maar ze besloot om toch nog maar even te blijven.'

'Je vader was toen zo verdrietig en verslagen,' wist Gaby nog, 'dat het ondoenlijk was om bij hem weg te gaan, maar ook om bij hem te blijven.' We namen het voor de duizendste keer door, bij een kop chocolademelk in een café, na de film, of gewoon met z'n tweeën in de keuken. 'De wallen onder zijn ogen werden nóg donkerder, kun je je dat voorstellen? En hij met zijn idiote trots wou uiteraard met niemand over z'n pijn praten.' Hier bracht ze haar gezicht dicht bij het mijne en kneep haar ogen samen en zei op een fluistertoon die de rillingen door mijn lijf joeg: 'Zijn verdriet liep gewoon over en stroomde over iedereen die naast hem stond! Hij was de menselijke tragedie in levenden lijve, geloof het maar.'

'En toen zag ze hem op een dag met mij bezig, hij probeerde me op zijn bureau te verschonen,' vertelde ik Felix en glimlachte vanbinnen, want ik zag het al voor me.

'Toen ik hem overal naar je speen zag zoeken, die in zijn holster zat...' Op dat punt kreeg Gaby altijd een waas over haar ogen en werd haar stem diep en een beetje schor. 'Toen ik je vader zo zag, net zo hulpeloos en verloren als de baby die daar lag te gillen, besefte ik dat ik eigenlijk van hem hield, dat ik al die jaren dat ik voor hem gewerkt had van hem had gehouden zonder het zelf te weten, en dat ik de vrouw was die de lach zou doen terugkeren op zijn treurige gezicht.'

En dan zwegen we allebei, uit eerbied voor haar droefheid. Ik vond het heel fijn om het haar te horen vertellen.

'Ik zal wel te veel films hebben gezien waarin de weduwnaar met de kinderjuffrouw trouwt,' mopperde zij.

'Ik mocht niet "mama" tegen haar zeggen,' vertelde ik Felix nadat we de groene auto op een parkeerterrein bij het strand geparkeerd hadden en over het hete zand liepen. Ik had de zee nog niet eens gezien, alleen nog maar geroken, of ik was al aan het kwebbelen. De zee had altijd een aparte invloed op me.

'Ze legde uit dat ze niet mijn moeder was. Dat ze Gaby was. Een vriendin van mij en van papa. Toen ik klein was snapte ik het verschil niet.'

Want Gaby was de hele tijd bij me. Naar haar flatje ging ze alleen om te slapen, en soms, als papa moest werken, sliep ik ook bij haar. Zij was het die me voor het slapengaan de boeken voorlas die ze zelf leuk had gevonden toen ze net zo oud was als ik. En zij koos mijn oppassen, en mijn kleuterschool, en zij ging naar de ouderavond, en zij bracht me naar de kliniek als ik ziek was, en zij was erbij als ik geprikt moest worden (omdat mijn flinke vader de eerste keer dat ik een prik had gekregen, was flauwgevallen). En zij had in een apart schrift alle dingen opgeschreven die ik vanaf mijn eerste jaar had gedaan, en alle leuke dingen die ik gezegd had, en zij was het die papa iedere keer overhaalde om me weer te bevorderen, ook als hij vond dat ik er nog niet aan toe was, en zij had ervoor gezorgd dat ik al brigadier was, en zij en zij en zij... En ik...

En zo ongeveer één keer in de maand, als mevrouw Marcus, mijn klassenlerares, me weer van school stuurde, en deze keer voorgoed, stoof Gaby naar de lerarenkamer om me vrij te pleiten. Ze smeekte dan – het was een soort ritueel – om een laatste kans, legde haar hand op mijn schouder en vroeg zich met een donderstem af hoe de school zo'n pracht van een jongen kon laten gaan. Mevrouw Marcus gniffelde en zei dat een week van school een behoorlijk milde straf was voor zo'n kind als ik, zo'n wild water, zo'n ondiepe grond – in die tijd maakten leraren, anders dan nu, werk van hun beledigingen – en tja, misschien moesten ze zich er maar bij neerleggen en naar een alternatieve instelling zoeken, een die beter aansloot bij mijn beperkingen. Nou, denk maar niet dat Gaby dat zomaar liet passeren. 'Wat in uw ogen een beperking is,' zei ze, 'is in mijn ogen een pluspunt!' Ze richtte zich op en maakte zich groot, als een cobra die zijn kleintje beschermt. 'Je kunt het bijvoorbeeld ook een kunstenaarsziel noemen! Ja, hoor! En misschien past niet iedereen in de rechtlijnige structuur van een school! Want je hebt mensen die een cirkel zijn, mevrouw, en je hebt mensen die in bochten gaan, en je hebt kinderen in de vorm van, zeg maar, een driehoek, dat kan toch? En je hebt ook...' Hier ging Gaby zachter praten, hief een arm hoog in de lucht, zoals de beroemde actrice Lola Ciperola in het toneelstuk 'Een poppenhuis', en fluisterde met een stem die je de rillingen door het lijf joeg: 'Je hebt ook zigzagkinderen!'

En mijn hart ging, zoals dat heet, naar haar uit.

Mijn allereerste herinnering had te maken met Gaby (het is avond, we zitten samen op het balkon, zij voert me kwark uit een groene paprika, een man met een zonnebril op komt langsgelopen en kijkt ons langdurig aan en neemt zijn hoed voor ons af). En op alle foto's uit mijn babytijd stond Gaby. Haar vertelde ik mijn geheimen en zij was ook de enige op de wereld die me ooit had zien huilen.

Ik zweeg en liet zand door mijn vingers lopen. We zaten onder een rode parasol, waren haast de enigen op het strand. Boven op een zandduin stond een zwarte hond te blaffen. Hij had mij waarschijnlijk in de verte geroken. De zee was glad en blauw. Ik moest me erg inhouden om er niet in te duiken. Als je het Gaby vroeg, was ik eigenlijk een vis die per ongeluk op het droge was terechtgekomen, en daar zat wel wat in, want zodra ik in zee dook, in de golven, ontspande ik me en sloot mijn ogen en zei in mijn hart dingen die ik op het land niet durfde te zeggen. Mijn allerdierbaarste geheimen fluisterde ik de zee toe. Alle vragen die ik op het land nooit durfde te stellen, alle geheimen die ik me op het land niet eens kon herinneren, riep ik tegen de golven en vergat ze dan meteen en voorgoed, maar ik wist tegelijkertijd dat ze zich eindeloos in de zee verspreidden en dat ze erin bewaard bleven, als een brief in een gigantische fles.

En daar, op het strand, wilde ik Felix heel graag over haar vertellen. Niet zo van: 'Mijn moeder is dood', alleen maar om te imponeren, maar gewoon met hem over haar praten. Want toen ik het net daarvoor over Gaby had gehad, en hoe ze op papa verliefd was geworden, toen was er een nieuwe en vreemde droefheid in me opgekomen.

Ik begreep nog steeds niet waarom Felix zo zweeg. Ik had niet de indruk dat hij zich verveelde. Helemaal niet. Maar hij spoorde me ook niet aan om verder te vertellen. Hij luisterde op een speciale manier. Geen enkele volwassene had ooit zo naar me geluisterd. Zelfs Gaby niet. Ik kreeg langzaam het gevoel dat ik me in hem vergist had, dat het niet waar was dat hij niets over Zohara wilde horen. Hij wilde gewoon dat ik zou vertellen wat ik zelf wou, zonder gestoord te worden.

En misschien kwam het door zijn manier van luisteren dat ik dingen begon te snappen waar ik nog nooit echt over nagedacht had. Bijvoorbeeld dat Zohara een echt iemand was geweest, niet zomaar een onbekende die je al die jaren niet bij naam hoefde te noemen. Er was eens zo'n vrouw geweest, met een eigen gezicht en lichaam en stemmingen, met eigen jeugdherinneringen. En ze had een eigen stem gehad, en eigen gedachten. Ze had zich in de wereld bewogen. Haar mond had gelachen. Ze had tranen in haar ogen gekregen als ze huilde. Ze had bestaan.

En ze was bovendien ook de vrouw van mijn vader geweest. Ja, ineens ging er bij mij een lichtje op en ik zag het voor me als nooit tevoren: hij had van haar gehouden. Misschien was zij zijn enige echte liefde geweest. Misschien kon hij echt nooit meer van een ander houden.

Vreemd dat ik dat nooit zo gezien had. Dat kwam misschien doordat ik het verhaal van hun liefde alleen van Gaby gehoord had. En in haar verhalen stond zijzelf altijd centraal. Zij, en haar liefde voor hem, en haar teleurstelling in hem, en haar verwachting dat hij nou eens een keertje zou ophouden met rouwen en weer tot leven zou komen – tot haar dus. Daar op het strand besefte ik pas dat het mijn vader was die zo troosteloos en droevig was. Die nog steeds zo eenzaam was. Dat hij om Zohara rouwde. En dat het niet zomaar woorden waren uit het bekende verhaal van Gaby, woorden die ze duizend keer gezegd had, totdat ze zelf vergat hoeveel pijn erin zat. En toen begon ook de vraag me te kwellen hoe het kon dat hij nog steeds geen woord over haar zei. Zelfs niet tegen mij. Ik was daar best oud genoeg voor. Als je bar mitswa bent, ben je een volwassene.

En waarom had ik hem nooit, niet één keer, iets gevraagd? Wie weet had hij dan wel gepraat. Ja, misschien met mij wel. Misschien wachtte hij erop dat ik iets zou vragen. Ik had gewoon met iets stoms kunnen beginnen toen we nog samen aan onze parel werkten. Ik had bijvoorbeeld, terwijl we die stonden te poetsen en te strelen, naast een van de wielen kunnen gaan hurken, bij die witte streep van de verduistering in Londen, en dan gewoon wat vragen: waar hij mijn moeder had leren kennen bijvoorbeeld, en wat ze deden als ze samen waren, en waaraan ze gestorven was. En als hij niet had willen antwoorden, dan had hij kunnen doen alsof hij het niet gehoord had. Waarom had ik het nooit gevraagd? En waar moest je beginnen na dertien jaar zwijgen? En was het nu niet te laat om nog te beginnen?

'Ik weet niks van haar,' zei ik verwonderd, zonder stem. Felix boog zich alleen maar ietsje verder naar me toe en zei niets. Om me niet te storen.

'Ze hebben me niets over haar verteld.'

Ik voelde een heel sterke druk op mijn keel, alsof iemand die met een tang dichtkneep, en een vreemd soort pijn in mijn ogen. Misschien ging het wel over als ik mijn hoofd in het blauwe water dompelde. Ik had geen ervaring met zulke gesprekken op het droge.

Eén keertje was er een grote discussie geweest tussen papa en Gaby: moesten ze het me wel of niet vertellen. Ik zat in een andere kamer, ik was toen een jaar of vier, vijf. Papa zei boos dat je kinderen hebt die wel een moeder hebben en toch ongelukkig zijn, en dat ik eraan moest wennen, en Gaby zei dat je misschien nooit aan zoiets went, en hij zei dat ik niet beter wist, ik was tenslotte bijna moederloos geboren, en als ik te veel over haar ging denken dan zou ik medelijden met mezelf krijgen, en mensen die medelijden met zichzelf hadden, die verachtte hij, hij had zelf veel vrienden verloren in de oorlog, maar hij probeerde er gewoon niet aan te denken want zo was het leven nu eenmaal, je kon je daar niet tegen verzekeren en niet iedereen had het geluk om de eindstreep te halen, sommigen vielen halverwege af, en als je wel geluk had, dan moest je doorlopen en niet meer omkijken.

Hij wist toen niet dat ik meeluisterde. Vanaf die dag volgde ik zijn bevel op. Ik stelde hem niet één keer teleur. Ik dacht haast nooit aan haar. En als zij mijn gedachten probeerde binnen te glippen deed ik mijn ogen heel stijf dicht en haalde haar er voorzichtig maar vastberaden weer uit, ik had een speciaal geluid, een gezoem dat ik in mijn hoofd maakte, tussen mijn tanden, om de gedachte aan haar te overstemmen, ik had het helemaal onder de knie, en alleen als ik in zee was, tussen de golven, dat heb ik al verteld, dan voelde ik haar aanwezigheid weleens, dan was er iets om me heen, iets wat zich aan me vastklampte, maar ik zette het meteen weer uit mijn hoofd, ging uit het water en droogde me flink af en vergat alles. Alleen dacht ik deze keer, voor het eerst: 'Maar stel dat hij nog steeds van haar houdt? Stel dat hij zelf af en toe omkijkt?'

'Ik weet dat ze jong was toen ze stierf. Zesentwintig.'

Zesentwintig. Dat is maar twee keer zoveel als ik, dacht ik geschokt. Dertien plus dertien, meer niet. Ze was niet veel ouder dan ik vandaag ben.

Ik drukte mijn knieën hard tegen mijn lijf, beet in mijn wangen en stak mijn nagels in mijn handpalmen. Ik bleef zo een paar seconden zitten, totdat ik wat gekalmeerd was. Ik zei geen woord, ik veegde niet eens het zweet dat me was uitgebroken van mijn voorhoofd. Mijn rug en mijn schouders waren zo stijf als droog hout. Ik had het gevoel dat ik mijn mond alleen maar open hoefde te doen om haar naam uit te spreken, of er zou iets in mijn nek breken. Felix keek naar de plek waar de zon in de zee onderging. De zwarte hond op de duin bleef maar tegen me blaffen, met zijn kop in de lucht en zijn staart naar achteren getrokken. Ik groef met één vinger in het zand, op zoek naar het punt waar de zee daaronder begon. Er stak een lichte bries op. Een strandnarcis trilde met haar witte blaadjes.

'Ik wou dat...' begon ik, maar verslikte me. Ik wou dat ik haar een beetje gekend had. Dat had ik willen zeggen.

Ineens werd dat de allerbelangrijkste en allerdringendste kwestie in mijn leven. De rest was overbodig en storend. Ik snapte niet dat ik mijn hele leven niks gevraagd of geïnformeerd had, alsof ik al die tijd geslapen had of zoiets, en ik begreep ook niet waarom ik juist bij hem wakker was geworden, bij die Felix die ik nauwelijks kende.

‘Waar waren we ook alweer gebleven?’ vroeg ik verstrooid, maar kon niet doorgaan.

Zijn zwijgen naast me was heel zwaar. Ik hoefde niet naar hem te kijken om te merken dat het steeds massiever en dieper werd, té massief en diep. Ik hoorde zijn ademhaling in mijn oor, snel en zwaar en ingespannen. Ineens bedacht ik dat er iets nieuws aan het gebeuren was en dat ik moest opletten. Ik draaide me naar hem om. Zag een klein spiertje in zijn wang heel hard trillen, tekeergaan.

Diep in mijn buik werd er iets ineens wit en hol en loste dan op.

‘Hoezo?’ vroeg ik met een verschrikkelijk wee gevoel. ‘Heb je haar soms gekend?’

11 *In naam der wet: Halt!*

Een paar minuten nadat we het strand hadden verlaten en de landweg waren opgereden, passeerden we weer een politiewagen, die met zwaailichten en een dolgedraaide sirene de andere kant op reed. De agenten keken niet eens naar ons. Ze waren op zoek naar een zwarte Bugatti met gele deuren, niet naar een groen wrak. Een prins zochten ze, geen kikker. Maar zodra ze uit het zicht verdwenen waren, strekte Felix zijn arm en begon al rijdend in de leren koffer te grabbelen. Hij haalde er een bril met een dik montuur uit en nog een ding dat ik niet thuis kon brengen, een grijze, harige prop, iets onsmakelijks en soepels waarvan ik even dacht dat het levend was, of was geweest.

'Even ogen dicht, meneer Feierberg,' zei hij. 'Ik zie dat onze politie is al beetje nerveus, dus wij gaan Poerim doen.'

Ik deed ze dicht. En bleef zeker vijf minuten zo zitten. De kever slingerde heen en weer over de weg. Ik vermoedde dat hij nu zonder handen reed.

'Mag weer open.'

Ik deed mijn ogen open. Naast mij zat een gebogen oude man met een bril op. Zijn puntige kin prikte in zijn borst en zijn onderlip hing open in een blijvende trekking naar rechts. De witte haardos van Felix had plaatsgemaakt voor een dun bosje grijs haar en hij droeg nu een bril met een dik montuur. Het witte pak met de roos had hij verruild voor een versleten colbert, onder zijn neus groeide een nieuwe snor, een grijzig, zielig geval, en hij had nu ook een nieuwe glimlach, slap en min, en zijn kaak hing erbij alsof hij geen tanden meer in zijn mond had.

'Onder jouw stoel is jouw Poerim,' zei Felix. Zelfs zijn stem was nu anders: nóg kraaieriger en hoger.

Ik had met mijn stomme kop bijna gevraagd: 'Felix?'

Hij had een heel andere gedaante aangenomen. Zijn adem was nu kort en piepend, zelfs zijn neus leek anders, langer, roder. Er was haast geen spoor meer te bekennen van Felix, de panter met het roofzuchtige vonkje. Ik boog me voorover en haalde een grote papieren zak onder mijn stoel vandaan. Ik keek erin en zag een rok en een bloes en meisjessandalen. En een zwarte pruik: meisjeshaar, uitlopend in een lange vlecht.

'Van mijn leven niet!'

Felix zweeg. Hij haalde zijn schouders op. Ik raakte de pruik met weerzin aan. Wie weet van wie deze haren zijn geweest, dacht ik. Misschien wel van iemand die nu dood is. Hoe kun je zoiets op je hoofd zetten?

Er passeerde nog een loeiend politiebusje.

'Nerveus, onze politie. Heel nerveus...' zei Felix en klakte met zijn tong. 'Helemaal bovenste onder. Moeten wij vertellen aan de politie wat is echt gebeurd met de trein?' en daar was weer zijn rollende, inwendige lach.

In mij knaagden voortdurend de woorden die hij op het strand gezegd had, vlak voordat we daar weggingen. 'Ik kende heel goed jouw moeder,' had hij gezegd. 'Ik heb haar nog gekend vóór dat ik kende jouw vader!' Mijn moeder en mijn vader. In één zin had hij mama en papa bij elkaar gebracht en gemaakt dat ik plotseling twee ouders had gehad, man en vrouw.

'Mama was hele sterke vrouw,' zei hij, 'en ook hele mooie. Zij had de kracht wat hele mooie mensen hebben.' Ik had de indruk dat hij zijn woorden erg zorgvuldig koos en dat het niet helemaal als compliment bedoeld was. Daarvoor had hij te voorzichtig geklonken. Maar ik durfde het niet te vragen. 'Hele sterke en hele mooie.' Hoezo sterk? Lichamelijk? Geestelijk? 'En hele mooie.' Met andere woorden: Gaby kon het wel schudden. En 'zij had de kracht wat hele mooie mensen hebben'. Wat bedoelde hij daarmee? Dat ze, laten we zeggen, een beetje hard was of zo? Zoals papa? Dat ze alles zelf wou doen, op haar eigen manier? En dat niemand zich met haar zaken mocht bemoeien en haar mocht zeggen wat ze moest doen? Ik vroeg het niet, en hij zweeg. Op de enige foto van haar die we thuis nog hadden, zag ze er beeldschoon uit. Zij zat en vader stond half verscholen achter haar. Haar gezicht straalde levendigheid en enthousiasme uit. Haar lange zwarte haar viel er half overheen, alsof er op dat moment een briesje stond, haar ogen stonden iets uit elkaar, donker en stralend, glimmend als de ogen van een kind.

Door die ogen, die zo vreemd waren, dacht ik dat het misschien helemaal geen foto was maar een schilderij. Iemand had hem van onderen en langs de zijkant schuin afgeknipt, alsof de stoel waarop Zohara zat niet gezien mocht worden. Waarom? Waar zat ze op? Waarom was alles zo geheimzinnig? Soms, als ik iets moest zoeken in papa's la, zag ik die geknipte foto daar omgekeerd liggen. Altijd omgekeerd. Een schilderij of een foto? Want die ogen leken een overdrijving van de kunstenaar, terwijl de andere componenten van haar portret levensecht overkwamen. Een foto? Maar wie had hem afgeknipt?

En waarom? En wat voor een kracht hadden hele mooie mensen? Ik vroeg het allemaal niet. Ik zat naast hem in de auto en ik zweeg. Mijn hele leven lag in zijn mond, het antwoord op veel van mijn vragen, en ik durfde niets te vragen. En mijn vader stond ook op die foto, achter haar, met zijn armen om haar heen, en hij keek niet naar de fotograaf maar naar haar, naar haar mond, en zijn aarzelende glimlach was, zonder dat hij het zelf merkte, een imitatie van haar wilde lach, alsof hij van haar, door haar, gelukkig en wild wilde leren zijn... De zon ging onder en verdween. Felix zweeg. Ik sprak niet. Als ik nog even doorvroeg, zou ik alles te weten komen. Maar ineens had ik de puf niet om alles tegelijk te weten te komen.

'Als jij wil, ik kan jou vertel...' begon Felix met een zachte stem.

'Straks,' zei ik onmiddellijk en stond op. 'En ik wil ook weten wat je bedoelt met dat ze te hard was, maar niet nu.'

'Maar ik heb niet gezegd har...'

'Nou ja, wat het ook was wat je gezegd hebt. Doet er niet toe. We praten er straks over.'

En Felix, die nog steeds op het zand zat, keek naar me omhoog en zei: 'Ja, ik denk ook dat is beter beetje te wachten. Misschien dat wij gaan eerst eten?'

'Ja, ik rammel. Laten we gaan.' Want ik kon er niet tegen om stil te blijven staan, mijn voetzolen brandden.

'Jij beslist wanneer jij wil het horen,' zei Felix en keek me diep aan. 'Is jouw verhaal.'

'Precies. Je vertelt het me allemaal straks wel.'

'Ja, ook over de paleis, en over de paarden, alles straks.'

O, nee!

'Paarden?'

'Tuurlijk! En huis als paleis. Op de allehoogste berg. Alleen. Bij de grens. Jouw vader heeft voor haar gebouwd.'

'Een echt paleis...?' Mijn benen bezweken. Ik ging tegenover hem zitten.

'Nee, niet zoals de koning van Roemenië of zoals Napoleon. Maar voor hun het was paleis.'

Dit kan ik gewoon niet aan, dacht ik bij mezelf. Nu gaat-ie me vertellen over hun leven samen, en hoe mijn vader was toen zij nog leefde, en ik begin al een beetje te beseffen dat ik niet alleen mijn moeder niet gekend heb, maar dat ik van mijn vader eigenlijk ook heel weinig afweet. Wat heb ik nou mijn hele leven gedaan? Een rechercheur van niks. Uren en dagen en weken en maanden heb ik nergens aan gedacht en geen belangrijke vragen gesteld. Alle middagen dat ik op bed naar het plafond heb liggen staren! Wat had vader daar voor haar gebouwd? En waarom uitgerekend op een berg, en nog bij de grens ook, en wat nou ineens paarden?

'Afijn, is een speciale verhaal,' zei Felix, die al pratend een chique leren portemonnee uit zijn zak haalde en er zand in deed. 'Jouw vader heeft Zohara genomen verweg naar een berg bij de grens met Jordanië, omheen alleen bergen en wind en beesten en wolven, en daar hij maakte een plaats voor haar en voor hem, zij was als koningin en hij was als koning, en de mensen kwamen daar niet, omdat zij waren bang, en jouw vader heeft haar bewaard daar...'

Hij keek haast teder. Ik kromp ineen en luisterde.

'En daar zij hadden de paarden, en de geiten wat geven melk, en de schapen voor de wol.' Hij vulde de portemonnee met zand en deed hem weer terug in zijn borstzak, en ik vroeg niks en begreep niks en had de puf niet om alles wat hij vertelde en wat hij deed tot me door te laten dringen. 'Zij wilden niet elektra, en telefoon ook niet, en zij waren in de paradijs daar...'

Nee, nee, schudde ik hard met mijn hoofd om het eruit te gooien, dat verhaal, die slopende verrassingen, ik wilde ze niet, niet nu, het was te angstwekkend om te bedenken dat ze zo waren geweest. Dat hij ooit zo was geweest. Het was nog te vroeg om zo over ze te denken. Ik moest eerst even wennen. Hé, geef me even de tijd! Ik ben iemand die tijd nodig heeft om dingen te begrijpen, en je wordt vanbinnen vreselijk verscheurd door die plotselinge veranderingen, die verlangens...

'En hoe zij kon rijden op de paard...! Jouw moeder, zij kon vliegen...'

Niet op een stoel, domme Nono. Het is een paard daar op de foto. Een paard dat papa weggeknipt heeft. Alles heeft hij weggeknipt, het paard en de berg en dat leven. En Zohara.

Als een wervelwind raasden de beelden en gedachten om me heen. Over die twee. Over hun paradijs. Waarom had hij me daar nooit over verteld? Waarom had hij me er nooit mee naartoe genomen?

'Waarom gingen ze daarheen? Zo ver weg.'

Felix stak zijn hand uit en legde een vinger op die plek midden op mijn voorhoofd, die ondertussen het kookpunt had bereikt, die nu siste en in een flits vlam vatte en binnen in mijn hoofd explodeerde, en ik schreeuwde: 'Waren ze gevlucht voor iemand?'

'Misschien dat jij wil toch horen de hele verhaal? Nu en hier?'

Zijn vlugge tong bevochtigde zijn lippen. Zijn ogen bewogen razendsnel heen en weer. Hij wilde het graag vertellen. Hij wilde het ontzettend graag vertellen. Het was vreemd. Waarom wilde hij het zo graag vertellen? We hadden elkaar die dag voor het eerst ontmoet en we kenden elkaar amper. Wat moest hij van me...?

'Nee! Vertel het straks maar,' zei ik vlug. Ferm en vastbesloten. Ik stond op terwijl hij bleef zitten.

Hij schrok even, alsof ik hem uit een droom gewekt had: 'Wanneer straks? Misschien straks we hebben geen tijd voor!'

'Straks. Niet hier.' Wegwezen. Niet op één plek blijven zitten. 'Kom, laten we maar gaan.'

Hij keek nog even naar me omhoog, zuchtte, gaf me een hand en liet zich door mij overeind trekken.

We klopten het zand van ons af. We wisten onze sporen uit, voor het geval we achtervolgd werden. We waren er allebei in getraind, ieder vanuit zijn eigen beroep. Af en toe keek hij verbaasd naar me. Ik kon hem niet uitleggen wat er door me heen ging. Hij moest het allemaal later maar vertellen. Ik wiste de sporen uit met twee voeten en met een tak die daar lag, zodat er niks meer van over zou zijn. De rest van het verhaal zou ik straks wel horen. Geen haast. Tijd genoeg. Eerst even wennen...

We liepen langzaam weg. De zwarte hond op het duin rende op een veilige afstand met ons mee. Hij bleef maar tegen me blaffen. Maar Felix zei dat ik me niet druk moest maken om die hond die tegen hem blafte, honden blaften altijd tegen hem. Ik had geen zin om met hem in discussie te gaan en alle keren op te noemen dat een hond mij zomaar zonder reden te lijf was gegaan, alsof er iets met mij was, met mijn lichaamsgeur, waardoor ze de kolder in hun hondenkop kregen. Maar juist door die hond begon ik hem weer sympathiek te vinden en dacht bij mezelf dat we langzaam aan elkaar zouden wennen, en dat je elkaar niet altijd meteen alle geheimen moet vertellen. Als je maar weet dat je samen een geheim deelt.

We liepen in een grote zigzag over het witte zand en het was alsof zij met ons meeliep. Ik keek zelfs een keertje om, om te zien of ik haar voetafdrukken tussen die van ons kon zien. Ik denk dat hij wist wat ik zocht, want hij glimlachte en legde een arm om mijn schouder, en zo liepen we naar de kever toe, een beetje waggelend als twee dronkaards, voor de grap.

Heel sterk en heel mooi. En hard.

Hard? Zoals beroeps hard zijn? Hé, wacht 's even, was ze gewoon een collega van mijn vader? Zat ze misschien bij de recherche? Mijn moeder een rechercheur?! Kwam het misschien door haar dat hij zo hard tegen de misdaad vocht? Dat ik dat nooit eerder bedacht had!

Ik kromp steeds meer ineen. Het had geen zin om er nu, onderweg, midden in het avontuur, aan te denken. Straks had ik er meer tijd voor. Vanavond. Morgen.

En hij had een paleis voor haar gebouwd. Een plek voor hem en voor haar. Op een hoge berg, bij de grens. En ze hadden daar schapen en paarden gehad. En geen elektriciteit, geen telefoon. Hij had misschien helemaal alleen met haar willen zijn. In reinheid. Zoals Adam en Eva in het paradijs. Voor haar wilde hij zelfs de politie verlaten.

Een politiebusje haalde ons gillend in. Ik schrok me kapot.

'Meneer Feierberg,' kwam Felix erop terug, 'onze laatste kans.'

Als ik nu gepakt word, dacht ik, hoor ik nooit meer haar verhaal. Hun verhaal.

Ik haalde de kleren uit het zakje. Een rode rok en een groen bloesje. Felle, een beetje schreeuwerige kleuren. Ik kon toch geen meisjeskleren dragen? Ik zou me doodschamen. Ik zou van mezelf kotsen. Ik had liever nóg een trein gekaapt dan een rok gedragen. Sommige dingen waren geen kwestie van moed, maar van... Van wat? Hoe noemde je dat?

Felix bleef rijden en ik stapte over naar de achterbank om me te verkleden. Even verscheen mijn gezicht in de achteruitkijkspiegel. Ik keek als iemand die een bijzonder bittere pil moest slikken. Mijn vader moest zich ook een keertje als vrouw vermommen. Hij zat toen achter een oplichter aan die tien vrouwen beloofd had met ze te trouwen, om hun geld te kunnen pikken. Papa, de echte beroeps, vond het zo'n weerzinwekkend idee om een jurk te dragen dat hij Gaby uiteindelijk dwong om het lokaas te zijn. Zo kreeg Gaby – zoals ze het zelf vertelde – de drie huwelijksaanzoeken van haar leven: het eerste en het laatste en het enige. Ik trok mijn broek uit. En de rok aan. Verkeerd om, uiteraard. Achterstevoren. Hoe moest ik dat weten? Ik draaide de rok om mijn middel om. Een rok hoefde je daar tenminste niet helemaal voor uit te trekken. Ik deed de fijne sandalen met de slingerende bandjes aan. Zo, ik was vermomd! Nou en?! Dat hoorde bij ons beroep. En als ik hiermee iemand zou misleiden, zou dat dan een teken zijn dat ik professioneler was dan mijn vader? Of minder mannelijk? Want ik had altijd het gevoel dat professioneel zijn gelijk stond met mannelijk zijn, dus was ik nu al helemaal in de war.

Ik probeerde me de hele tijd maar niet af te vragen wie het meisje was dat die kleren gedragen had. Qua maat pasten ze mij precies. Alleen zagen ze er wat oud uit, anders dan de kleren die de meisjes in mijn klas droegen. Ik wou Felix vragen waar hij die kleren vandaan had. Ik vroeg het niet. Ik snap het niet. Ik snap niet waarom ik hem niet gevraagd heb hoe een oude man als hij aan de kleren van een jong meisje kwam. En wat er met het meisje gebeurd was van wie hij de kleren had. Ik zweeg. Ik vocht tegen de kwade gedachten die in mijn hoofd duizelden. Het was dat ik wist dat mijn vader Felix blind vertrouwde – anders was ik misschien een beetje bezorgd geweest. Niet echt paniekerig, maar wel wat alerter. Er ging een lichte koelheid van de kleren uit. Kilheid. Ze roken heel apart. Het was de geur van afgesloten, donkere, koele ruimten. Misschien hadden ze lang opgevouwen in een kast gelegen.

Ik zette de pruik op mijn hoofd. Vanbinnen was die van leer, of van rubber. Het voelde aan alsof ik een binnenbal op mijn hoofd had. Mijn schedel begon meteen te jeuken. Ik was ervan overtuigd dat de pruik onder de mieren zat en dat die zich over mijn hoofd verspreidden. Het rubber pakte mijn haren en trok ze één voor één uit; als het zo doorging zou ik straks niet zónder pruik kunnen. Van achteren hing de vlecht op mijn nek. Ze prikte. Ik legde haar over mijn kraag, maar zodra ik mijn hoofd omdraaide sprong ze weer terug naar binnen. Ik trok haar eruit, en ze groef zich weer in. De hele tijd dacht ik aan wat Micha zou zeggen als hij me nu zag.

'Hé, Nono, je hebt een vlecht.'

Ik kroop weer terug op de voorbank. Felix keek me goedkeurend aan. 'Is prima-de-lux zo,' zei hij. 'Als wij willen succes, moeten wij gaan tot de einde! En moeten wij veranderen alle wetten! Moet je durven! Moet hebben courage! Dat betekent dapper!' Hij mummelde een beetje met zijn lippen, zette weer het gezicht op van de bejaarde met de verzakte lip en mompelde met zijn nieuwe stem: 'Nu opa Noach en kleine Tami gaan op picknick. Gezellig.'

Tami?

Ik zat daar en zei niks. De pruik kwelde mij. Mijn hoofd zweette eronder. Normaal was ik in minder irritante omstandigheden allang onrustig geworden en tekeergegaan. Maar ik keek naar mijn benen die onder de rok uitstaken. Ze waren dun en glad. Ook mijn voeten zagen er in die sandalen anders uit. Net meisjesvoetjes.

Als ik een zus had gehad, had ze er net zo uitgezien als ik nu.

En als ik als meisje geboren was, dan had ik er net zo uitgezien.

En dan had ik me als een meisje bewogen. En zou ik later net zo zijn als mijn moeder, niet als papa.

Die gedachten ergerden mij.

Over vijf dagen zou ik man worden, en hier werd ik tot meisje gemaakt. Ik was ook verontwaardigd dat je dat nog steeds met me kon doen. In mijn klas was er een jongen, Sjimsjon Joelzari, die zich al schoor, en ik zat daar met een vlecht in mijn nek.

Maar als ik als meisje geboren was geweest, dan had ik er misschien net zo uitgezien.

Als meisje dus. Beetje hoekig, maar een meisje.

En dan had ik een heel ander leven gehad.

De hele tijd werd ik gekweld door de angst dat als je eenmaal perfect een meisje kon imiteren, dat er voorgoed iets van een meisje aan je bleef kleven.

Felix keek me weer aan en vergat bijna dat hij achter het stuur zat. Hij keek precies zoals de eerste keer dat hij me gezien had, door de ruit van zijn coupédeur: met de blik van iemand die aan iemand terugdenkt en van het heimwee geniet.

Wie ben ik, dacht ik. Ik was verward en herkende mezelf niet. Wie was ik?

De zwarte vlecht, droog als stro, bungelde op mijn rug. Tikte me aan van achteren. Het was alsof er iemand achter me zat die me steeds weer vroeg om me om te draaien. De kleren fladderden om mijn lichaam. Raakten mijn huid aan en lieten weer los, klampten zich aan me vast en zweefden weer met de zachte wind mee. Zodoende kwam ik erachter dat je, als je een rok draagt, de wind ook van onderen voelt.

En toen...

In het raam naast Felix verscheen ineens een zware, zwarte motor. De motorrijder, met een politiehelm op, gebaarde dat we aan de kant moesten gaan staan.

'Nu kunnen we het wel vergeten,' zei ik zachtjes. Bitter bedroefd dat we gepakt waren. Dat dit vreemde avontuur nog maar net begonnen was en nu al aan zijn einde kwam.

'Gewoon proberen te genieten van,' zei Felix met zijn gewone stem toen de agent op ons af liep met de loop van een cowboy die wil imponeren.

12 *Ik herken hem: een gouden aar en een paarse sjaal*

'Mag ik uw papieren zien?'

Van dichtbij bleek het een magere, lange jongeman te zijn. Zijn neus was net als de rest van zijn lichaam: lang en smal. Zijn wangen zaten onder de puistjes. Hij zag er nu niet meer zo stoer uit. Zijn uniform slobberde om zijn lijf en zijn rangteken zat half los. Ik moest denken aan de nepagent en nepgevangene die ik die ochtend, een miljoen jaar geleden, ontmoet had. Even nog hoopte ik dat deze agent ook een figuur was uit het toneelstuk dat papa en Gaby voor me opgezet hadden. Maar helaas voor ons was hij zo echt als wat.

Felix haalde zijn papieren tevoorschijn en gaf die aan de agent. Deze bestudeerde ze langdurig.

'Mijn kleindochter, Tami,' stelde Felix me met zijn trillende bejaardenstem voor. 'Wij gaan op picknick op de strand. Meneer agent, ik hoop dat ik heb gereden zoals de wet. Toch?'

De agent nam hem op en glimlachte. 'U hebt prima gereden, opa. Maar deze wagen gaat niet zo lang meer mee,' zei hij en klopte vriendelijk op de deur van de kever.

'Vijftien jaren hij is bij mij,' hinnikte Felix en zijn lach was zo sappig dat er speekselbelletjes in zijn mondhoeken stonden en aan zijn grijze snorharen hingen. Het was afstotend, maar wel buitengewoon overtuigend.

De agent zette zijn helm af. Zijn voorhoofd zat ook onder de puistjes en zijn haar was heel dun. 'Heeft u hier in de omgeving toevallig een luxe zwarte wagen gezien?' vroeg hij.

Mijn hart hikte één keer en viel voorgoed stil.

'Zwarte wagen?' Opa Noach verstond de vraag niet en legde zijn hand achter zijn oor om beter te kunnen horen.

'Grote, zwarte auto!' riep de agent in zijn oor. 'Zo'n Amerikaan!'

'Heb jij gezien zulke auto, meisje?'

Ergens in mijn lichaam, in mijn elleboog misschien, of in mijn enkel, woelde het woord 'nee!' maar het kon de uitgang niet vinden. Ik schudde van nee. De vlecht sloeg twee keer op mijn nek.

'Lijkt een beetje op een nieuwe Chevrolet. Of een Lark. Van die auto's die je in Israël niet hebt. Er zaten een man en een jongetje in.'

'Aha!' ging er bij opa een vrolijk lichtje op. 'Is hun auto?'

'Nee, waarschijnlijk gestolen. Het is een raar geval. Die wagen stond geparkeerd bij een citrusplantage in het midden des lands. Vanaf gisteravond al, dat hebben verschillende mensen gezien. Maar hij is er vandaag weggehaald door een man en een jongen die uit een trein waren gestapt, halverwege de rit.'

'Halfwege? Hoe kan dat?!' zei Felix verwonderd en zijn ogen stonden groot en onschuldig achter zijn brillenglazen.

'Dat is nog niet helemaal duidelijk. De man schijnt de machinist met een pistool te hebben gedwongen om te stoppen, en dat jongetje is samen met hem uitgestapt. De machinist is nog een beetje in de war, je kunt uit zijn verhaal niet opmaken wat er precies gebeurd is. Waarschijnlijk een gijzeling. Hij heeft het kind als gijzelaar gebruikt om de trein te laten stoppen. Het is nog onduidelijk.'

Bang als ik was, moest ik me toch erg inhouden om niet in lachen uit te barsten: nou ja, een gijzeling!

'En waar ze zijn nu?' vroeg Felix en veegde een stofje van de mouw van de agent.

'Goeie vraag,' mopperde de agent. Ik merkte dat hij zijn hand boven zijn ogen hield, zogenaamd tegen de zon, maar eigenlijk om de puistjes op zijn voorhoofd te verbergen. 'We hebben in de trein ook een paar verdachte types gevonden. Onder de passagiers.' Hij trok zijn neus minachtend op: 'Volwassen mensen die daar in kostuum zaten! Kunt u zich dat voorstellen? Gewoon in de trein naar Haifa?!'

'Kostuum?' kraaide de bejaarde opa stomverbaasd. 'Zoals Poerim?'

'Poerim midden in de zomer, ja,' gniffelde de agent en boog zich naar het raam, zodat we zijn gezicht alleen tot aan de wenkbrauwen konden zien. Hij moest iedere beweging van tevoren plannen om die puistjes te blijven verbergen. Aldoor camoufleren en misleiden. 'We hebben daar twee clowns gevonden, één acrobaat en ook nog een goochelaar.'

Ja hoor, dacht ik, de man met de zwarte hogehoed, de begrafenisondernemer.

'En een vuurvreter en een meisje dat ballen in de lucht gooit en een slangenmens. Een heel circus.' Hij giechelde alsof hij zich schaamde voor de onzin die hij hier moest vertellen.

Een fractie van een seconde dacht ik aan alle optredens die ik gemist had omdat ik ze overgeslagen had en rechtstreeks naar de laatste etappe van het spel was gegaan. Naar Felix toe. Alleen had ik absoluut niet het gevoel dat ik iets belangrijks gemist had. Clowns en vuurvreters kon je in het circus zien, maar van zo'n Felix was er maar één.

Maar hoe hadden Gaby en papa het allemaal georganiseerd? Wanneer? Waar was ik toen zij de vuurvreter en het slangenmens hadden ontmoet? En wat gebeurde er in hun leven nog meer waar ik geen weet van had?

'We zijn intensief bezig met het onderzoek,' vermeldde de agent met een mysterieuze stem. Ik wist dat hij zich vooral mysterieus voelde omdat Felix hem aanbiddelijk aankeek, met een blik die om bescherming vroeg. 'Persoonlijk,' fluisterde hij geheimzinnig, 'ben ik ervan overtuigd dat het een afleidingsmanoeuvre was. Neem maar van mij aan dat dat hele circus gewoon bedoeld was om de aandacht van de passagiers af te leiden van die vent die de machinist bedreigde. Ik heb het gevoel,' zei hij en tikte met een vinger op zijn puisterige neus, 'dat we hier met een mysterie te maken hebben. En mijn gevoel liegt nooit!'

'Gaat niet goed met onze land!' stak Felix zijn handen met oprechte verontwaardiging omhoog en zijn lippen lilden onophoudelijk over zijn tandvlees, alsof hij geen tanden had. De agent kon toch zien dat hij ze wel degelijk had? Maar hij zag het niet. 'Gaat heel slecht met deze land! Ach, meneer agent, vroeger het was anders! Vroeger, gewone man zoals ik, hij kon weggaan van de huis, laten de deur open, niks gebeurd! Niemand komt binnen pakt niks! Maar nu? Nu!!' Zijn stem veranderde in een bedroefd en verontwaardigd gekraai en zelfs ik vergat even dat Felix niet helemaal de 'gewone man' was, maar juist een van de figuren die ervoor zorgden dat meneer G. Man zijn huis niet meer uit durfde.

'En het meisje, uw kleindochter? Moet ze vandaag niet naar school?' vroeg de agent en gaf Felix zijn papieren terug.

'Is august nu! Grote vakantie!' las grootvader hem de les. 'Bovendien, moet iemand horen de saaie verhalen van opa, hè Tami'tje?'

Ik glimlachte koket. Mijn vingers friemelden aan mijn vlecht. Ik begon een beetje te genieten van de situatie.

'Verlegen!' lachte opa tegen de agent. 'Maar als u ziet haar rapport! Alles tien! En hele brave meisje ook!'

'Mijn vrouw is ook zwanger,' zei de agent plotseling en bloosde lichtelijk. 'We krijgen over twee maanden onze eerste.'

Hij had het ons niet hoeven vertellen. Felix had er niet naar gevraagd. Hij had het uit zichzelf gedaan. Er was iets in hem wat naar buiten gezogen werd en zich aan Felix schonk, die daar met uitgestrekte handen stond. En ik vermoedde al dat het altijd zo met hem was, dat de mensen hem vanaf het allereerste moment volkomen vertrouwden, dat ze hem door zijn blik en glimlach iets dierbaars wilden toevertrouwen, het allerbelangrijkste wat ze te geven hadden. Zo schonk de agent hem ogenblikkelijk de mededeling dat zijn vrouw een kind verwachtte, zo had ik hem meteen over Zohara verteld, en zo had ook de machinist, die zich eerst verzet had, hem uiteindelijk zijn zin gegeven en mij de locomotief laten besturen. En het was allemaal zo onbegrijpelijk, want Felix was... Ja, hoe moest je dat zeggen zonder hem te beledigen... Hij was ergens toch een boef? Of had mijn vader het mis en kon je iemand z'n karakter niet van zijn gezicht aflezen? En waarom zou iemand die zo'n vertrouwenwekkende kop heeft meegekregen uitgerekend als oplichter willen leven?

En ik dan, met het engelengezicht en het hart van een schurk?

De verrukking droop haast van de wangen van Felix: 'O, meneer agent, de hele leven wordt anders als komt de eerste kind!' Zijn gezicht lichtte op met een glimlach van heimwee en herinnering.

'Ja,' lachte ook de agent, 'mijn vrienden die zelf al kinderen hebben, die zeggen dat ook allemaal.'

'Van mijn ervaring ik kan jou vertellen, jongeman,' ging Felix door met een gezicht dat straalde van geluk, 'als jouw kind is geboren, op die moment je wordt een andere mens. Nieuwe. Plotseling verandert iets hier. Hier!' en hij sloeg met een trillende hand op zijn verschrompelde borst en begon schor te hoesten.

De agent klopte voorzichtig op zijn rug en glimlachte intussen verlegen in zichzelf bij de gedachte aan wat Felix gezegd had. Toen pas viel het me op dat hij mooie ogen had, grote amandelvormige ogen met lange wimpers. Hij leunde tegen het portier van Felix en je kon merken dat hij zijn nabijheid bijzonder aangenaam vond, alsof hij aanvoelde dat die oude, wijze man zijn ervaring en wijsheid op een geheimzinnige manier aan hem kon overdragen.

Het was zo'n moment dat je niet met de klok kon meten, alleen maar aan de hartkloppingen. Zelfs ik wilde ontzettend graag in de kring van warmte stappen die hen omgaf. Ik vergat helemaal dat Felix een rol speelde. Dat hij me zelf verteld had hoe hij zijn kleine dochtertje verwaarloosd had en hoeveel spijt hij daarvan had. Ik was het vergeten. Ik wou het niet meer weten.

De agent dronk het moment met volle teugen in,

zuchtte toen met spijt, keek me indringend aan en zei op bevelende toon: 'Veel plezier met je opa!'

'Ik ben zaterdag bat mitswa,' piepte ik.

Ik had het niet hoeven zeggen. Niemand had het me gevraagd. En toch had ik het gezegd, eruit geflapt, en met de stem van Tami-met-de-vlecht nog wel. De agent glimlachte me toe, klopte Felix op zijn schouder, spiekte nog even in zijn rijbewijs voor de naam. 'Het allerbeste, meneer Glick,' zei hij, nam afscheid van ons, stapte op zijn motor en reed bulderend weg.

Meneer Glick?

Dat had de agent gezegd.

Hij had het in het rijbewijs van Felix gelezen.

Glick. Felix Glick.

'Gefeliciteerd met je bat mitswa,' lachte de opa van Tami me toe en startte de kever.

Mijn god, dacht ik, ik zit hier naast Felix Glick in hoogst eigen persoon.

De man van de gouden aren.

'Ik wist niet dat jij hebt zoveel talent,' zei Felix.

'Welk talent?'

'Van echte acteur,' zei hij. 'Misschien iemand van jouw familie was acteur?'

'Ik denk het niet,' zei ik zonder hem aan te kijken, zodat hij niet zou merken hoe opgewonden ik was. Felix Glick was jaren daarvoor de grootste crimineel van Israël geweest. Hij was miljonair en had miljoenen uitgegeven. Hij had banken over de hele wereld beroofd. Regeringen bedrogen. Politiekorpsen vernederd. Hij had een privé-jacht gehad. Duizend minnaressen.

En mijn vader had hem te pakken gekregen.

'En ook een mooie talent voor te liegen. Jij was koud als kikker. Misschien dat jij hebt een grote toekomst, jongeman! Lieg jij veel?'

'Valt mee. Niet zoveel.'

Nu bijvoorbeeld, meneer Glick.

'Maar de agent, hij wilde gewoon dat we liegen,' zei Felix. 'Wat is het met jou, geschrokken van jouw lef?'

'Hoezo? Waarom vraag je dat?'

'Jij ziet beetje wit uit. Moet ik stoppen? Voel je niet lekker? Moet je overgeven?'

'Nee hoor, het gaat prima... Rij maar door. Rij maar...'

Iedere keer als hij een misdaad had gepleegd, liet hij één dunne aar van puur goud achter. Over de hele wereld herkende de politie hem aan die gouden aren, en toch nam hij iedere keer weer het risico en liet overal waar hij bezig was geweest een aar achter. Het was trouwens Gaby's grootste droom om zo'n aar vast te houden: een gouden aar van Felix Glick en een paarse sjaal van Lola Ciperola, haar favoriete actrice. Als ze die twee in haar hand had, zei ze altijd, zou ze haar ogen dichtdoen en een hele grote wens doen, en dan zou blijken of de wonderen de wereld nog niet uit waren.

'Waar gaan we heen?' loodste ik de vraag langs de brokken van opwinding die mijn keel blokkeerden.

'Eten. In de beste restaurant van Israël. Bugatti van de restaurants! Vandaag het is jouw dag!'

Ik draaide mijn hoofd geen millimeter naar hem toe. Papa had, zoals gewoonlijk, nooit iets over Felix Glick gezegd, maar Gaby had me (ook zoals gewoonlijk) af en toe wat over hem verteld. En niet eens zo weinig. Over zijn avonturen, en over zijn dwaze dapperheid, en over zijn fabelachtige rijkdom, en over de minnaressen die hij over de hele wereld had. En wat de mensen van hem zeiden: dat je met twee koppen tegelijk moest nadenken om te kunnen raden wat hij in zijn schild voerde. Alle politiemachten van de wereld hadden hem achternagezeten, hele legers rechercheurs waren uitsluitend met zijn misdaden bezig geweest, maar hij had alle valkuilen ontweken, hij was weggeglipt als een schim, en alleen mijn vader had zijn zware hand op hem weten te leggen. Ja hoor, ze kennen elkaar van het werk, dacht ik en stikte bijna van het lachen. En heel goed ook!

Ik strekte krachtig mijn benen uit. Ik keek hem niet aan, ik was bang dat hij alles van mijn gezicht zou aflezen. Ik vulde mijn longen met frisse lucht. Papa's plan leek me nu nog mooier en krankzinniger. Véél mooier en krankzinniger. Ik kreeg haast tranen in mijn ogen, zo ontroerend vond ik het dat papa en Felix nu, na misschien wel twintig jaar, samenwerkten om mij zo'n fijne bar mitswa te geven. En ik zag het ook meteen voor me: hoe papa hem had benaderd, en hoe ze met elkaar hadden afgesproken en erover hadden zitten praten, die twee sterke en bijzondere mannen, en hoe Felix tegen hem gezegd had: 'We vergeten het verleden, meneer Feierberg. Het is een eerlijke strijd geweest, en u hebt gewonnen. Ik kan een echte beroeps wel waarderen. U hebt me gepakt, dus bent u de beste rechercheur in dit land, en misschien niet alleen hier. We weten allebei hoe eenzaam het is aan de top. Daarom vind ik het ook vanzelfsprekend dat u een beroep op me doet en ik beschouw het als een compliment dat u mij vraagt om uw zoon de onderwereld te laten zien. U zult geen betere gids vinden, no sir!'

En mijn vader, mijn vader die altijd bedroefd was, had hem krachtig de hand geschud en gebloosd.

Het was zo ontroerend dat ik hem bijna om de hals viel, die Felix.

'Tenminste hij heeft ons gegeven een mooie cadeau,' zei hij ineens ondeugend.

'Wie?'

'De jongeman, meneer agent.'

Hij stak zijn arm omhoog: om zijn pols, naast de gouden manchetknoop, prijkte het grote horloge van de agent, de Marvin die alle agenten met Pesach cadeau hadden gekregen.

'Maar hoe...? Wanneer heb je het gedaan?'

'Wie weet? Plotseling de horloge was voor mijn ogen, en ik pakte. Mijn vingers hebben gedacht sneller dan ik.'

Ik zweeg. Ik wist niet wat ik zeggen moest. Ik wist niet wat ik op dat moment precies voelde. Aan de ene kant was het gewoon diefstal. Aan de andere kant keek Felix me aan en zag precies wat ik van hem dacht. Ook hij keek gekweld.

'Stom,' kwam het er uiteindelijk uit. 'Jij hebt gelijk... Ik moest het echt niet pakken... Was niet leuk. Zulke aardige man.'

'Waarom heb je het dan gedaan?'

Felix nam gas terug, zijn hoofd zakte een beetje tussen zijn schouders. Hij zag er nu echt oud uit. De zielige snor paste ineens bij hem.

'Misschien... Ik denk... Moet jij niet lachen, maar ik wilde beetje opscheppen voor jou...'

'Opscheppen? Waarmee dan?'

'Nou ja, dat ik kan pakken de horloge van de agent... Dat ik kan hem stelen als hij controleert mij... Ik wilde doen iets leuk, grapje, dat we kunnen samen lachen daarna, jij en ik, tweetjes...'

Het ergerde me dat hij dat horloge gestolen had. Juist die kleine diefstal wierp een schaduw op zijn nobele afspraak met papa en vestigde mijn aandacht weer op het koele lemmet dat de hele tijd onder mijn hart draaide en me waarschuwde dat ik me vreselijk vergiste, dat er nog iets aan de hand was met die Felix waar ik nog geen idee van had. Maar toen zag ik zijn beschaamde gezicht en zijn mond die in zichzelf mompelde en mijn hart kromp ineen van medelijden. Hij wou me gewoon een plezier doen, dacht ik. Als hij, zeg maar, kon dansen, dan had hij voor me gedanst. Als hij kon zingen, had hij voor me gezongen. Maar hij kan alleen maar bedriegen en stelen en schieten. Dus heeft hij eerst geschoten, en nu heeft hij een staaltje zakkenrollerij ten beste gegeven.

'Kunnen we het horloge niet teruggeven?' stelde ik voor.

'Misschien... Ja. Wij laten achter de horloge samen met de auto.'

'Waarom laten we de auto achter?'

'Wij moeten wisselen de hele tijd. De auto. En de Poerim. En de verhaal. Anders de politie pakt Felix meteen, en basta, afgelopen! Maar geen zorgen, Felix is gewend aan dit.' En hij lachte weinig vrolijk: 'Felix is de wisselmens. Zijn hele leven hij wisselt.'

'Zeg,' werd ik nu wat achterdochtig, 'is deze auto ook gestolen?'

Felix Glick haalde zijn schouder verbaasd op: 'Jongheertje Feierberg, de hele spel is doorgestoken. Van de begin tot de eind krom. Ik vraag alleen: speel jij mee?'

Ik dacht aan mijn vader, hoe hij Felix na twintig jaar weer ontmoet had, hoe hij me aan hem had toevertrouwd en zijn hand krachtig had geschud. Ik dacht aan Zohara. Aan haar verhaal, dat alleen Felix me wou vertellen. Ik richtte me op: natuurlijk speelde ik mee.

13 *Kun je gevoelens bevoelen?*

Daarna reden we zwijgend door. Alsof we allebei bedroefd waren om dezelfde reden, al kon ik niet zeggen wat die reden was. Alsof we gefaald hadden. En dat terwijl alleen Felix dat horloge gestolen had. Waarom voelde ik dan die bittere pijn? Misschien wel omdat ik zag hoe hij loog, hoe makkelijk het hem afging, en omdat ik besefte dat hij mij net zo makkelijk zou kunnen belazeren. En misschien ook omdat ik zijn gezicht heel eventjes zag verkrampen van schaamte, als een kind dat op heterdaad betrapt is. De schaamte van een kind onder de gerimpelde huid van een oude man. En op dat moment kwam er een nare herinnering in me op, op dat moment stak het verhaal met Chaim Stauber door mijn hart, zoals het altijd deed: hoe ik geprobeerd had om Chaim te imponeren, voor me te winnen, en wat er toen met de koe van Mautner gebeurd was, en misschien was ik niet veel beter dan Felix, en wie weet hoe het met me zou aflopen als ik al zo begon.

Ik sloot mijn ogen. Deed alsof ik sliep. Haalde me de geschiedenis met Chaim weer meedogenloos voor de geest, en laat het maar pijn doen, laat het me maar kwellen. Hoe Chaim bij ons in de buurt was komen wonen, en hoe dat vonkje boven zijn pupillen ontvlamde als hij opgewonden was, en dat ik daarvoor alleen maar Micha als vriend had gehad, en die was niet helemaal een vriend, dat had ik aldoor geweten, maar ik had niemand anders, en hij sprak me nooit tegen, hij zei haast nooit wat, als hij naar me luisterde werd zijn gezicht mat en leeg, soms had ik het gevoel dat hij niet uit vriendelijkheid luisterde maar haast het tegendeel, alsof hij me graag zag afgaan, meegesleept door mijn eigen vertellingen en overdrijvingen.

En met de komst van Chaim veranderde alles. Mijn hele leven. Het schooljaar was al begonnen toen hij bij ons in de klas kwam. We waren een week van tevoren al gewaarschuwd dat er een bijzondere jongen bij ons zou komen, een echt genie, en dat zijn vader een belangrijke wetenschapper aan de universiteit was en hijzelf een pianist.

En op een dag, kort na Poerim, klopte de directrice tijdens een les rekenen op de deur en kwam binnen met Chaim. We inspecteerden hem van top tot teen. Hij zag er heel gewoon uit, al had hij wel een heel groot hoofd, zoals een genie betaamt. Ook zijn voorhoofd was bijzonder: een beetje bruin en heel hoog, en hij had zwart, dik haar dat naar achteren gekamd was. Dat was ongewoon. Hij kreeg een plaats naast Michael Karni en ons werd gezegd dat we aardig moesten zijn tegen de gast.

In die tijd hoorde ik nog bij een clubje kinderen die samen dingen deden. We hadden een wachtwoord en een schuilplaats en een hut in een boom en operaties en een vaste spion die we het leven zuur maakten – ene Kremerman die gewoon boven ons woonde. Kortom, het was een heuse club. Misschien moet ik nog vermelden dat kinderen in die oertijd nog écht met elkaar speelden, niet alleen via een modem.

In de pauze zei ik tegen de jongens dat we de nieuwe erbij moesten vragen, zodat hij zich niet alleen zou voelen.

Hij wou wel. Hij kwam erbij en we hebben samen gevoetbald. We lieten hem keepen. Hij was geen goeie keeper, hij was zelfs een beroerde keeper, zijn handen waren als een zeef, maar hij was bereid tot zelfopoffering en dat sprak me wel aan. Ik weet nog dat ik tegen Micha zei: 'Moet je zien wat een zelfmoordduiken,' en dat Micha met zijn zware, onverschillige stem antwoordde: 'Wat heb je aan die duiken als-ie alle ballen doorlaat.'

Aan het eind van de dag liepen we samen naar huis, Micha en Chaim Stauber en ik. Dat wil zeggen: zij liepen en ik reed zoals gewoonlijk rondjes op mijn rolschaatsen. Ik leefde in die tijd op wielen. Ik kwam nooit naar buiten zonder mijn grote, logge rolschaatsen aan, en als Micha en ik terug van school kwamen liep Micha gewoon en reed ik rondjes om hem heen en praatte van alle kanten tegen hem aan en vond het wel leuk dat hij me iedere keer op de plek zocht waar ik niet meer was. De dag dat Chaim met ons meeliep, maakte ik grotere cirkels om ze heen. En ik liet achteloos zien wat een professionele rolschaatser allemaal kon. Een paar pirouetten, een doodsprong vanaf de stoep en dagdromend op één voet door het drukke verkeer rijden – voor mij een dagelijkse routine. Chaim Stauber verslond me met zijn ogen. Dat was de eerste keer dat ik zijn ogen zo zag oplichten, alsof iemand daarbinnen een lucifer had afgestreken. Hij had een heuse zonsopgang daar, boven zijn oogpupil. Ik zag meteen dat hij zich moest inhouden om niet om een rondje te vragen en ik begon al te rekenen wat ik hem per rondje zou kunnen laten betalen. Hij leek me een redelijk rijke jongen. We liepen met hem mee tot aan zijn huis. Hij woonde in een villa vlak bij onze flat. Terwijl we bij hun hek stonden na te praten kwam zijn moeder bijna rennend naar buiten en begon in de verte al te roepen: 'Chaim, Chaim'ke, hoe was je eerste dag op school?' Chaim zei snel en heel zachtjes: 'Niet zeggen dat ik gevoetbald heb,' en stond stil en liet zich door haar omhelzen en knuffelen alsof hij een baby was.

'Zijn dit dan je nieuwe vriendjes?' vroeg zijn moeder toen ze weer gekalmeerd was, en nam ons op. Ik had zo'n gevoel alsof ze onder mijn huid probeerde te kruipen om erachter te komen of ik goed genoeg was voor haar zoon, dus zette ik meteen een engelengezichtje op en fluisterde: 'Dag, mevrouw Stauber' en gaf haar ook nog een hand.

Ze glimlachte verbaasd en schudde mijn hand. En wat een hand had ze, wat een hand! Warm en zacht en zijdeachtig, met lange, fijne, verzorgde vingers. En ik – ik kon haar hand eerst niet loslaten, maar toen trok ik mijn hand, mijn smerige hand die onrein was vanwege allerlei diefstalletjes en knokpartijtjes en overal kruipen, meteen terug. Gelukkig had ik mijn linkerhand, die met de prachtig lange pinknagel die ondertussen de langste van de klas was, en misschien zelfs van de hele school, instinctief achter mijn rug verborgen.

Dat was mijn eerste ontmoeting met haar. Ik was overrompeld door haar schoonheid en zachtaardigheid en ik durfde mijn mond niet open te doen uit angst dat ik me zou laten ontvallen dat Chaim gevoetbald had, ook al begreep ik niet waarom dat geheim moest blijven.

'Vanwege de piano,' zei Chaim de volgende dag. We zagen het verband niet echt, maar Chaim legde uit dat hij vanwege het pianospelen op zijn handen moest passen en dat zijn moeder ze in de gaten hield omdat ze bang was dat er iets mee zou gebeuren. Micha lachte zijn trage, domme lach en ik – ik weet niet wat me overkwam, maar ik zei meteen dat zijn moeder eigenlijk wel gelijk had en dat hij misschien maar beter niet kon voetballen. Chaim Stauber zei dat als het aan zijn moeder lag, zij zijn vingers de hele tijd in haar handen zou vasthouden en alleen maar terug zou geven als hij moest studeren of optreden. En toen stootte hij plotseling een harde kreet uit, sprong een gat in de lucht en klapte hard in zijn handen, lekker puh! Ik keek meteen vanuit mijn ooghoek of er niets gebeurd was met die vingers die zijn moeder tussen haar handen wilde bewaren en warmhouden.

En zonder erbij na te denken hoorde ik mezelf weer gedecideerd zeggen dat zijn moeder honderd procent gelijk had, en dat ik, nu ik de feiten kende, van plan was om hem zelf in de gaten te houden, de piano was tenslotte zijn toekomst en wie weet, dankzij hem ook de toekomst van heel Israël, want goede voetballers lagen voor het oprapen, maar pianisten waren een zeldzaamheid.

Micha keek me verbaasd aan. Ik was zelf ook verbaasd over wat ik gezegd had, het was toch mijn taak niet om op zijn vingers te letten, wat konden zijn vingers me schelen? Maar zodra ik het mezelf had horen zeggen, wist ik dat ik gelijk had, dat wat ik gezegd had juist en terecht was, zuiver zelfs. En het was een van de weinige keren in mijn leven dat ik ineens een *principe* had, dat wil zeggen: iets belangrijks waar ik voor wilde vechten ook al leverde het mijzelf niks op. En om te laten zien dat ik serieus was, trok ik mijn rolschaatsen meteen uit, hield ze in mijn hand en liep naast Chaim, als een soort lijfwacht. Chaim stond er nogal versteld van dat ik hem zo onder mijn hoede nam en hij vroeg aarzelend of ik ook wat speelde. Ik lachte: 'Waar had ik dat moeten leren?' En Micha zei: 'Ja hoor, hij speelt vals.' En ik moet zeggen, vanaf het moment dat Chaim Stauber bij ons kwam vond ik alles wat Micha deed of zei lelijk, dom en bot, en hoopte dat Chaim daar geen conclusies over mij uit zou trekken.

De volgende dag op school wou Chaim per se voetballen. Ik vroeg hem beleefd om even mee terzijde te komen en legde uit dat dat te gevaarlijk was, maar hij zei dat het hem niks kon schelen. Ik probeerde hem om te praten, ik probeerde hem zelfs om te kopen, maar hij wou niet luisteren. De kinderen riepen dat de pauze al bijna afgelopen was, dus moest ik hem zijn zin geven. Die dag gaf ik mijn spitspositie op en wijdde me geheel aan het verdedigen van Chaim z'n doel. Ik kwam het strafschopgebied niet uit en smoorde iedere poging van de tegenstanders om door te breken in de kiem. Ik was zo'n goeie verdediger dat Chaim Stauber niks hoefde te doen, geen vinger hoefde uit te steken. Ik kan me geen enkele wedstrijd herinneren die me zo heeft uitgeput.

En zo ging het ook de dagen daarop. Hij wou per se meespelen, als keeper nog wel, en ik beschermde hem alsof hij een teer plantje was. Iedereen die in de buurt van de kostbare vingers durfde te komen schopte ik driftig tegen de benen. Ik gedroeg me niet meer als voetballer maar als een beroepslijfwacht. Iedere keer als het me weer gelukt was om een speler weg te krijgen die de bal in zijn doel had willen schoppen, draaide ik me met een glimlach naar hem om, van top tot teen warm van de loyaliteit. Soms brak een tegenstander ondanks mijn straffe dekking toch door, en dan keek ik vertwijfeld toe hoe Chaim zijn toekomst in gevaar bracht met verschrikkelijke duiken, recht op de voeten van die ander, en dan sloot ik mijn ogen en kromp ineen en voelde de warme, lange handen van zijn moeder teder en barmhartig mijn hart omsluiten.

Afgezien van dat voetballen, dat op mijn zenuwen werkte, hadden we best mooie momenten. Die Chaim, ik weet niet wie zijn vrienden waren geweest voordat hij bij ons in de buurt was komen wonen. Hij had het er nooit over, maar hij begon het bij ons echt naar zijn zin te krijgen. Ons clubje had een gevarenbaan in het dal vlak bij ons huis. Die moest je eens in de maand afleggen als bewijs van het vriendschapsverbond. De baan bestond uit een nauwe riooltunnel die niet meer in gebruik was. Je kroop enkele tientallen meters door de tunnel, totdat je bij een diepe, open rioolput kwam, dan draaide je je boven die put – onder de grond – om en kroop weer terug. Het was best eng om in het donker door die tunnel te kruipen. Je had geen enkele garantie dat het rioolwater na al die jaren niet plotseling weer door de tunnel zou komen stromen. Sjimon Margolis zwoer dat hij een keer een zwarte slang voorbij had zien glijden (de week daarop moest ik natuurlijk een adder van één meter lang zien). En als je eindelijk de grote put gepasseerd was, hoorde je het water heel ver onder je stromen, zwart en stinkend. Maar ik had nog nooit in zo'n angst gezeten als tijdens de lange minuten dat Chaim daar in zijn eentje doorheen kroop.

Hij wou de baan per se afleggen en zette zelfs een keel tegen me op toen ik hem weer tot rede probeerde te brengen. De andere kinderen begonnen al opmerkingen te maken over mijn bezorgdheid, ze zeiden dat ik me als een oude oma over hem ontfermde, zelfs Micha moest gniffelen.

Wat kon ik doen? Ik trok me terug, reageerde me af op het onkruid en bad in mijn hart. Ik riep God aan om

Chaim uit de put te helpen, maar ik bad vooral tot de moeder van Chaim Stauber en maakte van haar handen en de mijne een warm nest voor de vingers van Chaim, die zo nodig een kwajongen moest worden.

Toen hij weer naar buiten kwam was zijn gezicht besmeurd met aarde en zaten zijn handen onder de schrammen. Ik zag een gelukkig mens voor me. Sjimon Margolis vroeg hoe het was geweest en Chaim zei dat hij het een beetje eng had gevonden, vooral boven de put, maar wel hartstikke leuk. Meer niet. Hij schepte niet op, zei niet dat hij het in zijn broek had gedaan of dat hij naast zich een wit spook had zien zweven, zoals ik een keer gezien had. Hij zei alleen dat het leuk was geweest. En dat hij volgende week weer naar binnen ging.

Ik werd gek van die Chaim. Alles wat ik hem verbood wou hij meteen doen; alleen maar om mij boos en bezorgd te maken, leek het wel. Ik voelde me soms net een oppas van een gestoord kind. Ik zat in de klas naar zijn rug te kijken en te zuchten onder steeds weer nieuwe zorgen. Het ging wel erg ver. Stel je voor dat Chaim me geld aanbood voor een rondje op de rolschaatsen, en dat ik weigerde! Zelfs Micha, die van staal was, zei met zoveel woorden dat ik nu wel te ver ging. Maar ik geloof dat hij ook een beetje jaloers was.

En niet zonder reden. Afgezien van zijn snode plan om me gek te maken was die Chaim Stauber een bijzonder interessante en slimme jongen. Hij had een hele encyclopedie in zijn kop. Urenlang zat ik naast hem te luisteren naar wat hij zei. Hij vertelde over de inboorlingen in Australië en over de Eskimo's en over de indianen. Hij had een keer met zijn ouders een reis gemaakt naar Japan en hij vertelde dat ze daar huizen van hout bouwden en dwergboompjes kweekten. Met zachte, ingetogen stem vertelde hij de meest wonderbaarlijke dingen, maar dan heel gewoon, zonder inspanning en zonder aanstellerij. Hij probeerde me helemaal niet te imponeren, hij gaf gewoon de feiten. Maar zijn feiten waren indrukwekkender dan al mijn fantasieën bij elkaar. 's Nachts, in mijn bed, probeerde ik zijn rustige en precieze manier van praten na te doen, bijvoorbeeld zoals hij zei: 'In Japan waren we ergens waar ze mieren in chocolade kookten en dan opaten. Ik heb ze niet gegeten, ik mocht niet van mama.'

Dat bewonderde ik vooral in hem, dat hij het lef had om te vertellen dat hij iets niet mocht. Want als ik zo'n verhaal had gehad, over chocolademieren in Japan, dan had ik het wel lekker opgedist. Ik zou dan vertellen hoe ik er een hele kilo van opgegeten had, en hoe ik een paar levende mieren in mijn buik had voelen kriebelen, en hoe de mierenbakker gezworen had dat hij nog nooit zo'n harde jongen ontmoet had. Ik had er wel raad mee geweten.

En dan nog zijn moeder. Over haar handen heb ik al verteld, maar eigenlijk vond ik alles aan haar wonderbaarlijk. Ze was een heel grote vrouw, ze was langer dan zijn vader en ze had een porseleinwitte huid en honingkleurig haar dat in weelderige krullen op haar schouders viel en blauwe ogen die traag knipperden. Net een grote pop. Je verwachtte dat ze ieder ogenblik haar ogen dicht en weer open zou doen en 'mama' zou zeggen, maar ze zei alleen maar 'Chaim'. Zo'n teder 'Cha-im?' met een zangerige stem die aan het eind van de korte naam omhooging, alsof ze iedere keer weer controleerde of hij er nog was, en of hij nog steeds van haar was. Als ik bij hem was, kwam ze steeds weer zijn kamer binnen, en steeds met een ander smoesje. De ene keer om het raam dicht te doen tegen de tocht, de andere keer om het licht aan te doen zodat hij zijn ogen niet te veel zou vermoeien, en weer een andere keer om hem een speciaal vitaminedrankje te geven dat hij dronk om sterke botten te krijgen. Bij hen thuis, als zij erbij was, zei ik heel weinig, en iedere keer als ik dat gezoem tussen mijn ogen voelde opkomen, boog ik mijn hoofd beleefd en bescheiden en beet tot bloedens toe op mijn wangen. Ik probeerde daar beschaafd Hebreeuws te spreken en repte met geen woord over mijn rijke ervaring met de politie en de onderwereld, want ik voelde instinctief aan dat ze daarvan zou schrikken.

Als het had gekund had ik iedere dag tot bedtijd bij hen thuis gezeten. Maar Chaim wilde altijd naar buiten. Hij zei dat hij het thuis benauwd kreeg en dat zijn moeder hem gek maakte. Ik begreep niet wat hem zo gek maakte. Ze lette gewoon op hem, zoals het hoort, en ze zorgde voor hem. Ik vond het niet erg dat ze ieder moment weer zijn kamer binnenkwam, met haar poppengezicht en haar traag knipperende ogen en haar tedere 'Chaim?' of soms ook 'Chaim'ke?' Ik hoopte zelfs dat ze binnen zou komen en ons met haar diepe fluisterstem zou vragen of het goed ging, of we geen trek hadden in een glas vers sap, of koekjes. Ik voelde haar bezorgdheid en toewijding zo goed aan, dat ik op de minuut af kon voorspellen wanneer ze weer binnen zou komen.

Mijn beste dagen waren als Chaim ziek was. Dan ging ik bij hem op bezoek en zag hem in bed liggen. Zijn hoofd, met het zwarte haar en het hoge voorhoofd, lag op een groot kussen en zijn gezicht was bleek, haast doorzichtig. Hij was knap en zwak, maar ook beschermd voor alle gevaren van buitenaf. Op zulke dagen zat ik in de klas met boven-nonoïstisch enthousiasme op te letten, ik noteerde elk woord en schreef het huiswerk van het bord over om het allemaal aan Chaim te kunnen doorgeven, en het liefst als zijn moeder erbij was. Ze kwam om de paar minuten zijn kamer binnen, trok het laken recht, schudde zijn kussen met lichte, luchtige bewegingen op, en hij was dan te zwak om tegen te stribbelen. Ze had zo'n speciaal gebaar als ze hem toedekte, lekker instopte, tot aan zijn kin, net als een baby. En soms keek ze of hij koorts had, niet met een thermometer, maar met haar mond: ze drukte haar lippen zachtjes tegen zijn voorhoofd, ze deed haar ogen dicht, hij de zijne, en dan bleven ze een lang moment zo, totdat zij haar ogen langzaam weer opendeed en zei: 'Je hebt nog verhoging, ga nu maar lekker slapen, Amnon komt morgen weer terug.'

Ze hield me de hele tijd in de gaten. Chaim vertelde dat ze zijn vrienden altijd heel streng selecteerde. Als iemand haar ongeschikt leek, werd die meteen en voorgoed weggebonjourd. Zo was het overal geweest waar ze tot dan toe gewoond hadden, ook in het buitenland. Aan de andere kant, als je door zijn moeder werd goedgekeurd, had je kans dat je een keertje op het sabbatmaal op een vrijdagavond zou worden uitgenodigd, en dat scheen iets heel bijzonders te zijn.

Vanaf de eerste keer dat ik ervan gehoord had was ik er benieuwd naar. Chaim vertelde dat ze dan van speciaal porselein aten dat ze uit Zwitserland hadden meegebracht. En dat er altijd interessante genodigden bij waren, vooral gasten van zijn vader. En dat ieder gezinslid een stuk met betekenis voorbereidde om voor te lezen. En Chaim zelf speelde voor de gasten.

Ik moest lachen om die woorden: een stuk met betekenis. Als ik hem op zondag weer op school zag (op zaterdag mocht Chaim niet buiten spelen, die dag was gewijd aan het gezinsleven), dan ging ik hem meteen uithoren over het diner van vrijdagavond: wie er uitgenodigd was en waar ze het over hadden gehad en welk 'stuk met betekenis' er door wie voorgelezen was. Soms ging ik op vrijdagavond naar buiten – Gaby en papa waren toch bezig met alle dingen die ze die week op het werk niet af hadden gekregen – en ging op mijn rolschaatsen langs het huis van Chaim en reed er in grote kringen omheen, of ik klom in mijn boomhut en probeerde door de dikke gordijnen heen naar binnen te kijken, of 'een stuk met betekenis' te horen.

Op andere dagen hoorde ik Chaim iedere dag tussen vier en half zes spelen. Ik vond het merkwaardig dat hij niet gedwongen hoefde te worden. Hij wilde het zelf graag. Hij zei dat zijn leven zonder het pianospelen leeg was. Ik begreep niet hoe een kind dat zoveel wist en dat de hele wereld had afgereisd, kon zeggen dat zijn leven leeg zou zijn als hij niet iedere dag anderhalf uur op de piano pingelde. Ik vroeg hem om me in mensentaal uit te leggen hoe de piano zijn leven vulde. Ik wou het horen. Ik wou het begrijpen. Misschien kon ik mijn leven ook met een piano vullen.

Maar hij kon het niet uitleggen. Hij zei dat er geen woorden waren om zoiets te beschrijven. En ik werd kriegel en zei dat hij het toch maar moest proberen, hij was zijn tong toch niet verloren? Nou, dan moest hij maar zijn best doen om in gewoon Hebreeuws uit te leggen hoe klanken een mensenleven konden vullen. Waren ze soms van beton? Van zand? Van water?

En Chaim schudde met zijn hoofd en dacht na en fronste zijn hoge voorhoofd een beetje en zei uiteindelijk dat het niet ging, het was iets dat diep in je gebeurde en dat kon je aan een buitenstaander niet uitleggen. En toen vroeg ik niet verder. Want als ik een buitenstaander was, dan hoefde het van mij niet meer. En bovendien, ik had van mijn vader geleerd om zulke dingen niet te vertrouwen. Die zei altijd: 'Ik geloof alleen in dingen die ik kan zien en aanraken! Heb je ooit liefde gezien? Heb je ooit gevoel gezien? Heb je een ideaal in je hand vastgehouden? Niet gezien en niet aangeraakt? Moet je het ook niet geloven! Ik ben maar een zoon van een eenvoudige koekjesverkoper, en ik weet één ding: koopwaar moet je kunnen bevoelen!'

En toch voelde ik diep in mijn hart dat Chaim niet tegen me loog. Hij probeerde me niet eens te overtuigen. Dat trok me in hem aan, maar tegelijkertijd deprimeerde het me ook, omdat ikzelf iemand was die andere kinderen altijd probeerde te overtuigen. Ook als ik loog (vooral als ik loog). En Chaim was precies het tegenovergestelde. Hij vond het genoeg dat hij zichzelf geloofde, anderen hoefden niet net zo te denken als hij. Buitenstaanders, welteverstaan.

Ik heb me toen aangewend om iedere dag tussen vier en half zes in mijn boomhut te klimmen. Ik lag daar naar Chaim te luisteren, na te denken of in slaap te vallen, of ik probeerde me zomaar voor te stellen hoe het eigenlijk was als je leven leeg was. Was het alsof je in een grote lege zaal ijsbeerde en nooit tot rust kwam? Was het als een grote kamer zonder één meubelstuk, waarin elk woord dat je sprak een echo kreeg? En wat een geluk dat mijn leven zo vol was, dat ik me geen moment verveelde, ik had altijd wel iets te doen, en dan nog die hele hobby van politie en recherche en conditietraining, al met al kon je wel stellen dat ik geen tijd verspilde aan overbodige gedachten. En ook al had ik hier en daar misschien een saaie, lege dag, dankzij Chaim en onze vriendschap waren die nu ook vol geworden.

Soms vroeg ik me af hoe het kwam dat zo'n genie zo graag mijn vriend wou zijn. Want als ik zijn ziel met de mijne vergeleek (qua kunst) dan wist ik dat het verschil nog heel groot was en dat ik nog heel veel van hem kon leren. En ik vermoedde toen al, tot mijn verdriet, dat ik waarschijnlijk nooit zo'n kunstenaar zou zijn als hij, dat mijn kunst zich zou beperken tot het voetballen, of het beklimmen van lantarenpalen, of tot fantaseren en overdrijven en rare uitvindingen doen.

Micha kwam af en toe in mijn boomhut om te vragen wat ik de laatste tijd had, waarom ik steeds verdween en me afzonderde. Dan maakte ik zo'n gebaar dat hij zwijgen moest en wees in de richting van de klanken van Chaim Stauber. En dan schudde Micha met zijn zware hoofd en zei dat hij muziek saai vond. Een paar keer werd ik razend, ik nam het hem kwalijk dat hij geen respect had voor dingen met een betekenis; maar daarna gaf ik het op, kreeg ik medelijden met hem.

Maar zodra Chaim Stauber klaar was met spelen, rende, vloog hij naar buiten om met mij te komen spelen. Van zijn hele beschaafdheid en kalmte bleef dan niks over. Zijn moeder had geen idee hoe hij was als hij het huis uitging. Dankzij mijn smoel, en ook omdat ik bij hen thuis zo voorzichtig was, was ze ervan overtuigd dat ik net zo'n jongen was als hij, mild en verantwoordelijk. Uit de verhalen van Chaim wist ik dat zij binnen niet al te lange tijd contacten zou beginnen te leggen met mensen in de buurt en allerlei vragen zou gaan stellen, ook over mij. En als ze erachter kwam wie en wat ik precies was, zou ze ook beseffen dat ik haar aldoor belazerd had, dat ik me bij haar thuis als een onschuldige en gevoelige jongen voordeed, netjes en verantwoordelijk, terwijl het tegendeel waar was.

Hoewel, zelf had ik het gevoel dat de waarheid niet helemaal het tegendeel was. Ik was zelfs verontwaardigd over haar vonnis dat me boven het hoofd hing. Jammer alleen dat ik toen niet wist hoe ik het moest zeggen, tegen háár. Want de niet-helemaal-tegenovergestelde waarheid was dat ik het allebei was, en dat ik nooit wist hoe ik het volgende moment zou zijn. Maar bij hen thuis was ik toevallig dus wel goed, echt goed, bijna puur. Ik had mijn pinknagel speciaal voor haar, maar zonder dat ze het wist, een week voor de finale meting afgeknipt. Ik werd overspoeld door een gevoel van toewijding en verantwoordelijkheid als ze de kamer van Chaim binnenkwam en met haar zachte stem vroeg of het geen goed idee was om een glas vers sap te drinken, of boterkoekjes te eten.

Maar ik wist zeker dat ze erachter zou komen wie ik was. Het verbaasde me dat het nog niet gebeurd was.

Maar het was Chaim Stauber zelf die erachter kwam.

Nee, niet dat ik een deugniet was, een wilde jongen, soms ook meer dan zomaar wild. Dat vond hij juist leuk. Misschien was dat ook het probleem: dat dat het enige was dat hij leuk aan me vond. Nadat ik hem alles had laten zien wat ik kon, nadat ik hem alles geleerd had, mijn geheime plekken, en hoe je in een riooltunnel moest kruipen, en hoe je autobestuurders de stuipen op het lijf joeg met een doodsprong vanaf de stoep, en hoe je koekjes uit de winkel van Sara kon stelen, en hoe je een hond en een kat aan elkaar lijmde met contactlijm, en hoe je geld uit het liefdadigheidsbusje van de synagoge haalde, en hoe je een gele schorpioen tot zelfmoord dreef en nog honderdenéén speciale kunstjes die ik kende – kreeg hij een beetje genoeg van mij.

De waarheid moet gezegd worden, ook al doet die tot op de dag van vandaag pijn: Hij moest me niet meer. Hij had te gauw mijn bodem bereikt.

Ik merkte het nog voordat hij er zelf erg in had. Ik heb altijd al scherpe instincten gehad, en ik verwachtte de hele tijd al dat hij het uit zou maken. Toen ik zag dat zijn ogen leeg begonnen te kijken als ik hem iets vertelde, voelde ik me beroerd, en leeg, en doodziek.

Mijn hersens begonnen overuren te maken. Ik kwam bijvoorbeeld met het idee om gambusiavisjes te gaan vissen in de vijver van het Canadagebouw aan de universiteit. Chaim Stauber vroeg of het mocht. Toen ik zei dat het verboden was, vroeg hij een beetje teleurgesteld: 'Gewoon verboden?' Ik zei meteen dat het strafbaar was, dat het om diefstal uit een wetenschappelijke instelling ging, en toen zei hij: 'We gaan!'

En we gingen dus. We visten de gambusia's op met plastic zakjes en gooiden ze daarna in de grote vijver van de universiteit, waar de toeristen muntjes in gooien. We deden dat een keer of vijf, zes. Binnen een maand krioelde het in die vijver van de gambusia's en moest het water ververst worden.

Maar goed, dat was dat, en toen moest ik weer een nieuwe uitdaging bedenken die het vuur in zijn ogen zou brengen. Want dat was wat hij van me verwachtte. Dat we dingen zouden doen. En steeds gedurfder. En uiteindelijk werd het een grote puinhoop omdat ik maar één ding wou: bij hem zijn, hem horen vertellen over de Burgeroorlog in Amerika en over het leven van de indianen en over de Inca's en het leven van Mozart en de zigeuners en alle andere dingen die hij kon vertellen, met een rustige stem, ingetogen, zonder op te scheppen. Ik wou naar zijn sterke, zwarte haar kijken, zien hoe de dikke haarwortels zich in zijn mooie, hoge voorhoofd ingroeven. Dat wou ik. Meer niet. Ik geloof dat hij het enige kind was aan wie ik nooit iets probeerde te verkopen of te verhuren, voor een uur of voor een rondje. Als hij belangstelling toonde in iets wat ik had, dan gaf ik het hem meteen cadeau. Die hele vriendschap met hem was voor mij een cadeau.

Ik durf haast niet te vertellen wat ik allemaal verzonnen heb om hem bij me te houden. Ik deed dingen waarvoor mijn vader me, als hij ze geweten had, voor de kinderrechter had gesleept. Op een nacht slopen Chaim en ik naar de auto van Awiëzer Karmi, de directeur van onze school, en gooiden suiker in de benzinetank. De motor liep in de soep en de auto bleef jarenlang verlamd naast zijn huis staan, als een eeuwige schandvlek.*

Maar u moet begrijpen, meneer de directeur, ik had geen keus. De gedachte dat Chaim Stauber me de bons zou geven was ondraaglijk, want die vriendschap was mijn redding, al wist ik niet precies waarvan ik gered werd. Misschien wel van het lot van iemand als Micha Doebowski. Van het bestaan van zomaar een gewoon kind. Met Chaim had ik het gevoel dat ik meer was. Dat ik de kans had om iets anders te leren. En toen Chaim moe van me begon te worden had ik het gevoel dat ik weer terugviel, in de open mond van Micha.

Maar ik kon er niks meer aan doen. Chaim had nieuwe vrienden gevonden, kinderen die hem kennelijk

* Mocht de heer Karmi, deze doorgewinterde onderwijzer, dit toevallig lezen, dan bied ik hierbij mijn excuses aan en ben ik uiteraard bereid de schade te vergoeden.

meer boeiden. Misschien konden zij over Mozart en de Inca's praten, misschien begrepen zij zonder woorden wat 'een vol leven' was.

Ik moest genoegen nemen met Micha. Ik jende hem. Ik treiterde hem. Hij begreep niet wat er aan de hand was. Of misschien toch wel. En misschien genoot hij ervan dat ik hem zo slecht behandelde, omdat ik me op die manier in al mijn lelijkheid blootgaf.

Op een dag zei Chaim Stauber in de klas iets over stierengevechten. Ik geloof dat hij vertelde dat ze in Spanje bij ieder stierengevecht zes stieren doodden. Toen ik thuiskwam deed ik wat iedere fatsoenlijke burger gedaan zou hebben als hij zoiets te weten was gekomen: ik belde meteen de politie.

Ik vroeg Gaby om alles opzij te zetten en me alles te vertellen wat ze over stierengevechten wist.

Gaby nam een taxi, reed langs de grote bibliotheek en kwam thuis met een vel papier waarop in haar handschrift de dingen stonden die ze uit de encyclopedie had overgeschreven. We gingen direct naar de keuken. Ze las voor. Ze vroeg niks. Ze keek alleen maar naar me, mijn gezicht was een open boek voor haar, ze mompelde: 'Kennis is macht, hè?' en ze las verder. Ik zat te luisteren met gesloten ogen. Ieder woord dat uit haar mond kwam, werd in me gegrift, rechtstreeks in de wond die de jaloezie in mijn hersenen had achtergelaten.

De volgende ochtend zag ik kans om tegen Chaim te zeggen dat het speeltje waarmee de stier aan het begin van de *corrida* gestoken wordt een *banderilla* heet, en dat die de vorm heeft van een angel van een bij, waardoor hij er makkelijk in gaat, maar heel moeilijk er weer uit. Chaim luisterde ernstig en zei dat dat nieuw voor hem was, maar of ik het verschil wist tussen een *matador* en een *torero.*

Gaby werkte die avond hard om dat probleem op te lossen. Ze belde een paar vrienden en ook een vrouw bij wie ze colleges had gevolgd. De conclusie was dat een torero iedereen is die aan een stierengevecht meedoet, maar dat alleen de matador de stier doodt.

Ik zei het in de pauze tussen neus en lippen tegen Chaim Stauber en voegde er nog aan toe dat ze in Portugal bijvoorbeeld de stieren niet doodden, en dat in Spanje een matador die bij een corrida een bijzondere prestatie leverde het oor van de stier kreeg, soms ook beide oren, en als hij zo geweldig was als ('de beroemde') Paco Camino, dan kreeg hij ook weleens de staart. Chaims ogen fonkelden. Hij zei dat zijn vader hem kleurenansichtkaarten van een echt stierengevecht had beloofd en dat hij me die zou laten zien. Ik zei onnozel dat hij maar om kaarten moest vragen met banderilleros erop, omdat het werkelijk oogverblindend mooi was (zo zei ik het, ik zweer het), de kleurige papieren slingers die aan hun banderilla's hingen.

En ik liep weg.

En Chaim kwam me achterna.

En zo, voorzichtig, via omwegen, begon hij weer terug te komen.

Dagelijks wisselden we nuttige informatie uit over de corrida, over de kostuums en over alle soorten messen en speren. Als hij om half zes klaar was met pianospelen haastte hij zich naar mijn boomhut. We zaten daar maar een paar minuten samen en hadden het maar over één ding. Dat was ook heel verstandig. Onze hernieuwde vriendschap was zo broos dat je er voorzichtig mee om moest gaan. En Chaim zal wel aangevoeld hebben dat ik een en al wond was.

We hadden in die tijd een soort woordeloos verbond,

een verbond van erbarmen, en we pasten ervoor op om over andere dingen te praten, dingen waar hij zoveel over wist en ik niet. Hij was echt een heel bijzonder kind.

We zaten dus een paar minuten te praten, we roddelden over een of andere beroemde matador van wie Gaby het een en ander te weten was gekomen, of over een tragisch geval van een stier die de matador gedood had, of over verschillende stijlen om de degen te hanteren. Met een rilling van plezier lieten we de namen van mensen als Rafael de Paula, of Ricardo Torres, of Luis Mazanitti over onze tong gaan, we testten elkaars kennis van hun beroemde gevechten, waar ze een oor of een staart hadden gekregen, waar ze hun roemrijke leven hadden verloren... Een kort gesprekje van een paar minuten, zo teer als een spinnenweb en net zo glimmend in het licht, en daarna ging Chaim er meteen weer vandoor, maar niet op een botte manier, en ik zeeg neer op mijn rug en bleef een uur lang zo liggen, gelukkig, zelfs geduldig met Micha, die met zijn grote kop langzaam uit de takken tevoorschijn kwam.

'Hoe is 't, Nono?'

Een week. Twee weken. De draad was zo dun. Als hij brak, zou ik voorgoed ten onder gaan. Een tweede keer zou ik zo'n klap niet doorstaan. Gaby werkte zich uit de naad. Iedere dag belde ze de Spaanse cultureel attaché en troggelde hem nog meer informatie af. Ze bezocht haar ouders in Nes Ziona en kwam terug met een gedichtenbundel van Lorca, een Spaanse dichter die over stierengevechten heeft geschreven. Ikzelf begon stiekem Pesja, de koe die buurman Mautner uit de kibboets had meegebracht, te observeren. Hij had haar hoorns niet gekort toen ze nog jong was, dus had ze nu een stel grote, prachtige hoorns die ze nooit gebruikte. Ze had een rustig en makkelijk karakter, ze stond graag in haar kleine weide naast het huisje van Mautner gras te kauwen, haar dikke lippen heen en weer te schuiven en te peinzen totdat haar zwarte ogen haast iets menselijks kregen. Een keertje rende ik op haar af met een rode handdoek in mijn hand die ik van de waslijn had gepikt. Ze bekeek me verbaasd, maar haar staart begon te bewegen als de slinger van een klok en ik dacht bij mezelf dat ze misschien toch wel wat Spaans bloed had, van een verre voorouder. Die avond las Gaby me plechtstatig en met veel gevoel het gedicht 'Om vijf uur 's middags' voor, dat de dichter Lorca opgedragen had aan een omgekomen matador. Het ging zo van: De gitaarsnaren rinkelden, om vijf uur 's middags. De wonden brandden als de zon, om vijf uur 's middags. Wat is het een verschrikkelijk uur, vijf uur 's middags!

Gaby was klaar met voorlezen. Haar gezicht was donker en gekweld. Haar hand trilde in de lucht en haar hoofd viel naar achteren alsof ze met een zwaard gekeeld was. Ik lag onder de deken te beven. De woorden van die Lorca verspreidden zich door mijn lichaam als sterke wijn. Ik trok de deken tot boven mijn hoofd en had het gevoel dat mijn bed in vlam stond. Later, toen het allemaal achter de rug was, zei Gaby dat als ze geweten had wat dat gedicht me zou doen, dat ze me dan alleen maar gedichtjes uit 'Kleine Peutertjes' had voorgelezen. Maar die avond bleven de woorden van dat gedicht de hele nacht in mijn kamer nagalmen en loeien en vulden mijn dromende oogleden met de glinstering van bloedrode doeken... De volgende dag, bij de waterkranen, zei ik tegen Chaim en Micha dat ik het nu wist. Dat ik mijn roeping gevonden had: Ik zou de eerste Israëlische matador worden.

Er viel een stilte. Boven mij hing de rode Spaanse lucht.

'Mautner?' fluisterde Chaim vol ontzag. 'Ga je bij Mautner naar binnen?'

'Ja hoor, tuurlijk. Kan me niks schelen. Ik vecht tegen z'n stier op leven en dood.'

Vooral op dood, dat wist ik wel, want Mautner was een meedogenloze man.

'Zijn koe,' merkte Micha op. 'Pesja is een koe.'

Ik werd overspoeld door angst voor mezelf. De kleine motor zoemde als een gemene wesp.

'Maar ze heeft wel hoorns,' zei Chaim traag tegen hem. Het begon tot hem door te dringen dat ik hem het allergrootste, allerkrankzinnigste, allerverschrikkelijkste avontuur aanbood, als hoogste bewijs van mijn vriendschap.

'Doen jullie mee?' vroeg ik. 'Ik heb twee *picadores* met lansen nodig.'

Even was er een stilte. In mij duizelde een draaikolk van gruwelijke beelden, een bitter voorgevoel schoot door me heen, waarschuwingskreten en smeekbedes doorboorden mij. Maar toen werden Chaims ogen twee brandende fakkels en barstten we allebei in een gesmoord, angstig lachen uit. Micha stond erbij en keek me vijandig aan. Misschien ook met leedvermaak, want hij wist al wat er ging gebeuren. Ik wou hem niet zien. Ik wou zijn matte, lege gezicht daar niet hebben. Wat wist hij nou van dapperheid, van waanzin, van vriendschap, van sprookjes? Van een betekenisvol leven. Chaim en ik hielden elkaars handen vast en begonnen op en neer te springen als twee gekken. En we gilden, maar wel zachtjes, zodat zijn moeder niet plotseling zou komen en mijn schurkenhart zou ontdekken.

14 *Gevraagd: Dulcinea*

'Ah, was een echte feestmaal!' zei Felix, legde zijn vork neer en lachte me vriendelijk en voldaan toe.

Er hing een aangename, roodachtige schemering in het restaurant. Op de tafels brandden kaarsen in roze kandelaars. Mijn buik was vol en rond en voor mij lagen de restjes van de meest vorstelijke maaltijd waaraan ik ooit had deelgenomen. Felix had als voorgerecht ganzenlever genomen, daarna romige aspergesoep en als hoofdgerecht eend met sinaasappelsaus. Ikzelf had de verleiding van de sappige biefstukken die ik aan me voorbij had zien gaan nauwelijks kunnen weerstaan, maar ik had me uiteindelijk toch ingehouden en rijst en patat naar binnen gewerkt. En wat voor rijst en patat! Ik had tot twee keer toe bijbesteld, daarna paddestoelensoep genomen, paprika gevuld met amandelen en pijnboompitten, en drie porties chocolademousse, en toen Felix me vroeg hoe ik het eten vond, zei ik het eerlijk: de politiekok heeft nog heel wat te leren.

'Hoe het ook zijn, wij gaan doen grote dingen vandaag en morgen!' brulde Felix ineens met de stem van opa Noach.

'Zoals wat?' vroeg ik bezorgd en stelde de vraag meteen weer opnieuw, maar dan met de stem van Tami, om geen achterdocht te wekken bij de mensen om ons heen.

'Wij gaan onze wereld beetje beter maken, misschien,' lachte hij. 'Wij gaan doen dingen wat de mensen horen dat en zij zeggen: Olala! Dat is kunst! Deze twee vrienden, zij hebben grote moed! Zij hebben stijl!'

'Maar wat... wat gaan we dan doen?' vroeg ik weer op fluistertoon.

'Ik weet niet. Alle dingen wat jij beslist. Alles kan. Zonder grens! Zonder wet! Alleen courage! Moed! Moet je durven!'

Moet je durven, ja hoor. Makkelijker gezegd dan gedaan. Wat moest ik vragen? Zonder kaartje de bioscoop binnenglippen? 's Nachts de lerarenkamer binnengaan? Het skelet uit het biologielokaal stelen? Ik wist meteen dat het allemaal kleine, armoeiige verzoekjes zouden zijn in de ogen van iemand als hij. Ik moest meer mijn best doen, me laten gaan, hem waardig zijn, echt risico durven te nemen, een beetje gek zijn, crimineel. Moest ik durven...

Op de daken van ambassades klimmen en de vlaggen verwisselen misschien, zoals papa vroeger gedaan had, voordat hij bij de politie was gegaan? Een dier uit de dierentuin stelen en erop gaan rijden?

Het moest iets nieuws zijn, iets van mijzelf.

De forse ober die ons de hele avond bediend had, kwam weer naar onze tafel, boog onderdanig, pakte de fles roze champagne uit de emmer met ijswater en schonk nog wat in het hoge glas van Felix. Ik nam voorlopig nog genoegen met mijn eerste glaasje. De doorzichtige belletjes dansten in het glas. Aan het begin van de avond was er een moment geweest – toen de ober de fles ontkurkte – waarvan ik wist dat ik het nooit zou vergeten. Het was verbluffend: er klonk een echte explosie, de kurk schoot omhoog en een waterval van belletjes gutste uit de fles...

Thuis, dacht ik bij mezelf, heb ik om deze tijd een heel ander leven. Als Gaby er niet was, waren papa en ik op dit moment van de dag allebei rustig op onze eigen kamer bezig. Ik speelde dan tafelvoetbal tegen mezelf, of ik bladerde in catalogi van dienstpistolen en andere spullen voor politiemensen, of ik deed de conditieoefeningen die hij me opgegeven had, of ik lag zomaar op bed op een snoepje te zuigen en nergens aan te denken. Dromend, mijn ogen die dichtvielen, mijn vinger langs de kras in de muur – ik kon die nu haast voelen aan het uiteinde van mijn nagel –, een kras in de vorm van een bliksemschicht die ik ooit gemaakt had en daarna steeds uitgediept, iedere keer dat ik niet mocht huilen. En papa zat op zijn kamer de krant te lezen (de laatste tijd met een leesbril, maar o wee als iemand hem zo zag!) of dossiers door te nemen, of om de vijf minuten te bellen of alle surveillance- en observatieteams de deur uit waren. Op een gegeven moment ging een van ons – meestal ik, want ik had altijd honger – eten klaarmaken. Als we met z'n tweeën waren, sloofden we ons niet al te veel uit. We maakten champignonsoep uit blik, trokken een blik kikkererwten en een blik maïs open, of een blik corned beef voor papa. We werkten altijd samen. We hadden een vaste taakverdeling, we hoefden niets te zeggen. Op de radio speelden ze Israëlische liedjes, waar we allebei dol op waren, en verder was er een heerlijke stilte. Soms vertelde ik hem dingen die op school gebeurd waren, maar hij luisterde niet echt. Ik kon hem dingen vertellen die helemaal niet gebeurd waren, ik kon namen van kinderen verzinnen, liegen. Hij keek me alleen maar aan alsof hij me heel in de verte zag, en zuchtte. Hoe zou het de volgende keer zijn als ik om deze tijd thuis was, nu ik kennis had gemaakt met het woeste leven op de plaatsen waar het allemaal echt gebeurt, zoals in dit restaurant bijvoorbeeld?

'Ik zie dat jij kan moeilijk beslissen, Tami'tje.'

Ik glimlachte dromerig: 'Ja, er zijn zoveel dingen die...'

'Geef niet. Denk over na. Geen haast.'

Ik verzonk weer in gedachten. Streek traag over mijn vlecht. Wat kon ik vragen? Hoe ver durfde ik te gaan? Dat ik me niet voorbereid had op de mogelijkheid dat een goede fee genaamd Felix me drie wensen zou gunnen! Als ik helemaal onder aan de vlecht kwam voelde ik de pruik boven, precies midden op mijn voorhoofd, even trekken. Ik vond het lekker, zo'n kriebel in het midden. Wat kon ik aan hem vragen? Wat wou ik nu het allerliefste doen?

In die droom blijven. Erin wegzakken als in een donsdeken. Een beetje heimwee naar huis hebben.

Want als het een van de dagen was dat Gaby bij ons was, als ze die avond geen cursus bioscoopfilms had, of Frans voor beginners, of 'eten en toch slank blijven, hoe doe je dat', kortom, als het zondag of woensdag was, dan waren we allemaal in de keuken bezig eten klaar te maken, een grote maaltijd te verorberen en allemaal tegelijk te praten en over ieder woord te bakkeleien. Soms zweeg ik en liet ik hen praten en discussiëren. Ze deden dan als een echt stel. Hij begon bijna altijd met 'Luister 's, eh... Gaby', alsof hij zich haar naam niet kon herinneren, of alsof ze Ehgaby heette. En zij beloonde hem met 'schat', 'oogappeltje van me', of 'bloem van mijn jeugd'. Een heel enkele keer vertelde papa over iets op het werk dat hem dwarszat. Op één zo'n avond had Gaby hem geholpen met de oplossing van het raadsel van de veelvuldige diefstallen bij de diamantslijperij in Netanja. (De eigenaar van de slijperij bleek gebruik te hebben gemaakt van niemand minder dan mijn vader, of eigenlijk van zijn jaszakken, waar hij de diamanten in stopte om ze er later, na de dagelijkse fouillering van alle werknemers door mijn vader, op z'n dooie gemak weer stiekem uit te vissen, te verkopen en ook nog het verzekeringsgeld op te strijken.) Na het eten gingen we in optocht naar de woonkamer, zaten daar een beetje de krant te lezen, papa rookte met zijn benen omhoog de dagelijkse sigaret die Gaby hem toestond, Gaby zette haar speciale bedoeïenenkoffie die je precies zeven keer moest laten koken, gaf ondertussen vanuit de keuken luidkeels een overzicht van de laatste ontwikkelingen in de grote wereld en hield me daarna in een hoek aan en eiste een verslag van wat er op school allemaal gebeurd was: of er al een nieuw stel in de klas was, en wie wie gevraagd had en of die nieuwe dans bij ons op feesten al gedanst werd (alsof ik dat kon weten). Ze wond zich ontzettend op over al die dingen. Toen ze zelf op school had gezeten, was dat het enige dat haar interesseerde. En dan, om een uur of tien, als papa en ik al doodmoe waren, besloot zij ineens onze klerenkasten te lijf te gaan, haalde de winter- of zomerkleren tevoorschijn en verdeelde ze in een strijk-, opvouw- en verstelstapel. Kleren vlogen, zweefden, wapperden door het huis en Gaby, haar broekspijpen tot aan de kuiten opgerold, haar wangen gloeiend, zong Beatlenummers, draaide een was, stond in de woonkamer te strijken, dweilde de gang en rende tussen de bedrijven door naar de keuken om het gerecht klaar te maken dat bij haar op de zevende plaats stond van de internationale schaal van TRAMOFEMA (*tra*ktatie voor de *mo*nd, *fe*est voor de *ma*ag): instantchocoladepudding zoals alleen Gaby die kon klaarmaken, zonder van die kleine, vieze klontjes erin. Ondertussen liet ze papa afwassen, de was ophangen en oude kranten, waar het huis van uitpuilde, weggooien, en liet ze mij de rotzooi op mijn kamer eindelijk eens een keertje opruimen. En papa en ik, als twee slaafse slaafjes, kloegen en bekloegen ons over haar, en als we elkaar in de gang of badkamer tegenkwamen, trokken we gezichten achter haar rug om. Maar wat moesten we, we hadden geen keus, we waren voorbestemd tot slavenarbeid en verslaafd aan klontjesloze instantpudding, die zij als enige naar behoren kon klaarmaken. En om middernacht stortten we alledrie in en was het huis weer geschikt voor menselijke bewoning en hoorde je alleen nog drie lepeltjes over glas krassen in een laatste poging om van de bodem van het schoteltje nog een laatste druppel pudding te delven. Toen vielen mijn ogen dicht en liet papa zich zover gaan dat hij een arm om haar schouder sloeg en haar op haar voorhoofd kuste, alsof ik er niet was, maar het kon me niks schelen, integendeel, laat-ie haar maar kussen, en klaar, einde van de dag, ik lag opgerold op de stoel, liet me naar bed dragen in zijn sterke armen die voor mij heel teder waren, en dat was het dan, ik sliep, en ik vroeg me nog af wie me zo teder gekust had, of het misschien een vriendschappelijke kus was van een professioneel stel.

In de verte hoorde ik Felix fluisteren: 'Maar nu jij moet durven! Moet je hebben grote gedachten, Tami'tje! Gedachten met vele kleur! Zoals cinema, zoals theater!'

En bij het woord 'theater' schoot er een vuurpijl door mijn hoofd: Wat ben ik toch een ezel! Of eigenlijk een ezelin. Maar ik durfde niet te zeggen wat ik dacht. Hij zou het een dom idee vinden, en mij een slappeling, iemand die de kans krijgt om iets gewaagds en misdadigs te doen, en dan om een cadeautje voor een vrouw vraagt.

'Misschien iets voor jongedame?' vroeg Felix met een glimlach en ik schrok weer bij het idee dat mijn gedachten door mijn dunne huid aan mijn gezicht waren af te lezen, en verbaasde me erover dat hij er nog steeds niet achter was dat ik hem herkend had.

'Ja...' glimlachte Felix bij zichzelf, leunde achterover en keek me glunderend aan. 'Ik zie in jouw gezicht dat is iets voor jongedame. Dat is mooi! Ook hoeheetie. Don Quichot – alle oorlogen hij maakte voor madame Dulcinea!'

Zelfs ik, een kind van wie boeken weinig last hadden, had gehoord van die niet-mooie vrouw uit het dorp Toboso voor wie Don Quichot zijn avonturen ondernomen had.

'En?' drong Felix met een sluwe blik aan. 'Weten wij al wie jij wil dat we geven onze moed voor? Wie is jouw schoonheid? Felix bewaart de geheim, hoor!'

'Gaby,' flapte ik eruit.

'Gaby?' barstte hij in lachen uit. Lachvonkjes schitterden in zijn ogen. 'Ik dacht dat jij zal zeggen de naam van een lekkere stuk van de school, niet jouw stiefmoeder!'

'Niks moeder en niks stief. Gewoon Gaby!'

'O sorry! Excuseer! Oké, Gaby. Mooi zo. Jij bent trouw aan haar. Is mooi.'

'Nee,' zei ik met een schuldgevoel. 'Ik dacht eerst aan Zohara,' loog ik. 'Maar die is dood,' verontschuldigde ik me, 'en Gaby... Niemand op de wereld wil haar ridder zijn, dus...'

'Ik begrijp alles!' zei Felix met een opgeheven vinger. 'Jij zegt Gaby, het is Gaby!'

Ik voelde me dom en kinderachtig. Ik had een meisje uit mijn klas moeten noemen. Smadar Kantor, of Bathseba Rubin, de twee koninginnen van de klas, die elkaar bestreden. Maar ik hield van geen van beiden en ik had geen enkele behoefte om iets in hun naam te doen.

Maar Zohara! Dat ik niet eerst aan haar had gedacht!

'Jij doet mij echte grote verrassing,' zei Felix. 'Jij bent zo lieve jongetje, zo gentleman voor Gaby. Echte ridder. De vrouwen zullen houden van jou heel veel, geloof maar aan Felix.' En hij voegde eraan toe: 'Jij geef mij de gevoel dat ik ben nieuwe. Nieuwe mens.'

Ik? Hem?

'Dus, wij geven onze courage, onze moed, voor madame Gaby.' Hij reikte me zijn hand over de tafel en zei: 'Is iets speciaal wat jij wil dat we halen voor Gaby? Kleine diamantje? Misschien kleine jacht lenen en varen met haar naar Cyprus?'

'Nee, Gaby wordt op het droge al zeeziek,' mompelde ik. En een diamant leek me ietsje te chic voor haar. Ik staarde naar de tafel, haalde mijn schouders op alsof ik geen idee had wat Gaby nou zou kunnen willen. Ik wist niet hoe ik erover moest beginnen zonder me volkomen belachelijk te voelen.

'Maar moet zeker één ding zijn wat zij wil heel graag hebben,' drong Felix aan, en ik herkende die toon van hem die zei: 'Geef je dromen de vrije loop, schaam je niet, vraag maar wat je wil, het mogelijke én het onmogelijke. Moet je durven!'

Ik lachte: 'Het is stom, maar zij eh... Laat maar, het is onzin.'

Felix boog zich naar me toe. Zijn ogen lichtten nieuwsgierig op. 'Onzin is mijn hobby,' zei hij met een zachte, sluwe stem. 'Ik ben internationale expert voor onzin!'

'Nou goed,' zei ik achteloos, 'er is een actrice die Gaby heel goed vindt. Zeg maar gerust aanbidt.'

'Actrice?'

'Actrice, ja. Lola Ciperola.'

Een vonk? Een dreigende lichtflits? Wat schoot daar in zijn ogen voorbij? En trokken zijn oren werkelijk iets naar achteren, als de oren van een roofdier?

'Aha, Lola Ciperola! Ja... Ik ken deze naam... Ik heb een keer haar ontmoet...' Zijn ogen vernauwden zich tot blauwe spleetjes en ik wist dat hij nu in zichzelf dook en daar een levendig gesprek voerde. Een duchtig innerlijk debat. Maar hij schoot algauw weer omhoog en kwam terug bij mij: 'Lola, ja... Zij was nog van mijn tijd! Toen ik was jonger, zij was koningin van Tel Aviv...' Hij maakte met zijn armen een lichte, soepele dansbeweging boven de tafel en zong met een lage stem: 'Je ogen schitteren / twee-di-a-manten / je zwaait me uit / op het perron... Jaja, Lola... Zij zingt, en zij speelt, en zij danst... Alles zij kan!' En zijn stem zakte weer weg in een verbaasde mijmering: 'Maar ik wist niet dat Lola is nog populair bij de jonge mensen zoals madame Gaby...' Nu was mijn grote moment aangebroken: ik strekte mijn benen en begon te vertellen hoe Gaby Lola Ciperola imiteerde, hoe ze mij aan het lachen en aan het huilen maakte met rollen die Lola Ciperola speelde. Dankzij Gaby kende ik hele scènes uit allerlei toneelstukken uit mijn hoofd.

'En madame Gaby? Altijd zij is geweest de fan van Lola?'

'Ik denk het wel... En ze kan "Je ogen schitteren" zingen precies zoals Lola. Precies dezelfde bewegingen. Je kunt ze niet uit elkaar houden. En Gaby zegt dat als ze de... Hoe heet 't, de sjaal... Nee, geintje.' De onzin die ik soms kon uitkramen.

'Nee, niet geintje!' zei Felix met een iets luidere stem en een glimlach die steeds breder werd. 'Niets is geintje! Zeg alles, vertel! Wat is met de sjaal? Wat is met de sjaal van Lola?'

Ach, wat kon het me schelen?

'Soms zegt ze, Gaby dus, maar ze bedoelt het niet serieus, ze zegt dat als ze de sjaal van Lola Ciperola had, dat ze het dan ook had kunnen zijn: actrice, zangeres, noem maar op. Maar het is een geintje.'

'De sjaal?'

'Die actrice, Lola Ciperola,' legde ik uit, 'die draagt altijd een sjaal. Een paarse sjaal. In de krant staat ze altijd met die sjaal om, en ze draagt hem overal, thuis, in het theater, op straat. Het is haar symbool.'

'Ja, ik weet. Altijd het was zo... De sjaal van Lola... Heb je haar gezien een keer?'

'Eén keer? Wel elf!'

'O! Hoe dan?'

'Vooral op het toneel.' Ik was met Gaby drie keer naar 'Romeo en Julia' geweest, twee keer naar 'Misdaad en straf', een keer naar 'Bloedbruiloft' van Lorca en vier keer naar 'Lady Macbeth'. 'En ik heb haar één keer ook in het echt ontmoet, op straat, in Tel Aviv.'

'Zomaar, toevallig?'

Ik aarzelde even. Het was tenslotte ons geheim, van Gaby en van mij. Zelfs papa mocht het niet weten.

'Toevallig, ja. We stonden een beetje te wachten bij haar huis en toen kwam ze aan.'

'Toevallig te wachten bij de huis?'

'Ja... Ineens stonden we daar...'

We hadden daar wel vijftig keer staan wachten, maar we hadden haar maar één keer gezien.

'En jullie hebben gepraat met haar?'

'Zo goed als. Gaby vroeg haar hoe laat het was, maar ze hoorde het niet. Ze had haast.'

Wat had de hand van Gaby op mijn schouder getrild toen Lola Ciperola voorbijkwam! We stonden toen al anderhalf uur lang te wachten bij de heg van haar huis in Tel Aviv. We bevroren bijna van de kou, de wolken hingen laag en zwaar, en ineens verscheen zij en kleurde de wereld goud. We zagen haar zitten in de taxi die haar naar huis had gebracht. Ze droeg een zwarte hoed met brede rand. Ze bleef zitten totdat de chauffeur de deur voor haar kwam opendoen. Toen strekte ze een lang, elegant been uit en weigerde de uitgestoken hand van de chauffeur die haar wilde helpen uitstappen. Met haar hese, koninklijke stem zei ze tegen hem: 'Het theater betaalt.' Ze liep met opgeheven hoofd, bewoog als een koningin, en die sjaal, van doorzichtig paars, zweefde achter haar aan. Al met al hadden we misschien wel een hele minuut in haar directe gezelschap doorgebracht. En vanwege die ene keer kwamen we nog heel vaak terug, stonden urenlang te wachten, in de kou, in de hitte, in de regen, met omgeklapte paraplu's, met lichtjarenlange gesprekken over haar, en hartkloppingen, en teleurstellingen. En toch probeerden we het steeds weer, iedere keer als Gaby en ik een dagje Tel Aviv deden.

'En Lola, zij heeft jou wat gezegd?'

'Nee, ze had een beetje haast.' Gaby had me naar voren geduwd, recht voor haar neus. Maar zo'n vrouw als Lola Ciperola heeft andere dingen aan haar hoofd dan wat er allemaal voor haar voeten gebeurt. Ze gunde ons niet eens een blik, ze liep door, stram en afstandelijk, en wij begrepen het en vergaven haar, want wie waren wij nou vergeleken met haar?

Felix dacht even na. Hij hield zijn mond verborgen

achter zijn welgevormde handen. Nu ik het hem verteld had, kon ik niet meer mijn mond houden: 'Gaby zegt dat het geheim van Lola Ciperola, van haar magie, in die sjaal zit, maar dat is een geintje natuurlijk.' Alleen al die naam uitspreken – Lola Ciperola – vond ik heerlijk. Ze smaakte naar witte chocola. Uit Zwitserland.

'Maar wat is dat, de magie van Lola?' vroeg Felix peinzend. Het verbaasde me dat hij haar bij haar voornaam durfde te noemen.

'De magie dat ze zo'n...' Ik zocht naar het woord dat Gaby altijd gebruikte. 'Dat ze zo'n acteersjenie is.'

De forse ober met de bolle kop bracht de koffie op een dienblad. En maar slijmen en kruipen voor Felix. Hij had zeker aan zijn adellijkheid en zijn manieren gezien dat hij goed was voor een vette fooi. Ik had aan de hand van de prijzen op de menukaart al berekend wat dat etentje Felix zou kosten en was er duizelig van geworden: ongeveer een half maandsalaris van mijn vader. Misschien was het niet zo'n gek beroep, ober. Misschien zat er wel wat in het idee van Gaby om een restaurant te beginnen. Ik dronk de zwarte koffie met kleine teugjes. Hij was bitter en onsmakelijk, maar ik hield mijn gezicht strak, Felix mocht niet merken dat het mijn allereerste zwarte koffie was.

Felix was in gedachten verzonken en ik zat te mijmeren over alle minnaars die ze had gehad, Lola Ciperola, en de dichters en kunstenaars die haar bewonderden, en hoe ze een keertje in het dagblad *Maariv* ronduit gezegd had dat ze niet wilde trouwen, nooit, omdat het huwelijk slavernij was en omdat ze geen enkele man de baas zou laten zijn over haar ziel en lichaam. 'Geen man op de wereld is het waard,' zei Lola Ciperola in een ander interview, aan een damesblad, 'en geen enkele man is in staat om van een vrouw te houden zoals een vrouw van een man kan houden.' Van die dingen zei ze. Zonder blikken of blozen.

'Ieder woord van haar is om te zoenen,' likte Gaby haar lippen. 'Als ik maar een kwart van haar moed had, dan was ik een gelukkig mens geweest.'

De obers brachten een taart met brandende kaarsen voor een mooie vrouw die in een verre hoek zat. We zongen met z'n allen, alle gasten in het restaurant, een verjaardagsliedje. Ik voelde me behaaglijk en warm. Het kaarslicht glinsterde in de hoge glazen. Mijn wangen gloeiden. Nu ik Felix mijn idee verteld had was ik opgelucht en opgetogen. Ik switchte steeds tussen Tami en Nono. Fluitje van een cent: ik hoefde alleen maar zachtjes over de vlecht te strijken, van begin tot eind, alsof ik aan een klokkentouw trok, of aan het touw van een waterput, en daar kwam Tami al uit me naar boven. En ik hoefde haast niks te veranderen aan mijn gezicht of bewegingen, alleen aan mijn gevoel, alsof ik van het ene vakje van mijn hart naar het andere overging, haast onmerkbaar, tik-tak, heen en weer, Nono en Tami, Amnon en Tamar...

Ineens haalde Felix de monocle uit zijn zak, bekeek me nieuwsgierig en knikte. Zijn gezicht was nu weer zacht en gelukkig, en ik vond het helemaal niet erg dat hij mijn kleine omwisselingen zag en voelde, ik vond het heerlijk om weer in de monocle te verschijnen, want gezien door een monocle kon ik alles, alsof ik in een toverbrouwsel gedompeld was: ik kon zijn wie ik wou en wat ik wou, zelfs een meisje, hoor! Ik was toch een beroeps? Ik was een beroepsartiest. Een wisselkind. Nog een paar dagen oefenen, en ik zou net zo zijn als Felix. Zijn dubbelganger. Zijn troonopvolger.

Felix stak de monocle weer in zijn zak, hief zijn champagneglas, alsof hij op mijn vakmanschap dronk, en sloeg het achterover. 'Uitstekende restaurant,' zei hij en likte zijn lippen. 'Vroeger, jaren geleden, toen Felix was Felix, ik kwam hier tenminstens één keer in de week. Ik heb gereserveerd de hele restaurant voor de hele avond voor mij en mijn vrienden. Maar tóen ik had geld om te betalen voor de diner.' Hij lachte me breed toe. Ik luisterde niet echt. Ik had heel aandachtig moeten luisteren, maar de opwinding maakte me wazig. Hij veegde zijn mond met zijn zakdoek af en zei: 'En madame Gaby, zij wil ook worden acteersjenie?'

'Vroeger wel. Nu wil ze alleen de moed hebben van Lola Ciperola. Zij wil ook alleen maar doen waar ze zin in heeft, zonder rekening te houden met anderen.' En net zo zelfstandig zijn als Lola, en zo sterk als Lola, en weten hoe je de mannen gek kon maken zonder dat zij jou pijn deden, net als Lola. En mijn vader dwingen om haar nu eens een keertje serieus te nemen. En dat hij haar zou smeken om met hem te trouwen. Dat is wat ze echt wou, maar dat zei ik uiteraard niet.

'En wat zegt meneer jouw papa?' vroeg Felix, die me las als een open boek.

Die mocht het helemáál niet weten. Het was een geheim van Gaby en van mij.

'Dat Gaby is grote fan van Lola?' wilde Felix weten.

Ja. En dat we haar in Tel Aviv ontmoetten, en dat we naar haar voorstellingen zijn geweest.' Ze had me bezworen om er tegen hem met geen woord over te reppen. Om thuis haar naam niets eens te noemen. Ook niet indirect. Misschien had ik het ook niet tegen Felix moeten zeggen.

'Je vertelt het hem toch niet?'

Felix legde zijn hand op zijn hart en sloot zijn ogen. Zijn lange wimpers fladderden: 'Ik beloof.'

'Nee. Je moet zweren.'

De dovende vlammen van de kaarsen dansten in zijn brillenglazen. 'Moet jij weten één ding: als Felix zweert – hij belazert jou altijd. Maar als Felix belooft – hij doet het. Zo is dat. Dus, ik beloof op de erewoord van crimineel.'

Ik dacht even na, en ging ermee akkoord.

En toen, misschien omdat hij het over belazeren had gehad, kwam er een wazige gedachte in me op: 'Wat zei je daarnet?'

'Over wat? Ik heb gezegd zoveel.'

'Dat je geen geld had om het eten te betalen?'

'Ha, prima mens!' jubelde Felix vrolijk. 'Goeie meid!'

'Wie? Lola Ciperola?'

'Nee, madame Gabriëlla, Gaby, onze Dulcinea. Ik begin haar leuk te vinden.' Ik was zo blij om dat van hem te horen dat ik vergat wat ik had willen vragen. Hij bromde even in zichzelf, liet een gedachte door zijn hoofd gaan en zei: 'En zij wil de sjaal van Lola?'

'Ja.'

En ook jouw gouden aar. Maar dat durfde ik niet hardop te zeggen.

'En wat zij wil nog meer, madame Gaby? Moet je niet schamen. Zeg alles!' Hij zei het op dat geamuseerde toontje van hem, maar ik merkte hoe zijn vingers snel naar elkaar toe fladderden.

'Hoe wist je dat ze nog iets wou hebben?'

'Ik wacht, meneer Feierberg.'

Toen besefte ik dat hij het al wist. Ik sloeg mijn ogen neer. Op leven en dood.

'Eén gouden aar. Van jou.'

'Ik wist dat jij zal het zeggen,' zei Felix zonder glimlach.

Mijn hart bonsde. Ik dacht dat het nu afgelopen was. Alles. Die hele wonderlijke droom met hem.

Hij friemelde aan een lucifer en vroeg achteloos: 'Jij weet de hele tijd wie ben ik?'

'Sinds vanmiddag pas,' gaf ik toe. 'Toen de agent je naam op het rijbewijs las.'

'Ik dacht dat jij hebt het niet gehoord,' mompelde Felix. Zijn schouders zakten wat. 'Ik dacht, de agent is te jong om te kennen mijn naam, en ik dacht ook dat jij hebt niet opgelet...' Hij verboog de lucifer totdat die 'knak' zei. Er ging een rilling door me heen. 'Jij hebt dat de hele tijd bewaard in jouw hart en niks gezegd. Jij wist dat ik ben de beroemde Felix Glick, en jij hebt het niet gezegd aan mij. Jij wordt nog de beste rechercheur in de wereld.'

Maar zijn stem had ineens iets hards en ik voelde aan dat hij het met verbittering zei, vanaf de andere kant van de barricade. En ik voelde me weer even bedreigd door het gevaarlijke in hem.

'En wat weet jij van mij nog meer? Wat heeft verteld madame Gaby van mij nog meer?'

'Tja, zo'n beetje wat je zelf verteld hebt, tijdens het eten. Hoe rijk je vroeger was, en hoe je alles hebt opgemaakt, en dat je een soort koning van Tel Aviv was, en dat je over de hele wereld reisde enne... en allerlei dingen deed in banken, berovingen, en dat je alle polities van de wereld voor aap zette.' En om hem niet nog meer te kwetsen zei ik niet dat ik wist hoe hij en mijn vader elkaar voor het eerst ontmoet hadden.

'En dit zegt zij ook nooit als papa is daarbij, toch?'

'Nooit. Dat is ons geheim.'

‘Zij is heel erg speciale dame,’ zei Felix peinzend en streelde zijn zwarte ring met trage, ronde bewegingen. ‘Ik denk dat zij is zelfs slimmer dan ik. En ook dan meneer jouw papa. Pittige vrouwtje!’

‘Vind je? Echt? Vind je haar zo bijzonder?’ Doordat we samenleefden en doordat ik zag hoe papa tegen haar deed, vergat ik soms hoe bijzonder en slim ze was.

Felix moest nadenken voordat hij zijn woorden tot een zin had gemaakt: ‘Als ik begrijp het goed, haar idee en haar plan – dan ik zeg: pet af en bravo madame Gaby! Jij bent pittige!’

Het leek dat ik gered was. Dat de hele reis gered was. Dat Felix en ik samen doorgingen. Ik durfde het haast niet te geloven.

‘Je vindt het dus goed? Gaan we proberen omme... om de sjaal voor haar te regelen?’

‘En de gouden aar ook, zeker.’

Godzijdank, dank u Heer, Hemelse Vader, Godallemachtig, Amen en Amen.

‘En misschien madame Gaby heeft jou gezegd waarom zij wil mijn gouden aar?’

‘Ik weet het niet. Ik ben het vergeten.’

Ik loog. Ik wou hem niet beledigen.

Want Gaby lachte altijd en zei dat als ze een beetje crimineel van aard was geweest, dat papa ogenblikkelijk verliefd op haar zou zijn geworden, want was de onderwereld niet het enige dat hem echt interesseerde en grenzeloos aantrok? Misschien had ik dat tegen Felix moeten zeggen. Misschien had hij het als een compliment opgevat. Gaby zei het zo: ‘Felix Glick en Lola Ciperola! De winnende combinatie! Geef me een paarse sjaal en een gouden aar, Nono, en dan doe ik één wens bij de goede feeën, ik overwin het lot van de trien met de pannenkoeksmoel en win het hart van de onwillige prins! Kunt u die voor mij bemachtigen, mijn ridder?'

En dan knipperde ze vlug met haar ogen.

Felix zei: 'Misschien dat Lola wil dat we iets doen, als zij geeft ons iets dat is zo belangrijk voor haar.'

'Ze moet het maar zeggen! Dat wordt onze operatie!'

'Maar zij kan vragen iets moeilijk!'

'Moet je durven!' herinnerde ik hem eraan en barstte bijna van de blijheid.

Felix streek langzaam over zijn plaksnor. 'Misschien ik moet ook iets vragen voor mijn aar, hè? Zoiets, het gaat niet vanzelf.'

Het alarmbelletje begon in me te rinkelen. 'Wat... Waar dacht je aan?'

Mijn stem was te scherp. Alsof ik het tegen een vreemdeling zei.

'Niet bang zijn, meneer Feierberg!' zei hij meteen. Ik wist dat hij gekwetst was. 'Jij gelooft nog niet echt aan Felix, hè?'

'Ik vroeg allee...'

'Nee! Niet praten nu, niet liegen!' Ineens was hij woedend: 'Felix nooit liegt aan jou! Maar jij controleert hem wel altijd! Is niet aardig. En ook jammer.'

Hij zweeg. Hij klapte korzelig zijn mond dicht en fronste zijn voorhoofd in de lengte en in de breedte en de twee huidplooien naast zijn mond trilden. Hij was behoorlijk oud, maar door de belediging was hij weer een klein kind geworden.

Ik schaamde me vreselijk. Ik zei nederig: 'Ik wou alleen vragen wat je wou. Wat wil je dat ik voor je doe?'

'Nog niet. Moet ik weten dat jij bent echt klaar voor.' Hij kruiste zijn armen over zijn borst en keek me niet aan.

'Ik ben er klaar voor, hoor. Toe nou, ik ben klaar!'

Hij schudde met zijn hoofd: 'Nog niet. Jij vertrouwt nog niet aan mij. Altijd jij controleert mij!' Hij was zijn rol als opa Noach helemaal vergeten en sprak nu met zijn gewone stem: 'Jij begrijpt nóg niet dat Felix geeft jou speciale aanbieding. Koopje! Kans om één keer te denken zoals Felix. En de wet maken van Felix. En te zijn in soort sprookjes! Maar alleen als je gelooft aan mij, zelfs aan mijn leugens, dan je bent klaar voor mijn wet!'

Wat kon ik zeggen. Ik wilde zo graag een goede indruk op hem maken, en ik was de hele tijd ook een beetje bang. Misschien geloofde ik hem niet helemaal. Misschien ben ik niet in staat om een echte crimineel te zijn, zelfs niet als spelletje, want ik was het steeds weer bijna – en dan schrok ik meteen weer van mezelf.

'Nu jij drinkt je koffie op en wij gaan,' zei hij. 'En hoef niet te drinken de prut, wij hebben veel werk.'

Ik zette de kop neer. We keken elkaar in de ogen. Ik zag dat hij zich begon te ontspannen. Dat er kans was dat hij me die belediging ooit zou vergeven.

'Weet je al waar wij gaan?' vroeg hij.

'De sjaal van Lola Ciperola halen?' zei ik aarzelend, hoopvol. Ik had nooit gedacht dat er ooit zo'n zin uit mijn mond zou komen. Ik wilde hem overtuigen dat ik daar ter plekke aan het veranderen was.

'Bravo,' merkte hij vermoeid op. 'Jij leert snel.'

'Kom op,' zei ik enthousiast en stond op. Ik wou hem met mijn blijheid aansteken, met mijn vreugde, en ik wou dat hij gauw zou vergeten wat er gebeurd was. 'We gaan!'

'Ogenblikje!' Hij bleef zitten, zijn mond hing nog steeds scheef uit gekwetstheid, maar in zijn ogen begon al een nieuwe blik te fonkelen, sluw en preuts en afkeurend: 'Wat krijgen we nou, meneer Tami Feierberg? Hier het is restaurant! Eerst moeten wij niet-betalen!'

15 *Stierengevecht*

'En als ze niet thuis is?' vroeg ik na een paar minuten.

'Zij is thuis, zij is thuis,' mompelde Felix en ging door met dat neuriën van hem, begeleid door ritmisch tongklakken en getrommel op het stuur. 'Nu zij is misschien nog in de theater, moet zij nog spelen, maar daarna zij komt direct naar huis.'

'En als ze ergens anders naar toe gaat?'

'Nee, zij moet gaan naar thuis.'

Het irriteerde me wel een beetje dat hij ineens zo'n Lola Ciperola-expert was geworden. Ik had tenslotte meer tijd aan haar besteed dan hij.

'Hoezo moet?!'

'Omdat is zulke wet: wat moet zijn, dat zal zijn. Klaar. En moet zij thuiskomen en moet geven de sjaal aan jou, klaar!'

'Een wet van wie?'

'Vanne... van onze reis. Speciale wet! Langzaam jij zal alles begrijpen.'

Ik begreep het niet. Ik zat lekker in de diepe, brede stoel van de oude kever. Heerlijk knus zat daar de mus (Gaby). Ik was te moe om nog ergens bang voor te zijn. Noch voor de forse ober die we schreeuwend en zwaaiend op het parkeerterrein hadden achtergelaten, noch voor de twee politiecontroles die we moeiteloos waren gepasseerd zonder enige aandacht te trekken. Ik had het gevoel dat het mijn geluksdag was.

Maar wie was ik?

Een bedrieger. Een nepper. Een jongen die zich als meisje voordeed. Die in restaurants at zonder te betalen. Een dief dus. En toch... Dat subtiele genotsgevoel, zo intens dat het pijn deed, die verrukking die vanaf dat punt tussen mijn ogen in me doorsijpelde en mijn hoofd met zoete zwijmel vulde en dan omlaagzakte, tot aan het uiteinde van mijn ruggengraat... Het plezier om de nauwgezette kleine actie van Felix bij het verlaten van het restaurant: hoe hij de ober had overgehaald om onze auto met een duw te helpen starten, hoe hij hem had achtergelaten, met een zware maar lege portemonnee in zijn hand, of eigenlijk niet leeg maar gevuld... met zeezand. Ik sla nu de details over, die zijn niet belangrijk. Misschien schaam ik me gewoon voor wat ik gedaan heb. Voor mijn deelname aan die kleine, wrede misdaad.

Papa gaat er morgen wel heen om de rekening te betalen, bedacht ik ineens. En ik was opgelucht. Te opgelucht. En meteen wou ik er niet meer aan denken, ik rukte mijn zwarte pruik in één keer af en krabde met tien nagels aan mijn hoofd. Genoeg. Ik was ik en het moest afgelopen zijn met die onzin van Tami. En morgenochtend zou papa met een dikke portemonnee naar het restaurant gaan. Niet dat ik ooit een dikke portemonnee bij hem gezien had, maar toch. Met een glimlach en een schouderklop zou hij alles uitleggen en excuses aanbieden en de zaken regelen en betalen en ook nog een vette fooi achterlaten – alles was dik en vet in mijn gedachten – en ze zouden allemaal, ook de bedrogen dikke ober, lachend en goedgehumeurd afscheid van hem nemen en zeggen: 'Ja, een mooie actie van een echte beroeps, en zo perfect uitgevoerd, dat moet je gewoon door de vingers zien, je kunt toch niet echt boos zijn op een sjenie, hè?' En papa zou zich haasten naar de volgende etappe, naar de volgende boevenstreek van Felix, om ook daar alles recht te zetten.

Stomkop. Druiloor die ik ben. Nono Fantasiono.

'Maar ik krijg van jou nog iets, meneer Feierberg,' zong Felix zachtjes. 'Jij hebt beloofd dat jij zal vertellen waarom jij bent vegetarisch en jij eet geen vlees.'

'Wil je het echt horen?' Dat was toch niks vergeleken bij zijn verhalen, bij alle avonturen die hij had meegemaakt?

'Wil ik horen?' Hij lachte: 'Iedere verhaal van jou, ik wil het horen! Alles van jouw leven, ik wil het weten.'

Dat was dus ook een van de zinnen waar ik niet aandachtig genoeg naar luisterde. Ik dacht dat hij me gewoon paaide om me aan de praat te krijgen. Pas later kwam ik erachter dat hij ieder woord gemeend had. Hij wilde echt alles weten. Elk detail uit mijn saaie leven. En ik, met mijn stomme kop, geloofde het niet en begreep het niet en had niet eens een vermoeden van zijn bedoeling.

De groene kever reed rustig over de kustweg. Het was een zomerse Tel Aviv-dag, heet en vochtig. Auto's passeerden ons op weg naar een avondje stappen in de grote stad. Jeruzalem sliep al, maar hier begon het leven pas. Felix zong niet meer; hij luisterde naar mij. Maar ik zweeg, en hij kon niet tegen de stilte, dus deed hij de radio aan. Hese, fluisterige jazzmuziek stroomde de auto in. Gaby hield van die muziek. Ik sloot mijn ogen en dacht aan thuis, en aan haar en papa. Ik bedacht dat ik ze de hele dag niet gebeld had om te vertellen hoe het met me ging, om ze te bedanken voor hun krankzinnige idee. En voor de grote opoffering van papa. Ik dacht:

'Dat-ie me ondanks zijn strijd op leven en dood tegen de misdaad toch zo'n belevenis heeft gegund!'

Toen, zonder het zelf te merken, in een soort droomtoestand, begon ik te praten.

Ik begon niet bij het allereerste begin. Mijn tong was te zwaar en mijn hersens te lui. Ik had ook geen zin om hem het hele verhaal van Chaim Stauber te vertellen. Ik begon bij mijn idee om een Israëlische stierenvechter te zijn en vertelde hoe Chaim en ik en de andere jongens banderilla's hadden gemaakt van de stelen van hakken die we hadden afgebroken en versierd met het gekleurde papier waarmee op Loofhuttenfeest de hutten versierd worden. Daarna hadden we van bezemstelen paarden gemaakt, met koppen van lange legersokken gevuld met oude lappen, en verder in de hele buurt rode bloesjes en jurken en rokken van de waslijn gejat – want hoe maak je anders een stier boos?

En dit waren ze: Banderilleros: Sjimon Margolis en Avi Cabeza.

Picadores: Chaim Stauber en Micha Doebowski.

Matador: ik, Nono.

'Heel mooi dat jij was de matador,' zei Felix.

'Hoezo?'

'Vind ik leuk dat jij hebt de hoofdrol. Vind ik leuk dat jij bent zoals ik.'

Later, precies om vijf uur 's middags Lorca-tijd, gingen we met z'n allen via het gat in het hek het erf van Mautner binnen. Zijn koe Pesja, die daar stond te grazen, keek ons met zwarte ogen aan, bewoog haar dikke lippen heen en weer en rook geen onraad. Ze was een grote koe, zwart-wit gevlekt. Mautner hield van haar en koesterde haar. Hij liet haar een keer per jaar kunstmatig insemineren en verkocht haar schattige kalfjes daarna zonder verdriet. Hij had geen vrouw en kinderen en hij was aan niemand zo gehecht als aan Pesja. Ik zou zelfs durven zeggen dat Pesja zijn hartsvriendin was, als ik dacht dat hij een hart had.

Hij was een lange, grote man, militair kortgeknipt, met rode stoppels op zijn grote schedel. Zijn gezicht was altijd rood, alsof hij voortdurend kookte van woede. Hij had een bijgeknipte rode snor waar alleen korte, afgemeten, geïrriteerde zinnen onder vandaan kwamen. Iedere donderdagmiddag, om half vijf precies, stapte hij, gekleed in een licht kaki overhemd en een korte kaki broek en met militaire onderscheidingen op zijn borst, in zijn Cortina en reed naar de wekelijkse bijeenkomst van de Hagana-veteranen. Eén keer in de week, op de dag dat papa en ik de parel oppoetsten, kwam hij langsmarcheren, op z'n militairs, met een strakke hand die op de zijkant van zijn dij sloeg, stopte bij ons huis en vroeg papa waarom hij zo bang was om met de parel over de weg te rijden, zoals alle auto's. Het was een vast ritueel van die twee. Papa bleef op de grond zitten en zei alleen maar: 'Hij is niet zoals alle auto's, meneer Mautner. Als-ie buiten komt en de vrijheid ruikt, wordt-ie wild. Zo'n auto als deze heeft ruimte nodig, die heeft niet genoeg aan de wegen bij ons in Israël!' En Mautner trok minachtend zijn mond scheef en zei dat als papa hem de auto zou verkopen, dat hij hem wel zou temmen, bij hem zou dat ding rijden als een lammetje. En dan liet papa hem, altijd weer met hetzelfde gebaar, zijn handpalm zien die onder de motorolie zat en zei: 'Als hier haren gaan groeien, mag jij hem rijden.'

En die groeiden dus.

Om vijf uur 's middags stond ik voor de koe van

Mautner. Ik droeg een cape gemaakt van een rode handdoek waar vier lange rode sokken aan hingen, als de stralen van een rode zon. Dat was mijn *muleta,* om mee voor de stier te wapperen. Sjimon Margolis en Avi Cabeza droegen voor deze gelegenheid hun enige goeie goed: een terlenka broek en een wit overhemd. Avi Cabeza, die zijn bar mitswa al gevierd had, had bij zijn goeie goed ook een zwarte vlinderdas aangedaan.

Chaim Stauber was het allernetst: hij had een pak aan. Ik had nog nooit een kind in een pak gezien. Glimmende zwarte broek, wit overhemd en daaroverheen een zwart jasje met van onderen twee driehoekige flappen.

'Voor concerten,' verontschuldigde hij zich. 'Heeft papa in het buitenland voor me gekocht. Het mag niet vies worden.'

Met ernstige gezichten schudden we elkaar allemaal de hand. Daarna pakten we onze houten paarden en reden traag en somber rond Pesja.

'Er gaat een golf van opwinding door het publiek,' begon ik mijn uitzending en gilde meteen: 'De ogen van de stier glimmen moordzuchtig, en dames en heren!! Daar komt hij de arena binnengalopperen!' Pesja Mautner, die brave ziel, kauwde op een grasspriet en knikte.

'De banderilleros!' krijste ik, hief mijn hand en trok me eerbiedwaardig terug.

Sjimon Margolis en Avi Cabeza kwamen op hun paarden de arena binnen. Volgens de regels van de corrida hadden ze te voet moeten opkomen, maar dat vonden ze een afgang, ze dreigden een vakbond op te richten die de belangen van de Israëlische banderilleros zou behartigen en lieten zelfs doorschemeren dat ze zich uit het gevecht zouden terugtrekken. Ik moest toegeven.

Ze pepten elkaar op met heftig olé-geroep en zwaaiden enthousiast met hun korte speren. Avi was de flinkste van de twee: hij liet zijn ros op Pesja af galloperen en slaagde er met een uiterste krachtsinspanning in om het beest vlak voor de neus van de koe tot stilstand te brengen. Het raspaard steigerde en hinnikte en Avi tikte Pesja op haar rug met zijn speer, die gemaakt was van de steel van een hak.

Ik hoorde iemand angstig giechelen. Chaim Stauber, die naast me stond, drukte zijn benen stevig tegen elkaar.

'Je hebt 'r aangeraakt,' zei Micha met een diepe, trage stem. 'Mautner vermoordt ons.'

Maar Avi Cabeza was al dronken van trots, hij galloppeerde rond de arena, riep yells van de voetbalclub Hapoël Jeruzalem en gaf Pesja weer een mep, deze keer op haar achterwerk.

De grote koe deed een stap naar achteren. Ze keek op en staarde ons met verbaasde ogen aan. Even weerkaatste het zonlicht op de punten van haar hoorns en ineens zag je hoe verschrikkelijk ze kon zijn als ze woedend was.

Maar dat was ze nog niet. Haar woede sluimerde nog, lag nog goed verstopt in haar hoorns.

Vandaar mijn picadores, Micha en Chaim. Zij, met hun snelle paarden en hun gele speren van schroevendraaiers en hun bijendans om de koe heen. Micha was geen goeie picador. Hij miste (en dat is zacht uitgedrukt) de nodige vlugheid en gejaagdheid. Ik had hem alleen maar uit een kameraadschappelijk plichtsgevoel in die functie benoemd. Chaim Stauber daarentegen was geweldig. Gereden op zijn raspaard Dood ging hij in de aanval, zweefde rond de koe als een azende valk, schoot uit onverwachte hoek op haar af, brulde in haar oor met een schorre stem en de flappen van zijn jasje wapperden achter hem aan. Eén keer streek hij zelfs met zijn schroevendraaier over haar rug.

Pesja sprong op en gaf een schop naar achteren.

Ogenblikkelijk werd de strijd gestaakt. De picadores en banderilleros kropen lijkwit bij elkaar. Hun strijdlust was weggeëbd.

'Eén trap en jullie schrikken al?' zei ik. Ik stapte naar voren en sloeg mijn rode cape, een handdoek die iemand uit een hotel in Tiberias had gestolen, met een zwier om mijn gezicht.

Chaim Stauber stond te hijgen en te puffen. Zijn ogen keken me nieuwsgierig, afwachtend aan. Hij had ongewone ogen. Ze konden ademen: inkrimpen en uitdijen op spannende momenten.

'Durf je?' hijgden zijn ogen.

'Ik heb toch geen keus?' antwoordden de mijne.

Ik ging op mijn knieën en smeekte God om me bij te staan. En omdat ik de allereerste joodse stierenvechter in de geschiedenis was, sloeg ik een Davidster in plaats van een kruis. Een minuut lang bleef ik zo zitten, als bevroren, zoals Paco Camino en Rafael Gomez en Juan Belmonte. Misschien besefte ik toen al wat er ging gebeuren en wilde ik die laatste momenten zo lang mogelijk rekken. Toen stond ik op en liep met trage, noodlottige pas op mijn goede paard af.

Eerst reed ik rustig om de koe heen. Ze was al zenuwachtig en volgde mij met haar langwerpige kop. Van dichtbij was ze best eng. Ze was behoorlijk groot, een kop groter dan ik en zo breed als een vierdeurskast. Daarna kwam ik in galop op haar afgestormd, recht op haar zwarte neus, ik zag de neusgaten zich opensperren, zwart en vochtig, en reed haar op het laatste moment voorbij en sloeg met een open hand, vijf vingers, op de huid vlak naast haar staart.

De klap klonk als een zweepslag. Mijn hand deed zeer en Pesja trok haar kop naar achteren en loeide diep en bitter.

Dat geloei greep me sterk aan en wond me op. Het was echt. Zo loeide Pesja ook ieder jaar als Mautner haar haar kalfje afnam. Ze bleef dan een paar dagen lang huilen en blèren, en nu loeide ze precies zo tegen mij. Van het ene moment op het andere raakte ik van slag. Ik draaide me om. Pesja draaide zich – verbazingwekkend kwiek – ook om en stond me aan te staren. Haar zware uier wiegde vol melk. Ik schraapte met mijn poot over de grond. Zij ook. Ik boog mijn hoofd. Zij ook. Ik wachtte op het loeien. Ik wou die echte, verschrikkelijke stem weer horen. Zij zweeg. Ze gunde het me niet! En toen, in galop, met een schorre kreet, pijlsnel, recht op haar af, en op het laatste moment erlangs, en weer een klap, met een open hand, en haar poten die tegen me schopten, en het geloei, en ik sprong opzij.

Het begon serieus te worden. De jongens klampten zich aan elkaar vast bij het gat in het hek. Klaar om te vluchten. Ik zag hun gezichten niet. Af en toe zag ik in het voorbijgaan Chaims vlammende blik en wist dat hij nu van mij was, voorgoed. Dat we met dit gevecht ons vriendschapsverbond sloten, want wat kon hij nog meer van me eisen, en wat kon ik nog meer geven? Wat had ik nog anders dan die waanzin die ik voor hem in mezelf had aangewakkerd.

Mijn hersenen werden overspoeld door aanstormend bloed en tussen mijn ogen boorde dat schrille gezoem, het gezoem van de sprookjes, de leugens, de wens dat iemand zou weten hoe bijzonder ik was... Bij een van mijn aanvallen viel ik bijna onder de poten van de koe. Door een klein wonder rolde ik opzij net toen zij een stap naar voren deed, een poot op mijn paard zette en zijn ruggengraat kraakte alsof het een lucifershoutje was.

Zonder mijn paard voelde ik me kwetsbaarder. En kleiner. Ik holde op haar af, zwaaide met mijn armen naar alle kanten, als een vliegtuigpropeller, gilde keihard en wist dat het moment heel dichtbij was dat de echte strijd zou beginnen, op leven en dood.

Ook zij voelde dat aan: ze stampte met haar achterpoot en lichtte haar staart en loosde een flinke, dampende straal urine. Ze stonk heel erg, naar zweet en urine en angst, en trappelde zenuwachtig in de modder die onder haar was ontstaan. Ik vloog als een projectiel op haar af. Ik zag nog net haar hoofd buigen, ik zag haar zwarte hoorns en de beweging van de kop, verbazingwekkend vlug. Ze gaf me een stoot.

Ik had nog nooit zo'n opdoffer gekregen. Haar zware kop, zo groot en massief als een rots, ramde mijn schouder en mijn arm. En sloeg me ademloos. Ik vloog door de lucht en landde in de wijnstok van Mautner. De jongens kwamen op me afrennen. Ik zag haast niks, mijn linkeroog was dicht en zat onder het bloed, mijn rechterarm bloedde hevig, ik heb er een litteken voor het leven aan overgehouden. Maar ik kwam overeind. Ik stond op, wankelend, maar ik stond.

Ik was intussen helemaal opgegaan in het vuur van de strijd. Traag trok ik papa's grote schroevendraaier te voorschijn. Ik kon geen woord uitbrengen, mijn kaak woog een ton, dus legde ik met een gebiedend handgebaar beslag op Micha's paard en begon, traag en pijnlijk hinkend, om de koe heen te rijden.

De zon was bijna onder. Pesja draaide zich met haar hele lichaam met mij mee, volgde elke beweging die ik maakte. Af en toe probeerde ze me weer aan te vallen en te stoten. Haar ogen waren rood van woede. Het witte schuim stond haar op de lippen. Drie keer achter elkaar lukte het me om mijn rode cape voor haar neus langs te trekken, zonder te weten of de enorme kop met de hoorns niet op me af zou komen vanachter de cape.

Mijn wonden bloedden. Mijn schouder was één brok pijn. Maar ik vocht. Ik was de pijn en de angst voorbij. Het denken voorbij. De rode cape fladderde om me heen, ik zag de zonnestralen aan voor de glinstering van de verrekijkers van duizenden toeschouwers, maar doordringender dan alles was dat gezoem van de grote boor midden op mijn voorhoofd, en ook het gevoel dat ik iets deed wat geen kind ooit gedaan had en wat ik niet mocht doen, en dat ik grootste was, maar ook de ongelukkigste.

En toen de zon een laatste straal de wereld inzond, zette ik mijn laatste aanval in.

Ik galoppeerde zo hard als ik kon, mijn ogen rolden van angst en waanzin en ik begon al op een afstand met mijn schroevendraaier te zwaaien. Pesja bracht haar grote hoorns in stelling. Ik vloog op haar af, sprong hoger dan ik ooit gesprongen had, boven haar schouder uit, stak de schroevendraaier in haar zij, vlak bij de ribben, en viel rollend in de modder.

'De schroevendraaier?' vroeg Felix en trapte per ongeluk op de rem, zodat we allebei naar voren en weer naar achteren werden geslingerd. 'Echt daarin?'

Echt. In haar rechterzij. Van bovenaf.

Bloed. Spoot eruit, zwartrood. En heet.

Pesja de koe stond even stil, draaide haar hoofd naar

me toe, traag, verbaasd, droevig zelfs. We stonden elkaar geschokt aan te kijken.

En toen loeide zij.

En toen kwam de waanzin op in haar ogen. Ze werden nog zwarter en ze glommen. Ze loeide weer, stak haar staart hoog in de lucht en begon in het rond te hollen.

Het was een verschrikkelijk gezicht. Ze was gek geworden. Ze bestormde het huis van Mautner en sloeg de voordeur met één kopstoot in. Haar gigantische lichaam ramde de bakstenen muur en ze schoot direct naar binnen. Het huis in. Ik keek geschokt en angstig toe. Ik zag haar niet meer. Ik zag alleen de deuropening en een deel van Mautners woonkamer. Binnen ging de dolle koe tekeer, ik hoorde meubels breken en glas barsten en zwaar gebonk dat klonk als onweer. Misschien zocht ze de weg naar buiten en was het helemaal niet haar bedoeling om vernielingen aan te richten, maar in de korte tijd dat ze binnen was, trapte ze zijn huis kort en klein, plette meubels, verminkte de koelkast...

Toen werd het stil. Ik keek links en rechts. Mijn maatjes waren er niet. Ik stond midden op het erf van Mautner. Vanuit het huis kwam ineens een lang, verbaasd geloei. Ik hoorde Pesja tussen de puinhopen lopen, met haar poten en hoorns stoelen en tafels verschuiven. Even klonk het alsof ze aan het opruimen was. Toen verscheen ze in de deuropening. Met die reusachtige kop, de kolossale schouders. Ze kwam met logge stappen weer naar buiten. Keek door me heen, alsof ze me niet zag, alsof ik niet meer bestond, en begon aan het gras te knabbelen. Er zat gestold bloed op haar lichaam, op de plek waar ik haar verwond had.

Daar stond ze dan toegewijd, diep geconcentreerd te

grazen. Alsof ze mij en zichzelf eraan wilde herinneren hoe een koe eruitzag en wat een koe deed.

Er hing een geladen stilte in de auto. Felix bekeek me van opzij met een nieuwe blik.

Ik zweeg. Ik had spijt dat ik het verteld had.

'Tja,' zei hij, en legde zijn beide handen op het stuur.

Door de corrida kwam er een einde aan mijn vriendschap met Chaim Stauber. En viel mijn clubje definitief uiteen. Papa moest Mautner de Humber Pullman geven bij wijze van schadevergoeding. Weg was onze parel, en belangrijker nog: weg was het ritueel van dinsdagavond, ons gesprek onder vier ogen over mannenzaken. En trouwens: ik werd toen ook voor het eerst naar Haifa gestuurd voor een zedepreek van papa's broer.

En dat was niet alles. Op een dag kwam Mautner met een pick-up aanrijden, laadde Pesja erop en bracht haar terug naar de kibboets. Hij vertelde de buren dat hij haar sinds dat incident niet meer kon verdragen. Ze had hem verraden en hij wou niks meer met haar te maken hebben. De kinderen in mijn klas namen afstand van me. Er was een soort algemene stille boycot. Geen officiële boycot. Een stilzwijgende boycot. Maar ze waren bang voor me. Of ze schrokken voor me terug. Ze raakten me niet aan, niet eens per ongeluk, alsof ik iets naars had. Alleen Micha bleef me trouw. En misschien was hij ook niet echt trouw, misschien vond hij het op een vreemde manier fijn om de hele tijd bij me te zijn, altijd aanwezig, en om steeds weer, zogenaamd gniffelend, op die gruwelijke momenten terug te komen.

En vanbinnen groeide er iets nieuws in me. Ten eerste werd ik een fanatieke vegetariër. Ik had berekend dat als ik tien jaar lang geen worstjes en geen biefstukken zou eten, dat ik dan één koe zou redden en zodoende goed zou maken wat ik Pesja had aangedaan: dat ik haar verwond had en gek gemaakt, en dat ze door mijn schuld het huis uitgeschopt was. En ik begon ook bang voor mezelf te worden. Omdat ik wist dat er dingen met me gebeurden waar ik geen greep op had. Dat ik gek kon worden en dat er dan ineens een ander iemand uit me tevoorschijn kwam, niet ik, maar een vreemd wezen waarvan ik niet snapte waarom het uitgerekend mijn ziel moest kraken.

Over een aantal van deze dingen praatte ik voor het eerst die avond dat ik met Felix over de kustweg reed. Ik vertelde het om te laten merken dat ik me helemaal aan hem overgaf, met alles wat ik in me had, het goede en het slechte. En misschien wou ik op die manier ook tegen hem zeggen: 'Let goed op me. Want je haalt me over om met jou uit de band te springen, om samen met jou de wet te overtreden, en ik ben al een beetje in de war en ik snap niet helemaal wat er allemaal gaande is en wie je eigenlijk bent, en ik ben nu aan jou overgeleverd, denk maar aan Pesja en aan wat me soms kan overkomen en hoe snel dat kan gaan. En hou me alsjeblieft goed in de gaten, help me niet in de nesten, je ziet toch wie en wat ik ben?'

Felix zei geen woord, maar ik wist dat hij mijn stille verzoeken hoorde, omdat hij naar me luisterde zoals geen enkele volwassene ooit naar me geluisterd had.

De auto reed geruisloos over de weg. De stoplichten knipperden oranje en het leek dat al het verkeer ons voorbijgereden was terwijl ik mijn verhaal had zitten vertellen. Op de radio klonk fluisterige, ook een beetje troostende jazzmuziek. De lantarens wierpen gele kringen om ons. Ik vertelde nog dat Gaby me zelfs na dat incident trouw was gebleven. Zij was, na de moeder van

Chaim, de tweede volwassene die op de plek van de misdaad verschenen was. En zelfs daar, toen ik onder het bloed en de modder zat en verlamd was van angst, hield Gaby me vast en zei: 'Maak je geen zorgen, ik bescherm je tegen je papa.'

Want Mautner hebben ze uiteindelijk weten te kalmeren, maar mijn vader heeft me bijna vermoord. Het was toen, bij die verschrikkelijke woede-uitbarsting, dat hij voor de eerste en laatste keer iets over Zohara zei, en over haar vloek die ik kennelijk overgeërfd had.

16 *Een moment van licht tussen donker en donker*

Er hing een heel lichte parfumgeur in de lucht. Uit de kleine Chinese lampion steeg het licht op als damp, verspreidde zich in de kamer en loste op. Ik zat in een diepe fauteuil met mijn handen krampachtig om de armleuningen geklemd.

Felix was minder gespannen. Maar ja, Felix was in gevaarlijke situaties altijd ontspannen. Hij zat in de fauteuil tegenover me met zijn benen over elkaar en een glaasje wijn in zijn hand. Hij had die avond al een fles champagne en drie glaasjes whiskey opgedronken, en nu was hij aan de wijn.

Mijn kleine ziel spartelde de hele tijd en riep steeds maar één woord: Eruit!!!

Ik hield mijn voeten hoog in de lucht om het enorme tapijt niet vuil te maken. Ik hield mijn ogen veilig achter mijn oogleden, zodat ze deze heilige kamer niet met hun blik zouden bezoedelen.

Eruit. Gauw gauw. Dit ging echt te ver.

Eén muur was helemaal bedekt met ingelijste foto's. Dicht op elkaar, als in een fotozaak. Alleen stond hier op alle foto's één en dezelfde vrouw: Lola Ciperola. Op de ene foto stond ze met een beroemde acteur en op de andere met een minister. En op weer een andere alleen, met een gigantische bos bloemen in haar hand. En er waren ook foto's bij die op grote feesten waren genomen, en foto's waarop ze op het toneel stond en grote, weidse gebaren maakte. En dan weer alleen in een lege kamer, haar gezicht droevig naar het licht gekeerd, of vermoeid steunend op een hand, in gedachten verzonken, waarschijnlijk over een gestorven geliefde, de enige die zij gelukkig had kunnen maken, met wie ze had willen trouwen, omdat hij niet zou hebben geprobeerd de baas van haar lichaam en ziel te zijn.

Bijna op alle foto's stond schuin iets met de hand geschreven. Ik zag een opdracht in het Engels van niemand anders dan de filmster Elizabeth Taylor, en een hele zin die premier David Ben Goerion van Israël voor haar geschreven had, en iets van de acteur Danny Kaye, en zelfs van opperbevelhebber Mosje Dajan. Eng, zo'n kamer vol vips. Wat zou Gaby toch dolblij zijn geweest als ze nu hier was. Urenlang hadden wij tweeën buiten dit huis staan wachten en fantaseren over hoe het er vanbinnen uitzag, en nu was ik hier – zonder haar. Ik wist dat ik elk meubelstuk moest onthouden, elke foto en elke bloempot, zodat we iets zouden hebben om over te praten. Maar ik durfde niet. Alsof ik Lola's privacy zou schenden als ik iets in mijn geheugen zou proberen te griffen. Alsof ik haar zou schrammen.

'Vanavond madame is laat,' merkte Felix op terwijl hij naar de grote klok keek die aan de muur hing.

'Ze krijgt altijd veel applaus,' fluisterde ik, 'en de fans komen na de voorstelling ook om een handtekening vragen.'

'Heb jij ook gevraagd?'

'Nee. Ik durfde niet. Laten we nu gaan.'

'Wat? Zonder sjaal?'

Van de schrik keerde mijn hart om in mijn lijf. Ik dacht dat ik op haar prachtige tapijt ging overgeven.

'Kom, laten we gaan, we mogen hier niet zo binnenkomen.'

'Hoe binnenkomen?'

'Zoals jij...' Ik zocht naar een woord dat hem niet zou beledigen. 'Zoals jij binnen bent gekomen, zonder... Nou ja, je hebt het slot met een schroevendraaier opengemaakt.'

'Ja, deze geachte dame doet op slot de huis en laat zij geen sleutel achter.'

'Omdat ze niet wil dat vreemden binnenkomen!'

'Wij zijn vreemden?' Felix trok zijn puntige wenkbrauwen verwonderd op. 'Hoe weet zij dat wij zijn vreemden als zij kent ons niet?'

Hoe ik die zin ook wendde of keerde, ik begreep hem niet helemaal.

'Wij gaan kennismaken met haar,' zette Felix zijn bloedstollende plannen verder uiteen, 'en dan wij gaan vragen aan haar of zij wil ons hier of niet? En als zij wil niet, dan wij staan op en gaan weg en dankuwel, alstublief, goeiedag.' Een trotse lach rolde uit zijn mond: 'Nooit Felix dwingt niemand om te accepteren hem!'

'En als ze de politie erbij haalt?'

'Dan is duidelijk dat zij wil ons niet,' gaf Felix toe. 'Maar waarom moet jij beslissen voor haar wat wil zij en wat wil zij niet? Ik heb gehoord dat zij is feminista, zij wil dat niemand beslist voor haar.'

Hij stond op en schonk zichzelf wat in uit een fles die op een ronde tafel in de hoek stond. De grote klok tikte. Felix stond voor het raam. De minuten gingen één voor één voorbij. Iedere keer als ik op straat voetstappen hoorde naderen, versteende ik bijna. Ineens slaakte Felix een diepe zucht.

'Vroeger Felix woonde ook in zulke mooie huis.'

Alsof hij het tegen zijn spiegelbeeld in het raam had.

'Laten we weggaan,' probeerde ik weer. 'Je kunt het me buiten wel vertellen.'

'Waarom buiten? Buiten is gevaarlijk voor Felix! Hier is goed. Hier is een goeie huis. Jammer dat Felix had geen verstand om te maken zulke huis voor hemzelf. Gezellige huis. Huis voor Felix als hij is oud. Niet alleen huis voor feesten, voor veel mensen.' Hij wees met zijn hand op de aangenaam verlichte kamer, de lekkere fauteuils en geborduurde tafelkleden en grote, groene planten: 'Kijk, allemaal Felix heeft het verliesd. Hij kon ook hebben zulke huis, maar hij heeft het verliesd. Omdat hij moest nodig reizen in de hele wereld! Snel snel! En veel geld, jaja!'

Hij leunde met zijn handen op de vensterbank, een gebogen en verwelkte man.

'*La-dracu!*' snauwde hij ineens, en ook al verstond ik het niet, ik voelde aan dat het een vloek was in een taal die ik niet kende. Het was niks voor hem, vloeken. Ik werd een beetje nerveus.

'Maar zo is dat met Felix!' Hij kwam moeizaam weer tot zichzelf, hief zijn glas tegen zijn spiegelbeeld in het raam en probeerde te glimlachen. 'Op en neer! Vandaag portemonnee met zand en weglopen van dikke ober, morgen Felix de man van de grote wereld! Felix dat iedereen houdt van hem! Felix dat iedereen dans...'

Ineens stortte hij in. Hij kreunde in zichzelf en zeeg neer in de fauteuil. Hij gebaarde dat ik niet bij hem moest komen. Dat ik van hem af moest blijven. Ik sprong van mijn plaats en stond op. Van het ene moment op het andere tekende zich de onzichtbare lijn om hem heen. Net als mijn vader als hij ziek was: hij keerde in zichzelf, vocht vanbinnen tegen de pijn en de kwelling. Niemand mocht het zien, niemand mocht helpen.

Felix graaide met een trillende hand in zijn zak en haalde er een rond doosje uit. Hij slikte een pilletje, en toen nog een. Hij sloot zijn ogen. Zweetdruppels stonden op zijn voorhoofd en zijn gezicht was geel. Hij mompelde: 'Oud... ook ziek... Niemand huilt als Felix is afgelopen.'

Ik kwam ietsje dichterbij. Trok me weer terug. Ik durfde niet. Hij zag er zo machteloos en eenzaam uit, in zichzelf gekeerd. Ineens keek hij niet meer professioneel, je kon zien dat hij bang was om alleen te zijn binnen die onzichtbare lijn die hij om zichzelf getekend had, dus dwong ik mezelf om over die lijn, over die grens van hem heen te stappen, kon me niks schelen. Ik knielde naast zijn fauteuil en raakte zijn hand voorzichtig aan. Felix schrok. Hij deed twee geschokte ogen open, lachte me moeizaam toe en trok zijn hand niet terug, hij legde zelfs zijn andere hand op de mijne. Hij hapte naar lucht. Hij wilde praten, maar kon het niet. Ik ademde met hem mee, om hem te helpen herinneren hoe het moest, en hij probeerde zijn gekreukelde overhemd steeds weer glad te trekken, misschien schaamde hij zich ervoor dat ik hem zo zag, onverzorgd, onelegant, on-Felix. En ik zat daar maar paniekerig met mijn hoofd te schudden van: nee, hij had het mis, want ook al kende ik hem nog maar kort, eigenlijk nog niet eens één dag, ik zou hem nooit meer vergeten, want ik had nog nooit zo'n dag gehad en we hadden nu al een bijzondere band met elkaar.

Zo zaten we een paar minuten, totdat hij weer op adem kwam. Hij richtte zich een beetje op in de fauteuil, maakte zijn das los, keek me aan en glimlachte met moeite.

'Excuseer... alleen kleine buikpijn... Is al over! Alles in order, yes sir!' hij probeerde met een volle, luide stem te spreken.

Ik ging in de keuken een glas water halen. Dat zo'n belangrijke en beroemde vrouw zo bescheiden woonde! De keuken was piepklein en verouderd. Haar koelkast was kleiner dan ik. Op tafel lag een half bruin brood. Lola Ciperola had het licht aan gelaten. Bij mijn vader had ze daarvoor allang een officiële berisping gekregen. Ik schonk een glas vol met water en bracht het binnen. Felix was intussen wat bijgekomen. Of hij deed alsof.

'Oké, vertel maar,' zei ik. 'Vertel over vroeger.'

Dan zou hij zijn flauwte vergeten. En ik mijn angst.

'Hier zitten, niet weggaan.' Hij hield mijn hand heel even vast en keek in mijn ogen. 'Jij bent een goeie jongen, meneer Feierberg. Ik voel dat je bent een jongen met hart. Zoals Felix vroeger. Maar Felix heeft geleerd om te zijn sterker dan zijn hart. Pas op, als je bent zo goed, dan je zal hebben een moeilijke leven. Pas op voor de mensen, zij zijn slecht. De mensen zijn wolven.'

'Vertel,' zei ik weer.

Maar hij kon nog niet praten. Hij probeerde het een keer, en nog eens, en zweeg toen. Hij nam een slokje water. Zijn plaksnor zat aan één kant los, maar hij merkte het niet. Het bleef nog een paar minuten stil. Zijn hand kneep de mijne steeds weer. Ik bedacht dat als hij doodging, dat niemand me meer over Zohara en over mijn vader zou vertellen.

'In mijn goeie tijden,' klonk zijn stem krakend en zwak, 'alles wat ik wou, ik had het. Mercedes? Ik had! Kleine schip, jacht? Ik had! Mooiste vrouw van de wereld? Ook! En in mijn salon kwam de crème de la crème van Tel Aviv, theatermensen en zangeressen en schoonheidkoninginnen en journalisten en rijken en topdirecteuren. Iedereen wist: bij Felix Glick jij hebt de beste feesten!'

Hij kreeg weer wat kleur. Laat hem maar doorgaan, dacht ik. Laat hem troost vinden in zijn herinneringen en vergeten wat er net gebeurd is. Hij nam een slokje wijn. Wierp zijn blauwe blik weer op me, alsof hij wou laten zien dat hij het nog kon, en plooide moeizaam die drie rimpels naast zijn ogen. En ik glimlachte terug, een beetje beleefd, hij kon me nu niet meer charmeren als daarvoor, merkte ik, niet als zijn lippen zo trilden...

'Wat een feestmalen ik had op vrijdag!' schepte hij op met zijn kraakstemmetje. 'Grote soesa! Eerst ik doe de hele huis met bloemen. En ook overal kaarsen branden. Niet lampen! No, sir! Alleen rooie kaarsen. Stijl! En op de tafel witte kleed. En in de midden van de tafel de reuze challe, één meter lange misschien, gebakt speciaal voor mij bij Abdallah in Jaffa. En borden met goudrand en in de midden alleen twee goudletters: F.G., dat is Felix Glick.'

Mijn wangen deden zeer, maar ik wist dat het hem zou breken als ik niet meer zou glimlachen. Hij zou in tranen uitbarsten of zo. Ik weet niet, ik had zo'n gevoel dat alles nu van mij afhing, hoe ik tegen hem deed. En om mezelf een beetje moed in te spreken dacht ik: Dan is hij een beetje een ingewikkelde man, nou en? Ben ik dan niet een beetje een ingewikkeld kind? Is mijn leven soms niet ingewikkeld? Als ik een opa had bijvoorbeeld, dan had die makkelijk een soort Felix kunnen zijn, en dan hadden we net zo kunnen zitten, ik aan zijn voeten en hij woeste herinneringen ophalen over, zeg maar, het verzet tegen de Britten, en hij zou dan ook een beetje overdrijven, en een beetje opscheppen...

'En op de muur achter waar zaten mijn gasten was speciale buffet met allemooiste fruiten, allebeste worsten, niet kosjer natuurlijk. God bewaar! En garnalen wat vanochtend kwamen met de vliegtuig van Griekenland. En moet je niet vergeten, was toen distributietijd, alles op de bon en niemand had geld, en als je had geld voor de restaurant, jij kreeg daar misschien kleine zielige kippetje, meer niet. Maar in mijn huis – olala!'

'Wacht 's even,' viel ik hem in de rede. 'En de mensen? Wisten die dat jij eh...'

'Dat ik ben crimineel?' glimlachte Felix. 'Zeg die woord. Hij bijt niet. Natuurlijk zij wisten. Misschien dat daarom zij kwamen. Omdat intellectuelen en rijken, zij houden beetje van gevaar en criminaliteit... Niet te dichtbij, alleen... alleen staan naast een gevaar met smoking, gevaar met Europese manieren, gevaar wat kust de hand van de dame. Gevaar zoals Felix. Nou ja, zij wisten van mij niet alles hoe-of-wat. Moet je niet alles vertellen aan de mensen. Is niet beleefd. Stel je voor, zij eten kokkelsoep en plotseling ik vertel hoe ik heb gepakt de bank in Barcelona, en dat ik moest schieten die twee agenten wat stoorden mij. Niet netjes, hè? Dan zij hebben geen trek meer.'

'Heb je die agenten echt neergeschoten?' Mijn nieuwe plan, om Felix als opa te adopteren, nam een betreurenswaardige wending. Waarom kon hij niet gewoon een lief oud baasje zijn?

'Niks te doen,' trok Felix zijn schouders op. 'Hun werk is Felix pakken, mijn werk is vluchten. Zonder Felix geen werk, toch?'

'En zijn ze dood?'

'Wie?'

'De agenten!' Ik moest me inhouden om het niet uit te schreeuwen.

'Dood? God bewaar! Felix was scherpe schutter. Hij kon afschieten een sigaret tussen de vingers van een vlieg. Nooit Felix schiet dood. God bewaar! Hij neemt alleen de geld, blijft achter de gouden aar en zoef... Weg Felix!'

Ik slikte. Dit was een geschikt moment om het te vragen.

'Kan... Mag ik... mag ik er eentje zien?'

'Aar?' Hij keek me lang en intens aan, stak zijn hand onder zijn overhemd en trok een dun kettinkje te voorschijn. Er hing een hartvormig gouden sieraad aan, zo een waarin je een fotootje kunt doen. Maar ik had alleen oog voor de twee gouden aren die aan de ketting hingen. Flinterdun en goudkleurig en zacht glimmend. Ik raakte ze met mijn vingertoppen aan. Ik durfde er haast niet aan te komen. Duizenden politiemensen over de hele wereld hadden hiernaar gestreefd: om Felix mét zijn aar te pakken te krijgen.

'Vroeger al, vijftig jaren geleden, toen ik heb begonnen in mijn beroep, ik ging naar de goudsmid in Parijs en ik bestelde honderd aren precies. Ja, hoor! Voordat ik was echte Felix ik heb beslist wat zal zijn de stijl van Felix voor zijn hele leven.' Hij wiegde de aren in zijn handpalm, blies erop en poetste ze even met zijn manchet.

'Ik had honderd. Daarna ik bestelde nog honderd. En nóg een keer. Driehonderd aren ik had... Nu alle aren van Felix liggen in de hele wereld: in de banken en kluizen en paleizen en schippen en portemonnaiën... Iedere plaats waar ik heb gewerkt, iedere plaats waar ik heb gedaan iets speciaal, klus, of grote courage, of grote liefde, ik heb daar één aar achterlaten. Souvenir van Felix.'

En toen kreeg ik een ingeving: 'Vandaag ook, ja toch? Toen we uit de trein stapten?' Die gouden glinstering die ik in de lucht gezien had. Dat zachte gerinkel, als van een dunne munt die op de grond valt... Ik had hem in actie gezien!

'Ook vandaag. Natuurlijk. Een hele trein stoppen, dat is iets mooi. Dat is stijl. Nooit ik heb gedaan zoiets! Dus ik heb daar achterlaten mijn gouden aar. Zoals Picasso geeft zijn handtekening onder de schilderij, toch? En nu? Nu ik heb alleen nog deze twee. Kijk goed, kind, dit is de grootste teken voor Felix dat komt de eind van zijn carrière.'

Ik wilde ze weer aanraken, maar ik durfde niet. Ik zag ze nu zoals hij ze zag: als de laatste korrels in zijn zandloper.

'Och, oudje,' zuchtte Felix, 'afgelopen. Jij bent afgelopen.'

'Maar je vrienden,' probeerde ik hem weer op te vrolijken, 'de mensen die op je feesten kwamen...'

'Felix heeft geen vrienden!' Hij stopte de ketting weer onder zijn overhemd en richtte een waarschuwende vinger op me. 'Hij heeft alleen mensen wat willen graag feestvieren bij hem en dansen in zijn feesten. Maar vind ik prima! En zij kregen van mij ook cadeaus, iedere verjaardag mooie cadeau! Maar vrienden? Hartvrienden? Misschien één vrouw in de hele wereld, maar stiekem, niemand wat wist dat. Meer niet.'

'Was je met haar getrouwd?'

'Getrouwd? God bewaar! Niet goed voor mij, niet goed voor haar. Maar zij was de vrouw wat echt hield van Felix. Misschien zij dacht dat Felix is soort ridder, soort Robin Hood, wat steelt van rijken om te geven aan armen... En zij hield van mij ook omdat ik ben romantisch, charmantisch, dapper... En ook ik was niet als haar vrienden intellectuelen, niet alleen mooie woorden en zinnen van Shakespeare, maar ook echt vechten en klappen geven en ik had de pistool. En ik kan bewaren een geheim. En mijn dame, zij wist, van alle mensen wat altijd waren rond haar, zoals vliegen, alleen aan Felix zij kan áltijd vertrouwen...'

Ik luisterde. Gaby had nooit verteld dat hij één echte geliefde had gehad.

'Maar andere mensen wat kwamen bij Felix, zij waren allemaal alleen voor de lol en de lachen en de dansen. Maar vind ik prima. Ik zal jou wat zeggen, iets van een oude man wat heeft gezien alles en wat weet alle waarheid: moet je niet de mensen té goed kennen. Echt waar. Als je gaat te diep in de ziel van de mensen, kan niet meer dat jullie hebben gewoon lol samen, kan niet meer dansen en lachen en vergeten de ellende, omdat in de ziel van de mensen blijft altijd wond op wond en zwart op zwart, dus beter niet.'

Hij nam snel een slokje wijn en morste een paar druppels op zijn broek.

'Maar Felix heeft ook niet nodig de vrienden, hoor! Felix is een mens alleen. Hij voelt lekker alleen.' Hij ging door met een luide, stoere stem: 'Daarom Felix had ook geen teleurstelling toen de politie eindelijk pakte hem en was een grote proces en hij was in de krant en iedereen zei: Felix Glick, internationale boef, aartscrimineel en nog meer mooie namen...' Hij probeerde te lachen, alsof hij iets leuks en grappigs vertelde, maar zijn mondhoeken trilden. 'En nu moet je horen en leren iets interessant: dat alle mensen wat kwamen in mijn feesten en hebben geëten de challe van Abdallah en gekregen mooie verjaardagcadeau, allemaal zij hebben vergeten plotseling wie is Felix. Leuk, hè? En ook, zij hebben geschreven in de krant dat zij kennen Felix helemaal niet! Een keertje toevallig zij kwamen in zijn feest, dat is alles!

En ook zij hebben gezegd dat vanbinnen zij lachten altijd op Felix, die domme kop wat wil indruk maken maar hij heeft geen cultuur en hij denkt dat hij kan kopen vrienden met geld... Maar vind ik prima! Yes sir!' Zijn brede glimlach was als een masker dat op scheuren stond.

'En de vrouw?' vroeg ik. 'Die vrouw waar je het over had? Die ene echte vriendin?'

'De vrouw...' Hij haalde diep adem en zuchtte weer. 'Alleen zij blijft vriendin... Kijk, is alles afgelopen heel veel jaren geleden, maar ik kan moeilijk praten over dat... En zij, mijn dame, zij had ook moeilijk met mij... Zij wilde mij niet zien... Zij zei: is te veel pijn, wond op wond...' Hij klemde zijn lippen op elkaar en drukte het koele glas tegen zijn voorhoofd.

'En een grote prijs wat Felix betaalt nu. Dat hij is oud en hij is alleen. Soms hij denkt: misschien de mensen wat kunnen leven hun hele leven in oude, muffe lucht, misschien dat zij zijn de sterke. Zij hebben de kracht om te lijden, en te doen vijftig jaren iedere dag zelfde werk, en vijftig jaren getrouwd met zelfde vrouw. Misschien dat is de grootste kracht van de mensen. Wie weet. Misschien Felix is de allezwakste man. En verwend. En moet dat alles moet zijn zoals hij wil: reizen en geld en toestanden, wat denk jij, jongen?'

Ik wist niet niet zo goed wat ik zeggen moest, maar ik gaf toevallig toch het goede antwoord: 'Waarom wordt er in de boeken dan altijd verteld over mensen die avonturen meemaken?'

Felix lachte me dankbaar toe. 'Ja... Jij bent goed...' mompelde hij in zichzelf. Zijn pruik, die van de vergeten opa Noach, was verschoven en je zag zijn eigen haar. De snor zat bijna helemaal los en hing scheef boven zijn mond. Hij zag er zielig en tegelijk komisch uit, maar vooral ook ontroerend.

'Kijk, jij hebt ook gedaan jouw corrida omdat jij wilde zoiets, een droom, toch? Dáárom je hebt dat gedaan! Ik weet het! En ik heb ook gemaakt zo een wereld voor mij! Dat de mensen zullen herinneren dat vroeger was een Felix... Dat blijft nog beetje licht in de plaatsen waar Felix is geweest, en de mensen zijn nog beetje als dronken... Dromen dat onze wereld kan zijn mooier...'

Ik keek op de klok. Bijna middernacht. Ik dacht dat het een goed moment was om hem mee naar buiten te krijgen, nu hij zo in zichzelf gekeerd was. Ik zei voorzichtig: 'Laten we nu maar weggaan. Toe, ze komt niet meer.' Had ik gedacht.

Hij had me niet eens gehoord. Zo geëmotioneerd was hij. 'En als jij ziet een keertje de mensen toen zij opstaan 's morgens en gaan met de bus naar de werk, ja? Dan moet je goed kijken op hun gezicht! Triest, lang, geen blijheid, geen hoop. Zij leven als doden. Maar Felix, hij zegt: wij hebben één leven, meer niet! Zestig, zeventig jaren, dan het is afgelopen onze leven! En moeten wij blij zijn! Wij hebben de recht te zijn blij!' Zijn stem brak in een verschrikkelijke schreeuw. Hij was opgewonden, alsof hij zijn hele levenswijze verdedigde. En ik kreeg op dat moment het gevoel dat ik getuige was van een vreemde rechtszaak, een proces dat Felix tegen zichzelf aanspande, over wat hij in zijn leven gedaan had, en over zijn persoonlijkheid, en zijn zonden, ik begreep alleen niet waarom ik, een kind dat hij nauwelijks kende, erbij moest zijn. En hij bracht zijn gezicht dicht bij mijn gezicht en riep uit de grond van zijn hart: 'Want voordat wij zijn geboren, allemaal we liggen miljoen jaren in de donker, en als wij gaan dood – zelfde! Hier donker en daar donker! En onze leven is alleen kleine pauze – zoef – tussen de eerste donker en de laatste donker!' Hij greep mijn schouder vast en schudde die hard: 'Daarom Felix zegt; als wij zijn echt alleen acteurs wat één moment lopen op de toneel, dan Felix wil de allemooiste show maken! Show wat hij schrijft alle rollen! Show met de meeste licht en kleuren en orkest en applaus. Grote show. Circus! En één grote ster in de midden: IK. Mag toch? Niet soms?'

Er viel een stilte. Hij liet mijn schouder weer los, ademde snel en probeerde te kalmeren. Zijn ogen hingen aan mijn lippen, alsof hij ongeduldig wachtte op wat ik ging zeggen. En toen ging er weer een schokkende gedachte door me heen: dat Felix besloten had dat ik de rechter zou zijn in zijn proces.

Nu kon ik me niet meer concentreren op wat hij zei. Ik zijn rechter? Hoezo? Wie dacht hij wel dat ik was? En ik wilde dat het allemaal voorbij was, dat ik naar huis mocht, maar ik wilde ook blijven, méér horen, nog nooit had iemand zo tegen me gepraat, nog nooit had ik zo'n gevoel, dat ik toegang kreeg tot die enge, donkere plek die het leven van de volwassenen was, zelfs de verhalen van Gaby over haarzelf leken nu opeens onschuldig vergeleken bij wat Felix allemaal had meegemaakt, bij al zijn zielsleed... Hij praatte door en ik probeerde me te concentreren en me de gebeurtenissen van die dag weer voor de geest te halen, alles wat hij gezegd had, en gedaan... Ja, als bij een draaimolen die langzaam tot stilstand komt, viel de werveling om me heen uiteen in heldere, scherpe beelden en ik zag nu in dat Felix vanaf het eerste moment bezig was geweest om me voor zich te winnen. Hij wilde graag dat ik hem aardig zou vinden, dat ik hem zou begrijpen. Vergeven.

Maar waarom ik? Waarom had hij uitgerekend mij als zijn rechter gekozen?

Ik voelde een koudegolf in me opkomen en me van mijn voeten tot aan mijn hoofd bevriezen: Wat moest ik hem nou vergeven? Wat had hij eigenlijk gedaan? Iets wat met mij te maken had, misschien? Iets waar ik nog geen weet van had?

Hij las mijn gezicht als een open boek. Ik kon niets voor hem verbergen. Hij zag mijn angst, mijn smeken om me niet langer gek te maken met zijn geheimzinnigheid, met alle omschakelingen die als elektrische stromen door hem heen gingen. Dat hij even zou stoppen en nu eindelijk de waarheid zou zeggen.

'Nu jij moet iets anders horen,' zei hij zonder me aan te kijken. 'Ik praat serieus nu, business. Straks, toen ik had de kleine aanv... de kleine buikpijn, jij hebt niet gevlucht.'

'Waarheen?'

'Weet ik niet. Ik dacht, misschien kleine jongetje ziet oude man in zulke toestand en hij schrikt. Misschien hij voelt niet lekker. Misschien hij vlucht. Kan zijn! Dus ik denk: meneer Feierberg heeft beslist dat hij eet geen vlees tien jaren, om terug te geven minstens één koe van de corrida, klopt?'

Ik zei van wel. Ik begreep niet waar hij heen wou.

'Maar meneer Feierberg vindt vlees erg lekker, ik heb gezien in de restaurant hoe jij kijkt naar de biefstukken. Maar moet je wachten nog acht jaren, klopt?'

'Achtenhalf.'

'Goed, Felix doet kleine business met meneer Feierberg: hij neemt van jou vijf jaren. Wat zeg jij? Afgesproken?' en hij gaf me zijn hand.

'Ik begrijp het niet,' mompelde ik. Maar ik begreep het nu wel.

'Moet je luisteren. Vijf jaren – áls hij nog leeft vijf jaren – Felix eet geen vlees, helemaal niks! En zo ik help jou met de acht en een half jaren wat jij nog hebt.'

'Het is... het is een mooie gedachte, maar... Nee, het gaat niet.' Ik kon het niet meer aan. Want weer was het hem gelukt om me met een paar woorden om te praten en in de war te maken, ik had nu weer spijt dat ik hem heel even verdacht had, ik begon weer – tegen mijn zin in – over te lopen van sympathie en bewondering voor hem.

'Waarom het gaat niet?!' schreeuwde Felix. 'Wat is niet goed? In vijf jaren Felix spaart veel meer dan één koe! Misschien hele kudde!'

Ik wist niet wat ik zeggen moest. Ik zat ineengedoken en dacht bij mezelf dat niemand me ooit zo'n groot cadeau had gegeven.

'Denk over na,' zei hij. 'Ik doe gewoon iets terug. Felix houdt niet van schulden.'

Maar we wisten allebei dat het ietsje meer was dan dat alleen.

En op dat moment hoorde ik voetstappen de trap opkomen. De woning naderen. Felix ging rechtop zitten, kamde zijn haar vlug met zijn vingers en probeerde zijn verwarde kleren recht te trekken. 'Daar komt zij,' zei hij enigszins schor.

De sleutel draaide in het slot, aarzelde, stopte. Misschien had de persoon achter de deur de sporen van de schroevendraaier op het slot gezien. De voordeur werd opengeduwd. In de deuropening stond de rijzige, slanke gedaante van Lola Ciperola. Ze werd van achteren belicht door de ganglamp. De paarse sjaal lag over haar schouders. Ze bewoog en de sjaal ging even omhoog, alsof hij leefde.

17 *De oneindige afstand tussen zijn en haar lichaam*

'Wie is daar?' vroeg ze met een luide stem, een diepe, schorre mannenstem.

'Eh... vrienden,' antwoordde Felix vanuit zijn diepe fauteuil. Hij zat met zijn rug naar haar toe en draaide zich niet eens om.

Ze stond stil. Ze aarzelde: moest ze binnenkomen of wegrennen? Maar zelfs ik wist dat een vrouw als zij niet in staat was om te vluchten.

'Ik kan me niet herinneren dat ik voor vanavond iemand heb uitgenodigd,' zei ze nu met een gespannen stem. Haar hand, gestoken in een lange handschoen, lag op de deurkruk.

'Alleen oude man en kind,' sprak Felix in zijn wijnglas.

'Kind?'

Ik knikte zwakjes.

'Ik ken geen kinderen. Ik wil hier geen kinderen. Stuur hem weg.'

Ik sprong op, klaar om er onmiddellijk vandoor te gaan.

'Hij is niet gewone kind,' zei Felix en gebaarde dat ik weer moest gaan zitten. 'Deze jongen, u wil hem wel.'

Het was vreemd, er klonk iets speels en uitdagends in hun stemmen, ze waren als twee acteurs op het toneel. En al die tijd verroerde Lola Ciperola zich niet en bleef ook Felix met zijn rug naar haar toe zitten.

'En waarom is deze jongen gekleed als meisje?' wilde Lola Ciperola weten.

O nee! Ik was helemaal vergeten dat ik een rok aan had!

'Omdat hij ook beetje speelt een rol, zoals u,' zei Felix.

Nu aarzelde ze. Ik merkte dat ze haar woorden zorgvuldig koos.

'Enne... Weet deze jongen welke rol hij speelt?'

Stilte.

'Ieder acteur weet alleen wat hij speelt,' zei Felix nadat hij even had nagedacht, 'en weet niet wat andere mensen zien in hem.' Ik kon hun raadselachtige gesprek niet helemaal volgen.

'Dat rokje...' bromde Lola Ciperola ineens, en kwam naar me toe. Ik zag de verbijstering en de schok in haar ogen. Ik begreep niet wat er zo erg was aan mijn rok. Ik probeerde die van onderen over mijn dunne beentjes te trekken. Lola Ciperola draaide zich abrupt naar Felix om: 'U... u... u bent wel tot alles in staat, hè? U kent geen grenzen!'

'En geen wet,' beaamde Felix kalm. 'En toevallig deze kind is ook een allegrootste fan van u,' zei hij nog en kwam al pratend overeind en stond nu in zijn volle lengte voor Lola Ciperola. Ze keken elkaar van heel dichtbij in de ogen. Ik zag haar hoofd ietsje naar achteren bewegen, alsof ze zich gewonnen gaf, maar ze richtte zich meteen weer op, de blik in haar ogen verscherpte en ze begon al iets te zeggen, maar toen pakte Felix haar hand vast, zonder angst, en bracht haar naar de fauteuil. 'Alstublief zitten!' beval hij. En Lola Ciperola gehoorzaamde en zakte slap neer.

'Schenk me wat in,' zei ze zwakjes, wreef haar voeten

tegen elkaar en deed haar schoenen uit. Felix liep naar de ronde tafel in de hoek. Hij bestudeerde de etiketten op de flessen en schonk toen een glaasje volle, donkerrode wijn. Lola Ciperola knikte instemmend.

'Op een nacht klopte een oude man met een kind bij me aan...' mompelde ze bij zichzelf. Met trillende vingers graaide ze in haar tasje en viste er een pakje sigaretten uit. Felix haalde een gouden aansteker tevoorschijn. Een dun vlammetje scheen tussen hen in. Lola Ciperola inhaleerde de rook en staarde Felix aan. Hij is al bezig om haar te hypnotiseren, dacht ik. Net als de machinist, net als de agent. En mij. Het viel me tegen dat ze zich zo makkelijk gewonnen gaf.

'Nu jij moet optreden voor haar, kind,' zei Felix zachtjes en keek naar haar.

Optreden? Ik? Voor Lola Ciperola?

'Ik... ik kan...'

'Amnon.'

Misschien was het omdat hij me eindelijk bij mijn voornaam noemde. Misschien dat niks me nog kon schelen.

'Ja, laat me wat zien, Amnon,' zei nu ook Lola Ciperola. Ze sprak mijn naam heel traag uit, elke letter langgerekt.

'Ik kan nie...Ik...'

Opeens zag ik in de hoek van de kamer, tussen de bloempotten, een grote schaduw bewegen, moeizaam omhoogkomen en me met twee handen toezwaaien.

'Joehoe!' riep Gaby. 'Kom op! Optreden!'

'Ik kan het niet!' kreunde ik.

De brede schaduw sprong stuntelig op en trok aan zijn kroeshaar. Ik schudde met mijn hoofd, een heel gedecideerd 'nee'. De schaduw bezon zich even, ging toen rechtop staan, stak één hand omhoog en legde de andere over zijn ogen: dat gebaar waarmee Gaby háár imiteerde, Lola.

'Ik ben bang voor haar!' smeekte ik.

'Sta op, Nono Leeuwenhart! Ik zal je helpen!'

'Ja, kunst! Je hebt nu makkelijk praten, maar ik weet wel hoe je hebt staan trillen toen je voor haar stond!'

'Mond dicht en opletten. We beginnen!'

Ik stond met knikkende knieën op. Ik keek niet naar Lola Ciperola. Ik probeerde te vergeten waar ik was, en dat ze haar koninklijke paarse schoentjes had uitgedaan en daar nu met haar blote voeten, gewone vrouwenvoeten, onder zich gevouwen zat. En dat ik een rokje en een bloesje en meisjessandalen aanhad. En dat alles warrig en onlogisch was. Ik keek strak naar de plantenhoek. Met alle verbeeldingskracht die ik in me had, trok ik de schaduw Gaby's zwarte jurk aan, altijd zwart, omdat zwart afkleedde, en ook omdat ze eeuwig in de rouw was om de slanke vrouw die onder de vetrollen in haar begraven lag. En boven de jurk zette ik de kop van Gaby, die pannenkoeksmoel met de aardbeineus en de sproeten en die paddemond die altijd gniffelde, en ik zag haar nu voor me zoals ze tijdens het dweilen of het uien pellen plotseling stopte en stilstond, alsof ze naar een verre stem luisterde die haar riep, en ik glimlachte breeduit, ik wist al wat er komen ging, en Gaby stak haar hand weer in de lucht, richtte zich langzaam op en daar was al die diepe, schorre, majestueuze stem: 'O, aarde van mijn dorre tuin... O, blinde leeuweriken...' En ze boog als een prinses en pakte kuis de zoom van haar jurk en bedekte haar ogen die van de ui traanden: 'De prins is al vertrokken, majesteit, in de verte verdwenen in de koets der duisternis, en hoe zou ik mijzelf fideel kunnen noemen, ik die achterbleef, die hem niet achternaholde, daarheen, de laatste grens voorbij?'

Ik weet het moment niet meer dat ik met Gaby mee begon te declameren. Eerst stikte ik nog na elk woord, maar geleidelijk aan werd mijn stem stabiel, ik vermande me, liet me gaan, ik geloof dat ik zelfs met mijn handen durfde te gebaren, zoals Gaby, zoals Lola Ciperola...

Dat ik het durfde! Waar haalde ik het lef vandaan om nota bene voor háár op te treden? Ergens in de loop van mijn optreden hoorde ik een fauteuil kraken, een fles tegen een glas tikken. Ik zag het niet, ik deed mijn ogen niet open. Ik praatte door. Misschien kwam het door mijn vermoeidheid dat ik mijn gêne vergat. En misschien hielp het dat Gaby uit mijn mond sprak, bij me in de kamer was, me in de gaten hield, en dat haar gedaante zich vermengde met die van Lola Ciperola die tegenover mij zat, dat ze haar een beetje verzachtte, dat ze haar als het ware vroeg, als vrouwen onder elkaar, om op me te passen nu zij er zelf niet was. Ja, ik geloof dat ik het gezelschap van de kalme, koele Lola Ciperola juist ontspannend vond na een hele dag met Felix, die onvoorspelbare, verwarrende, uitputtende, gevaarlijke Felix.

Ik bleef spreken tot het punt waarop de acteur Aharon Meskin, als de oude koning, Lola Ciperola moest antwoorden. Daar hield ik op. Of ik was gewoon op. Moe en verbijsterd over mezelf vlijde ik me neer in de fauteuil. En nu slapen.

Ik hoorde drie trage klappen.

Lola Ciperola gaf me een applaus.

Ze zat in haar fauteuil, die met het kleine voetenbankje, met een hoog glas naast zich en tranen in haar ogen. Niet een enkele traan, zoals op haar foto aan de muur, maar veel tranen. En ze liepen over haar wangen en trokken twee voren in de make-up, en ik besefte ineens dat ze zo jong niet meer was.

'Je hebt talent, kind,' zei ze met haar luide, schorre, diepe mannenstem. 'Je bent een geboren acteur.' Ze keek naar Felix en vroeg: 'Heeft u de jongen gevraagd hoe hij aan zijn talent komt?'

En Felix: 'Ik heb. Hij weet dat niet. Een jongedame, haar naam is Gaby, vriendin van zijn papa – zij leert hem acteuren. Misschien het komt van haar, wie weet.' En hij zette een onschuldig gezicht op.

Ik wilde een beetje vertellen over Gaby, maar ik durfde Lola Ciperola's tijd niet te verspillen met privé-zaken.

Ze stond op, pakte de Chinese lamp en trok die met snoer en al mee. Ze omcirkelde mij op blote voeten en bekeek me nieuwsgierig van alle kanten. Ik durfde me niet te bewegen. Ik weet nog dat ik ook wel een beetje teleurgesteld was toen ik besefte dat ze zo jong niet meer was. Om de een of andere reden had ik altijd gedacht dat ze ongeveer net zo oud was als Gaby... 'Aanbid niemand, kind,' zei ze. Haar halve gezicht verscheen naast me in de gele lichtkring: 'Niemand is het waard, Amnon.' En ze veegde langs haar neus met de rug van haar hand zoals kleine kinderen doen, alleen deed zij het met een handschoen van paarse zijde.

Ik dacht bij mezelf dat zo'n vrouw onmogelijk ongelukkig kon zijn. Zo beroemd, zo geliefd door iedereen, zo goed in haar beroep.

'Een vervloekt beroep heb ik,' bromde ze en schoot in een lange, verbitterde lach. Toen ze langs me liep voelde ik iets tegen mijn wang strijken en me elektriseren: haar sjaal.

'Beroepen die met menselijke emoties te maken hebben, zijn de allergevaarlijkste,' zei ze, schonk wat wijn uit haar glas over in het glas van Felix en wierp hem een toneelglimlach toe. 'Misschien is het makkelijker om... om acrobaat te zijn. Of vuurvreter, of bergbeklimmer. Het lichaam... Ja, het lichaam spreekt altijd één taal. Het is eerlijk. Het liegt niet... Maar als je je hele leven je eigen emoties gebruikt om anderen iets te laten voelen, emotioneel te laten worden, dan loop je het risico dat je je eigen emoties kwijtraakt...'

Ze drukte haar handen tegen haar mond en ging zitten. Ik wist niet of ze het zelf bedacht had, wat ze net had gezegd, of dat het iets uit een toneelstuk was. Ik wist niet of haar glimlach een teken was dat ik moest klappen. Ik hield me in.

'Ik heb niet eens gevraagd wie jullie zijn,' zei ze met haar lijzige, galmende stem. 'Ik bedoel, als wie jullie nu optreden.'

'De kind is kind, en ik, tja, zoals altijd, reizende acteur, goochelaar, dief. Van geld en harten.'

'O, meneer is dief,' zei Lola Ciperola met een vermoeide stem en leunde naar achteren met haar hoofd. 'Hier valt niets meer te stelen. Alleen herinneringen.' En ze wees met een breed handgebaar op de muren vol foto's.

'Herinneringen je kan niet stelen,' zei Felix, 'alleen vervalsen. En voor mij is genoeg dat ik vervals mijn eigen herinneringen.'

'Legt u uit!' eiste Lola Ciperola, wiegde haar glas naar links en naar rechts en zwaaide even met haar lange, jonge been.

'Wat moet ik uitleggen?' lachte Felix. 'Niemand houdt van slechte herinneringen, toch? Dus ik probeer te nemen de slechte momenten van mijn leven en te maken ze mooier. Ik neem alle vrouwen in mijn leven wat ik heb van gehouden en ik herinner haar nog mooier. En ik maak groter de geld wat was in de banken wat ik heb gestolen...'

Ze praatten met elkaar haast zonder elkaar aan te kijken. Ze spraken in hun glazen. Toch was er een grote vertrouwelijkheid, een geheimzinnige vertrouwelijkheid, tussen hen onderling, alsof ze elkaar al heel veel jaren kenden. En ook al begreep ik niet wat daar gaande was, ik voelde de hele tijd dat ze hun best deden, dat ze zich inhielden om niet met elkaar te praten als twee normale mensen die elkaar na een langdurige scheiding weer ontmoeten.

'En de jongen, Felix? Hoe heb je de jongen hierheen gekregen?'

Ik kon me niet herinneren dat hij zijn naam gezegd had. Maar misschien had ik niet opgelet. Plotseling ging Lola Ciperola rechtop zitten en keek hem fel en geschrokken aan: 'Zit het wel goed, Felix? Met de jongen, bedoel ik. Mocht je hem meenemen, of ben je weer bezi...?'

'De jongen? Hij is gekomen naar mij van zichzelf, van zijn vrije wil... Ja toch, kind?'

Ik knikte. Ik had de puf niet meer om haar het hele verhaal te vertellen: hoe papa en Felix elkaar ontmoet hadden en hoe ze elkaar als mannen onder elkaar de hand hadden geschud en zo.

'Felix,' zei Lola Ciperola en haar stem was ineens kil en vinnig. 'Kijk me recht in de ogen, Felix. Let je goed op hem? Je doet hem toch geen kwaad? Dit is toch niet weer een van je dwaze spelletjes, Felix?! Geef antwoord!'

Na haar vreemde uitval viel er een stilte. Felix boog zijn hoofd. Ik lachte haar toe om haar gerust te stellen, maar om de een of andere reden voelde ik haar kreet als een mes in me doordringen en draaien en dacht bij mezelf dat als ik even de tijd had, één moment zonder dat er iets gezegd werd of gebeurde, dat ik dan misschien enige duidelijkheid zou kunnen krijgen in iets wat me de laatste uren dwarszat, dat ik dan misschien de vraag zou kunnen horen die de hele tijd in mijn achterhoofd suisde, een vraag over Felix, en over deze avonturentocht, en hoe het kwam dat mijn vader hem benaderd had, en waar ze elkaar precies ontmoet hadden om handen te schudden...

'Maak geen zorgen, Lola,' zei Felix uiteindelijk en zuchtte een beetje, 'Amnon en ik, wij doorbrengen paar dagen samen, meer niet. Beetje gekke dingen doen. Feestvieren. Onze politie in de maling nemen. Alleen spelletje, Lola, ik let goed op hem.'

Ik begreep niet waar zij zo bezorgd om was. Ze keek me aan met sombere, onrustige ogen. Een kronkelige rimpel tekende zich af boven haar beide ogen.

'Ik pas op hem, Lola,' zei Felix weer teder. 'Is alleen spelletje... Niet zoals vroeger... Nu gebeurt niks... En wanneer hij wil – wij gaan meteen terug naar huis... Is mijn laatste show, Lola, voordat valt de doek. Lange tijd ik heb gewacht op dit. En nog paar dagen hij is bar mitswa, dus ik dacht: nu het is de tijd dat wij ontmoeten. Amnon en ik.'

'Ja...' mompelde Lola Ciperola verstrooid. 'Je viert deze week je bar mitswa... Augustus... twaalf augustus... Ja.' Hoe wist ze dat? Wanneer had hij het haar verteld? Ik was toch de hele tijd bij ze geweest?! Of was ik eventjes in slaap gevallen? Lola sprak tot Felix: 'Maar wat zei je net? Het doek valt? Houd je ermee op?'

'Ik hou op, ja,' en hij zweeg.

De actrice keek hem aan en haar mond vertrok: 'Is er

iets, Felix? Ben je ziek?' vroeg ze meteen met een heel andere stem, met een warme, trillende stem die door haar gewone stem brak, haar diepe, schorre toneelstem, de stem van de koningin op de planken. En nu stak ze voor het eerst haar hand uit en overbrugde eindelijk de enorme, oneindige afstand tussen hun lichamen, en raakte zijn schouder aan. Hij boog zijn hoofd een beetje opzij, liet zijn wang door haar hand strelen, en ze keken elkaar in de ogen, en ik wist toen, ik twijfelde er niet meer aan, dat ze elkaar al heel lang kenden. Dat ze zich ontzettend moesten beheersen om niet bij elkaar te gaan staan en elkaar te omhelzen.

'Alles in order, Loli,' zei Felix vermoeid. 'Is alleen de leeftijd. En ook beetje de hart. Hij is oud. En gebroken. En tien jaren gevangenis is ook geen kuuroord. Maar alles komt goed.'

'Ja...' antwoordde zij met een lange, verbitterde grimlach. 'Alles komt goed. Zoals altijd, hè? Niks komt goed, Felix. Wat we kwijt zijn kunnen we niet meer terughalen... Alles is misgegaan met ons leven...'

'Nu wij maken het goed,' zei Felix. 'Ik kom alles te repareren wat is kapotgegaan.'

'Je kunt niks repareren,' zei Lola Ciperola zachtjes.

'Niet waar,' zei hij en streelde teder haar hand. 'Ik repareer altijd... Waar komt Felix, komt licht... De mensen blijven beetje dronken... Dromen dat de wereld kan mooier zijn...'

Lola lachte zachtjes, maar ik had de indruk dat ze ook huilde. 'Je bent onverbeterlijk, Felix,' zei ze, 'maar ik wil je graag geloven. Wie moet ik anders geloven als ik jou niet geloof.'

'Alleen aan een boef je kan geloven, klopt.'

'Zweer het.'

'Jij weet, Loli, voor jou alleen beloven, niet zweren.'

Ze lachte weer. Haar halve gezicht was donker, er viel zacht licht over haar grijze haar. Ze drukte haar sigaret in de asbak uit en stapte langzaam, zoals ze in 'Anna Karenina' deed, de lichtkring binnen. Nu keek ze op naar Felix. Ze keek hem aan zoals een jonge vrouw een jonge man aankijkt. Haar vermoeide ogen glimlachten vol liefde.

'Waar ben je mijn hele leven geweest?' vroeg ze.

'Zeker dat ik was niet genoeg,' zuchtte hij. 'Even langskomen, en meteen wegrennen. En de laatste tien jaren ik had dringende zaken, jij weet...'

'Of ik het weet...' Ze snoof en leunde achterover. 'Tien jaar lang. Dag in dag uit. Ik heb je vervloekt, en gemist. Ik was ook blij dat je zoveel gekregen had. Zo'n zware straf. Je had het verdiend.' Ze sprak rustig, zonder hem aan te kijken. 'Maar de jaren gingen voorbij, vijf, zes, zeven jaar, en de haat verdween. Hoe lang kun je nou haten? De haat is net zo zwak als de liefde, en het is allemaal toch maar een spelletje. Hoe zeg jij dat ook weer? Een kleine pauze van licht tussen het eerste en laatste donker. Proost!'

Hij tilde zijn glas een eindje op: 'Op jou, Loli. Op de schoonheid en de talent.'

'Vreemd,' zei ze met een betraande glimlach, 'eindelijk ontmoet ik iemand die me echt lijkt, en dan stelt hij zichzelf uitgerekend voor als een vervalser.'

Met een lichte, sierlijke beweging trok ze een speld uit haar haar, en toen nog een. Haar dikke, grijze haar viel als een waterval over haar schouders. 'Vertel me meer over jezelf,' zei ze. 'Vertel het hele verhaal opnieuw.' Felix strekte zijn arm uit, pakte een lok haar tussen zijn vingers en streelde die. Ik dacht bij mezelf dat

Felix de enige op de hele wereld was die dat bij Lola Ciperola durfde te doen. Zij protesteerde niet. Ze boog haar hoofd. Beet op haar lippen. Hij friemelde aan haar haarlok en begon te neuriën. Een stille, tedere melodie. Héél zachtjes. En even later begon zij mee te neuriën. Ze leken twee bejaarde kinderen die zichzelf kalmeerden voor het slapengaan, en alles in die kamer was zacht, dromerig.

Mijn ogen vielen dicht. Ik dacht bij mezelf dat ik naar huis zou moeten bellen. Dat het tijd werd dat ik papa en Gaby sprak. Dat ik ze moest vertellen waar ik nu was en ze bedanken voor hun geweldige idee. En bovendien wou ik Gaby uithoren, ik snapte niet dat ze niets wist van de connectie tussen Lola Ciperola en Felix Glick, tussen de paarse sjaal en de gouden aar. Of wist ze het wel en had ze het mij gewoon niet verteld? Ik wilde ook weten hoe het kwam dat zo'n beroemde wereldvrouw als Lola Ciperola de datum van míjn verjaardag kende. Wie had het haar verteld? Wat gebeurde er allemaal? En waarom voelde ik me als een marionet, alsof iemand me stap voor stap leidde naar de plek waar hij me wou hebben? En wie wachtte me op die plek?

Ik schrok wakker van het geluid van een rolluik dat omhooggetrokken werd. Ik dacht even dat het al ochtend was, maar buiten was het pikdonker. Ik zat nog steeds in de fauteuil waarin ik in slaap gevallen was. Op de wandklok zag ik dat het twee uur was. Felix en Lola Ciperola stonden bij het open raam naar buiten te kijken. Haar hand lag op zijn schouder en zijn arm om haar middel. Ik geneerde me dood.

Lola Ciperola wees met haar vrije hand op iets buiten. Felix knikte. Ik hoorde haar iets zeggen over de zee die haar gestolen was. Zijn arm klom omhoog en omvatte troostend haar schouder. Ze legde haar hoofd op zijn schouder en zei: 'Mensen zoals jij, Felix, bestaan alleen in de sprookjes.'

'Zoals uitziet de leven in onze wereld,' klonk zijn kraakstem, 'je kan alleen beetje leven in sprookjes, toch?'

Ik kuchte om ze te laten weten dat ik wakker was. Lola Ciperola keek om en lachte me toe. Opeens had ze een lieflijke glimlach. Niet van een actrice. Van een vrouw die lacht naar een kind dat ze mag.

Felix vroeg: 'En als wij slagen, Amnon en ik, jij geeft hem jouw sjaal cadeau?'

Lola Ciperola bleef me toelachen en haar hand friemelde aan haar sjaal.

'Als het jullie lukt, krijgen jullie de sjaal.'

'Als wat ons lukt?' vroeg ik doezelig.

Voorzichtig, alsof ik van zeer breekbaar materiaal was, strekte ze haar hand uit en bewoog die voor mijn gezicht. Ik verroerde me niet. Ik verlangde. Ik wist niet eens waarnaar. Haar vingers streelden mijn gezicht. Ze legde haar lange, warme hand over de hele lengte van mijn gezicht, van kin tot voorhoofd. De huid van haar handpalm was zacht en teder, zo anders dan de stem die ze had als ze een rol speelde, dan haar majestueuze gezicht. Haar vingers lagen zachtjes over mijn ogen, raakten ze haast niet aan, met één vinger tussen de ogen, precies op die plek, maar ik hoorde geen gezoem, ik voelde geen motor starten als een wesp, ik voelde alleen mijn twee ogen, die onder haar zachte vingers groter werden, zich opensperden en eindelijk helder werden, zuiver.

'Als het jullie lukt om me mijn gestolen zee terug te geven,' zei Lola zachtjes.

Ik kon niet praten. Ik begreep het niet. Ik knikte in

haar zachte hand. Voor haar zou ik alles doen.

'Zeg, mevrouw Ciperola,' wilde Felix na een korte overpeinzing weten, 'jij heb misschien toevallig een bulldozer?'

18 *Als een nachtdier*

Lola Ciperola krabde zich op haar kruin. 'Bulldozer? Zo'n grondschuiver? Nou, ik had er toevallig nog eentje...' Ze liep snel naar de koelkast, trok die open en riep vanuit de keuken: 'Hé, wat stom! Net de allerlaatste weggegooid!'

'Misschien ergens in de la,' mompelde Felix, maakte zijn koffer intussen open, graaide en wroette erin, haalde er een uitzonderlijk lelijke pruik uit, zette die op zijn hoofd, plantte een schrale snor op zijn gezicht – hij had kennelijk een hele collectie snorren in een van de vakken – en zaaide twee harige wratten op zijn kin. Lola wierp een korte blik op hem, liep snel naar een zijkamer, kwam terug met een gescheurd overhemd en een gelapte broek, een aandenken aan een van haar toneelstukken, en even later was Felix veranderd in een zielige, schuchtere bedelaar die een beetje gebogen stond en met zijn zieke linkerbeen sleepte. 'Hoe gaat met ons, meneer Feierberg? Amnon? Moe, of klaar voor kleine nachtklusje buitenhuis?'

Ik was behoorlijk afgepeigerd, maar ik wou daar niet aan toegeven. Ik vroeg waar we heen gingen.

'Onderweg ik leg jou alles uit. Daarna wij komen terug voor de sjaal. En ook voor Lola.'

'Vergeet niet,' waarschuwde Lola en trok de sjaal verleidelijk voor zijn gezicht langs, 'ik geef de sjaal alleen in ruil voor de zee. De zee, de hele zee en niets dan de zee!'

De laatste minuten was ze zo vrolijk en luchthartig als een jong meisje. Haar lichaam danste uit zichzelf. Ik had haar nog nooit zo op het toneel gezien.

'Rrrr!' gromde Felix, gaf me een knipoog, stak twee vingers boven op zijn hoofd en stormde op de sjaal af. Lola Ciperola gilde angstig en sprong opzij, Felix streek langs de sjaal, zij knielde op één knie naast de fauteuil, trok de sjaal in een grote, paarse boog boven haar hoofd en hij stond te trappelen en te lachen... Totdat hij mijn gezicht zag.

'Excuseer!' riep hij en keek meteen somber. 'Grapje! Ik heb helemaal vergeten!' en hij sloeg zich hard op zijn voorhoofd.

Het gaf niet.

'Is er iets?' vroeg Lola, die intussen was opgestaan en de sjaal nu weer om haar schouders legde.

'Ik ben dom,' mopperde Felix. 'Ik wil zo graag dat Amnon lacht, maar iedere keer ik maak een fout en hij wordt verdrietig.' Lola begreep het niet. Hoe kon ze ook? Ze keek ons beurtelings aan en zei: 'Jullie hebben samen al geheimpjes.' En toen met een glimlach: 'Mooi zo.' En ineens lagen haar armen om mij heen en om hem heen en gaf ze me een zoen op mijn voorhoofd.

Geen camera's. Geen lichtflitsen. Alleen Lola Ciperola die me gezoend had. Gaby zou flauwvallen als ze dat hoorde. Ze zou mijn voorhoofd in haar plakboek bewaren. Toen zoende ze Felix ook. Op zijn voorhoofd, en op zijn mond. Met de ogen dicht.

Felix had geen vrienden, kwam het nu weer in me op, behalve één vrouw. En ze hadden elkaar tien jaar niet gezien. Dat was waarschijnlijk de tien jaar dat Felix in de gevangenis had gezeten. En misschien was Lola Ciperola die vrouw, zijn vriendin. Opeens begonnen alle stukjes van de puzzel op hun plaats te vallen, maar juist de oplossing leek nog mysterieuzer en enger dan het raadsel zelf.

'Hartstikke leuk!' juichte Felix. 'Amnon en Felix gaan terughalen de zee! Hoe laat mevrouw opstaat in de ochtend?'

'In de krant vertel ik dat ik vóór tien uur 's ochtends geen oog opendoe,' zei Lola koket. 'Dat maakt dat sommige van mijn beste vriendinnen groen en geel zien van jaloezie. Maar de waarheid is dat ik om vijf uur al wakker ben. Oude mensen zoals ik slapen niet zoveel meer.'

Jonge mensen zoals ik ook niet, dacht ik bij mezelf. Ik schuilde achter een van de grote fauteuils, trok het rokje en het bloesje uit en mijn eigen, natuurlijke kleren weer aan.

Felix keek me vragend aan: 'En als zij zien jou zo?'

'Ik ren beter met een broek aan en mijn eigen sandalen.'

Hij dacht even na. Haalde zijn schouders op. Goed. Toen zei hij tegen haar: 'Om zes uur 's morgens, Amnon en Felix geven jou terug de zee. Nu jij doet uit alle lichten in de huis en gaat naar bed slapen.'

'Jij hoeft mij niet te vertellen wat ik moet doen,' zei ze meteen met haar koninginnenstem. 'Ik heb juist een heel programma voor vannacht, terwijl jullie de bloemetjes buitenzetten.' Ze liet ons uit en wierp ons kushandjes na.

We gingen naar beneden, de donkere, frisse straat op. De bladeren aan de bomen bewogen traag. De maan was groot, witgeel en bijna vol. Ik dacht eraan dat alle mensen die ik kende nu sliepen. Alle gewone, niet-professionele mensen, lagen nu rustig te dromen terwijl ik en Felix Glick, de legendarische crimineel, door de donkere straten liepen.

'Nu wij doen het zo,' zei Felix: 'Ik loop vóór, jij vijftig meters achter. Als er is een probleem, politie of zo, dan psst! Meteen jij verstopt! Daarna jij gaat terug naar Lola. Jij wacht niet op mij in de straat!'

'Maar waar gaan we heen?'

'Naar de zee. Is een probleem daar. We gaan naar de strand, zoeken een bulldozer. Makkelijke werk. Wij komen, wij doen, klaar, dankuwel, alstublief.'

'Nee, maar wacht 's even, wat voor probleem?'

'Later ik leg dat uit! Nu wij moeten gaan!'

En weg was-ie. Nog voor zijn *haide.* En ik had niet gezien waarheen, hij was de duisternis ingedoken en verdwenen.

Hij dook enkele tientallen meters van mij vandaan weer op. Ik weet niet hoe hij dat gedaan had. Gehold? Gevlogen? In een mum van tijd zag ik hem verderop traag en gebogen over straat lopen, zijn zieke been meeslepend.

Ik volgde hem en lette erop dat ik steeds op dezelfde afstand van hem bleef. Ik keek voorzichtig om me heen om te zien of er iemand achter of naast mij liep. Een bizarre situatie: ik volgde iemand die me gevraagd had om hem te volgen, maar moest tegelijk uitkijken dat ik niet zelf gevolgd werd.

Ik liep stilletjes. Zette mijn voeten geruisloos neer. Voelde me onbeschermd. Was een beetje gespannen. Misschien waren ze er al, degenen die me volgden. Ik probeerde me in hen te verplaatsen: de politie zocht de oude man en de jongen die uit de trein gestapt waren. Ik was benieuwd of ze al wisten dat de treinkaper Felix Glick was. Hen kennende, zouden ze een paar uur nodig hebben om een compositietekening te maken en die dan te vergelijken met het boevenalbum en ook nog de gouden aar te vinden die Felix bij de locomotief gegooid had.

Maar hij had de agent met de puistjes een rijbewijs laten zien met zijn echte naam erop.

En ook nog zijn horloge gestolen.

Alleen maar om mij aan het lachen te maken?

Nee. Niet alleen maar. Bij Felix was niks 'alleen maar'. Er was altijd nog een andere, verborgen reden.

Maar wat kon de reden zijn dat hij zijn echte naam onthuld had? Wat wou hij daarmee bereiken?

Dat de agent zou gaan twijfelen. En zich de naam van de oude bestuurder zou proberen te herinneren.

Ik zag hem al voor me, verwonderd aan zijn puisterige voorhoofd krabbend. De naam Felix Glick zei hem wel wat, maar het bleef vaag. Toen Felix de gevangenis ingegaan was, speelde de agent nog krijgertje. Die agent wacht dus een uur, tot zijn dienst erop zit, gaat naar huis, kletst wat met zijn zwangere vrouw, vertelt wat die oude man gezegd had over kinderen, en dat het leven dan heel anders wordt, vraagt of ze zijn horloge niet toevallig gezien heeft, hij weet bijna zeker dat hij het omhad vóór de ontmoeting met de oude man en zijn kleindochtertje met de vlecht, en hij probeert weer te bedenken wat de naam Felix Glick hem zegt, heeft hij hem niet ergens zien staan, geschreven of gedrukt? Hij wordt zenuwachtig en ongeduldig, zegt tegen zijn vrouw dat hij zo weer terug is en rijdt even naar het bureau, misschien heeft hij het horloge in zijn kastje laten liggen. Het horloge ligt er niet. De agent klopt aan bij een van zijn meerderen, een oudere politieman die dingen van twintig jaar terug nog weet, zeg maar iemand uit de lichting van mijn vader. 'Eh...' vraagt de agent aarzelend, 'zegt de naam Felix Glick u wat?'

En dan barst de hel met groot vuurwerk los en zet zich een gigantische machinerie in gang.

Hij wilde dat de politie hem zou herkennen. Hij vond het leuker om te vluchten als hij achtervolgd werd. Het gevaar was voor hem een onmisbare specerij. Ik keek vol bewondering naar de man die voor me uit hinkte, die gebogen, ineengedoken ellendeling. Wat een acteur! Papa wist wat hij deed. Er waren dingen die alleen een crimineel als Felix me kon leren. En er waren dingen die je alleen bij een echte vuurproef kon testen. En waarschijnlijk kon je niet de beste rechercheur ter wereld worden zonder die dingen te leren: dat gevoel, als je 's nachts helemaal in je eentje op weg bent om een misdaad te gaan plegen, gevolgd door de politie, eenzaam, op je eigen zintuigen aangewezen, op je eigen vernuft en moed.

Ik dacht bij mezelf dat papa op me kon rekenen. Hij had me tenslotte mijn hele leven op deze nacht voorbereid. Sterker nog, ik besefte nu dat mijn hele leven met hem een soort training was. Alles was een aanleiding voor een les in rechercheren, en in overleven. We gingen bijvoorbeeld samen naar de markt, liepen over van alles en nog wat te praten en ineens: 'Zie je deze straat?' Ik herkende meteen die toon, die schoolmeesterstem van hem. 'Voor acht van de tien mensen is het een plek om te winkelen, om met vrienden af te spreken, om een bus te pakken. Maar twee van de tien zien het heel anders. De een is de boef en de andere – jij. De rechercheur.' (Ik richtte me nederig een beetje op.) 'De boef ziet hier allerlei plekken om zich schuil te houden, hij ziet zakken om te rollen, open tassen, losse sloten, maar hij ziet vooral jou, Nono, de rechercheur die zich als een onschuldige burger voordoet. En jij, de rechercheur, werpt één blik op de straat en haalt er alle onschuldige mensen meteen uit! Weg ermee, naar z'n ouwe moer! (Oma Tsitka vloog op een bezem voorbij en toonde geen enkele belangstelling voor de onschuldigen.) Jij moet alleen oog hebben voor de hoofdzaak: een jongeman met onrustige ogen, of twee jongens bij de bushalte die te dicht bij een oud vrouwtje staan, of een man die een vreemd pakje draagt en haast schijnt te hebben. Zij alleen bestaan! Tegen hen voer je je strijd!'

Ik liep graag met hem op straat. Er kwam dan een verantwoordelijkheidsgevoel over me. Als ik iemand uit mijn klas tegenkwam knikte ik en liep verder, om niet afgeleid te worden van mijn plicht. Soms kreeg ik diep medelijden met de gewone mensen, met die acht die nietsvermoedend op straat liepen en geen idee hadden van het gevaar dat ze bijna konden aanraken, en van de krachtmeting van hersens die zich de hele tijd boven hun hoofd afspeelde. Ze waren misschien ouder dan ik, maar als ik in functie door de straat liep, met mijn vader, dan was ik voor mijn gevoel hun vader.

Ik liep te hard. Kwam te dicht bij Felix. Niet goed. Je kon aan me zien hoe gespannen ik was. Dat mocht niemand merken. Niemand mocht zien dat ik in functie was. Ik was gewoon een jongen die heel laat thuiskwam. Van een avond bij de padvinders. Gelukkig droeg ik mijn eigen kleren. Een meisje dat zo laat op straat liep zou veel meer aandacht trekken. Bovendien, ik vond het fijn om weer echt een jongen te zijn.

Niet dat het zo erg was geweest om dat meisje te zijn. Ik was al een beetje aan haar gewend geraakt.

Waar was Felix? Ik zag hem even niet. Ha, daar wasie.

Een hond blafte tegen hem. Een klein mormel. Blafte tegen Felix vanachter een tuinhek. Niet goed. Dat trok aandacht. Felix hinkte snel verder. Maar nu begonnen ook andere honden te blaffen. In huizen. In tuinen. Op een tweede verdieping bewoog een gordijn. Misschien was iemand naar het raam gekomen om te kijken wat er was. Felix had gezegd dat honden altijd op hem afkwamen. Mij hadden ze al minstens tien keer gebeten. Ook welopgevoede, rustige honden worden wild als ik langs ze loop. Ik ben zelfs een keertje gebeten door een blindengeleidehond!

Doorlopen, verder. Niet nadenken. De hele stad blafte tegen ons. Mijn benen holden uit zichzelf. De hele tijd had ik het gevoel alsof iemand me riep, me lokte: 'Kom maar...' Misschien omdat ik nu zo alleen was. Ver van Felix, ver van papa, en de grote, witte maan boven mij trok gezichten, met steeds een andere uitdrukking, en ik werd naar voren gezogen. Waarheen? Naar wie?

Zohara kwam in me op. Ze was erg mooi geweest. En te hard. Hoe oud zou ze zijn geweest als ze nu nog leefde? Achtendertig. Zoals sommige moeders van mijn klasgenoten. Hoe had mijn leven eruitgezien als ze nog leefde? Dan was Gaby niet bij ons geweest. Maar dan had ik wel een moeder gehad. Niet dat ik nu iets miste. Ik had me al die jaren ook zonder haar prima gered. Ik wou alleen een paar dingen weten. Meer niet. Alleen het onderzoekje afronden dat ik vandaag begonnen was.

De honden waren gekalmeerd. Het was doodstil. De stilte van een slapende stad. Ik was net een panter. Geruisloos en gevaarlijk. Een nachtroofdier. In de huizen boven mij sliepen kinderen die geen idee hadden waar een kind van hun leeftijd toe in staat was.

Een kind dat buiten de wet stond. Een kind dat onder een andere wet viel.

Alleen al bij de gedachte aan mezelf kreeg ik kippenvel.

In het weekend zou ik mijn bar mitswa vieren. Het hele politiekorps zou komen. En papa had beloofd dat hij me dan zou bevorderen. We hadden zo'n afspraak. In de loop der jaren had ik het tot brigadier gebracht, en zaterdag zou ik adjudant worden! We zouden ons vaste ritueel houden, met een glas bier dat ik leeg moest drinken, als een echte man, en dan zou hij me mijn nieuwe rang geven. Het werd trouwens tijd. Ik was al anderhalf jaar niet meer bevorderd, vanwege dat met de koe.

Ik kwam met een schok tot stilstand. Voor mij stond een politiebusje op de stoep geparkeerd. Ik bukte me bliksemsnel en verdween in een tuin. Na een paar seconden gluurde ik naar de straat. In het busje zaten twee agenten achterovergeleund met elkaar te kletsen. Een blauw zwaailicht draaide verveeld op het dak van de wagen. De radio gaf muziek. Twee flinke agenten die er de kantjes afliepen. Ze zaten daar maar te kletsen. Corrupt. Ik kon er niet langs zonder dat ze het zouden merken. Ik keek naar links en naar rechts. De straat was leeg. Ik keek omhoog. Of er niet toevallig een uitkijkpost op een dak was. De kust was veilig. Ik kwam uit de tuin en rende gebukt langs het hek. Met het grootste gemak ontglipte ik ze. Ontkwam aan de sterke arm. Zo makkelijk. Als een zwarte schim sloop ik langs ze heen. En zij: lui, log.

Domkoppen, lachte ik in mijn hart. Grote, lompe beren.

In de volgende straat liep ik weer gewoon, rechtop, met de handen in mijn broekzakken. Ook Felix doemde nu weer op uit de duisternis. We waren precies op dezelfde manier aan de agenten ontglipt. Ik floot zachtjes.

Er kwam een heerlijk gevoel in me op. Een geestverheffend gevoel, zou madame Gaby zeggen.

Alsof Felix en ik de enigen waren die op dat moment, op dat uur, echt leefden. Alsof de anderen alleen maar figuranten waren in onze show. Wij hadden ze het bevel gegeven om te gaan slapen, en zij hadden allemaal gehoorzaamd. En ook degenen die niet sliepen, waren niet echt wakker. Ze ijlden misschien. Of ze droomden dat ze wakker waren. Alleen wij tweeën, Felix en ik, waren wakker, scherp, spits. Glipten als schimmen door de straten. We waren vreemden. Mensen van een ander slag. Een dunne lijn scheidde ons van hen. Als een kind in een pyjama nu wakker werd en uit het raam keek en mij zag, zou hij denken dat hij droomde, of dat hij een menselijke vleermuis zag. Of een kikvorsman. Ik stapte luchtig door. Schopte tegen de band van een geparkeerde auto. Mijn voet schoot uit, zomaar uit zichzelf. En wat dan nog? Alles was nu van mij: de straat, de stad. Alle straten. Jullie slapen en ik zweef om jullie heen, scherp, gevaarlijk, onvoorspelbaar, van niemand. Als ik zin heb, kan ik de halve stad verwoesten. In de fik steken zelfs. Wie zal het weten? Arme zielen van me. Zo naïef. Zo verwend. Slaap maar lekker. Wees niet bang. Ik doe jullie niks. Ik ben goed en barmhartig.

Ik zou bijvoorbeeld met een spijker mijn naam op een hele rij auto's kunnen krassen. Nono is hier vannacht geweest. En jullie zouden het dan met verwondering en schrik aanzien.

Misschien wordt het tijd voor een eigen stijl. Zoiets als de gouden aren van Felix.

Slaap maar, slaap rustig, kleine gezinnetjes. Papa en mama en twee kindertjes in ieder huis. Wat weten jullie nou van het echte leven? En wat is het toch makkelijk om de grond onder jullie voeten weg te slaan. Wat weten jullie van de strijd om het bestaan? En van de eeuwige oorlog tussen wet en misdaad? Slaap maar, trek de deken goed over je heen. Tot over beide oren.

Ik bewoog me als een spion in vijandelijk gebied. Als ik naderende voetstappen hoorde, dook ik meteen een tuin of een portiek in en wachtte geduldig. Mensen die laat thuiskwamen passeerden mij, raakten me bijna aan, zonder het te weten. Eén keer stond een vrouw in een donker trappenhuis een paar centimeter van mij vandaan de sleutels in haar tas te zoeken. Ze keek naar me, haar ogen waren op mij gericht, tussen een paar fietsen, maar ze zag me niet.

Niet zo snel, niet hollen.

Ongeveer een jaar daarvoor had ik meegedaan aan een arrestatie van een jongen, iemand als ik dus. Papa en ik kwamen laat in de avond terug van een feestmaal bij Gaby, ik weet niet meer wat er te vieren viel, misschien dat ze weer met een dieet geslaagd was. Op weg naar huis hoorde papa op de portofoon dat er bij Cinema Ron twee jongeren probeerden in te breken in een auto. Hij draaide het stuur meteen om en we raceten erheen. Hij mocht mij niet meenemen, maar hij was bang dat hij de actie zou mislopen als hij mij eerst naar huis bracht, en dat hij een actie zou mislopen was ondenkbaar.

We vlogen. Zo snel, dat ik tegen de stoel gedrukt werd. We kwamen in een file te staan. Papa pufte woedend en sloeg met een vuist op het stuur, hij had geen sirene bij zich en ook geen zwaailicht. We zaten vast. En ik zweeg, omdat ik de aderen op zijn voorhoofd en in zijn nek zag opzwellen. En toen brak mijn vader ineens uit de file en schoot weg.

De banden gierden, de hele auto kreunde en krijste, en mijn vader maakte rechtsomkeert en stormde tegen het verkeer in! Hij sneed steeds van baan naar baan, reed een vluchtheuvel op, botste bijna op een tegenligger... Ik zat verlamd en sprakeloos naast hem. Niet alleen omdat ik ervan overtuigd was dat we ieder moment zouden omkomen, maar vooral ook vanwege de uitdrukking op zijn gezicht op dat moment, en de kracht waarmee hij eensklaps alle wetten overtrad, zijn heilige wetten. En ook al kende ik zijn motto – dat een lijfwacht geen excuses aanbiedt als hij de minister-president tegen de grond duwt als een moordenaar een pistool op hem richt – ik vond het toch eng dat hij zo kon veranderen, ineens alle remmen kon losgooien, als een gigantische stalen veer die altijd ingedrukt en opgesloten was geweest en nu ineens loskwam en tekeerging.

En tijdens die dolle rit legde hij in het kort, met zo'n actiestem, uit wat ik niet mocht doen: Ik mocht geen kik geven. De auto niet verlaten. Niet opvallen. Alsof ik het niet zelf al wist. Ik bekeek hem vanuit mijn ooghoeken en bedacht dat hij nu iemand was die ik niet kende. Dat er ineens een nieuw iemand uit hem tevoorschijn kwam. Zijn hoofd stak naar voren, zijn tong likte zijn lippen. In zijn ogen glinsterde een onbekende, gevaarlijke, haast opgewekte vonk: alsof hij voor zijn lol een dol spel deed, de dood tartte, alsof het weer om zo'n krankzinnige weddenschap uit zijn jonge jaren ging, maar nu in naam van de wet. Via de portofoon kregen we de hele tijd informatie door van rechercheurs die zich bij de bioscoop verdekt opgesteld hadden. Die vertelden dat een van de jongens, de kleinste, de uitkijk was: hij stond zogenaamd onschuldig op straat te staan, en keek ondertussen of niemand zijn makker in de gaten kreeg die de inbraak ging doen. Hij had geen idee dat een van onze rechercheurs pal boven hem op het dak van de bioscoop stond en zijn collega's via de portofoon op de hoogte hield.

Spannende jeugd had ik, hè?

Nou, niet helemaal. Maar ik heb nu geen zin om met die operatie te stoppen en te gaan vertellen hoe mijn jeugd werkelijk was; afgezien van de operaties en de pistolen dan.

Dat komt nog. Als ik tijd heb.

We parkeerden de auto op de hoek van de straat, tussen andere auto's. Van het ene moment op het andere verdween de man die uit mijn vader was gekomen, die met de avontuurlijke, gevaarlijke vonk. In de kleine auto kon ik voelen hoe de gigantische veer met kracht weer ingedrukt werd, naar binnen geperst. Papa trok gauw een gewone trui over zijn politieoverhemd, haalde een kleine officiers-verrekijker tevoorschijn en hield de boel in de gaten. Dit gezicht van hem was me wel bekend. Plotseling draaide hij zich naar me toe, alsof hij zich nu pas herinnerde dat ik er ook was, en dat ik geen politieman was maar zijn eigen kind, schonk me een klein, beetje droevig glimlachje, een glimlach uit de grond van zijn hart, en beroerde mijn wang.

'Ik ben blij dat je bij me bent,' zei hij, en ik was sprakeloos, want hoezo zei hij zulke dingen tegen me, nu, midden in een operatie? En bovendien, wat was er gebeurd dat hij zulke dingen moest zeggen? En mijn wang gloeide van de aanraking van zijn hand, en wilde meer.

De rechercheur op het dak meldde dat de inbreker nu voor de derde keer langs een gele Fiat liep. En iedere keer gluurde hij naar binnen. En als er een onschuldige burger kwam aanlopen verstopte de inbreker zich achter de auto en stond de uitkijk diep geconcentreerd de affiches van de bioscoop te bestuderen.

'Vijfenzeventig, hier tweeënzeventig, over,' fluisterde mijn vader in de portofoon. Hij was weer helemaal de beroeps.

'Zeg het maar, tweeënzeventig,' antwoordde een stem uit de portofoon.

'Ik wil geen overbodige actie van onze kant totdat-ie ín de auto zit. Dat-ie geen kans heeft om te ontsnappen en dat-ie genoeg VA in de wagen achterlaat, begrepen?'

'Ja, over en sluiten,' antwoordde de stem. VA is onze afkorting voor vingerafdrukken.

Er volgde een gespannen stilte van een paar minuten. Een stelletje kwam aangelopen en ging uitgerekend bij de auto staan zoenen. Ze zochten kennelijk privacy, en hadden er geen idee van door hoeveel ogen ze in de gaten werden gehouden. Een heel leven daar op straat, met verrekijkers en portofoons, en die onnozelaars wisten van niks.

'Ze zijn uitgevreeën,' meldde de rechercheur op het dak van de bioscoop.

'Je hebt daar boven een openluchtbioscoop, hè?' hoorden we een collega-rechercheur die in de struiken verscholen zat over de portofoon gniffelen.

'Sst!' siste mijn vader het apparaat tot de orde. 'Geen grapjes door de ether tijdens het werk!'

Er ging nog een minuut voorbij. Papa's vingers trommelden op het stuur. Zijn ogen waren dunne spleetjes. Hij was klaar om zijn prooi te verscheuren.

'Onze jongen heeft een schroevendraaier in zijn hand,' meldde de rechercheur op het dak. 'Hij is bezig met het slot.' En een paar seconden later: 'Hij zit binnen.'

'Tot tien tellen, en eropaf,' fluisterde mijn vader in de portofoon. 'Ik pak de uitkijk. Vijfenzeventig pakt de inbreker. Drieënzeventig snijdt de vluchtroute van de inbreker af. Actie!'

Prachtig was dat 'Actie!' van hem. Net als in de film.

Hij stapte meteen uit de auto. Mij was hij geheel vergeten. Hij dacht alleen aan de actie. Ik keek naar hem. Bestudeerde zijn bewegingen. Hij liep met zijn handen in zijn broekzakken, alsof hij zomaar door de straat kwam lopen. De uitkijk zag hem meteen, bekeek hem even vanuit zijn ooghoek en besloot dat hij ongevaarlijk was. Papa zag eruit als een toevallige voorbijganger, een man die na een lange werkdag naar huis gaat: ingezakte schouders, vermoeide passen. Ik wist dat hij er zelf net zo uitzag als hij van zijn werk kwam. Ja, nu bedenk ik dat hij misschien niet altijd even blij was om 's avonds weer thuis te komen. Misschien vond hij het huis bijna leeg, ook al was ik er wel. Misschien wachtte hem daar niet degene die hij daar echt hoopte te vinden.

Nog dertig stappen. Twintig. Mijn mond werd droog. Papa was de jongen tot op een afstand van vijftien meter genaderd, en die verdacht hem nog steeds niet.

En plotseling ging hij in de aanval, mijn papa. Als een wilde stier, met een verschrikkelijke schreeuw uit het diepst van zijn buik. 'Schurken!' riep hij en zwaaide wild met zijn beide handen, en zelfs ik wist toen dat hij een vreselijke fout maakte! Dat hij tot aan de jongen had moeten doorlopen en hem dan pas, als hij vlak bij hem stond, had moeten aanvliegen!

Maar hij had zich niet kunnen beheersen, mijn papa. Hij haatte de boeven zo erg dat hij ze één voor één eigenhandig had willen vermorzelen.

'Je doet alsof het om een persoonlijke strijd gaat,' had Gaby in onze keuken tegen hem gezegd. 'Zo verknal je keer op keer het onderzoek en de operatie.'

Hoezo persoonlijk? Wat had hij met ze persoonlijk?

'Je bent zo bezeten van je wraakzucht dat je jezelf blootgeeft.'

Wat moest hij wreken? Waar had ze het over?

De uitkijk slaakte een angstkreet, hij klonk als een beest, zijn benen begaven het ineens, maar hij kwam meteen weer bij z'n positieven, sprong weg en zette het op een hollen. Hij rende ongelooflijk snel, zijn voeten raakten nauwelijks de grond. Hij ontweek papa zonder enige moeite, misleidde hem als een snelle voetballer. Ik zag papa zich traag omdraaien, boos, log, gekwetst, ik zag hem met een woeste vuist zwaaien. De vriend, de jongen die in de auto had ingebroken, zag wat er gebeurde en vluchtte meteen de andere kant op. Ik zag de rechercheur die in de struiken zat naar buiten komen en teleurgesteld en boos zijn armen uitstrekken. De uitkijk ontweek mijn vader en rende nu op mij af. Hij was honderd meter van mij vandaan en ik wist wat me te doen stond. Ik stapte langzaam uit de auto, liep hem tegemoet alsof ik zomaar een voorbijganger was, ik was niet eens opgewonden, mijn lichaam werkte als een goed geoliede machine en het dacht voor mij. Ik keek niet naar de jongen en hij keek niet naar mij: zo'n kind vond hij niks om zich zorgen over te maken, hij was bang voor volwassen rechercheurs. Binnen een minuut had hij mij bereikt. Nu passeerde hij me, ik zag zijn uitpuilende ogen, en met een plotselinge beweging, precies zoals het hoorde, precies zoals papa tientallen keren in de sportzaal met me geoefend had, liet ik me voor zijn voeten vallen, en hij struikelde.

Het was allemaal in een fractie van een seconde gebeurd. Hij was in volle vaart, dus toen hij viel, vloog hij en rolde een paar meter door, totdat hij tegen een geparkeerde auto botste en bewusteloos bleef liggen. Binnen een minuut was hij ingehaald door twee rechercheurs die hem in de boeien sloegen.

'Is dat niet de zoon van Feierberg?' zei rechercheur Alfasi toen hij me herkende. 'Is dat niet de Mascotte?'

'Wat doe jij hier, Nono?' vroeg de andere rechercheur, die met de baard.

Alle rechercheurs van de regio kenden mij.

'Ik zag hem vluchten, dus heb ik hem de voet dwars gezet.'

'Jongen, je bent geweldig! Je hebt de boel gered!'

Mijn vader kwam aanrennen, hijgend en puffend.

'Sorry, ik had de afstand niet goed ingeschat,' bromde hij, 'ik heb hem te vroeg besprongen.'

'Geeft niet, commandant.'

'Geeft niet, commandant.'

Ze hielden zich allebei bezig met de boeien van die jongen, zodat mijn papa niet zou zien wat er met grote letters op hun gezicht geschreven stond.

'Die andere jongen is ontkomen, commandant, maar uw zoon heeft deze gozer gepakt, die helpt ons wel om een mooie uitnodiging te schrijven aan zijn maat, hè, vrind?'

En de rechercheur die de bijnaam 'Baardmans' had, gaf de jongen een schop onder zijn achterwerk. We wisten allemaal wel wie hij eigenlijk had willen schoppen.

We bleven daar nog een paar minuten. Papa wachtte totdat het busje van de technische dienst zou komen en de VA rond het slot van de auto zou afnemen. Een kleine menigte had zich om ons verzameld en de rechercheurs vroegen iedereen om door te lopen. Mensen wezen op mij, sommigen fluisterden tegen elkaar. Ik bleef er onverschillig onder. Ik liep rond met mijn handen in mijn broekzakken, bestudeerde de VA, zocht naar bevindingen die nuttig konden zijn voor het onderzoek, deed alleen wat je in zo'n situatie moest doen.

De jongen die ik gepakt had lag op de stoep met zijn handen geboeid op de rug. Hij lag in het licht van de straatlantaren en zag eruit als een gevangen diertje. Ik durfde hem niet in de ogen te kijken. Zijn hele leven kon nu veranderen, en ik was de aanstichter.

Maar zijn ogen zochten mij juist. Hij wrong zich in allerlei bochten om me te kunnen zien. Ik bleef op mijn plaats. Laat hem kijken. Ik dacht dat hij spottend naar mij keek, naar het verwende kind van de wet. Hij lachte me toe. Het was een nare glimlach, een glimlach vol haat, maar ook een glimlach die me verbitterd feliciteerde. Omdat ik hem gepakt had.

Want zo is het bij ons: een beroeps herkent het vakmanschap van zijn rivaal. Dat is het edele van het beroep. Zoals bij Felix en papa. Zoals hun handdruk, zoals de overeenkomst die ze voor mij hadden gesloten, waarvan ik me nu ineens moeilijk kon voorstellen dat ze hem echt gesloten hadden, hoewel ik er toch van overtuigd was, want stel dat het niet zo was?

Papa nam afscheid van de rechercheurs en we reden zwijgend naar huis. Het was zo gênant dat hij het bijna verknald had en dat ik de boel op het laatste moment had moeten redden. Ik wou hem zeggen dat het toeval was. Dat ik helemaal niet van plan was geweest om het zo goed te doen. Dat de instincten op mijn leeftijd heel vlug waren. Dat hij vanzelfsprekend slimmer was en meer ervaring had dan ik. Maar ik zweeg. Het allerergste was dat ik dacht dat hij nu spijt had van wat hij in de auto tegen me gezegd had, vóór die actie.

Een heel jaar had ik er niet meer aan gedacht. Ik had het niet eens aan Micha verteld. Ik wou die vreselijke momenten dat we in de auto hadden zitten zwijgen, alleen maar vergeten. We hadden het er daarna nooit over gehad. Ook Gaby, die van het incident wist uit het verslag dat ze uitgetypt had, zweeg erover. Pas nu, in de nacht, kwam het weer terug. De nare glimlach van die jongen. Misschien had hij gelachen vanwege zijn minachting voor verwende kinderen. Misschien had hij toen al iets aan me gemerkt.

Maar wat had ze bedoeld met die 'persoonlijke strijd tegen de misdaad'? Wat hadden ze hem gedaan dat hij zo fanatiek tegen ze vocht? En wat moest hij wreken?

Eerlijk gezegd begon het me al te dagen. Ik kon het antwoord wel raden, maar dwong mezelf om voorzichtig te zijn. Om geen overhaaste conclusies te trekken. Eén voor één, zoals bij een officieel onderzoek, stelde ik nu de vragen die steeds om me heen hadden gesuisd, mijn hele leven al, en die ik nooit gesteld had: Waarom voerde hij een persoonlijke strijd tegen de boeven? Hadden die hem iets aangedaan? En zo ja, wat dan? Wie hadden ze, bijvoorbeeld, gedood? En vocht hij daarom zo tegen ze, omdat ze haar gedood hadden? En ik vergat ondertussen dat ik op de vlucht was en dat ik moest uitkijken. Ik mompelde de vragen in mijn hart, maar ook met mijn lippen, en het kon me niks schelen als iemand me zag. Waarom hadden ze haar eigenlijk gedood? Wat had ze hun gedaan? Of hadden ze haar misschien gedood om papa te straffen? En wíe had haar gedood? En straften ze hem na haar dood niet meer? Of zouden ze proberen weer iemand anders te treffen, iemand die hem heel na stond?

En kwam het dáárdoor dat hij me van jongs af aan getraind had om uit te kijken? Om mijn ogen open te houden? Om alles en iedereen te verdenken? En was ik wel echt een beroeps wat betreft mijn achterdocht? Want hoe zat het bijvoorbeeld met Felix die daar voor me uit holde? Wat had hij daar allemaal mee te maken, en had mijn vader hem echt de hand gedrukt en met hem die afspraak over mij gemaakt, en waarom voelde ik me zo tot hem aangetrokken en was ik tegelijk ook bang voor hem, en bleef desondanks toch bij hem, en was dit misschien het moment om weg te vluchten, om mezelf te redden...?

Ik liep nu traag, een beetje angstig, een beetje terneergeslagen, stapte door en wilde steeds maar teruglopen. Alsof ik ergens heel eventjes naar binnen had mogen gluren waar kinderen van mijn leeftijd niet in mochten kijken. En daar stond mijn vader, in het donker, met zijn spieren, en de opgezwollen aderen in zijn nek, en vocht knarsetandend tegen de misdaad. Hij verdedigde de hele wereld tegen de grote vijand met de duizend gezichten, maar hij verdedigde vooral mij. Hij bereidde me voor op die ene, eeuwige oorlog. Eenzaam en ongelukkig stond hij daar tegen de hele onderwereld te vechten, zonder hulp te vragen, zonder compromis.

Daar ging ik weer te hard.

19 *Een stel zandruiters*

Ineens voelde ik de zee. Ze overviel me met haar lucht en vochtigheid en het ruisen van haar golven. De zee! Ik was nog maar een paar uur bij haar vandaan geweest en ik miste haar al. Ik was er dol op (heb ik al verteld). Ik was wel een Jeruzalems kind, maar ik kon zwemmen als een Tel Avivenaar. Als het even kon, probeerde ik Gaby over te halen om naar het strand te gaan. En zij moest om me lachen, omdat ik op het Dizengoff-plein, in hartje Tel Aviv, al opgewonden begon te spartelen, als een vis die uit zijn aquarium in Jeruzalem was ontsnapt en nu al bijna thuis was.

Arme Gaby was gestrand op een strandstoel. Ze zat daar in haar zwarte jurk, met een stukje wit plastic over haar neus en van top tot teen – inclusief haar tas – onder de zonnecrème. Op het vrolijke strand zag ze eruit als een spook. Ze had een hekel aan de zee, was bang voor de zon en had vooral last van de spetters die in hun petieterige badpakjes langsliepen. Haar hoofd pingpongde heen en weer, als een bal geslagen door twee rackets: verdriet en jaloezie. 'Ik ben de enige mens op aarde die zeeziek wordt op het droge,' kreunde ze iedere keer als er weer zo'n schoonheid voorbij kwispelde. 'God heeft me aan de mensheid geschonken om een bovengrens aan het leed te stellen.'

Papa moest ook niets hebben van de zee. Ik geloof dat ik hem nooit aan zee gezien heb (pas op mijn tiende ontdekte ik toevallig dat hij niet eens kon zwemmen!). Voor Gaby was het strand een kwelling, maar omdat ze wist hoe gelukkig ik tussen de golven was nam ze me minstens één keer in de maand mee naar zee. Het was onze vaste pretdag, of eigenlijk míjn pretdag, ik geloof dat Gaby van de meeste dingen die we op zo'n dagje Tel Aviv deden niet echt genoot. En toch had ze in vijf jaar, vanaf mijn achtste, niet één keer *tellaviven* gemist. Op het strand lag ze te braden. Later, bij het huis van Lola Ciperola, stond ze één, zelfs twee uur lang op haar zere benen zonder te klagen. In het restaurant zat ze zich met een wanhopig gezicht vol te proppen en op een servet de calorieën op te schrijven die, als een soort verstekelingen, in de onschuldige, op zich zelfs vermagerende patat en biefstuk huisden. Van tijd tot tijd, na een uitzonderlijk gulzige hap, leunde ze achterover en voelde aarzelend aan een vetrol op haar buik. 'Nou nou, Gaby'tje,' fluisterde ze, 'mooi rolmodel ben jij.'

Van daaruit namen we een stadsbus naar ons volgende geheime en spannende verzetje: de chocoladefabriek aan de rand van Ramat Gan. Ook dat was een van de dingen die we gezworen hadden geheim te houden, ons eigen zoete geheim, en God helpe ons als híj erachter kwam dat zij me zo verwende.

Eens in de maand, en altijd op donderdag om vier uur precies, was er in de chocoladefabriek een rondleiding voor bezoekers. In die vijf jaar waren Gaby en ik daar haast eregasten geworden. Soms waren we ook de enige gasten. Een uur lang schuifelden we achter de vaste rondleidster, die slaperig was en zo mager als een zoutstokje. We verslonden elk woord over het fabriceren van chocolade: het malen van de cacaobonen, het versmelten van de boter, het roeren van de vloeibare, zachte, stroperige, dikke brij...

De rondleidster was een bijzonder mens. Ze was één en al afschuw voor alle geneugten van het leven in het algemeen, en voor chocolade in het bijzonder, en toch bleef ze haar werk doen met de betrouwbaarheid van een machine. Ze wijzigde geen woord aan haar verhaal, inclusief de twee vaste grappen. Ze vroeg nooit wat ons ertoe bracht om vijf jaar lang achter haar aan te lopen. En ze was in al die jaren maar één keer afgeweken van het vaste patroon. Ook die keer waren wij de enige bezoekers geweest. Toen we in de hal kwamen waar de chocolade in kleurige wikkels verpakt werd, zei ze tegen ons: 'Neemt u me niet kwalijk, het gaat me ook niet aan, maar u bent hier al eerder geweest, kunnen we vandaag dit stukje misschien overslaan, ik heb een dringende afspraak om kwart voor vijf.'

Gaby en ik wisselden een snelle, geschokte blik: de verpakkingshal was een van de hoogtepunten van de rondleiding! Het was net zoiets als een bezoek aan de kleedkamer van een acteur voordat die opkomt!

Gaby kneep haar ogen samen en vroeg vijandig: 'Een afspraak met een man?'

'Nee,' zei de vrouw, 'met een dokter.'

'Dan is het goed,' vergaf Gaby haar. 'Maar alleen voor deze ene keer.'

Hier moet ik even pauzeren om iets belangrijks uit te leggen: je hebt mensen, onbeschaafde, ongevoelige, ongeraffineerde mensen, die zo'n rondleiding oersaai vinden, en ook al zijn ze toevallig gek op chocolade, ze hebben alleen belangstelling voor het eindproduct. Het voltooide, gestolde resultaat.

Maar Gaby en ik waren gefascineerd door het productieproces van chocolade: de buizen, de kuipen, de hijskranen waarmee de zakken cacaobonen verplaatst werden, de gigantische trommels waarin de bonen gebrand werden voordat ze gemalen zouden worden, de enorme gieters waaruit de betoverende vloeistof stroomde, de glanzende, pure schoonheid van een reep die nog heel is, nog niet in blokjes verdeeld, de verleidelijke verlegenheid waarmee hij zich in blinkend zilverpapier hult, en daaroverheen een kleurige wikkel aantrekt – wat is de kringloop der natuur toch mooi!

Sorry dat ik er zo over uitweid. Ik ben me wel degelijk bewust van de griezelige mogelijkheid dat zich onder mijn lezers ook mensen bevinden die immuun zijn voor de aantrekkingskracht van chocolade. Ook zulk volk heb je op onze aardbol, daar moet je niet moeilijk over doen, je moet het zien als een van de verschijnselen waar de wetenschap geen verklaring voor heeft. Ik ken zelfs een jongen, ik zal zijn naam niet noemen, die als peuter al een voorkeur had voor hartige dingen. Echt waar! Die jongen vreet lustig zoute stokjes en andere zoutjes, allemaal bestrooid met zoutkorrels. Vreemde keuze, als je het mij vraagt. Wat dat betreft horen wij helaas tot twee totaal gescheiden menselijke soorten. De andere soort is wat je noemt 'het zout der aarde': praktische, dodelijk rationele mensen, snelle beslissers, wantrouwig tegenover sprookjes, en de feiten zijn hun enige god. Meerdere mensen hebben tegenover mij laten doorschemeren dat deze zoutpilaren van de samenleving op hun geheime bijeenkomsten, ergens in het Sodomgebergte, vlak bij de Dode Zee, aanstootgevende rituelen houden waarbij hele chocoladerepen in zee verdronken worden! Gruwelijk gewoon! Maar ja, het is bekend dat je vermogen tot oordelen achteruitgaat na jarenlang kauwen op droog zout.

Ik, daarentegen, ben er soms van overtuigd dat er in

mijn aderen geen bloed stroomt maar dikke chocolade (met kersensmaak). En nu nog, als ik een belangrijk zakendiner heb met grote mensen, zogenaamd volwassenen, weet ik in mijn binnenste binnenste dat het hele diner, alle besprekingen en al het geleuter gewoon de tol zijn die ik moet betalen om uiteindelijk bij het dessert te komen.

En dan komt het!

Met een onverschillig gezicht, onder een zogenaamd onschuldig babbeltje, schep ik de smeuïge chocolademousse naar binnen, de droomtaart naar moeders recept, de petieterige schuimzwaantjes, de sneeuwwitte slagroompunt... En de man of vrouw die aan de andere kant van de tafel zit weet niet, kan niet weten, dat er in mij, in deze beleefde en ingetogen gesprekspartner, twee gedaanten uit de donkere diepten van het geheugen opkomen: een geelharig, kortgeknipt jongetje en een grote vrouw in een zwarte, slankmakende jurk, en dat die twee zich zonder omhaal op de buit storten en happen en likken en erin zwelgen tot ze erbij neervallen.

Hier wil ik het verhaal weer heel even onderbreken, ik wil gebruikmaken van dit moment, een moment van zeldzame openhartigheid, van een heerlijke toenadering tussen schrijver en lezer, om gewag te maken van mijn laatste wens, mijn geestelijke testament: Ik wil begraven worden in een kist gemaakt van chocolade.

Dan houd ik me zoet.

Eerst zag ik de bulldozer, en daarna Felix. Ik zag hem nog voordat hij mij in de gaten kreeg. Hij stapte uit een zijstraatje precies op het moment dat ik het strand bereikte. Hij liep met de pas van de manke bedelaar, wierp zogenaamd willekeurige blikken om zich heen, maar nam met die blikken zijn omgeving op als een visser die met een weids gebaar een visnet ophaalt. En hij wist hoe je moest kijken, want als een gewoon, onschuldig iemand achterom wil kijken, kijkt hij meestal over zijn linkerschouder. Dat is echt zo. Probeer het zelf maar. En als een goeie rechercheur een verdachte schaduwt, zal hij dus altijd proberen om rechts achter hem te lopen, om niet ontdekt te worden. Felix, die dat uiteraard wist, wierp af en toe ook een blik naar rechts, en ving zodoende mijn gedaante tussen de schaduwen op.

Kennelijk was hij er niet zeker van dat ik het was, want hij was meteen weer verdwenen. Ik kon niet zien waarheen. Hij leek door het zand opgenomen, of in de duisternis opgelost. Dat klopte wel met de geruchten over hem: dat hij zo ongrijpbaar was als water. Honderden politieagenten en rechercheurs hadden gedacht dat ze hem te pakken hadden, dat hij in hun vuist gevangen en opgesloten zat, maar toen ze die weer opendeden, bleek Felix stiekem door hun vingers te zijn geglipt.

Behalve die ene die zijn hand goed had dichtgeknepen. Want toen die zijn vuist weer opendeed – was Felix er nog.

Ik wachtte. Waar was-ie? Ik aarzelde even. Toen begon ik zachtjes 'Je ogen schitteren' te fluiten. Ik zag iets bewegen, in het maanlicht leek het of er een donkere slang door het hobbelige zand gleed. Even later hoorde ik vanaf die kant zachtjes terugfluiten. Zo hadden we nu een wachtwoord zonder dat we het van tevoren hadden afgesproken.

We kwamen in het donker naar elkaar toe. 'Daar,' zei ik en wees op de bulldozer die daar stond.

'Dinosaurus,' merkte Felix op, en ik wist niet of hij

bedoelde dat het een oud model was, of dat de bulldozer eruitzag als een oerbeest.

Klein. Stevig. Geel. Met een graafbak zo groot als de hele romp en hoog in de lucht geheven.

We stonden in een groot gat dat vlak aan zee was uitgegraven. Kennelijk een bouwput waarin de fundamenten van een gebouw gelegd zouden worden. Ik begreep nog steeds niet wat we hier kwamen doen. We liepen stilletjes rond. Inspecteerden het terrein. De bouwput was afgezet met schotten. Naast een ijzersnijmachine lag een stapel dunne lange ijzeren staven. Verder stond er ook een kleine houten keet. Van de bewaker. Er scheen geen licht door de kieren.

We liepen erheen. Felix leek eerder te snuffelen dan te kijken.

'Is een iemand binnen,' gebaarde hij. 'Hij slaapt.'

'Hoe weet je dat?' vroeg ik zonder stem.

'Hier was vuur,' fluisterde hij en wees op een kringetje kolen. 'Eén koffie.'

'Goed zo, Holmes,' zei Gaby in mijn hoofd tegen hem. 'En hoe weet je dat-ie slaapt?'

'Ik weet niet,' fluisterde Felix, 'ik hoop. Ik ben toch niet een profeet?' We liepen om de keet heen. Er zaten geen ramen in. Daar was Felix erg blij om. Hij maakte van twee vingers een kringetje, als teken van zijn grote blijheid. Nu begon hij om zich heen te zoeken. Hij vond een houten balk, nam die met zijn ogen op en vergeleek hem met de deur. Geruisloos, met de bewegingen van een kat die op zijn tenen door de nachtmerrie van een muis loopt, liep hij naar de deur van de keet. Even was het stil. Toen stak hij de balk met een plotselinge, krachtige beweging tussen de deurkruk en de deur en maakte van de keet een gevangenis.

'Snel,' zei hij, en ik hoorde in zijn stem die kracht die in hem opkwam als er gevaar dreigde, alsof er een motor startte en begon te snorren.

Hij sprong op de bulldozer alsof hij een paard besteeg. Hij graaide hier en daar, vond twee grote spijkers, een nijptang. Ik begreep niet waar hij mee bezig was. In de keet scheen iemand wakker te zijn geworden en zich traag te bewegen. Met behulp van de tang vlocht Felix de twee spijkers tot een soort vorkje en stak dat in een dubbel gaatje achter de bestuurdersplaats. Het was nog steeds stil om ons heen. Ik wist niet wat er nu ging gebeuren.

Wat er gebeurde, was dat de stilte ineens opengereten werd. Felix had zijn geïmproviseerde sleuteltje omgedraaid en de bulldozer begon meteen te dreunen. In de stilte klonk het oorverdovend. Ik dacht dat er nu in heel Tel Aviv niemand meer sliep. Felix sprong op de bank en wenkte dat ik erbij moest komen en ik, met een sprong...

Hij trok de handrem los en de bulldozer schoot weg. We schommelden naar voren en naar achteren, als op een kameel die opstaat. Felix probeerde even de twee grote hendels voor hem, trapte op de brede pedalen, bekeek de zaak, bestudeerde alles en begon te rijden. De bulldozer gehoorzaamde meteen, alsof hij de kracht van Felix aanvoelde. Toen we de keet passeerden meende ik flauw licht in de kieren te zien branden. Ik zag de deurkruk op en neer gaan. De bewaker probeerde eruit te komen. Werd door de balk tegengehouden. Begon met zijn handen op de deur te bonken.

Als je een foutje maakt, vrind, dan moet je boeten. Dat is de strijd om het bestaan. Ga maar weer slapen.

Binnen de kortste tijd bereikten we een barrière: een

enorme wal, enkele meters hoog en tientallen meters lang, een ophoping van zand dat in elkaar geperst was tot een stevige muur – kennelijk het zand dat uitgegraven was uit de put waar we net geweest waren.

'Deze berg neemt weg de uitzicht van de raam van Lola!' schreeuwde Felix. 'Zij kan niet zien de zee!'

'Maar als ze hier een gebouw neerzetten, kan ze hem nog minder zien!' schreeuwde ik terug.

'Al drie jaren zij bouwen niet!' antwoordde hij luidkeels. 'Weggegaan en alles zo gelaten. De zand en de bulldozer en de bewaker ook! De geld was op! Hebben de zee gepikt, en weg! Nu jij moet goed vasthouden! *Haidé*!'

En met die verschrikkelijke schreeuw draaide hij de bulldozer naar de berg toe en reed er met alle motorkracht op in. Ik vloog. Ik hield me met één hand vast aan de stang van het dakje boven mij en deed mijn ogen dicht.

De metalen klauw sloeg in op de wal en brak hem doormidden. Na drie jaar was de wal door de vochtigheid en het zout behoorlijk stevig geworden, maar de bulldozer maakte er in één klap korte metten mee. Verstikkende wolken zand stoven op. Mijn ogen, neus, mond – alles zat er vol mee. Felix greep de versnellingspook en reed achteruit. Toen ging hij met een zelfverzekerde beweging weer in de aanval.

De bulldozer galoppeerde vooruit, de graafbak ging ietsjes omhoog, dan weer omlaag, allemaal terwijl we voortraasden, en knalde toen weer met al zijn stalen kracht tegen de basis van de berg. Gigantische brokken, rotsen van zand, begonnen los te breken en neer te storten, in stof op te gaan. Felix lachte, gooide zijn hoofd in zijn nek en brulde als een leeuw en huilde als een jakhals en krijste van geluk. Ik sloeg hem op zijn schouder, om hem eraan te herinneren dat hij een compagnon had! Hij schoof een beetje opzij en liet me ook het pedaal indrukken. De bulldozer dreunde en trilde, ik trok hem terug uit de hopen zand die om en over ons heen waren neergekomen, en weer sjeesden we langs de wal, op zoek naar een punt waar we konden doorbreken. Het was geweldig, krankzinnig, we ramden de wal als belagers die een stadsmuur rammen. Op het lijstje dat ik in mijn hoofd bijhield, schreef ik onder 'rijervaring' na 'locomotief nu ook 'bulldozer'. Felix joelde luidkeels, ik dacht dat ik hem 'Wie kaapt er de trein naar Tel Aviv?' hoorde zingen op het wijsje van het pioniersliedje 'Wie bouwt er een huis in Tel Aviv?' en dan het antwoord: 'Wij pioniers kapen Tel Aviv!' in plaats van 'Wij pioniers bouwen Tel Aviv!' en daar vlak achteraan: 'Blauw is de zee, blauw ook het zwerk, wij avonturiers zijn hier aan het werk!' Ik vond dat we als actiegroep nu eindelijk een eigen strijdlied moesten hebben, en toen hebben we samen, schreeuwend, onder de stofwolken en bij het ruisen van de zee, een liedje verzonnen:

Je ogen schitteren, twee diamanten!
Je zwaait me uit op het perron!
Zonder de zee is het leven zo kaal!
Je krijgt hem van ons, en geeft ons de sjaal!

Ik weet niet wie van ons tweeën het auteursrecht verdient. Ik was begonnen, Felix ging door, en binnen een minuut zaten we met z'n tweeën het liedje uit te schreeuwen. Felix zwaaide met zijn armen naar alle kanten, tranen van geluk rolden over zijn wangen. Zoals hij daar in zijn bedelaarskleren op de bulldozer zat te springen leek hij een heidense oermens die de maan aanbidt, en ik dacht bij mezelf dat hij misschien blij was omdat hij in zijn hele criminele carrière nooit kans had gezien om het soort misdaden te plegen dat hij nu met mij pleegde, misdaden voor een goed doel. En zo dansten we samen op de bulldozer, zwaaiden met onze armen en gilden, en ook hij, de bulldozer, kreeg iets wilds en stouts over zich, ik had nog nooit zo'n vrolijke bulldozer gezien, misschien was hij ons dankbaar dat we hem uit zijn lange slaap gewekt hadden. Hij huppelde gracieus en soepel van hier naar daar, sloop slinks op de zandwal af en verraste die op het allerlaatste moment met een aanvalskreet en een klap met zijn enorme klauw. Hij was zo schattig en destructief als een mammoetjong, en na elke knauw hief hij zijn getande klauw ten hemel, alsof hij in een stemloze bulldozerlach uitbarstte. Soms moesten we hem hard op zijn hijgende ribben kloppen om hem te kalmeren...

(En nu met z'n allen:

Hé, hé, Lola,
Hé Lola Ciperola!
Hé, hé, Lola,
Lola Ciperola!)

De duisternis trok weg uit de lucht en stroomde in zee. Streken van lichtblauw tekenden zich af in de gangen die we in de wal hadden gegraven. Ik ademde de zee in totdat het zout in mijn longen brandde. Ik gilde, brulde, ik weet het allemaal niet meer. Ik had hem eigenhandig veroverd! Hij was nu van mij! Nog nooit had een kind...! Op de hele wereld niet!

Om vijf uur 's morgens viel de bulldozer opeens stil.

Misschien was hij stuk, misschien was de tank gewoon leeg! De lucht werd lichter aan de rand en witte meeuwen begonnen te vliegen en te krijsen. De wal lag voor ons, uiteengevallen, verkruimeld over zijn hele lengte. Rappe ochtendgolfjes begonnen er al aan te knabbelen en de overblijfselen de zee in te slepen. Felix en ik zaten van top tot teen onder het zand. Zelfs boven mijn oogleden prikte het. Nat zand en zout waren op onze gezichten tot een masker gestold. Zijn blauwe ogen straalden erin als de ogen van een heel gelukkig kind.

Hij stak een in modder gegoten hand in zijn verscheurde bedelaarsoverhemd en haalde de dunne ketting tevoorschijn. Het hartvormige sieraad en de twee gouden aren glinsterden wonderbaarlijk tussen de zandkorsten in zijn hand.

'Jij bent zoals jouw moeder,' lachte hij vanachter het zand. 'Zij was ook zo met de zee. Net zo gek op als jij. In de zee zij was thuis, zij was als vis.'

Hij haalde één aar van de ketting af en streelde er met zijn vingers over.

'Nu jij gooit,' zei hij plotseling en stopte de aar in mijn hand.

'Ik?'

(Ik?!)

'Mag ik jouw symbool gebruiken?'

(Mag ik zijn symbool gebruiken?)

'Ja. Asjeblief. Hoort zo. Asjeblief.'

Goud en licht. Een klein aartje in mijn hand. Ik stond rechtop op de bulldozer. Ik zag hem van opzij een bijzondere blik op me werpen, zoals de eerste keer dat hij me gezien had, in de trein. Met alle kracht die ik in me had gooide ik de aar de lucht in, de zee in.

Hij zweefde, tolde langzaam in de lucht, flitste en

verdween tussen de golven. Een witte meeuw kwam aanvliegen en dook erachteraan. Misschien vond hij de aar, misschien ook niet.

We sprongen van de bulldozer af en begonnen te rennen. We moesten daar weg zijn voordat de stad wakker werd. Ik keek even achterom en voelde een steek van droefheid door mijn hart gaan: onze kleine bulldozer stond bij het water met zijn klauw in de lucht. We hadden hem voor één nacht van zijn betoverde slaap verlost, en nu was hij er weer in verzonken.

In de keet van de bewaker werd geklopt en gebonkt en geschreeuwd. Felix aarzelde even, maar liep er toch heen en maakte de balk ietsje los. Het gebonk binnen hield op. Misschien was de man geschrokken. We gingen er gauw vandoor, maar voordat we het strand verlieten hield Felix me tegen, wees op de stad en zei: 'Kijk daar, Amnon.'

De meeste luiken waren dicht. Tel Aviv sliep nog onschuldig, droomde nog een laatste droom. In het zachte licht waaide uit een bovenraam een soort lichte, luchtige vlaag naar buiten, een doorzichtig, paars wolkje dat de ochtendlucht in- en uitademde, de wind tegemoet snelde, die het leven inblies. De sjaal van Lola Ciperola, die nu van mij was.

20 *Bestaat reïncarnatie? En verder nog: ik sta in de krant. Met grote letters*

Eerst ging ik onder de douche. Ik had nog nooit in Tel Aviv gedoucht, en het was inderdaad net zoals bij ons in Jeruzalem verteld werd: een krachtige, volle, onstuimige straal die je hoofd lekker opschuimde. Niet dat ondeugende stroompje bij ons, dat je heel even nat maakte en zich dan met een gorgellach weer gauw in de leiding terugtrok. Ik spoelde de korsten zeezand van me af en bleef nog een halfuur onder de waterval staan, totdat het water me van top tot teen gekalmeerd had. In de badkamer bedacht ik dat ik papa en Gaby nog steeds niet gebeld had, maar toen ik er weer uit kwam, zei Felix dat het eten klaar was en dat we maar beter aan tafel konden gaan. Lola had een koninklijk ontbijt à la trakta-tie-voor-de-mond-feest-voor-de-maag klaargemaakt: gebakken ei en cacao en fijngesneden groentesalade en appelmoes; op z'n minst tweede plaats (na het restaurant, dus) op de schaal van TRAMOFEMA, als je het mij vroeg. Ik zei dat haar salade me aan de salades van Gaby deed denken, Lola vroeg wie Gaby was, en ik vertelde, met volle mond (zoals bij Gaby past). De hele tijd dacht ik eraan hoe jammer het was dat Gaby er niet bij was, want ik had zo'n gevoel dat zij en Lola goeie vriendinnen zouden kunnen zijn, omdat ze hetzelfde dachten over het leven en over de mannen. Bovendien zou Gaby trots op me zijn als ze zag hoe goed ik met beroemdheden en vips kon omgaan. Want ik noemde haar allang Lola, en zij noemde mij Nono.

Maar thuis voelde Lola zich helemaal niet beroemd of belangrijk. Ze was gewoon een nuchtere, oudere vrouw, zonder alle laagjes make-up, zonder die galmende stem die ik nu ineens onecht vond, een kunstmatige toneelstem, en zonder de overdreven handgebaren. Een vrouw van vlees en bloed, met een beetje een vreemd accent in haar huisstem, met kleine grappige opmerkingen, met een mooi gebruind gezicht en een soepel lichaam, met bruine ouderdomsvlekken op haar handen en een beetje gerimpelde nek, en misschien droeg ze daarom altijd die sjaal.

Ze was zo lief en zorgzaam voor me. Ze liep overal achter me aan en zat dan gewoon naar me te kijken. Het was heel raar, want tot aan de dag daarvoor was ik degene geweest die zich in alle bochten had gewrongen om een blik, een blikje zelfs, op haar te mogen werpen, die vaak ook een kaartje had gekocht om haar te kunnen zien. En hier zat ze me gewoon met haar ogen te verslinden.

'Je zegt het als je genoeg van me krijgt, Nono,' zei ze. 'Ik vind het zo heerlijk om naar je te kijken.'

'Wat valt er te kijken,' lachte ik ongemakkelijk.

'Je bent knap. Geen schoonheid, hoor, haal je maar niks in je hoofd, maar je hebt een interessant gezicht. Allerlei innerlijke tegenstrijdigheden van een karakter waar ik heel veel over zou willen weten! En die oren – net een kat. En je bent zo lief als je glimlacht, en alles wat je doet, ontroert me. Hè!' riep ze, hield haar wangen tussen haar handen en schudde met haar hoofd en lachte: 'Wat zit ik te leuteren. Ouwewijvengeklets. Je moet begrijpen, de kinderen die ik van het theater ken, zijn gewoon vrouwen die kinderen spelen, ik heb al lang geen echt kind gezien. Vertel door.'

'Waarover?'

'Alles. Je vrienden. En hoe je kamer eruitziet. En wie je kleren koopt, en wat je na schooltijd doet. Lees je graag?'

Eerst Felix en nu zij. Het was langgeleden dat er zoveel belangstelling voor me getoond was. Wat hadden die twee toch?

'Help me dan met de foto's, ik heb een sterke jongeman nodig die me ze aangeeft.'

Ze ging op een stoel staan en ik gaf haar één voor één alle foto's die gisteren nog aan haar muur hadden gehangen. Dat had ze de hele nacht gedaan: de foto's van de muur gehaald, de spijkers eruitgetrokken, de gaatjes met witte tandpasta gevuld, en tegen de ochtend had ze de muur opnieuw staan witten.

'Allemaal dankzij jullie, jullie hebben me helpen besluiten!' had ze ons verwelkomd toen we 's ochtends van het strand waren teruggekomen. Ze had een broek aan en een mannenoverhemd dat onder de muurverf zat.

'Ik had het al tien jaar willen doen maar durfde niet!' had ze gejuicht en met de kwast gezwaaid en Felix versierd met een witte baan van verfspatten. 'Tien jaar lang heb ik hier niet kunnen ademen door al die opgeblazen smoelen en al die foto's van mij en dat theater van mij en die poses van mij. Maar nu gaat het allemaal naar de berging! Ik wil eindelijk ademhalen!'

Ik stond onder haar en gaf haar één voor één Elizabeth Taylor, Ben Goerion, zelfs Mosje Dajan, en toen ze ze allemaal de donkere berging in stuurde, hoorde ik haar lach boven mij rollen.

'Ik heb nog nooit zo'n effectief dieet gehad!' zei ze toen ze van de ladder afkwam. 'Ik ben in één nacht minstens een ton maskers en hypocrisie kwijtgeraakt!'

'Maar het theater is je leven!' zei ik onthutst en een beetje teleurgesteld. En zij: 'Fout, meneer Feierberg! Mijn leven begint nu pas! Vandaag! En misschien zelfs dankzij jou!' En ze pakte me beet en sleepte me mee in een wilde dans, totdat we bijna omvielen.

Ik word gek, dacht ik bij mezelf. Ik snap er niks van.

Maar vind het best leuk.

Toen we zaten te ontbijten hoorden we bij de buren luiken opengaan, we hoorden kreten van verrassing en gejuich. Aan alle kanten gingen steeds meer ramen en luiken open, mensen keken naar buiten en riepen opgewonden tegen elkaar en begrepen niet wat er die nacht gebeurd was en zeiden dat het een godswonder was. In de woning onder ons hoorde ik een bejaarde stem op geleerde toon uitleggen dat de maanstraling de afgelopen nacht wellicht extra sterk was geweest en zodoende harder aan het water had getrokken dan normaal, waardoor de zandwal ondergelopen en verkruimeld was. Een andere buurman vermoedde dat de gemeente van plan was om belasting te heffen op uitzicht en zich daarom haastte om de buurt de zee terug te geven...

'Je hoort het, kind,' zei Lola, 'in Tel Aviv kom je ook zonder toelatingsexamens binnen.' Ze kwam tussen Felix en mij staan en sloeg haar armen om onze schouders. 'Jullie hebben ze een mooi cadeau gegeven, ook al weten ze het zelf niet.'

Ik wilde naar huis bellen, maar Felix begon weer te vertellen over hoe we de muur doorbroken hadden, en hoe we in de aanval waren gegaan, en wat een hoop zand er was opgewaaid, en hoe we de bewaker in de keet hadden opgesloten en hoe... Hij leek precies mijn vader na een geslaagde operatie. Hij klonk zelfverzekerd, arrogant, deed uit de hoogte over de tegenpartij. Op zulke momenten verdween bij papa de droefheid, en bij Felix bladderde de adellijkheid een beetje af. Ik keek naar hem en dacht bij mezelf dat ze allebei heel graag wonnen, en dat het voor Felix vast erg pijnlijk en vernederend was geweest dat papa hem verslagen had.

Daarna bracht Lola ons naar bed. Felix kreeg de bank in de woonkamer en mij nam ze mee naar een kamer die ik nog niet gezien had. Een klein kamertje dat op de zee uitkeek.

'Vanaf hier heb je het beste uitzicht op de zee,' zei ze terwijl ze het bed opmaakte. 'Vroeger, jaren geleden, zat ik hier uren te kijken. Alleen, of met nog iemand. Zelfs op een afstand geeft de zee me rust. Nu heb ik dankzij jullie mijn zee weer terug.'

Ze stond even op de vensterbank te leunen. 'Vanaf hier is de zee het openst, en het blauwst,' zei ze zachtjes en het klonk alsof ze iemand citeerde die dat vaak zei.

Ze liet het rolluik zakken, zodat ik niet gestoord zou worden door de ochtendzon, maar ze had het in één keer gedaan, met een abrupte beweging, alsof ze een pijnlijke herinnering wilde afkappen die in haar was opgekomen. 'Slaap lekker, Nono,' fluisterde ze, en ging de kamer uit.

Donker. Ik lag op mijn rug. Ik probeerde in slaap te vallen. Ik hoorde haar en Felix fluisteren, maar ik kon ze niet verstaan. Ik ergerde me eraan dat ik weer vergeten was om naar huis te bellen. Niks aan te doen. Als ik weer wakker werd.

Het bed was smal, een kinderbed, maar ik lag lekker, net Goudhaartje in het bedje van het kleine beertje. Ik was een beetje verkouden vanwege het nachtwerk en had moeite met ademen. Bovendien rook het muf in de kamer. Je kon merken dat hij al een hele tijd niet in gebruik was geweest, misschien zelfs niet geopend. Er stond een grote kast, en aan de muur hingen landschappen. Ik stond zachtjes op en ging kijken: ingelijste ansichtkaarten. Zwitserse bergen en de Eiffeltoren en wolkenkrabbers in New York. En een kudde hollende zebra's, in Afrika. Ik bewoog me geruisloos. Ze mochten niet merken dat ik opgestaan was. Ik weet niet waarom ik dat deed, voor wie ik oppaste.

Op een plank in de hoek stonden oude soldaatjes uit verre landen, elk gekleed in zijn eigen uniform. Het zag eruit als een verzameling. Iemand had die poppen verzameld en hier op de plank opgesteld. Misschien wel jaren geleden. Ik pakte zo'n pop en die begon meteen uit elkaar te vallen. Het rode uniform loste haast op toen ik het aanraakte. Ik voelde me schuldig en kreeg het onbehaaglijke gevoel dat als ik hier te veel aan dingen zou gaan zitten, dat de rest ook zou verkruimelen, verwelken.

Ik ging gauw weer in bed liggen. Het was nogal donker in de kamer, maar ik liep er met de grootste zekerheid door. Alsof ik de route kende, en het gevoel van de ruwe vloertegels tegen mijn voeten. Alsof ik er al eerder was geweest. Maar ik was gisteren toch voor het eerst bij Lola binnen geweest?! Ik voelde het gezoem tussen mijn ogen weer opkomen. Het kwam steeds dichterbij, als het brommen van een motor in de verte. Misschien had ik bij het ontbijt te veel gegeten. Ik ging liggen. En snel weer zitten. Wie was daar? Een schaduw maar.

Ik trok de deken over mijn hoofd. Inclusief mijn beide oren, tegen papa's regels in. Ik liet alleen een kiertje open om naar buiten te kunnen gluren. Ik keek goed of ik de schaduwen kon herkennen: de grote kast, de spullen, de poppen op de plank, de ansichtkaarten uit de hele wereld... Ik kreeg het benauwd. De kamer kwam op me af. Ik ging op mijn rug liggen. Niet goed. Ik draaide me weer om. Ademde de geur van het kussentje in. Die kwam me bekend voor. Alsof ik al eens eerder zo'n geur geroken had. Wat gebeurde me nou? Alles in die kamer zei me wat. Het ontbijt was in mijn buik gestold tot een koude massa. Totaal uitgeput strekte ik mijn arm uit en betastte de muur. Mijn vinger vond de kras, in de vorm van een bliksemschicht: een diepe kras, veel dieper dan die van mij, kennelijk had daar ooit iemand geslapen die heel erg zijn best had moeten doen om niet te huilen. Ik liet mijn vinger eroverheen gaan en voelde die steeds bleker worden. Ik stak mijn hand gauw tussen het ijzeren bed en de matras. Ik vond daar wat ik zocht, waar ik al bang voor was: versteende bolletjes kauwgom. Hoe kan dat, dacht ik, alles precies zoals bij mij op de kamer. Ik tastte de matras af. Vond het gat in de hoes. Precies waar ik het verwacht had. Degene die daar vóór mij geslapen had, had in zijn matras gewroet, precies op de plek waar ik het graag deed. Als ik er maar geen frambozensnoepjes in vind, dacht ik met mijn stomme kop.

Ik schoot in paniek omhoog. Ging zitten. Dat kan niet, dacht ik, het is onnatuurlijk. Van het ene moment op het andere was het snot in mijn neus verdroogd. Het deed me allemaal denken aan dat verhaal dat Chaim Stauber me eens verteld had, over een Indiaas meisje dat wist wie ze in haar vorig leven was geweest. Dat meisje had haar ouders mee naar een dorp genomen waar ze nog nooit geweest was, en ze kon daar precies aanwijzen waar ze honderd jaar voordat ze geboren was een stuk speelgoed verstopt had. Maar die dingen gebeurden in India. Niet hier. Niet mij. Wat overkwam me nou? Wie was ik? Verlamd van angst pelde ik het cellofaanpapier er af en stopte het snoepje in mijn mond. Het was droog en verschrompeld, net een kiezelsteentje. Zelfs de schimmel was versteend. Ik likte en sabbelde en zoog eraan totdat het nat werd, totdat het weer wist wat het was. Een vleugje smaak, iets frambozerigs, smolt op mijn tong en verspreidde zich over alle hoeken van mijn hersenen. Ik zat op bed met hart en ziel aan het zuurtje te likken, één en al mond en tong en herinnering. Alles om me heen loste op en verdween en ik was me alleen maar bewust van de smeltende smaak van frambozen. Misschien is dat het gevoel dat een baby heeft als hij aan de borst ligt.

Ik ontwaakte uit mijn zoete dagdroom en was niet meer moe. De kamer vroeg mijn aandacht met geluiden, stemmen, stromen. Zoals een slapende arm met tintelingen aangeeft dat hij gewekt wil worden. Ik stond op en liep zachtjes naar de kast en deed hem open.

De kast zat vol kinderkleren. Niks bijzonders, zei ik tegen mezelf om mezelf te kalmeren, tot de nok toe gevuld met kinderkleren. Maar ik kalmeerde niet. Integendeel. Ik kreeg overal kippenvel. Gewoon van kinderkleren. Ik kon niet uitmaken of het jongens- of meisjeskleren waren. Misschien wel allebei. Ik zag jurkjes en rokjes en meisjesondergoed. Maar ook jongensbroeken. En jongensshirtjes. En brede leren riemen. En dikke sportsokken. Een jongen of een meisje? En de verzameling poppen op de plank – van een jongen of een meisje? Want poppen, ja, maar wel soldaten. En misschien dat veel jongens en meisjes door deze kamer waren gekomen, net als ik? Hierheen gelokt met allerlei trucjes en smoesjes en verleidingen? En wat hadden ze hier met hen gedaan? En waar waren ze nu? Ik raakte de jurken die in de kast hingen aan. Ze voelden net zo koel aan als het rokje dat ik vandaag van Felix gekregen had. Ook de kleuren van de meeste kleren hier waren van hetzelfde soort als de kleren die hij voor mij meegebracht had. Felle kleuren. Rood. Paars. Groen. Er klopt hier iets niet, dacht ik, waarom moest ik uitgerekend in deze kamer? Gaby had me nooit verteld van een jongen die bij Lola woonde. Of een meisje. Maar van wie waren dan de kleren in de kast? En wat hadden Lola en Felix eigenlijk met elkaar te maken? En waarom had Felix me hierheen gebracht? Ik wilde naar huis bellen. Ik moest mijn vader spreken. Nu meteen.

Ik hoorde voetstappen naderen en sprong weer in bed. Net op tijd om de deken over me heen te trekken. Lola Ciperola en Felix Glick kwamen op hun tenen de kamer binnen. Ik sloot mijn ogen. De angst sloeg me om het hart, koude angst, het soort angst dat je als een vleermuis tegemoet vliegt uit de duisternis van sprookjes uit andere landen, of uit enge geruchten bij de politie over kidnappers en wat ze met kinderen doen. Met alle kracht die ik nog in me had, vocht ik tegen die angst. Hij paste niet bij Felix en Lola. O nee? Hoezo niet? Misschien kwamen kinderontvoerders juist heel vriendelijk over? Die moesten kinderen toch meelokken? En misschien werkten deze twee altijd samen en bracht Felix zijn slachtoffertjes altijd hierheen? En wat was het ook weer, wat Lola hem gevraagd had over zijn dwaze spelletjes en of hij me mee had mogen nemen? En hoe kwamen ze aan al die kinderkleren?

Ik gluurde door mijn toegeknepen oogleden en zag ze over mij heen gebogen staan. Haar hoofd leunde op zijn schouder en zijn rechterhand lag om haar schouder. Zo stonden ze zwijgend naar me te kijken. En toen zei Felix: 'De kind.'

En Lola zuchtte diep.

Daarna gaf ze Felix een zetje: hij moest weg. Zij deed de deur achter hem dicht en ging op een klein stoeltje naast mijn bed zitten. Daar zat ze dan naar me te kijken. Ze ademde haast niet.

Ik was erg in de war. Ik was te moe om het allemaal te proberen te begrijpen. Misschien was Felix vroeger een boef geweest. Misschien was hij het nog steeds. Maar ik had hem toch zelf hierheen gebracht?

Ik had willen komen! En Lola? Wat had zij hiermee te maken? Want als ze toch betrokken was bij een of andere intrige tegen mij, iets crimineels, dan kon ik net zo goed doodgaan, want dan had het allemaal geen zin meer. Het lag me allemaal zo zwaar op het hart dat ik zuchtte.

Ze stond meteen op, kwam bij me staan, streek met haar hand over mijn voorhoofd, veegde het zweet af.

'Slaap maar,' fluisterde ze. 'Ik pas op je.' Met zachte handen stopte ze me in, klopte mijn kussen op. Nou, ik had aldoor geweten dat ze niet betrokken kon zijn bij iets slechts.

Haar blikken omhulden mij met iets, een verwachting, of een verlangen. Ik draaide me half om. We keken elkaar in het donker aan.

'Schrik niet, Nono,' zei ze met haar zachte thuisstem. 'Ik ben hier alleen. Wil je dat ik wegga?'

'Hoeft niet.' Maar wat wou ze van me?

'Felix heeft me verteld dat je het leuk vond om buiten op me te wachten, en dat ik je dan niet eens zag,' zei ze. 'Het spijt me.'

'Geeft niet. Ik heb je ook op het toneel gezien.'

'Dat heeft hij verteld, ja. Hoe vond je me acteren, Nono?'

'Heel goed. Ik vond... vind je een prima actrice. Maar...'

'Maar?' Ze boog zich voorover. Had ik mijn mond maar gehouden.

'Nee, ik... Ik dacht alleen zo bij mezelf dat je thuis, eh... Dat je natuurlijker bent.'

Ik hoorde haar in het donker in zichzelf lachen.

'Felix denkt daar net zo over. Hij zegt dat ik alleen koninginnen en prinsessen kan spelen, maar dat ik als gewone vrouw een totale mislukking ben. Dat heeft hij al die jaren tegen me gezegd. Misschien had hij gelijk.'

Ik wou protesteren. Ik wou haar verdedigen, zoals ik Gaby verdedigde als ze denigrerend deed over haar eigen uiterlijke schoonheid. Maar ik kon het niet meer opbrengen.

'Vertel me over jezelf, Nono.'

'Ik ben een beetje moe.'

'Wat ben ik toch een oen. Ik vind het zo fijn dat je er bent, dat er een kind in huis is, maar ondertussen kwel ik jou. Ik ga al. Ga jij maar slapen.'

'Nee. Blijf hier. Ga niet weg.' Misschien omdat ik bang was om alleen in die kamer te blijven, met al dat mysterieuze. Maar zeker ook omdat ik het opeens prettig vond bij haar. Ik had een geheel nieuw gevoel bij haar. Als bij een oma.

Terwijl ik er een in voorraad had. Oma Tsitka. Dat zat ingewikkeld. Ze was de moeder van papa en van oom Sjmoe'el en nog drie andere broers. Een lange, magere vrouw, met het haar in een knotje zo klein als een noot boven op haar kop, met één oog dat bedekt was met een troebel ouderdomsvlies en met dunne, gelige vingers. Dit klinkt als het signalement van een vermiste heks, ik weet het. Maar ja, zo zag ze eruit. Op de kop af en ten voeten uit. En ik had geen wit voetje bij haar. Links noch rechts. Op alles wat ik deed, elke beweging die ik maakte, had ze kritiek. Op het moment dat ze me in de gaten kreeg, pinde ze me met haar ene ziende oog vast, als met de naald van een passer, en begon om me heen te cirkelen met opmerkingen en steken onder water totdat ik het niet meer uithield en in tranen uitbarstte, of in woede. Ik heb altijd de indruk gehad dat ze me vanaf het moment dat ik geboren werd niet kon uitstaan. Zelf weigerde ik haar al vanaf mijn derde oma te noemen en hield ik het koppig bij 'Tsitka', en dan nog op mijn eigen manier uitgesproken, zodat je precies kon horen wat ik van haar dacht. En op mijn vierde, toen Gaby me *Roodkapje* had voorgelezen, begon ik zware verdenkingen tegen haar te koesteren en liet ik papa weten dat ik niet meer naar haar toe wou, althans niet voordat de jager zou komen om enige onduidelijkheden omtrent haar identiteit te verhelderen.

Papa probeerde niet eens tussen ons te arbitreren. Hij gaf haar gewoon gelijk in alles wat ze over mij zei en deed zijn best om ons van elkaar gescheiden te houden. Ik verbaasde me er soms over hoe snel en hoe graag hij ons geholpen had om het onderlinge contact te verbreken. Maar papa was niet bepaald familiegek. Hij moedigde mijn contacten met mijn zeven neven, de andere kleinkinderen van oma Tsitka, ook niet aan. Dat waren allemaal zonder uitzondering echte Sjilhav-kinderen en ze hadden er geen moeite mee om hun genegenheid voor iemand als ik te onderdrukken. Als kind kwam ik ze alleen maar tegen op bruiloften en andere familiefeesten. Op die heuglijke gelegenheden zaten ze de hele avond naast hun ouders, aten met mes en vork en zeiden alleen iets als ze aangesproken werden. En aangezien ze me met bepaalde blikken bleven bestoken en ik hun slechte mening over mij niet wilde verbruien, stond ik de hele avond bij de bar en pretendeerde het ene na het andere glaasje achterover te slaan, totdat de ober er een van mijn ooms bij riep om die dronken jongen daar weg te halen. Dan keek ik eerst uit mijn ooghoek of oma Tsitka me zag, en ging daarna met opgeheven hoofd ruzie zoeken met de drummer.

En juist bij Lola, die ik nauwelijks kende, voelde ik me op mijn gemak. Door haar tederheid, haar vreemde genegenheid voor mij...

Ach, gewoon op mijn gemak.

'Vertel me over jezelf,' zei ik half slapend. 'Niet over het acteuren. Over jou.'

'Eindelijk iemand die me begrijpt,' zei Lola met een glimlach. Ze kruiste haar benen onder zich op de stoel, zoals ze graag deed, en dacht even na.

'Je hebt gelijk, Nono. Dat acteuren, zoals jij dat noemt, dat is voor mij niet meer wat het was. Ik merk al een paar jaar een soort verwijdering, en eerlijk gezegd vind ik het...' Ze bracht haar gezicht dicht bij mij en fluisterde: 'Ik vind het niet meer zo leuk om voor een publiek te staan.'

Ik was perplex. Ik had een primeur: Lola Ciperola had een hekel aan het theater! Maar zoiets zou ik uiteraard nooit aan een journalist verklappen. Dat was iets tussen Lola en mij.

'Het is wel gek,' glimlachte ze, 'ik heb het nog nooit met zoveel woorden gezegd. Zo stellig. Maar nu, met jou, worden allerlei dingen me op de een of andere manier duidelijk: wat wel en niet belangrijk is in het leven, en wat ik wil doen in de jaren die me nog resten.'

Ik glimlachte half. Ze deed wel erg beleefd tegen me.

'En ik heb nu ineens ook zin om over mezelf te vertellen,' giechelde ze. 'Dat je me een beetje leert kennen. Ik wil je niet vermoeien, maar ik kan me niet inhouden. Vreselijk ben ik, hè? Zeg maar dat je moe bent en dat je schoon genoeg van me hebt.'

'Vertel hoe je was als klein meisje.'

'Wil je het echt horen? Echt waar?' Zo blij was ze, dat ik meteen zag hoe ze als klein meisje was geweest.

'Maar vertel alleen...' Ik aarzelde. Hoe moest ik het zeggen zonder haar te kwetsen? 'Alleen de dingen die je nooit in de krant hebt verteld. Eerste dingen.'

Ze keek me lang aan en knikte traag.

'Hier zou ik je een grote zoen voor moeten geven, Nono, maar ik houd me wel in. Ik heb nu ineens geen zin meer om te praten. Mag ik een liedje voor je zingen?'

'Je ogen schitteren?'

'Nee, een ander liedje. Dat mijn moeder voor me zong toen ik net zo oud was als jij. Toen ik een klein meisje was, in een ver land. Ik heette daar nog Lola Katz, ik had nog niet zo'n chique, grappige toneelnaam. Maar wel een hond die Victor heette. En twee vriendinnetjes: Elka en Katja...'

'Lola Katz? Is dat je naam?'

'Stel je voor, ja. Ben je teleurgesteld?'

'Nee, alleen... Vreemd... Want Lola Ciperola is best een mooie naam.'

Ze glimlachte bij zichzelf, sloot haar ogen en begon zachtjes te zingen in een vreemde taal. Een teder, lief liedje.

Na een tijd, een paar uur, of een paar minuten, hoorde ik haar mompelen: 'Slaap maar, liefje. We hebben alle tijd.'

Toen ik wakker werd, was het weer avond. Mijn dagindeling was op z'n kop. Ik lag een beetje te dagdromen. Thuis was papa om deze tijd nog niet terug van zijn werk. Ik was vrij. Ik kon tafelvoetballen, of in een wapencatalogus bladeren, of met mijn vinger de globe afreizen en allerlei routes langs verschillende landen uitproberen, of zomaar niksen. Soms was ik ervan overtuigd dat ik al een uur zo zat en dat papa elk moment thuis kon komen, en dan bleek op de klok amper één minuut voorbij te zijn gegaan. Wat nu? Binnen blijven had ik geen zin in, mijn huiswerk deed ik liever niet zonder Gaby en naar Micha ging ik alleen als ik geen andere keus had. Dan zaten we bij hem thuis te beuzelen, en dan kwamen bij mij de leugens op gang, ik loog tegen hem en hij keek aan me met die open mond van hem, en met die dikke oorlellen die als twee schietloden aan weerszijden van zijn hoofd hingen... Hij liet mij me in mijn eigen geklets verstrikken, en dan werd ik kwaad op hem en provoceerde hem, en soms gingen we ook op de vuist, zomaar uit verveling, en uiteindelijk ging ik daar weg met een leeg gevoel. Het was al lang geen echte vriendschap meer. Alleen verveling in tweevoud. Ik was van plan om hem na mijn bar mitswa te zeggen dat we geen kameraden meer waren. Het was wel mooi geweest zo.

Als ik maar graag las. Maar ik las niet graag, Gaby moest me altijd voorlezen. Als ik maar een instrument speelde, drums bijvoorbeeld, daar had je geen muzikaal gehoor voor nodig, alleen gevoel voor ritme en kracht, en die had ik wel. Maar papa wou geen drumstel voor me kopen.

Ja, wat deed ik eigenlijk al die duizenden uren? Al die eindeloze middagen van mijn jeugd? Waar vulde ik mijn leven mee? Ik weet nog dat ik mezelf testte, dat ik bijvoorbeeld de auto's van de buren probeerde te herkennen aan het geluid van de motor. Of dat ik urenlang in mijn verzameling zat te bladeren, die van de affiches van vermiste personen, en me afvroeg waar ze nu waren, en plannen maakte om samen met die mensen mijn eigen geheime politie op te zetten, want zij hoorden nu bij niemand meer, ze waren weg, verloren, dus waarom zouden ze niet van mij zijn, mij beschermen... Of dat ik op mijn rolschaatsen naar het park ging en bij het monument voor de veertig gesneuvelden checkte of ik alle namen uit mijn hoofd wist. Of gewoon. Niks. Niks doen. Alleen maar zijn. En wachten totdat er iets zou gebeuren. Hopen dat er iets zou gebeuren.

Maar er gebeurde niks. En als er al een keertje iets gebeurde, een echte vriendschap, dan raakte ik die ook kwijt.

Als het woensdag was, dan liep ik precies om deze tijd tussen de struiken langs de weg naar het winkelcentrum, als lijfwacht van Chaims moeder. 's Avonds om half zeven kwam ze terug van haar vaste afspraak bij de kapper. Dat ze mij boycotte betekende nog niet dat ik haar in de steek ging laten. Ik volgde haar, keek of er geen geweldhaarden in de buurt waren, bedacht snelle vluchtroutes voor het geval dat er problemen zouden zijn, of demonstraties tegen haar. Soms stond ze even met een buurvrouw te praten. Dan was ik meteen op mijn qui-vive, klaar voor een zelfmoordsprong als zou blijken dat de buurvrouw een aanslag op haar ging plegen. In mijn hoofd riep een harde stem: 'Schieten! Vuur!' Vanuit de struiken keek ik naar haar grote oogleden, hoe ze zachtjes op en neer gingen. Soms, als het me lukte om heel dichtbij te komen, meende ik haar zijn naam te horen zeggen.

Op de wandklok bij Lola was het kwart voor zeven 's avonds. Ik stond op en ging weer onder de douche om het zweet van die hete dag af te spoelen. Ik snapte niet hoe de mensen in die stad konden leven. Lola was al naar het theater gegaan en had ons alleen gelaten. En ze had voor Felix een hele lijst 'gebruiksaanwijzingen voor huis, keuken en Nono' gemaakt. Alsof ik een kind van drie was, en van glas. Felix zat in de woonkamer een krant te lezen bij het licht van de Chinese lampion. Hij droeg een rode kamerjas die met een ceintuur van stof was vastgebonden. Zijn haar was gewassen en gekamd, welvend, wit en aan de punten ietsje gelig. Toen hij me zag, stond hij meteen op, vouwde de krant op en vroeg waar ik trek in had.

Zijn stem klonk een beetje gespannen. Dat viel me op. We dekten het tafeltje in de keuken. We zwegen allebei. Ik ging zitten. Stond weer op. Ik wilde naar huis bellen. Maar Felix zei dat het ei zo klaar was en dat het zonde zou zijn als het koud werd. Ik zei dat ik alleen maar wou zeggen dat het goed met me ging, dat kostte nog geen minuut. Felix zei dat de lijnen naar Jeruzalem om deze tijd vast drukbezet waren. Hij praatte snel, bokkig. Ik ging zitten. Hoezo waren de lijnen bezet? Hij serveerde me een gebakken ei, versierd met een kroontje van twee reepjes paprika en een krulletje peterselie ernaast, als de handtekening van de kunstenaar. Ik bedacht dat hij heimwee had naar de dagen dat hij dertig eters tegelijk had.

'Is goed, Amnon?'

'Tuurlijk. Stijl, hè?'

Hij antwoordde met een neerslachtige glimlach. Ik schrok. Iedere keer als hij gedeprimeerd was, had ik het gevoel alsof iemand de kaars probeerde uit te blazen die we eindelijk samen hadden aangestoken. Ik herinnerde hem weer aan de afgelopen nacht, hoe we met de bulldozer gesjeesd hadden, en hoe de muur gevallen was.

'En wat wil jij dat wij doen vannacht?' viel hij me verstrooid in de rede.

Ik kaatste de vraag terug: 'Wat wil jij doen?'

'Jij kan gaan terug naar huis, Amnon, als jij wil.'

'Wat? Stoppen? Nu al?' Want ik begon nu pas echt te genieten.

'Hoef niet,' kreunde hij. 'Jij beslist.'

'Ik zou wel voorgoed door willen gaan,' lachte ik, 'maar zaterdag is het mijn bar mitswa. Wat heeft papa tegen je gezegd? Wat hebben jullie afgesproken?'

'Nog één keer ik zeg, Amnon: alleen jij beslist.'

Het was een vreemd antwoord. Alsof Felix mijn vraag omzeilde.

'Wacht 's even, en als ik beslis dat we nog een week bij elkaar blijven? Een maand? Dat ik niet meer terug naar school ga, alleen maar 's nachts met z'n tweeën dingen doen?'

Hij zei ernstig: 'Voor mij dat zal zijn de grootste compliment.'

Ik had het gevoel dat hij een ander antwoord had moeten geven. Ik kon me niet voorstellen dat papa hem toestemming had gegeven om me voor altijd mee te nemen. Het kleine belletje, dat van de waarschuwingen, begon in me te rinkelen. Je hoort altijd zeggen dat dat belletje in je hoofd gaat, maar bij mij zat het in de buik, onder mijn hart, en dan een beetje naar rechts.

Felix was bezig in de keuken. Hij waste wat glazen af, bond de ceintuur van zijn kamerjas steeds weer vast, deed de koelkast open, en toen weer dicht...

Ik hield op met eten. Ik volgde hem. Wat gebeurde er?

'Trouwens, Amnon,' zei hij met zijn rug naar me toe, 'nog iets dat moeten wij over praten, jij en ik, wij twee, voordat wij gaan door.'

'Wat is er gebeurd? Is er wat gebeurd?' Ik hoopte het niet, die wilde droom mocht niet stukgaan. Nog even niet. Nog een paar dagen. Zaterdag moest ik toch terug. Felix zocht iets. Vond het op zijn stoel. Een krant. Opgevouwen. Hij gooide hem op tafel, recht op mijn bord. Wat had hij toch? Hij gebaarde dat ik de krant moest openvouwen en lezen. Ik wist niet wat ik moest zoeken. Maar ik hoefde niet veel moeite te doen.

De kop schreeuwde in het rood: ZOEKACTIE NAAR KIDNAPPER EN KIND UITGEBREID.

En daaronder, met dikke, zwarte letters: **De politie houdt het onderzoek volstrekt geheim. Bekend is alleen dat het om de zoon van een hoge politieofficier gaat.**

En daaronder foto's van de machinist en van de trein die midden in een veld stilstond. En dan nog een regel die mijn aandacht trok: De zoekactie wordt gecoördineerd door de vader van het kind. De identiteit van de ontvoerder is bekend. Het is niet uitgesloten dat het kind in levensgevaar verkeert.'

21 *Terug bij zijn getrokken pistool; het is liefde*

Ik had het erg koud. Dat weet ik nog. Mijn hele lichaam was koud, alsof iemand me met een bevroren schaar had uitgeknipt uit een mooi, verlicht plaatje.

'Wat is dit,' vroeg ik. Zei ik. Ik had de kracht niet om mijn stem aan het eind van de zin tot een vraag om te buigen.

'Ik moet jou vertellen een verhaal,' zei Felix vermoeid. Zijn ogen waren dicht.

'Wat is dit...' zei ik weer en mijn stem trilde als de krant in mijn hand. Het woord 'levensgevaar' flikkerde me toe. Op tafel, tussen mij en Felix, lag een groot broodmes. Ik kon mijn blik er niet van afwenden.

'Heb je me ontvoerd?' vroeg ik voorzichtig. Ik kon het niet geloven, maar ik wist dat ik het aldoor geweten had, ik had het alleen niet willen inzien.

'Kan je wel zeggen, ja,' antwoordde hij, nog steeds met gesloten ogen. Zijn hele gezicht was samengetrokken.

'Echt gekidnapt?' Mijn stem brak toen ik het zei.

'Jij bent gekomen naar mij uit jouw wil,' zei hij.

Hij had gelijk. Ik had hem in de trein aangesproken, ik had gevraagd wie ik was.

'Is een hele... ingewikkelde verhaal,' zei Felix en leunde met zijn hoofd tegen de muur. 'Maar als jij hebt geen zin om te horen, moet je zeggen nu.'

Ik voelde niks. Geen gevoel en geen emotie. Ik wilde

alleen maar niet zijn. Terug naar huis gaan, kon ik nu ook niet meer. Hoe kon ik teruggaan naar papa na alles wat ik gedaan had? Het was toch niet te vatten dat alles wat ik samen met Felix gedaan had, al die avonturen, dat het allemaal misdaden waren? Want zo heetten die dingen. Misdaad. Ik had misdaden begaan. In mijn hoofd boorde dat pijnlijke gezoem rechtstreeks mijn linkeroog in. Mijn verdiende loon! Hoe pijnlijker hoe beter. Maar hoe was het zo gekomen? En had het allemaal dus niks te betekenen gehad? Waren al die dingen die ik gedaan had helemaal niet door papa gepland? Wist hij daar dan niet eens van? En kreeg die dikke ober morgen dus geen vette fooi van hem? En was ik echt medeplichtig aan alle misdaden die Felix begaan had? Dat ik hem geloofd had! Wat was er toch met me? Wie was ik dan?

En hoe kwam het dat ik al die dingen zo graag deed?

'Waarom heb je me ontvoerd?' vroeg ik, en was vooral voorzichtig met het woord 'ontvoerd' dat ineens verschrikkelijk en meedogenloos klonk.

Hij zweeg.

'Waarom heb je me ontvoerd?!' schreeuwde ik. Hij kromp wat ineen. Hij zag er nu gammel en oud uit.

'Alleen omdat... Omdat... ik wilde iets vertellen aan jou,' zei hij.

'Mij iets vertellen? Waarover? Je liegt toch?!' schoot ik samen met mijn stem omhoog. Zijn hand lag vlak bij het mes.

'Een verhaal over jou, Amnon. Beetje ook over mij. Maar over jou vooral.'

'En wat ga je nu met me doen? Ga je mijn papa om losgeld vragen?' En ineens wist ik het: hij nam wraak op mijn vader! Ja. Een boef die was teruggekomen om wraak te nemen. Hij had er aldoor op gezinspeeld, maar ik had het met mijn stomme kop gewoon niet begrepen: hij nam wraak op mijn vader, die hem ingerekend had en de bak ingestuurd! Maar wat moest hij van mij?! Wat had ik misdaan?

En niks geheime afspraak om mij in de misdaad te trainen om een betere rechercheur van me te maken. Niks handdruk van mannen onder elkaar. Allemaal door mij verzonnen.

'Ik wil niks van jouw papa. Moet ik niet zijn geld.'

'Wat moet je dan wel van hem?'

'Ik moet zijn kind.'

'Waarvoor?!'

De vraag was me brullend ontsnapt en ik voelde op hetzelfde moment mijn hart uit elkaar scheuren. Want ik was hem ondertussen aardig gaan vinden, en ik geloofde dat hij mij ook mocht en had niet geweten dat hij me alleen maar ontvoerde. Alles was misgegaan, alles zat nu scheef. Ik maar denken dat mijn vader die hele operatie opgezet had, en nu bleek dat hij en Gaby gewoon een goochelaar en een slangenmens en een namaakagent en een nepgevangene hadden georganiseerd, wat, vergeleken bij de dingen die ik met Felix had gedaan, niet echt jé van hét was.

'Je hebt me ontvoerd voor de wraak,' zei ik tegen hem. Iedere letter kwam hatelijk beklemtoond uit mijn mond. 'Om wraak te nemen op papa die je opgepakt heeft. Daarom!'

Hij schudde van nee. Met gesloten ogen. De hele tijd had ik het gevoel dat hij ze niet open durfde te doen omdat hij het zelf ook jammer vond dat het allemaal naar de knoppen was. 'Nee, Amnon. Ik heb jou ontvoerd alleen omdat ik wilde jou zien. En samen zijn met jou.

Heeft helemaal niks te maken met papa. Dit ik heb met jou alleen.'

'Ja, hoor, met mij! Hoezo dan? Ik ben toch geen beroemdheid? Ik ben gewoon een kind! Je zou voor mij toch helemaal niks krijgen als ik zijn zoon niet was?!'

'Amnon, als jij wil gaan – jij bent vrij,' zei Felix. 'Ik hou jou niet vast. Maar moet je weten: alleen jij bent belangrijk voor mij. Niet jouw vader. Alleen jij. Amnon.'

'Kan ik dan nu opstaan en weglopen als ik wil? Wegvluchten?'

'Hoef niet te vluchten. Vluchten is alleen als iemand zit na achter jou.'

'En jij komt me niet achterna?'

Eindelijk deed hij zijn ogen open. Er lag een waas overheen. Van droefheid of van een nederlaag. Ik geloofde die ogen, maar dacht de hele tijd aan alle mensen die hij ermee bedrogen had.

'Hoe jij hebt gekeken op mij, net...' zei hij en pakte zijn hoofd met beide handen vast en schudde het hard. 'Voor mij dat is de grootste straf voor zeventig jaren liegen, jouw ogen, hoe jij hebt gekeken op mij...'

Ik stond op. Mijn benen trilden. Mijn armen ook. Ik deed mijn best om het voor hem te verbergen. Hij mocht niet merken dat ik bang was. Ik liep heel langzaam weg, zonder hem mijn rug toe te keren. Hij zat te kreunen. Ik zag hoeveel pijn het hem deed dat ik hem niet vertrouwde. Hoe kon ik hem ook vertrouwen?

'Ik ga,' zei ik.

'Jij beslist. Ik heb de hele tijd gezegd aan jou: jij beslist wanneer wij stoppen met de spel.'

Ik liep zo tot aan de deur.

'Ik wil jou vertellen een verhaal,' zei hij rustig. 'Belangrijke verhaal. Verhaal over jouw leven.'

Je bekijkt 't maar, jij met je verhalen, dacht ik bij mezelf. Je hebt mijn mooie droom van wat we samen hebben gedaan mooi verpest. Wat ziet alles er nu ineens toch lelijk en eng uit.

'Moet jij weten één ding,' zei Felix: 'als jij geeft mij nog paar uren, niet veel, alleen tot morgenochtend, ik kan jou vertellen die verhaal.'

'En als ik het niet doe? Als ik geen woord meer kan geloven dat uit jouw mond komt?'

Ieder woord dat ik zei, deed zijn hoofd knikken, alsof het klappen waren: 'Als jij gaat weg, niemand in de wereld zal jou vertellen die verhaal.'

'Dat wil je me zeker zweren!' zei ik sarcastisch.

Ik voelde de deurkruk in mijn rug. Ik was ervan overtuigd dat de deur niet open zou gaan. Dat hij de sleutel in zijn hand had en dat hij er straks mee zou zwaaien en zijn roofzuchtige glimlach zou lachen en dat het dan afgelopen zou zijn met mij, net als met alle kinderen die hij hierheen gebracht had, ik zou als vermist persoon op een affiche komen te staan en er zou een politiebericht uitgezonden worden en uiteindelijk zouden ze mijn stoffelijk overschot in de bossen van Jeruzalem vinden.

'Amnon, aan jou ik zweer niks,' zei Felix zachtjes, 'aan jou ik beloof alleen.'

Maar de sleutel zat er wel in. Ik draaide die om en de deur ging open. Met een snelle sprong stond ik buiten. Ik sloeg de deur achter me dicht en holde de trap af.

Ik sprong met drie, vier treden tegelijk naar beneden. Ik dacht even dat hij achter me aan kwam stormen. Het kan ook zijn dat ik gilde. Mijn haren stonden overeind. Over mijn hele lichaam. Maar hij kwam me niet achterna. Ik vloog het gebouw uit. Buiten was het avond. Auto's reden door de straat en de lantarens brandden. Ik stond stil bij een tuinhek en hijgde als een hond. Keer op keer zei ik hardop tegen mezelf: 'Ik ben ontsnapt! Ik ben ontsnapt!' Maar om de een of andere reden was ik niet blij, alleen maar vreselijk gekwetst en verontwaardigd. Ik weet nog dat overal de lucht van kamperfoelie hing. Dat alles buiten zijn gang ging. De mensen hadden geen idee van wat er op dat moment door me heen ging en waar ik net aan ontsnapt was. Een jong stel liep gearmd voorbij. Daarna kwam er een man met een hond langs. Onder zijn arm droeg hij de krant, die met de kop over mij. Wat had hij gedaan als ik hem had aangeschoten met de mededeling dat ik het was, die jongen waar het hele land naar op zoek was?

De man liep door. De hond stopte even, snuffelde aan mijn schoenen, keek me lichtelijk achterdochtig aan en begon te grommen zoals alle honden die aan me roken. Maar de man trok hard aan de ketting en de hond werd van zijn plaats gerukt en meegesleurd voordat hij de kans had gehad om me te verraden.

Ik liep snel over de stoep. Ik dacht bij mezelf dat ik nu een heel jaar rust nodig had voordat ik iets zou beginnen te begrijpen van het warnet waarin ik de laatste dagen verstrikt was geraakt. Wat me het meest schokte, was dat ik geen idee had gehad van wat er in de buitenwereld gebeurde. Al die mensen die bezorgd waren en zich druk maakten en me zochten – en ik was helemaal in de ban van dat verhaaltje dat ik zelf verzonnen had.

Zoals altijd.

Imbeciel, stommeling. Wat had ik gedacht? Dat mijn vader me aan een gediplomeerde boef zou toevertrouwen om me een beetje de knepen van de onderwereld te leren? Een stoomcursus criminaliteit? Papa, die zijn hele leven zo erg zijn best deed om vooral legaal te zijn? Die met alles wat hij in zich had tegen boeven vocht zoals die Felix?

Wat was er mis met me? Hoe had ik zo in de fout kunnen gaan! Alsof ik in mijn slaap op een zijspoor was gezet en dat was blijven volgen, met een domme glimlach op mijn gezicht en in het volle vertrouwen dat alles wat ik zag waar was. Terwijl het allemaal gelogen was. Allemaal leugens en misdaden. Ik was zo'n bedreven leugenaar dat ik zelfs mezelf had bedonderd.

De krantenkiosk op de hoek was nog open. Ik liep er voorzichtig langs en las vluchtig een paar koppen. Alle kranten openden met mij. Allemaal hadden ze niks te vertellen behalve dat ik ontvoerd was. Zelfs mijn naam stond er niet in, want de politie hield alles geheim.

Ontvoering. Ontvoerde. Ontvoerd. Levensgevaar. Ik mompelde die woorden. Ze klonken blikkerig. Ze hadden helemaal niks te maken met hoe Felix me behandeld had. En ik verkeerde ook niet in levensgevaar. Wat logen ze nou, die kranten! Allemaal om de lezers lekker te maken.

Ik stak over. Ik liep hard, wist niet waarheen. Weg bij Felix. Vluchten. Voor hem, voor het gevaar in hem. Wat deed hij nu in zijn eentje in de keuken? Hij was er vast vandoor. Weggeglipt als een schim. Om een ander kind te gaan bedonderen.

Ik maakte een groot ommetje en kwam terug in de straat achter het huis van Lola Ciperola. Ik wou alleen kijken of hij door het raam probeerde te vluchten. Maar nee. Ik kon maar beter weggaan en de politie waarschuwen. Misschien mocht ik bij de kiosk opbellen. Ik had geen geld, maar ik zou de eigenaar vertellen dat ik die jongen uit de krant was. Die ontvoerde, ja.

Ik liep nu wat langzamer. Zulke dingen moest je

zorgvuldig overwegen. Ik was benieuwd of Micha het al wist, en of de kinderen uit mijn klas hadden geraden dat ik het was. Die kinderen die nooit mijn vrienden waren geweest. Die moesten lachen om mij en om mijn papa en om onze spelletjes, al dat rechercheren en salueren en de rangen die ik van hem kreeg, of niet. Die er ook om moesten lachen dat de mascotte van de politie niet eens bij de klaar-overs mocht, omdat hij niet te vertrouwen was, vanwege A en B en C.

Wat zouden ze nu allemaal zeggen? Mevrouw Marcus bijvoorbeeld, die me zo graag van school wilde sturen. Misschien pinkte die nu een traan weg en zei: 'Hij was niet onhandelbaar. Hij had gewoon een kunstenaarsziel. Tja, je hebt rechtlijnige kinderen en je hebt zigzagkinderen. Wij hebben het gewoon niet tijdig ingezien.' En wie weet belden de andere leraren elkaar nu op: 'Het is hem. Arme jongen. Wie weet hebben wij hem er met onze houding toe gedreven. Een mooi gedenkboekje is niet zo'n gek idee. Hij was tenslotte toch een bijzonder kind. Ook al was hij een beetje wild. Soms.'

Ik was ook benieuwd wat Chaim Stauber dacht. En of het hem wat uitmaakte. En of hij het er thuis over had.

Ik stak mijn handen in mijn zakken om mezelf wat af te remmen. Niet zo snel! Altijd eerst nadenken, en dan pas in actie komen. Per ongeluk kwam ik weer voor het huis van Lola Ciperola te staan. De straten hier leken allemaal op elkaar. Ik liep door tot aan de hoek en kwam weer langs de krantenkoppen. Er zaten op dat moment misschien duizenden mensen een krantenkop te lezen. Het was ook niet uitgesloten dat premier Golda Meir daar ook een beetje tijd aan verspilde, dat ze aan haar misdaadadviseurs vroeg of de politie er wel alles aan deed om dat kind te redden, en of ze haar in het geheim konden vertellen wie die jongen was, en dat een adviseur dan mijn naam in haar oor fluisterde en dat de premier met haar aparte stem 'Aha' zei en alle spoedzaken heel even liet liggen.

Maar wat deed Felix nu, die ik bij de keukentafel had achtergelaten? Die man, mijn compagnon met wie ik twee heerlijke dagen had doorgebracht, droomdagen, misschien wel de gelukkigste dagen van mijn leven, en die nu ineens in een krantenkop zat en een vreemdeling en een vijand was geworden? Toen ik hem verliet, keek hij alsof alle levenskracht uit hem weggestroomd was. Maar kon iemand me misschien uitleggen waarom hij het zo belangrijk had gevonden dat ik hem zou geloven? Waarom hij zo zijn best had gedaan om het me die twee dagen naar mijn zin te maken?

En hij had nog voorgesteld mijn vegetariaat met me te delen.

En ik had hem (in mijn hart) trouw beloofd.

En ik had hem verraden. Maar hij was eerst.

Ik ging op de stoeprand zitten. Ik wist niet wat ik moest doen.

In de hoofdstraat hoorde ik de sirene van een politiewagen. Als ik daar nu heen ging, zou alles meteen afgelopen zijn. En dan zou ik nooit weten welk verhaal Felix me had willen vertellen. En ik zou hem de paar vragen die ik nog had, niet meer kunnen stellen. Papa zou me dat verhaal nooit vertellen. Ik mocht het niet weten van hem. Hij had zelfs Gaby verboden om het er met mij over te hebben.

En Felix had gezegd dat hij Zohara gekend had.

En hij wist het een en ander over haar leven met papa, en de berg waar ze waren gaan wonen.

En hoe zat het nou met die paarden die ze daar hadden gehad? En hoe waren ze als stel geweest?

En hij had me ontvoerd om me het verhaal te vertellen, had hij gezegd.

Het verhaal. Het verhaal. De hele tijd suisde dat verhaal om me heen. Dertien jaar lang had het gezwegen, en nu liet het me geen moment met rust.

Wacht 's even, de foto. De foto die hij me in de trein had laten zien.

Goeie God.

Ik pakte mijn hoofd met beide handen beet: op de foto met Micha had ik een jas aan. Dat betekende dat Felix in de winter al begonnen was met de voorbereidingen van deze operatie. Wat had hij er toch veel over nagedacht, veel voor gedaan! En dat alles alleen maar om mij een verhaal te vertellen? En de Bugatti die hij per schip had laten overkomen. En de vluchtauto. En misschien allerlei dingen die nog moesten komen. En tegen Lola had hij gezegd: 'Dit is de laatste show van Felix. Een afscheidsvoorstelling.'

Hij wist iets over mij. Iets wat voor hemzelf belangrijk was. Anders had hij er niet zoveel moeite voor gedaan. Mijn verhaal was belangrijk voor hem. En als hij het me niet vertelde, zou niemand op de wereld het me ooit nog vertellen. Want al dertien jaar lang wilde niemand het me vertellen.

Ik ben niet bang voor hem, zei ik angstig tegen mezelf. Ik kan nu teruggaan, zijn verhaal aanhoren en hem daarna beetpakken en aan de politie uitleveren.

Dat zou echt te gek zijn, probeerde ik mezelf lekker te maken, tien jaar geleden heeft rechercheur senior de boef opgepakt, en nu pakt rechercheur junior hem weer op. De generatiecirkel is rond.

Die gluiperd, fulmineerde ik. Wat heeft hij me toch mooi wijsgemaakt dat mijn papa met die hele operatie akkoord was!

Maar tegenover mezelf had ik al bekend: hij had me niks wijsgemaakt. Ik had vragen gesteld en hij had die beantwoord en eigenlijk niks gelogen. Dat was het eigenaardige: dat hij vanaf het moment dat we elkaar ontmoet hadden niet één keer tegen me gelogen had. Alleen die ene keer dat hij me aan het lachen had willen maken, met het pistool. En hij wou me heel graag over zichzelf vertellen. En dan alleen de waarheid (dacht ik). Alsof er één iemand op de wereld moest zijn, desnoods een kind, tegen wie hij volstrekt eerlijk kon zijn.

Maar uitgerekend ik? De zoon van de rechercheur die hem ingerekend had?

Ik stond op en begon terug te lopen. Felix had niet tegen me gelogen. Hij had me niet één keer kwaad willen doen. Hij had me ook niet tegengehouden toen ik weg wilde. Waarom luisterde ik niet naar wat hij aldoor zei: 'Jij beslist. Jij bepaalt'? Alles hing van mij af. Als ik er de moed voor had, zou ik alles te weten komen. Had ik het niet, dan kon ik nu naar huis gaan en daar ontvangen worden als de grote held die aan de klauwen van de ontvoerder ontsnapt was, en alleen ik zou dan de waarheid weten.

Ik liep langzaam de trap op. Ja, ik ging uit vrije wil terug. Ik zou hem aanhoren en daarna met een list gevangennemen. Dat ging ik doen, ja. Zo zou ik alles wat ik samen met hem gedaan had weer goedmaken, en dan zou papa me wel moeten vergeven.

Ik wachtte even voordat ik aanklopte. Denk daar goed over na, zei ik tegen mezelf. Hij heeft een pistool. Hij is wanhopig. Nu kun je je nog bedenken. Als je naar binnen gaat, kom je er misschien niet meer levend uit.

Ik klopte op Lola's deur. Ik hoorde niets binnen.

Hij heeft de benen genomen, dacht ik. Ik had het kunnen weten. Maar wat had ik gedacht, dat hij geduldig zou wachten totdat ik met de politie terugkwam? Hij was ervandoor en ik zou nooit meer het verhaal horen. Ik voelde een steek door mijn hart gaan. Niet alleen vanwege het verhaal dat ik voorgoed kwijt was, maar ook omdat ik wist dat ik hem zou missen, die Felix, die schurk van een oplichter.

Ik legde mijn hand op de deurkruk. De deur ging open. Ik stapte voorzichtig naar binnen, zijdelings, dan was ik niet zo'n makkelijk doelwit. Alle instincten van papa kwamen nu weer boven.

Stilte.

'Is hier iemand?' vroeg ik voorzichtig.

Het gordijn bewoog en Felix kwam er van achter tevoorschijn. Met het pistool in zijn hand. Ik had het kunnen weten. Als een idioot was ik in zijn val gelopen.

'Jij komt terug,' zei hij. Onder de bruine kleur was zijn gezicht bleek. Zijn hand trilde. 'Alleen. Zonder politie jij komt, toch?'

Ik knikte. Ik durfde geen vin te verroeren, uit angst en uit woede om mijn eigen domheid.

Hij gooide het pistool op het vloerkleed en legde zijn beide handen over zijn gezicht. Hij drukte hard op zijn ogen. Ik bewoog me niet. Ik schoot niet op het pistool af. Ik wachtte maar totdat hij weer gekalmeerd was, totdat zijn schouders niet meer schokten. Toen hij zijn handen weer van zijn gezicht haalde waren zijn ogen rood en dik.

'Jij bent terug,' mompelde hij in zichzelf. 'Zo fijn, Amnon, jij bent terug.'

Hij liep me wankelend voorbij. Hij sleepte met zijn voeten, zijn haar was ongekamd en slierterig van het zweet. Ik wachtte totdat hij in de keuken verdween, pakte gauw het pistool en stak het in mijn zak. Nu voelde ik me veiliger. Maar mijn hart begon sneller te kloppen, ik weet niet waarom. Ik stond in de deuropening van de keuken. Felix dronk een glas water, ging met een zucht zitten en legde zijn voorhoofd op zijn handen. Hij was lijkbleek. Zoals de lijken op politiefoto's. Op tafel lagen een vel papier en een pen. Op het papier stonden een paar regels geschreven. Toen hij merkte dat ik keek, pakte hij snel het papier en drukte het samen tot een propje.

'Jij weet niet wat betekent dat voor mij, dat jij bent teruggekomen,' zei hij.

'Had je al bijna de benen genomen?' vroeg ik. Mijn stem was nog steeds hard en gemeen, maar mijn haat was van het ene moment op het andere opgelost.

'Ik wil jou zeggen één ding: dat jij hebt mijn leven gered dat jij terugkwam,' zei hij. 'Misschien de leven van Felix Glick is niet zoveel waard nu, maar nu het is beetje meer waard omdat jij bent teruggekomen... Begrijp jij wat ik zeg?'

Ik begreep het niet.

'Als jij kwam terug vijf minuten later, dan zullen wij nooit meer elkaar zien,' zei hij.

'Het verhaal,' pufte ik ongeduldig. Ik had er alweer spijt van dat ik teruggekomen was. Ik wist dat ik een kans gemist had om uit de nesten te komen, naar huis te gaan en die hele rare, lastige affaire te vergeten. 'Kom op, je hebt me een verhaal beloofd!' Als ik naar dat politiebusje was gegaan, dan zat ik nu met papa te bellen.

'Is een verhaal over vrouw,' zei Felix en aarzelde. Mijn

hart ging al behoorlijk tekeer. Zohara, Zohara, klopte het bloed in mijn slapen. Felix stak zijn hand in zijn kraag. Zonder dat ik het zelf merkte zat mijn vinger al om de trekker van het pistool in mijn zak. Mijn instincten waren mijn gedachten vóór, maar het was niet nodig. Hij was niet bezig een wapen te trekken. Hij haalde alleen het dunne gouden kettinkje tevoorschijn waaraan nog één aar hing, en één hartvormig gouden sieraad.

Hij drukte even en het klepje van het hartje ging open. Hij gaf het aan me en zei met een gebroken stem: 'Vrouw die én ik én jouw papa hielden van haar.'

Het was Zohara die me vanuit het hartje toelachte. Haar mooie gezicht, met de ogen die een ietsje uit elkaar stonden.

22 *De vogel en de winter*

Er was eens, langgeleden, een klein meisje. Toen ze zes werd, vierden haar ouders haar verjaardag. Ze zat op een stoeltje dat met bloemen versierd was en werd zes keer in de lucht getild, en alle gasten telden de jaren hardop mee. Bij de zevende keer – een extraatje voor het volgende jaar – verklaarde het meisje plotseling met een stralende glimlach dat ze de datum van haar dood al geprikt had: over twintig jaar precies. Er viel een stilte in de rumoerige kamer. Het meisje keek verbijsterd naar de stille, gekwelde gezichten om zich heen en lachte: 'Maar dat is pas over een hele tijd!'

Met haar lange gezicht en uitstekende jukbeenderen zag ze er uitgehongerd uit. Haar armen en benen waren net donkere draden en zaten altijd onder de lelijke schrammen die ze zelf gekrabd had, in haar slaap of als ze zat te dagdromen. Ze kon urenlang op haar kamer bij het raam zitten, haar zwarte ogen half geloken, en ook als iemand haar naam riep, hoorde ze het niet. Toen ze iets groter werd, begon ze boeken te verslinden, of beter gezegd: werd zij door de boeken verslonden. Ze las alles wat haar in handen kwam, kinderboeken en boeken voor volwassenen, en ze had een kostbaar geheim: ze was geen meisje maar een spion, een figuur uit een lievelingsboek – iedere keer was het weer een ander boek – die de wereld ingestuurd was met de opdracht om een gewoon leven onder de gewone mensen te leiden, zonder dat hij ontdekt werd. Als de mensen erachter zouden komen dat hij zich alleen maar vóórdeed als een mens van vlees en bloed, dat hij geen echt meisje was maar zich alleen als meisje vermomde, dan zou hij gestraft worden. Wat die straf was, vertelde Zohara niet eens aan haar eigen dagboek. Maar nu ik nog ouder ben dan Zohara toen ze stierf, denk ik dat ik het wel kan raden: de straf was dat de spion zijn hele leven onder de mensen zou moeten blijven leven.

Toen ze weer wat groter werd, schreef Zohara (of Pippi Langkous, of Huckleberry Finn, of David Copperfield, of Lassie, of Romeo en Julia ineen of Oom Tom) in haar dagboek gedetailleerde beschrijvingen van een land dat zij *Doodland* noemde, het land van de dode mensen. Ze schreef over de gezinnen die samen bleven leven, maar dan dood, en ze tekende de baby's die daar geboren werden, witte baby's zonder ogen. Haar ouders brachten haar naar allerlei doktoren, maar die konden haar niet van haar droefheid genezen. Eén arts raadde hun aan om een muziekinstrument voor haar te kopen waarmee ze haar verdriet zou kunnen afreageren. In een kleine muziekwinkel aan de Ben Jehoedastraat in Tel Aviv kochten ze een zwarte blokfluit voor haar. Ze speelde er ook graag op, maar hield bijna altijd na een paar minuten weer op, keerde in zichzelf met de fluit nog in haar mond, liet haar vingers over de gaatjes fladderen op een verborgen ritme, maar bracht geen enkel geluid uit.

Op haar zeldzame goede dagen was Zohara zo vrolijk als een winterkoninkje dat de winterstormen overleefd had: ze was één en al licht, praatte opgetogen, dartelde rond, vloog iedereen die ze liefhad gretig en herhaaldelijk om de hals, drukte haar wang tegen ieder kloppend hart. Op die dagen lichtte haar gelaat op en zonken de lelijke rimpels van verdriet en boosheid weg in haar huid. Ineens zag je dat ze eigenlijk een mooi meisje was.

Op die stralende dagen trok de kleine meid speciale kleren aan, die niet bij haar leeftijd pasten – sjaals, bonte hoeden – en liep met haar moeder als een soort zeldzame, exotische postzegel door de straten van Tel Aviv en nam de verbaasde blikken in zich op alsof ze een voorraad aanlegde voordat ze weer op een lange, eenzame reis ging.

Op haar goede dagen overstroomde Zohara de mensen om haar heen met woorden. Ze had een enorme behoefte om te praten, ze verzon fantasieverhalen en vertelde die aan familieleden, aan klasgenoten, aan iedereen die het geduld had om naar haar te luisteren. Als een kleine dichteres vertelde ze in een rijke, poëtische taal over werelden die ze vroeger, in een eerder leven misschien, bezocht had, of over piepkleine wezentjes die in haar oogleden zweefden en alles opvoerden wat haar hartje begeerde, of over een jonge prins in een ver land waarvan ze de naam niet mocht uitspreken, alsof de naam van dat land een bezwering was, en over de hofwaarzegger die voorspeld had dat die prins met een meisje uit het stadje Tel Aviv in het Land Israël zou trouwen... Van die dingen vertelde ze. En in alle ernst, de ogen halfdicht, de lippen getuit, alsof ze luisterde naar iets wat in haar verteld werd en het alleen maar doorgaf. En die verhalen waren zo leuk, zo mooi, dat de mensen ze geen leugens noemden maar sprookjes. De sprookjes van Zohara werden ze genoemd. Zelfs de kinderen in haar klas riepen niet dat ze jokte, maar luisterden verwonderd, een beetje terughoudend, want ze konden niet zeggen of zijzelf wel geloofde in wat ze vertelde, en zo niet, waar ze dan de moed en de fut en het lef vandaan haalde om het met zoveel ernst te vertellen, en bovendien: wat moest je met zo'n meisje dat de ene keer zus was en de andere keer zo, ze moest eerst maar beslissen wie ze nou eigenlijk was!

En er was nog iets, een detail dat me tot de dag van vandaag ontroert: op haar goede dagen koos Zohara een van de jongens uit om verliefd op te worden. Ze was toen nog maar een jaar of acht, negen, maar haar liefde was serieus en absoluut – een totale overgave van haar grote ziel. De uitverkorene zelf schrok natuurlijk: wat moest hij met die ellende aan z'n kop, met dat gestoorde meisje waar iedereen hem om uitlachte, met de zware grote-mensenliefde die hem ineens opgedrongen was. Maar Zohara liet zich niet uit het veld slaan en gaf het niet op: ze schreef hem lange brieven, wachtte urenlang buiten zijn huis, zei lachwekkende dingen tegen hem waar iedereen bij stond, vernederde zichzelf, merkte niet eens dat hij haar (in het beste geval, en als het een fatsoenlijke, goedhartige jongen was) voorzichtig probeerde te ontwijken, of dat hij haar (in de meeste gevallen) in haar verliefde gezicht uitlachte, dat hij hoogdravende liefdesbeloftes deed terwijl zijn vriendjes achter de deur stonden te luisteren en hun lach inslikten. Het kon Zohara allemaal niet schelen: zij had hem gekozen, hij was de uitverkorene en het deed haar niks dat ze uitgelachen werd, ze wist dat jongens op die leeftijd een hekel hadden aan meisjes, het was een natuurwet, wel jammer dat zelfs hij, de beste, de uitverkorene, aan deze conventie van de natuur toegaf, maar Zohara was ook voor hem sterk, haar geduld stond boven de conventies, misschien zelfs boven de natuur, ze had haar eigen wetten en ze zou zonder klagen wachten totdat hij deze domme, tijdelijke fase gepasseerd was, ze was ervan overtuigd dat er iets tot hem doordrong van alles wat ze hem aanreikte, dat een woord, een blik, in zijn gesloten hart bleef nagloeien in de uren dat hij alleen was, zonder zijn honende vrienden, en dat als hij over een jaar, over twee jaar, eindelijk over deze fase heen zou zijn, dat er dan in zijn hart opeens een groot licht voor haar zou ontbranden – voor haar een uitstekende reden om nu al gelukkig te zijn en door de straten te dansen, want het leven was toch zo mooi, en zij maakte er deel van uit, ze was geen spion of spionne, maar een meisje van vlees en bloed en ziel!

Maar dan, plotsklaps, als bij een sombere toverslag, doofden haar ogen, zakten haar mondhoeken neer alsof die aan twee touwtjes omlaaggetrokken werden, verkrampte haar gezicht en veranderde zij in een verschrompeld, volwassen, zelfs oud iemand die te veel had meegemaakt en het leven moe was.

De allerkleinste kleinigheid scheen haar ondraaglijk pijn te doen: een kan die te pletter viel, een man die mank over straat liep, een belofte die niet nagekomen was. Zelfs in de lente, als alles groeide en bloeide, als kinderen zich net vruchten en bloemen voelden, als het lichaam overliep van nectar, zat zij op haar kamer bij het raam, hield haar hand tegen het licht, zag het tere, o zo breekbare patroon van botten en gewrichten en barstte ineens in een troosteloos huilen uit. Op school stond ze een keertje tijdens de les op en riep met opengesperde ogen, alsof ze uit een nachtmerrie ontwaakt was: 'Geen hek! Geen hek!' Toen de juf haar probeerde te kalmeren, te omhelzen, te vragen waarvan ze zo geschrokken was, wrikte Zohara zich uit haar armen los, draafde als een angstig dier heen en weer door het klaslokaal en riep met een gebroken stem dat er geen hek was, er was geen hek om de wereld, de mensen konden eraf vallen.

En toen, rond haar veertiende, nadat de doktoren haar al hadden opgegeven, verdwenen al die akelige verschijnselen bijna helemaal. Weg waren ze, als bij toverslag. De artsen konden het niet verklaren. Ze mompelden dat het waarschijnlijk te maken had met de puberteit... Je wist maar nooit, iets met de werking van de klieren misschien... Deed er niet toe, het was gebeurd, daar ging het om. En Zohara begon inderdaad volwassen te worden. Het bittere, ongelukkige meisje verdween tot ieders opluchting, en voor haar in de plaats verscheen een nieuw meisje, een wilde, vlotte meid die heel hard lachte, een lach als klingelende klokken, die naar de buitenwereld met al zijn kleuren en geuren dorstte, die met de dag mooier werd, en niet zomaar mooi maar oogverblindend: rank, zwart van haar en van ogen, hoge jukbeenderen die haar gezicht tegelijkertijd iets adellijks en wilds gaven. Een meisje dat flinker was dan alle jongens, even grofgebekt als zij en slordiger gekleed, een meisje van broeken en schrammen en gescheurde shirtjes, van geen spiegel in haar klerenkast – 'ik hoef niks te zien en er valt ook niks te zien!' – een meisje dat de jongens tot gevaarlijke dingen aanzette en ze tegen de meisjes opstookte, dat zelf gemeen deed tegen die lieve, zachtaardige meiskes die doodsbang voor haar waren, en brutaal tegen de leerkrachten, een meisje van één dag op school en twee op het strand, gebruind door de zon en met glimmende ogen en het lijf van een zwemster, gespierd en levendig en vlug, alsof ze al die jaren van roerloos voor zich uit zitten staren in één keer goed wilde maken. En geen boeken meer, die raakte ze niet eens aan, ze liet zich niet meer zo onnozel lokken in die sluwe valkuilen van depressie die tussen twee kleurrijke, oogstrelende kaften loerden. Alleen de blokfluit riep haar nog weleens, probeerde haar weer voor zich te winnen, vooral bij het vallen van de avond, bij de overgang van de seizoenen, maar als Zohara verstrooid op de vensterbank in haar kamer ging zitten, als haar mond het mondstuk van de fluit kuste, dan gebeurde het weleens dat ze... Nee! Geen sprake van! Want ook over de fluit heerste Zohara nu met een ijzeren hand, zij besliste wat er gespeeld werd en hoe! En zodra de fluit in opstand kwam en haar, tegen deze afspraak in, andere, vergeten, onhoorbare klanken probeerde te ontlokken, werd hij terug in zijn dwangbuis van zwart fluweel gestopt, om daar in het donker te blijven liggen totdat hij geleerd had wat wel en niet mocht!

Het waren toen roerige tijden voor het land, de Engelsen waren hier aan de macht en de joden wilden van ze af, ze wilden onafhankelijk zijn, en jongens en meisjes van Zohara's leeftijd gingen bij het verzet en verrichtten heldendaden en werden door Engelse militairen in elkaar geslagen en in de gevangenis gegooid. Op school werd er geheimzinnig gefluisterd, het gonsde er van de leuzen en de geruchten en iedereen sprak één taal. Alleen Zohara stond daar buiten: 'De politiek interesseert me niet, ik ga naar het strand om te zwemmen en om te zonnen, niet om illegale immigranten aan land te helpen.' Iemand had haar een keer zien dansen in een café waar Engelse militairen kwamen, maar toen ze haar beleefd waarschuwden dat ze beter niet met de bezetters van ons land kon omgaan, antwoordde zij zo grof, dat een jongen uit haar klas, die lid was van een van de ondergrondsen, zei: 'Laat haar, zij hoort nergens bij. Beschouw haar maar als iemand die van de maan gevallen is.'

En misschien had hij gelijk. Want zo meteen kom ik bij het moment dat ze kaarsrecht over de maan rende en eraf sprong, en hoe ik vanwege die maan en vanwege een maanberg geboren werd.

'Ik weet helemaal niks van haar,' zei ik weer tegen Felix in de keuken van Lola. 'Papa praat nooit over haar. En Gaby zwijgt ook.'

'Ik denk,' zei Felix, 'dat madame Gaby heeft gevonden een hele mooie en hele wijze manier om te vertellen jou over Zohara.'

'Maar ze heeft niks verteld!'

'Langzaamaan jij zal zien hoeveel zij heeft verteld.'

'Ik heb wel gehoord dat ze van aardbeienjam hield.'

'Van papa of van Gaby?'

'Van geen van beiden. Van Tsitka. Papa's moeder.'

Ik had bij haar een hele pot jam soldaat gemaakt, en toen zei ze dat ik net zo was als zij. En ze zei het met zo'n stem nog wel: 'Net zijn moeder.' En haar lippen werden net een litteken.

'Maar ik kan jou vertellen, Amnon, dat jouw moeder hield van alle zoete dingen. Maar vooral chocolade. Zij was gek van chocolade.'

Net als ik.

En er was iets in mijn stierengevecht wat papa aan haar deed denken en razend maakte.

'Heb jij nooit ontmoet de familie van mama? Ooms, tantes, niks?'

'Ze had geen familie...' Dat was me gezegd. Of ik dacht het. Of ik dacht gewoon niet.

'Zo?! Heb jij gezien iemand wat heeft helemaal geen familie? Zelfs niet oom of verre cousin? En haar werk? Wat was haar beroep? Niet gevraagd? Hoe kan dat?'

Ik zweeg.

'Kijk, Amnon, nu ik moet jou vertellen mijn verhaal. Is geen makkelijke verhaal voor jou. En ook pijnelijke. En jij zal plotseling begrijpen veel dingen wat jij niet begrijpt nu. Maar ik moet vertellen, omdat ik... Hoe moet ik zeggen... Omdat daarom ik wilde dat wij twee ontmoeten elkaar.'

'Ga je gang.' Vooruit maar.

'Moment. Misschien jij moet eerst beetje nadenken. Misschien jij wil niet weten alles. Niet weet, niet deert, hè?'

Ik bedacht dat wat ik niet geweten had me nu wel degelijk deerde. Ik gebaarde met mijn hoofd dat hij door moest gaan.

'Goed.' Hij ging rechtop zitten. Nam een slokje water. 'Ik heb jou verteld al dat ik kende Zohara toen zij was een kleine baby. Omdat ik kende haar moeder. Daarna ik kende Zohara toen zij was op jouw leeftijd. Maar de allebeste ik kende haar toen zij was achttien jaren. Zij was de mooiste en de bijzonderste vrouw wat ik heb gekend in mijn leven, en jij kan geloven aan mij, Amnon, deze oudje,' en hij wees met een vinger op zichzelf, 'hij heeft gekend in zijn leven veel jonge dames.'

'Enne... hield je van haar?' Ik had het niet eens hoeven vragen. Je zag het aan zijn gezicht.

'Voor mij het was onmogelijk dat ik hou niet van Zohara.'

Voor mij was het behoorlijk gênant om te horen dat Felix de minnaar van mijn moeder was geweest.

'Maar was hele speciale liefde,' zei hij, 'liefde uit de film!'

Nóg erger.

Rustig, met een zachte stem vertelde Felix me het verhaal van hem en Zohara. Hij sprak heel gewoon, zonder aanstellerij, haast zonder flitsende ogen. Ik voelde aan dat hij zijn best deed om eerlijk te zijn, om bij de feiten te blijven, ook al waren het de wonderbaarlijkste feiten. Dit verhaal moest ik horen zonder enige sluwe invloed van zijn kant.

Ik weet niet hoe lang hij praatte. Buiten werd het donker en bij de buren weerklonk het gebruikelijke rumoer van het avondeten. Een paar keer hoorde ik de piepjes van het nieuws op de radio. Ik gaf me aan hem over en hij nam me mee de wereld rond, door landen met rare namen, in rijtuigen en grote vliegtuigen en rivierboten. Hij vertelde voorzichtig, en ook al deed elk woord in het begin pijn en keerde het mijn leven binnenstebuiten, ik wist dat het een waargebeurd verhaal was en af en toe kon ik er zelfs naar luisteren als naar een sprookje, een mooi en triest sprookje.

Er was eens, langgeleden, een beeldschoon meisje dat Zohara heette. Ze woonde in Tel Aviv. Een strandmeisje, wild en brutaal, sappig en kattig. Toen ze zestien werd, ging ze van school. Omdat ze dat wou; en niemand kon beweren dat ze minder wist dan andere meisjes van haar leeftijd. Op haar zeventiende was ze het mooiste meisje van Tel Aviv. Niet alleen Engelse militairen vergaapten zich aan haar. Ze had sjans met een beroemde miljonair die twee keer zo oud was als zij, en een dirigent uit Nederland, en een spitsspeler van het nationale elftal. Maar Zohara wees ze allemaal af. En waarom? Omdat ze de ware nog niet gevonden had? Of durfde ze niet meer van iemand te houden zoals ze vroeger gedaan had? Op haar achttiende ging ze voor het eerst naar het buitenland, met Felix Glick, een internationale boef, een man met stijl en met een blauwe, hypnotiserende blik.

Hij nam haar mee op een avonturenreis van twee jaar naar verre, mysterieuze landen. Landen die nat van het zweet worden als je ze met je vinger in de atlas aanwijst. Twee jaar lang reisden Felix Glick en mijn moeder door alle landen die Zohara uitgekozen had om hun namen, die in haar oren als bezweringen klonken: Madagascar, Honolulu, Hawaï, Paraguay, Vuurland, Tanzania, Zanzibar, Ivoorkust...

En daar ontmoetten ze, in luxehotels, mensen die regelrecht uit een oud boek gestapt leken te zijn: vorsten in ballingschap, afgezette keizers, bevelhebbers en huurlingen, mislukte revolutionairen, filmsterren uit de tijd van de stomme film met een stem die te schril was voor de sprekende film...

'Ik was daar als collectioneur van kunst uit Italia,' gniffelde Felix, 'of directeur van de museum in Firenze wat is gevlucht van de belasting in Italia. En Zohara... Ja, wij hebben gezegd dat zij is mijn dochter, enige erfgename van alle Picasso's en Modigliani's wat ik heb in de bank. Zo hebben wij gedaan.'

'Hoe bedoel je?' gniffelde ik. Ik snapte er niks van. 'Dat Zohara eh... Dat zij ook vertelde datte... Wacht 's even...'

'Als jij luistert, dan jij weet het. Rustig aan.'

Ze bleven een poosje in de hoofdstad van een van die landen, maakten daar wandelingen langs de rivier, of huurden een kitscherig rijtuig met versieringen van nepgoud, en dan legde de zorgzame dochter een mohairen deken over de knieën van de nepvader, om zijn benen warm te houden. En het kon gebeuren dat ze op zo'n onschuldige wandeling toevallig een koning in ballingschap tegenkwamen, die met zijn scherpe blik het witte zakdoekje zag dat het mooie meisje per ongeluk had laten vallen, en die hen achterna rende om het haar terug te geven, en haar hand kuste en zijn hoed afnam om te groeten. En van het een kwam dan het ander, ze raakten in gesprek, de koning vroeg de lieve, verlegen vader en dochter, vader en schoonheid, het diner te gebruiken op zijn chique kamer, en na afloop, onder invloed van de wijn, gecharmeerd door Zohara's eigenaardige schoonheid en ondergedompeld in het blauw van de ogen van Felix, nodigde hij ze uit om, bijvoorbeeld, zeven dagen lang de rivier op te varen met zijn opgetuigde jacht.

Zij aarzelden dan even, ze wilden hem niet tot last zijn. 'Maar het is voor mij geen last! Het is puur plezier!' 'Uwe Hoogheid zegt het toch niet uit beleefdheid?' 'God beware me, nee! Ga mee! Morgen al!' En ze lieten zich overhalen en gingen mee en kwamen aan boord van het luxejacht met zeven lege koffers, om hem te laten geloven dat ze rijk waren, met tropenhelmen op tegen de zon. En om de legendarische zeemeerminnen te lokken: een blokfluit die Zohara ooit gekregen had en die gekocht was in een muziekwinkel in Tel Aviv.

'Altijd zelfde verhaal,' zei Felix en keek me niet aan. 'Vijf keren, tien keren wij hadden zelfde verhaal. Zelfde methode. Alleen andere plaatsen en ieder keer andere mensen. Ieder keer ander slachtoffer. Wij vissen hem, en hij is van overtuigd dat hij vist ons. Maar niemand is grotere visser dan jouw moeder.'

'Hè?! Wat... Hoe bedoel je?' Wat kletste hij nou? Wat had dat alles met mijn moeder te maken? Ik wilde nu eindelijk over Zohara horen.

Felix zweeg even. Haalde zijn schouders op.

'Is niet makkelijk voor jou, Amnon. Is een pijnelijke verhaal. Maar moet ik vertellen. Ik heb beloofd. Zij heeft mij gevraagd.'

En ik, alsof ik op een adder had getrapt: 'Wie gevraagd? Wat gevraagd?'

'Jouw moeder, Zohara, voordat zij ging dood. Dat ik moest jou zoeken en jou vertellen de hele verhaal vóór jouw bar mitswa. Zij heeft gezegd dat jij moet weten de hele verhaal over haar. Daarom.'

'Daarom wat?'

'Alles. Dit. Dat ik heb jou meegenomen. Om te vertellen de verhaal. Straks is jouw bar mitswa.'

'Hmm,' mompelde ik en knikte langzaam. 'Hmm.' Ik snapte er niks van.

'En moet ik ook geven iets van haar,' zei hij voorzichtig. 'Cadeau van haar voor jou. Voor de bar mitswa.'

'Hoezo cadeau? Ze is toch dood?' Ik kon mijn lippen nauwelijks bewegen.

'Ja, zeker. Maar voordat zij ging dood, zij heeft voor jou achtergelaten die cadeau. Maar wij kunnen halen de cadeau pas morgenochtend. In de bank. Bewaard voor jou alle jaren in de kluis. Daarom ik heb jou gevraagd dat je blijft nog tot morgen. Als jij gaat met mij naar de bank, je krijgt de laatste aar. En dan jij kan weggaan en dan jij vergeet Felix.'

Ik vertrok mijn mond tot een bleke, scheve grijns. Felix vergeten. Ja, hoor.

'Mijn moeder...' begon ik met een schorre stem, maar die twee woorden werden me bijna te veel, mijn keel liep vol honing en zout en andere, rare smaken.

'Zij was de bijzonderste vrouw,' zei Felix en streek over mijn hand om me te troosten, want hij zag wat ik doormaakte. 'Zij was mooi en was wild en was als tijgerin. Zo jong, en zeker toch de mooiste vrouw van Tel Aviv, koningin van alle feesten, als zij doet zó met de kleine vinger – twintig mannen, zij willen zelfmoord doen voor haar. En was niks in de hele wereld wat zij wil doen en zij doet het niet. En was ook niemand wat kan zeggen aan haar wat moet zij doen.'

Ik luisterde verbluft. Was dat mijn moeder? Was ze zó geweest? Hoewel ik me nauwelijks een voorstelling van haar had gemaakt, bleek ze nu anders dan ik me had kunnen voorstellen.

'En ook zij was sterk, Amnon. Zij had de kracht wat hebben hele mooie mensen. Zij was zelfs... Hoe moet ik zeggen... Ja, beetje wreed. Misschien zij begrijpte niet de kracht wat zij had op andere mensen. En ook zij begrijpte niet dat schoonheid en kracht is ook gevaarlijk. En waren mensen wat hun hele leven was kapot vanwegens haar. Dat zij waren verliefd op haar en zij heeft gespeeld met hun, en toen zij had genoeg en zij gooide hun weg.'

'Wreed?' Onmogelijk. Hij had het over een andere vrouw. Hij loog! Het was allemaal gelogen, van begin tot eind! Maar zijn gezicht sprak de waarheid.

'Wreed, ja. Zoals, laten ons zeggen, kleine poesje wat speelt met muisje. Zij weet niet hoe sterk zijn haar nagels. Zij denkt dat zij speelt, maar de arme muisje is al dood.'

'Maar hoe kwam het dat ze met mijn vader trouwde? Hoe hebben ze elkaar ontmoet? Waarom vertel je me die dingen niet?' Ineens moest ik dringend zijn verhaal aanpassen, of op z'n minst Zohara dicht bij mijn vader brengen. Bij het gewone leven.

'Niet zo snel zij heeft jouw vader ontmoet, Amnon,' zuchtte Felix. 'Nog hele lange weg voordat zij zal ontmoeten meneer jouw papa.'

'Hé!' schreeuwde ik. 'Heb je me daarom ontvoerd? Om wraak te nemen op papa? Omdat-ie haar van je afgepakt heeft? Omdat ze meer van hem hield dan van jou?'

Hij schudde van nee: 'Excuseer, Amnon! Maar jij moet horen de hele verhaal! Van de begin tot de eind. In volgorder. Heeft zij dat gezegd! Anders jij begrijpt niks!'

Goed. Laat hem maar vertellen. Ik wou het horen en ik wou het ook niet horen. Ik wist niet meer wat ik wou. Met ieder woord dat uit zijn mond kwam, sloeg mijn leven helemaal om. Ik herkende mijn eigen leven niet meer. Sterker nog, ikzelf werd een ander mens. Als hij uitverteld was, zou ik opnieuw kennis moeten maken met mezelf. Nono Feierberg. Aangenaam. Of niet zo aangenaam.

'Jouw moeder, zij was mijn compagnon. Zij zelf wilde!' verontschuldigde hij zich toen hij zag hoe ik keek. 'Zij heeft gezegd dat dit is de leven wat zij wil. Echt waar!'

'Het leven van een... misdadigster?'

Hij boog zijn hoofd en zweeg.

'Mijn moeder was een mis...? Je liegt! Je liegt weer tegen me!' gilde ik. Ik stond op. Ging weer zitten. Keek omhoog. Omlaag.

'Luister even!' riep Felix. 'Zij wil dat! Ik niet! Zij heeft gezegd: "Felix, alle mensen zij zijn laf! Zij hebben een afgetrapte leven!" En ik zeg tegen haar: "Zohara, de leven van de crimineel is heel kort! Iedere moment hij kan doodgaan!" En zij zegt: "Sowieso de leven is kort, dus de tijd wat wij hebben, moeten wij leven. Zelfs één jaar. Zelfs één maand. Maar dan wij leven zoals wij willen! Grote leven! Leven uit de film!" '

Ik had een criminele moeder gehad. Dat was het. Daarom hielden ze haar voor mij verborgen. Mijn moeder was een boef geweest. Kan gebeuren. Er bestaan vrouwengevangenissen, en die zitten vol misdadigsters. Maar dat het uitgerekend mij moest overkomen! Onmogelijk. Maar hoezo onmogelijk? Iemand moest het toch zijn, en waarom dan ik niet? En bovendien, wat kon ze mij schelen, ik kende haar niet eens. Maar het kon me wél schelen, het was het enige dat me op dat moment kon schelen. En misschien loog hij gewoon? Nee, hij sprak de waarheid. Mijn moeder had overal ter wereld misdaden gepleegd. Daarom praatte papa nooit over haar, behalve dan die ene keer, na Pesja, toen hij geschreeuwd had van de vloek van Zohara die ik overgeërfd had.

Maar hoe... Waarom was hij met haar getrouwd? Hoe had mijn vader met een misdadigster kunnen trouwen?

Ik was de zoon van een politieman en een misdadigster.

Het was om te ontploffen. Om in tweeën gescheurd te worden.

'Bijna twee jaren wij waren compagnons,' zei Felix. 'Twee jaren in de buitenland. Als droom. Maar toen zij kreeg genoeg van. Altijd zij kreeg genoeg van iets. Maar ik heb nooit iemand ontmoet wat had zoveel plezier van deze werk. Voor haar, het was allemaal spelletje. De hele tijd zij lachte.'

Ik staarde naar het dessin op het tafelkleed. Allemaal vierkantjes. Rood en wit. Wat valt er nou te zeggen over vierkantjes. Ik wilde dat papa en Gaby nu zouden komen en me van beide kanten zouden omhelzen, en dat niemand me zou zien behalve zij. 'Meer vertellen?' vroeg Felix voorzichtig.

23 *Net een film*

...en 's nachts, op een zwarte rivier, tegen een achtergrond van tsjilpende krekels en cicaden, onder Portugese of Madagaskische sterren, een Zanzibarische of Ivoriaanse maan, vertelt de koning in ballingschap zijn gasten over zijn geliefde land, met zijn mooie bergen en meren, over de weelde en weldaden die zijn verlichte regime aan zijn onderdanen geschonken had en over het verraad van de burgers die op een dag in opstand tegen hem kwamen, onverwachts, zonder dat hij ze iets had aangedaan, ze kwamen gewoon op de been, bestormden zijn zevenenzeventig paleizen, beroofden zijn zeven gouden koetsen en gunden hem, de balling, niet eens de zevenhonderd paar schoenen die hij had omdat hij zo gek was op schoenen.

En de nepvader-en-dochter luisteren aandachtig, ze schudden met hun hoofd uit medelijden met de gekwetste verstoteling en klakken afkeurend met hun tong, want ze vinden het maar niks, die minderwaardige verraders die blijkbaar niet alleen figuurlijk, maar ook letterlijk in de schoenen van de koning wilden staan, en ze zijn blij om te horen dat de koning tijdens zijn vlucht voor zijn ondankbare onderdanen wel een paar paar vergulde sandalen heeft weten te redden, fluwelen pantoffels versierd met carneolen en ook – gniffelt hij verlegen en kijkt angstig links en rechts – enkele van de fraaiste kostbaarheden van zijn koninkrijk, maar mondje dicht!

En als ze uitgezucht en uitgezwegen zijn – een zwijgen vol eerbied voor het leed van de onttroonde – is de beurt aan de bejaarde vader, deze grijsaard uit een schminkdoos. Hij vertelt de koning over hun leven, van hem en zijn dochter, over hun omzwervingen, over hun ontsnappingen aan afgunstige douanebeambten, en hij noemt terloops ook de kunstcollectie die hij bij een Zwitserse bank in grote kluizen heeft liggen, allemaal schilderijen die god-mag-weten-hoeveel waard zijn, en daar begint een verwelkte koninklijke wang al te gloeien, en de vader weet: het aas is opgemerkt en de vis zwemt nu in kringetjes rond de haak.

En dan, losjes, babbelend, gaat de vader over op iets anders, hij praat nu over Zohara, de lieve, stille miljonairsdochter die achter een beschilderde waaier verlegen met haar ogen knippert en met iedere knippering brandsticht.

En terwijl de oude vader praat, breekt ineens zijn stem, hij barst uit in een gruwelijke hoest, zijn hele lichaam schokt, de toegewijde dochter legt de mohairen deken over zijn knieën, maar de vader blijft hoesten, een lelijke rochelhoest, hij begraaft zijn mond in zijn zakdoek en hoest erin, en de koning, die zoals al eerder is gebleken een scherpe blik heeft als het op zakdoeken aankomt, ziet toevallig dat de zakdoek rood geworden is.

Dan vraagt de zieke vader toestemming om zich in zijn hut terug te mogen trekken en laat de schoonheid en de verdrevene alleen op het dek en sjokt weg en zijn hoest doet de zeilen bol staan, ook in het begerige hart van de koning.

En de twee zetten het gesprek voort. De koning komt weer terug op zijn herinneringen, vertelt over zijn jeugd en heldendaden, en het meisje luistert gebiologeerd, hangt aan zijn lippen.

'Maar was ze echt gebiologeerd, of was het gewoon show?' fluister ik in de keuken, boven de rood-witte vierkantjes, want ik ben zelf ook wel een beetje, tja, gebiologeerd.

'Ja en nee,' was zijn antwoord.

Ja, omdat alles als een droom was: de rivier die onder het jacht door gleed, de sterren, de krekels, de champagne in een koeler, de trieste koning. En nee, omdat ze als een jager, als een panter op de loer lag om het gesprek in de richting te sturen die zij en Felix voor ogen hadden.

En toch wel ja, want nog groter dan haar belangstelling voor het geld van de koning is het genot van de streling die ze in de lucht voelt, een soort sjaal die droomachtig, sprookjesachtig om haar fladdert als ze deze rol speelt. Op zo'n moment gelooft ze dan ook innig dat ze de enige dochter en erfgenaam is van de stervende miljonair en kan ze tranen in haar ogen krijgen als ze de koning over zijn leed hoort vertellen, want ze denkt bij zichzelf: 'Het is net een film...'

En het gekke is dat de tranen, die uit een valse fantasie voortvloeien, toch echte tranen zijn, nat en zout. En het oude hart van de koning spartelt een keer, en dan nog een keer.

En na afloop van het copieuze diner vraagt de koning de schoonheid om op haar fluit te spelen, en zij weigert eerst, maar laat zich toch ompraten, ze haalt de zwarte blokfluit uit het fluwelen etui en staat op en leunt op de reling en speelt 'O, de mooie nachten van Kanaan', en 'Klein, wit lammetje bij de waterbron', en ze raakt soms zo in de ban van haar eigen betovering dat ze zichzelf vergeet, ze hangt over de reling, ineengedoken, de fluit nog in haar mond, haar vingers op de gaatjes, maar er komt geen enkel geluid uit, en toch druppelen er onhoorbare klanken van het dek af, die zich door het water verspreiden, en worden doorzichtige zeemeerminnen wakker en stijgen langzaam uit het zwarte water op, hun lange zeewierhaar rond hun lichaam uitwaaierend, en de rivier is vol glinsteringen: hun witte, gele, paarse ogen die knipperen, en ze luisteren heel aandachtig, en ze zuchten.

En nadat hij een paar keer zijn keel geschraapt heeft om de slapende (denkt hij) fluitiste wakker te maken, staat de koning ongeduldig op en pakt haar bij haar schouder beet en schudt een beetje, en dan gaat er een schok door haar heen, en de koning kijkt even in een paar aardedonkere ogen en deinst terug, maar dan knipperen de oogleden vliegensvlug, vallen als een snel doek, en daar zijn weer zijn geliefde ogen, verlegen en verleidelijk, en de koning kijkt links en rechts of er niemand is, en hij buigt zich naar de schoonheid en hij fluistert in haar oor.

Zij weet het misschien niet meer, zegt de van-zijn-troon-gestotene en zijn stem trilt van de emoties, haar hoofd staat misschien niet naar zulke aardse, materiële dingen, maar hij, de koning, heeft een paar kostbaarheden zijn land weten uit te smokkelen: de allerrijpste vruchten die in de beroemde mijnen van zijn land geplukt zijn, en een paar kisten met diamanten diademen, en een paar kratten gouden scarabeeën en goudstaven, en nog meer van het soort proviand dat koningen inderhaast meenemen voor onderweg, vooral in tijden van onttroning.

En dat alles zal van haar zijn als ze met hem zou willen trouwen.

Trouwen?

Haar ogen knipperen, haar waaier fladdert, de sprookjessjaal ademt om haar heen en het hart van de koning staat al in brand. Misschien is hij verliefd op haar, maar misschien ook dat hij de waarde kent van de schilderijen die zij zal erven na de betreurde dood van haar vader. En hij heeft zijn eigen plannetjes, de koning: hij is van plan om terug te keren naar zijn koninkrijk en daar een paar generaals voor zich te winnen en weer de macht te grijpen. Maar dat kost veel geld, want generaals willen graag wat winnen, en de koning weet dat een Picasso soms meer waard is dan tien diamanten.

'Maar ik moet met papa overleggen,' zegt de schoonheid met trillende wimpers (ze kijkt graag zo naar de wereld: een blik vanachter oogharen, een oog dat knippert en een flits; alles ziet er dan uit als een oude flikkerende film). En dan zegt de koning: 'Een ogenblikje,' of wat koningen op zo'n moment ook mogen zeggen, en rent naar zijn hut, naast die van de kapitein, en zijn trillende handen openen de geheime kluis in de dubbele wand, achter de portretten van zijn vader en zijn grootvader en zijn grootmoeders vader, en hij komt terug, blozend als een dronken maan, met in zijn vuist een van die granaten van rood kristal die diep onder de zwarte grond geplukt zijn, en bij het maanlicht breken er glimlichtjes en vonken af, die in luie, paarse en rode stralen in de zwarte rivier onder hen vallen, en het meisje kijkt toe en haar mond valt open, nog nooit heeft ze zo'n pracht gezien. En hij legt de rijpe vrucht die aan een dunne zilveren ketting hangt om haar lange hals, en zijn koninklijke hand is nat van het zweet en van begeerte – vooral de begeerte naar geld – en het meisje denkt aan het verre Tel Aviv, waar het licht hel en verblindend is, waar je niet genoeg duisternis hebt voor zulke momenten, en voor zulke vonken, van het soort dat afbreekt en lui in een rivier valt, waar niet eens een rivier stroomt waarin je jezelf weerspiegeld kunt zien als een koning in ballingschap een diamant om je hals hangt. En binnen in haar kijkt een mager meisje van een jaar of tien haar aan met zwarte ogen en pupillen zo hard als vuursteentjes, een verbitterd meisje dat niet kan liegen, tegen anderen niet en tegen zichzelf al helemaal niet. En de grote Zohara biedt haar smekend de rijpe, glanzende vrucht als cadeau, of als omkoperij, of als medicijn, een drankje tegen de angst, maar het meisje schudt resoluut met haar hoofd en zegt: 'Nee.'

Een paar dagen gaan voorbij. De reis duurt voort. De jongedame aarzelt nog steeds. De koning is al zeker vijftien keer bij de zieke vader op bezoek geweest, hij heeft steeds naar zijn toestand geïnformeerd en met verdriet de bloedvlekken op zijn geborduurde kussensloop geconstateerd. 's Avonds wandelt Zijne Majesteit met de jongedame op het dek en dineert met haar in zijn hut en verovert haar hart met zijn grappige verhalen en wonderbaarlijke herinneringen, en met diamanten en edelstenen zo klein als besjes die hij af en toe in haar hand stopt, in plaats van de kusjes die hij haar zou willen geven. Maar zij weigert nog.

En de dag daarop verslechtert de toestand van vader. Hij roept zijn dochter bij zich en met haar ook de koning in ballingschap, hij vraagt haar om de prominente balling te vertrouwen, en de koning bezweert hij om het meisje te bewaken als zijn oogappel. En in zijn laatste momenten van helderheid hoort hij hoe ze elkaar liefde en eeuwige trouw zweren, en op het laatste nippertje fluistert hij het geheime nummer van zijn Zwitserse bankkluis in het harige oor van de koning, en de koning is in alle staten, hij rent naar zijn hut, schrijft het schattige nummer op in zijn agenda, op de deur van zijn hut, in zijn handpalm, op het voorhoofd van een matroos die toevallig langskomt, komt terug met een van de rijpste vruchten, barstensvol glimlichtjes en vonken, en hangt die om de blanke hals van 's werelds mooiste vrouw, als een symbool van het verbond dat hier gesloten wordt: wat van hem is, is ook van haar, en wat van haar – van hem, tot in de eeuwigheid.

En kort daarna begint formeel de zware doodstrijd van de vader. De dochter doolt snikkend door de gangen van het jacht, de kapitein neemt via de radio contact op met de vaste wal, een oude arts uit de dichtstbijzijnde stad wordt met spoed naar het jacht ontboden, komt aan boord met een streng kijkende non en ze blijven een tijdje in de hut van de stervende en komen eruit met snelle passen en een doek over hun mond, want de stervende lijkt te lijden aan een gevaarlijke en besmettelijke ziekte.

En pas veel later, als er gesmoorde kreten uit de gesloten hut komen, trapt de kapitein de deur in en vindt daar de oude arts en de non die – tot hun zichtbare ongenoegen – aan elkaar vastgeklonken zijn, gekleed in de kleren van de stervende vader en zijn dochter. En die twee zijn intussen weggeglipt, verkleed als arts en non naar de stad gegaan en van daaruit naar het dichtstbijzijnde vliegveld, en ze vliegen op dit moment misschien boven het vergulde jacht en zwaaien vrolijk naar de oude koning in ballingschap, want vijftien van zijn mooiste diamanten, en verder nog wat parels, gouden scarabeeën en andere besjes zitten in een verborgen zak in de kleren van de schoonheid, die zich nu vastklampt aan haar stervende vader, die juist heel gezond en sterk lijkt en brult van het lachen. En dat is maar één van de vele verhalen.

Felix was uitverteld. Hij zweeg. Ik ook. Wat moest ik zeggen. Het was al nacht geworden. Ik wist dat ik nog veel meer te horen zou krijgen en ik was heel bang. Maar ik was niet alleen maar bang. Ik voelde ineens haar hart in mij kloppen. Dat kwam door zijn verhaal: de boot, de zwarte rivier, de koning, de diamanten, de woorden... Ik voelde haar levendige kracht in me. Het gouden sieraad lag open en Zohara flitste me levendige blikken toe. 'Kijk me aan,' riepen haar ogen. 'Wees niet bang voor me. Wees niet bang voor jezelf. Je bent ook mijn vlees en bloed.'

'Jij moest haar zien...' zei Felix met die glimlach vol heimwee van hem. 'Als prinses uit de sproken... Aankleedt zich zoals niemand... Eigen jurken, eigen hoeden... Als een meisje wat haar hele leven viert Poerim... En de geld wat zij verdient zij geeft meteen weg... Blijft niet plakken in haar handen... Zij zegt: "Is vieze geld, geld wat wij hebben gestolen van de dieven." En ik zeg: "Zohara, popje, bestaat niet schone geld of vieze geld, geld is geld, gaat alleen om wat jij doet met de geld." Maar zij: God bewaar! Alleen onze spelletje zij houdt van. Breekt mijn hart, zoveel geld wat zij gooit weg! Zomaar! Op de straat, of zij zit in de bioscoop en plotseling zij gooit in de lucht, in de donker, tien kleine diamantjes. Of van de hete luchtballon wat wij vliegen, valt plotseling regen van geld...'

Ik zat ineengedoken, gebiologeerd. Ik kende het zo goed, die wens om met je hand een weidse beweging te maken, te strooien...

Felix en ik sprongen geschrokken op toen de bel van een telefoon de lucht tussen ons doorkliefde.

Ik was zo verdiept in zijn verhaal dat ik alles vergeten was: mijn ontvoering, de wereld buiten, de krantenkoppen. Felix nam op, luisterde, zijn gezicht klaarde op. 'Wij komen direct,' zei hij en hing op.

'Kom Amnon, moeten wij gaan.'

'Waarheen? Wie was dat?' Want ik moest hem altijd wantrouwen.

'Lola. Zij telefoneert van de theater. Staat daar één Rolls-Royce van mij. Lola wacht op ons daar.'

'Rolls-Royce?'

'Ik noem dat zo. Grapje. Kom, moet jij de kleren van de meisje aantrekken en wij gaan voorzichtig naar buiten. Lola zegt dat wij staan al in alle kranten, kan zijn dat de politie is dichtbij hier. Moeten wij vluchten de hele nacht, tot de morgen, tot dat wij gaan naar de bank, voor jouw cadeau.'

Ik sprak hem niet tegen. Ik trok de kleren van dat meisje aan. Maar terwijl ik dat deed, begon het eindelijk tot me door te dringen van wie die kleren waren en kreeg ik kippenvel.

Ja, plotseling, eindelijk, zag deze rechercheur van niks het licht, en niet door na te denken, niet door alles op een rijtje te zetten, maar op dezelfde manier waarop dit hele verhaal hem steeds duidelijker was geworden: via het hart, en doordat ik zelf de weg aflegde die Zohara, mijn moeder, vroeger afgelegd had, toen ze nog niet veel ouder was dan ik nu.

Want dat was de wet van het verhaal, de spelregel die Felix van tevoren had ingesteld, in de maanden dat hij zijn operatie had gepland. Nu pas begon ik de bedoeling van deze reis in te zien, de gedachte die er aldoor achter had gezeten, vanaf het moment dat ik Felix ontmoet had en per ongeluk was afgeweken van de leuke, vrolijke route die papa en Gaby voor me uitgestippeld hadden. Iedere stap die ik gezet had, was voor mij bedacht, ook als ik hem zelf wou zetten en hem zelf voorgesteld had. Alles was van tevoren bepaald door Felix, maar op een mysterieuze manier ook door Gaby, die me over Felix verteld had en me hierheen gestuurd had zonder dat ik het besefte. Maar de reis was vooral uitgestippeld door Zohara, de Zohara in mij die zich aan mij wilde openbaren.

Ik kwam terug bij Felix, gekleed in die kleren. De rode rok, het groene bloesje. De felle kleuren die in de loop der jaren iets verbleekt waren. Ze voelden nu niet meer vreemd aan, ze streelden mij, drukten zich tegen me aan, omhelsden mij zachtjes.

'Het zijn zeker haar kleren, hè?' vroeg ik.

Felix knikte.

'De kleren die ze als meisje droeg.'

'Ja, natuurlijk.'

Ik dacht eraan hoe hij me die eerste keer, in de trein, had aangekeken. En hoe zijn ogen vochtig waren geworden de eerste keer dat ik haar kleren had aangetrokken, in de kever.

'Lijk ik zo een beetje op haar?' vroeg ik voorzichtig.

'Als twee druppelen water.'

24 *De zoon van de rechercheur*

We splitsten ons in twee eenheden. In de ene zat ik en de andere bestond geheel uit Felix. Hij legde me precies uit hoe ik van het huis van Lola in het theater moest komen en waarschuwde dat de politie al in de buurt was. Zijn instincten zeiden hem dat het buiten krioelde van de politiemensen. Ik vroeg hoe hij dat wist. 'Als ik voel in mijn rug soort mieren, dan het is de teken van politie,' zei hij. Toen begon ik zelf ook wat te voelen, een lichte kriebel tussen mijn schouders, alsof iemand er een scherpe blik op wierp. Misschien ontwikkelde ik ook een zesde zintuig voor politiemensen.

Eenheid één liep naar het raam en keek of de kust veilig was. Eenheid twee legde de laatste hand aan de vermomming van de bedelaar. Eenheid één gluurde door het kijkgaatje van de deur en rapporteerde dat ook het trappenhuis veilig was. Eenheid twee kondigde aan vijf minuten na eenheid één te zullen vertrekken.

Eenheid twee ging voor eenheid één staan.

'Dag, Amnon. Kijk uit dat ze pakken jou niet. Moet je kop gebruiken. Moet jij nog horen haar hele verhaal en hoe zij heeft ontmoet meneer jouw papa. En moet ook de cadeau!'

'Kijk jij ook uit, hoor.'

'Geef me vijf, compagnon.'

Compagnon! Sinds papa me tot brigadier bevorderd had, was ik niet meer zo trots geweest. Ik gaf hem de vijf en hij schudde mijn hand. Plotseling, zonder voorbereiding, vielen wij, de twee eenheden, elkaar om de hals.

'Tot straks,' fluisterde ik. Eerst had de boef de moeder als compagnon, dacht ik bij mezelf, en jaren later haar zoon. De cirkel is rond.

'Ga nou,' bromde Felix en draaide zich om de een of andere reden gauw om.

Hier komt het dan. Mijn laatste nacht met Felix. Het laatste deel van mijn geschiedenis met hem.

Felix had gelijk: de politie was er. Ik merkte het zodra ik het gebouw waar Lola woonde, uitkwam. Iemand had de straatlantarens in de hele buurt laten doven en politiebusjes reden af en aan met stadslichten. Op alle straathoeken stonden groepjes geüniformeerde agenten met een plattegrond in de hand hun actiegebied te bestuderen. Uit allerlei donkere hoeken kwam de ruis van portofoons. Ik dacht ook dat ik op een van de daken een rechercheur in burger achter een watertank zag verdwijnen. Maar ik kan me ook vergist hebben. Het valt niet mee om een uitkijk op een dak in het donker te bespeuren. Ik snapte nog steeds niet hoe de politie geraden had dat Felix en ik juist daar waren, in die buurt. Behalve wanneer ze de aar hadden gevonden die ik de dag daarvoor in zee had gegooid, hadden ze geen enkele reden om een verband te leggen tussen de bulldozer en de treinkaping! En toch vermoedden ze blijkbaar iets en waren ze bezig de buurt geleidelijk aan af te sluiten. Misschien weten ze nog iets, dacht ik bij mezelf. Iets wat Felix me nog niet verteld heeft.

Een jongeman ging op een bank zitten.

Te jong om zo vermoeid neer te zakken.

Een snelle blik op zijn schoenen. Schoenen zijn het laatste waar je aandacht aan besteedt als je je vermomt.

Een jongeman met de Palladiumschoenen van de recherche.

Een klein meisje kwam vrolijk op hem af. Haar vlecht bungelde op haar rug. Ze staarde hem aan met scherpe ogen, dappere, spottende, provocerende Zohara-ogen.

'Ga weg meisje, je stoort,' bromde de jongeman.

Brave meid die ik was.

Ik liep door en ging rechtsaf, zoals Felix me geïnstrueerd had. Ik dacht aan papa, hoe hij op dat moment de zoekactie coördineerde, hoe hij bij een grote plattegrond van Tel Aviv zat en de mannen hun posities aanwees voor een hinderlaag. Hij was heel goed in hinderlagen, wist altijd waar de boef heen zou vluchten en waar die zich tijdens de achtervolging zou schuilhouden. Een keertje had hij een van zijn mannen in een gigantische vuilniscontainer verstopt, anderhalve kilometer van een hinderlaag bij een juwelier. De dief ontsnapte aan de rechercheurs die hem bij de winkel opwachtten, zette het op een hollen, misleidde nog drie mannen die mijn vader langs de vluchtroute geposteerd had – een vluchtroute die hij met precisie voorspeld had – en dook uiteindelijk in de stinkende vuilniscontainer en zat daar te glimlachen om zijn eigen sluwheid en schrok toen hij het klikken van de handboeien om zijn polsen hoorde.

'Een goede rechercheur denkt als een crimineel.'

Maar ik wist nu niet zo zeker meer in welke hoedanigheid ik dat zei.

Wat een donkerte overal. En een gefluister, en een stille drukte.

De hele tijd wees ik mezelf erop dat papa me professioneel gezien zonder meer kon vertrouwen. Ik zou hem niet teleurstellen. Ik was weliswaar nog maar dertien, maar ik had al bijna tien jaar training achter de rug. Ik was op mijn derde al begonnen. Dat had papa zo gewild. Hij had gehoord dat de vader van Mozart hem vanaf zijn derde had leren musiceren, dus moest ik op mijn derde in klare taal leren weergeven wat mensen aanhadden, van pet tot schoen. Papa deed geheugenspelletjes met me: 'Wat voor kleur overhemd droeg de buschauffeur? Wie van de mensen in de winkel had een bril op? Wat hebben de kinderen op de peuterschool vandaag allemaal aan gehad? Welke kleur jurk droeg de juf op je verjaardag?'

Zonder glimlach. Bloedserieus. Witheet als ik het niet goed gedaan had. En wat ik vandaag niet wist, moest ik morgen inhalen. En er waren ook straffen. Maar de grootste straf was zijn minachtende gesnuit als ik gezakt was.

En op mijn vijfde: 'Wat was het kenteken van de auto die vanochtend voor de deur stopte? Hoeveel stoplichten passeren we als we naar oma Tsitka gaan? Met welke hand hield de nieuwe postbode zijn tas vast? Wat voor accent had de man met de collectebus? Hoe start je een auto zonder sleutel? Waarom heb je weer met twee oren onder de deken geslapen, noem je dat waakzaam? Geen zakgeld deze week. Niet huilen. Je zult me later wel dankbaar zijn.'

Ik liep te hard. Ik verraadde mezelf.

Op mijn tiende verjaardag kreeg ik van hem een compositietekeningkit cadeau; heb ik al verteld. En op mijn twaalfde mocht ik oefenen op de schietbaan van de politie. Nog niet met scherp, alleen met losse flodders, maar wel met een echte revolver. Een Webley. 's Nachts, eens in de maand, op de lege schietbaan, alleen hij en ik, met warme leren gehoorbeschermers op, de koele revolver in mijn handen, het gewicht ervan, de knal van de kogel die mijn hele lichaam naar achteren stoot, zijn hete adem naast mijn wang als hij mijn hand bijstuurt, en de groene doelen in de vorm van een mens: 'Op het hoofd richten! Op het hart! Trekken! Trekken! Trekken!'

Honderd keer. Duizend keer. Trekken! Vuur! Je loopt op straat en je voelt een mes tegen je rug – trekken! Je ligt te slapen, een inbreker komt je huis binnen en sluipt op je bed af. Trekken! Je ziet iemand een kind ontvoeren en in een auto duwen. Trekken! Probeert-ie te vluchten? Sta rechtop, de benen iets gespreid, voor de stevigheid, ondersteun je rechterhand met je linkerhand, sluit één oog, sneller! Vuur! Tegen de tijd dat jij in actie komt, ben je al twee keer dood! Trekken! De eerste die schiet, die zal het later aan zijn kleinkinderen vertellen! Trekken! Geef je over aan je instincten! Geen tijd verspillen! Je hebt niet zoveel jaren meer om te oefenen voordat je echt aan het werk gaat! Je bent al dertien! Trekken! Trekken! Vuur!

Toen Gaby zei dat ik te veel tijd besteedde aan de politie en aan 'cowboyspelletjes', en dat ik dingen te zien kreeg die een kind van mijn leeftijd beter niet kon zien, zei papa dat dat de enige manier was om mij mijn zwakke karakter te leren overwinnen en om mij eindelijk sterk, resoluut, mannelijk te laten worden. Want die 'cowboyspelletjes', zoals zij ze sarcastisch noemde, leerden mij het allerbelangrijkste over het leven en over die ene, eeuwige oorlog tussen orde en chaos, tussen de wet en de misdaad die alles wil afbreken. Gaby luisterde geduldig en zei dat kinderen inderdaad uitstekende rechercheurs kunnen zijn, omdat voor kinderen de hele wereld soms één groot raadsel is dat zij moeten oplossen, maar dat iedere leeftijd zijn eigen raadsels heeft, en dat ik op mijn leeftijd eerst nog een paar andere mysteries moest oplossen, en ook een paar raadsels over mijn eigen leven, en papa begon al te brommen dat zij hem niet hoefde te vertellen hoe je kinderen moest grootbrengen, hij maakte misschien ook fouten, maar zijn hoogste plicht als vader was, vond hij, mij voor te bereiden op het echte leven, op de strijd om het bestaan. En Gaby zei: 'Het gaat je nog lukken ook, en daar zul je uiteindelijk spijt van hebben.'

Ik hoorde een krekel in de struiken zagen. De wind bracht een vlaag zeelucht met zich mee. Ik ademde die blij in en putte er kracht uit. Ik richtte me op, hief mijn hoofd omhoog. Dit was mijn grote vuurproef. Ik moest net zo slim zijn als hij. Slimmer nog. Ik moest proberen te denken zoals hij en hem dan een loer draaien. Kennis is macht. Kennis is macht! Ik wist hoe zijn brein werkte en hoe hij zo'n operatie aanpakte. Hij daarentegen wist niet meer wie ik was. Hij had geen recente inlichtingen over mij. Hij had een andere Nono gekend. Hij was ervan overtuigd dat ik de eerste kans zou grijpen om bij Felix weg te vluchten. Hij had me getraind om te vluchten als ik gegijzeld werd. Hij kende me niet meer. Ik voelde een vreemd soort verdriet in me opkomen: ik wist dat ik al heel ver voor hem gevlucht was, en ik bedacht ook dat ik nu voor het eerst van mijn leven een vrij goede kans had om hem te verrassen.

Ik liep sneller. Vlagen zeelucht vergezelden mij, streelden mij. Aan de toenemende kriebel in mijn rug wist ik dat hij nu gauw klaar zou zijn met het uitzetten van zijn netten. Ik probeerde me voor te stellen hoe hij de situatie voor zichzelf en voor zijn mannen samenvatte:

A. Felix heeft Nono ontvoerd en houdt hem tegen zijn wil vast.

B. Felix houdt zich schuil in deze buurt.

D. Felix moet opgepakt worden voordat hij Nono wat aandoet.

Maar er was ook een C, die papa niet hardop noemde, maar die wel een heel belangrijk punt voor hem was: Felix moest opgepakt worden voordat hij de kans had om Nono het verhaal van Zohara te vertellen.

Terwijl ik dat verhaal juist heel graag wilde horen. Helemaal. Van begin tot eind. Het was mijn levensverhaal. Ik had er recht op om het te weten. En niemand op de wereld mocht het nu afbreken, zelfs mijn vader niet. Vooral hij niet. Het was afgelopen met dat geheim! Afgelopen met alle geheimzinnigheden en al het verzwijgen!

Ik voelde me net een ridder: sterk, klaar, voor het eerst, om te vechten voor Zohara en haar verhaal.

En als hij zou proberen me tegen te houden – dan zou ik vluchten.

En als hij tegen me zou vechten, zou ik terugvechten. Ik moest nu eindelijk weten wie ik was.

Vreemd was dat: ik zocht hulp bij de man die me ontvoerd had en vluchtte voor de man die me wou helpen.

Door de spanning was ik mijn vermomming bijna vergeten: ik balde mijn vuisten, zwaaide met mijn armen – zo liep een teer meisje niet. Maar ja, Zohara was ook niet bepaald teer geweest. Helemaal niet zelfs. Ik zag haar voor me zoals ze op mijn leeftijd was geweest: een mooi, beetje hoekig, mager meisje met vlammende ogen. De meisjes haatten haar en smoesden over haar, de jongens waren een beetje bang voor haar, de leraren raadden haar moeder aan om een andere school voor haar te zoeken, een die beter paste bij mensen zoals zij, zigzagmensen.

Haar moeder?

Wie was haar moeder? Ze moest toch een moeder hebben gehad? En een vader. Wat gebeurde er nou? Waarom trilde ik?

Alweer moest ik mezelf afremmen. Wat gebeurde er allemaal? Hoe wist mijn vader dat Felix zich uitgerekend in deze buurt zou schuilhouden? Wat wist iedereen dat ik niet wist? Wat begreep iedereen dat ik niet begreep? Met mijn laatste krachten bleef ik in mijn rol. Het was alleen aan de jarenlange training te danken dat ik nu nuchter bleef. Op de straathoek stond een politiebusje op de stoep geparkeerd. De agent die erin zat, lette niet op mij. Mijn ogen volgden een donkere vogel die, laten we zeggen, van een cipres wegvloog en op de elektriciteitsdraden neerstreek. De kleine Zohara verdiepte zich in de vogelwereld. Mijn blik dwaalde even naar rechts, probeerde door de duisternis heen te kijken. Ja, hoor! Daar waren ze, twee mannen in donkere, korte shirtjes. Ze stonden op de rand van het hoogste dak van de straat en zetten daar een statief neer. Voor een nachtkijker.

Mijn vader was bezig de netten aan te halen. Dit werd een achtervolging. Net als in de film. Een jacht op Felix, op mij. Hij zou de buurt huis voor huis afzoeken om ons te vinden. Er ging een rilling over mijn rug. Ik had een gevoel alsof er boven mij een dun, doorzichtig maar sterk net zweefde, in afwachting van het juiste moment om plotseling te zakken en me op te scheppen. De contouren van mijn lichaam krompen ineen, maar ik liep door. Als mijn gezicht mijn paniek maar niet verried. Hoe had papa geweten dat hij Felix en mij uitgerekend hier moest zoeken? Wat was het, wat iedereen wist en ik maar niet bevatte? Waarom kwam ik maar niet door die betonmassa in mijn brein heen? Het antwoord zweefde voor mijn ogen, leek het, fladderde voor mijn neus, en toch lukte het me niet...

Doorlopen, niet stoppen, niet afgaan nu. Binnen een paar minuten wordt de buurt overstroomd door tientallen agenten en rechercheurs. Die zullen zich verspreiden over alle mogelijke observatieposten. Niets en niemand zal ze ontgaan. Ze zullen je geduldig opwachten, want zij weten: zelfs een sluwe kidnapper zoals Felix moet een keer zijn schuilplek verlaten om eten te kopen, of om jou, het ontvoerde kind, naar een ander schuiladres over te brengen.

En papa is er ook al, dacht ik. Natuurlijk is hij hier. Hij gaat niet achter zijn bureau zitten wachten terwijl zijn mannen hun posities innemen. Hij is hier. Misschien zit hij in een van de busjes bij het licht van een lantaren de plattegrond te bestuderen.

Op dat moment voelde ik hem al heel dichtbij: zijn blik die me bespiedde, zijn stevige lijf dat barstte van de kracht. Hij was vlakbij. Loerend. Zoekend. Ik voelde zijn aanwezigheid in de lucht. Zijn geur. Hij was er. Zijn ogen staken nu misschien in mijn rug. Die kleine, indringende ogen. Begon hij zich al af te vragen hoe het tussen mij en Felix nu eigenlijk zat? Begon hij al te vermoeden dat het geen toeval was dat ik de stille roep van zijn hart al twee dagen lang negeerde? Tekende zich nu ineens die donkere groef tussen zijn ogen, alsof iemand er met een mes in sneed?

Ik ging sneller lopen. Mijn hart klopte snel en hard. Een gekooid dier. Ik voelde me net een gekooid dier. In een lege straat gilde een sirene. Ik sprong geschrokken op, maar niemand zag het. Op de stoep aan de overkant bestudeerde een politieman de papieren van een oudere man die toevallig langsliep. De man maakte zich druk en zwaaide kwaad met zijn armen. De agent zei iets tegen hem, en hij was meteen gekalmeerd.

Vluchten. Wegkomen. Papa mocht me niet pakken. Ik was niet van hem. Niet alleen maar van hem.

Ik gebruikte alles wat ik in huis had: mijn deskundigheid, mijn training, alles wat hij me geleerd had vanaf de dag dat ik lopen kon. In één oogopslag zag ik alles: de valse kentekenplaten van de auto's van de recherche, de glinstering van de nachtkijkers op de daken, de Palladiumschoenen van het jonge stel dat me gearmd tegemoetkwam. En ook wat ik nu met mijn vader had, tegen mijn vader had, en hoe mijn leven en zijn leven op dit moment helemaal veranderden.

Ik liep met de juiste snelheid. Keek naar de dingen die de kleine Zohara zouden kunnen interesseren. Ik was kleine Zohara. Ik bedacht een smoes waarom ik over mijn rechterschouder moest kijken. Checkte af en toe de daken. Het gonsde in Lola's rustige buurt van het mysterieuze leven. Overal haastten politiemensen zich ergens heen, namen hun posities in, pakten hun uitrusting uit.

Ik wist alles van politie en politiemensen, en ik rook nu hun nervositeit. Ik hoopte dat Felix zou ontkomen voordat Lola's straat afgezet werd. Ik zou gek worden als hij nu opgepakt werd, uitgerekend op het moment dat hij me de rest van het verhaal ging vertellen. En nog voordat hij me Zohara's cadeau had gegeven.

Ik was benieuwd wat ze me gegeven had. Wat ze me plotseling zou opsturen uit haar dodenwereld.

Het was een vreemde nacht. Uit het donkere loof van de cipressen woei een zacht briesje. Alles ruisde en suisde. Ik had het gevoel alsof ik door de lucht liep. Alsof ik nergens bij hoorde. Alsof ik vermist was. Verloren. Een vreemd gevoel. Een soort zweven in de ruimte. Misschien kan de politie al die vermiste personen daarom niet vinden. Misschien willen die niet altijd gevonden worden. Want als je vermist wordt, ben je alleen maar van jezelf. Je zweeft in de wereld, van hot naar her. Je kunt zelf kiezen wat je het volgende moment zult zijn. Je bent uniek.

Ik was zo eenzaam op dat moment. Een minuscuul stipje in de grote wereld. Eén stip, dat was ik.

Maar wie was ik? Hoe kwam het dat alles binnen twee dagen zo uit de hand gelopen was dat ik nu een voortvluchtige boef was, op de vlucht voor mijn eigen vader? Wat was die kracht die me steeds verder, steeds dieper het verhaal inzoog?

Ik stortte in tolvlucht neer, zonder een eigen wil.

Vanuit mijn binnenste, uit het diepst van mijn ziel, steeg iets onbekends in me op, verspreidde zich als een groeiende wolk, beroerde mijn meest innerlijke hoeken en meest verborgen plekken, overstroomde mijn hart en hersenen en fluisterde: 'Dit ben je. Degene die voor hem vlucht. Je hebt het altijd al een beetje gedaan. Je hebt het altijd een beetje geweten – en het maakte je bang. Nu heb je het geheim ontdekt: zo ben je gewoon. Niet helemaal. Voor een deel maar. Maar door dat deel zul je altijd een beetje vluchten, een beetje een boef zijn, en je zult waarschijnlijk nooit je vader opvolgen als de beste rechercheur ter wereld.'

Maar tegelijk met de pijnlijke droefheid van deze fluisterstem hoorde ik ook een andere stem in me, een beetje kraaierig, een beetje duivels, sluw lachend: 'Maar als jij wil, jij kan opvolgen jouw moeder... En Felix...' Even ging de gedachte door me heen dat hij me misschien ook ontvoerd had om me een beetje de knepen van zijn vak te leren. Om me zijn expertise over te dragen, zijn vakmanschap...

Haar kleren omhulden me vanbuiten. Ze voelden zacht aan en die zachtheid doordrong mij, mompelde samen met mij, op mijn loopritme: Er was eens een jonge vrouw die Zohara heette. Daarvoor was ze een meisje geweest. Ik wist nog niet veel over haar als meisje, maar haar kleren spraken, prevelden rechtstreeks in mijn huid. En zij, het meisje, sijpelde in me door, vanuit het rokje en het bloesje, zelfs vanuit haar sandalen die het zweet van haar voeten hadden geabsorbeerd.

Ik liep met mijn ogen zowat dicht. Alsof ik de weg van Lola's huis naar het Habima-theater uit mijn hoofd kende. Ik dacht gewoon niet meer, ik liet Zohara's sandalen me meevoeren. En dat deden ze. Ze liepen over de stoep. Ze kenden iedere kuil, ieder zebrapad en boomperk. Toen ik een keer per ongeluk rechtsaf wilde slaan, draaiden ze mijn voeten met geweld naar links. Ik had nog nooit zulke resolute sandalen ontmoet. Er waren misschien wel vijfentwintig jaar voorbijgegaan sinds ze die weg hadden afgelegd, maar hij was in hun geheugen gegrift. En zo, door het lopen, door de prikkelende boodschappen die ik via mijn voetzolen doorkreeg, begon het me te dagen. Ik ben soms zo traag; om gek van te worden. Er was eens een meisje dat Zohara heette. Je moest het niet in je hoofd halen om haar een meisje te noemen. Ze gaf je meteen een knauw. Ze leefde in een eenzame wereld, ver van alle andere kinderen, ten prooi aan de gedachten van volwassenen, ze vluchtte af en toe in fantasieën en sprookjes, met kleine wezentjes in haar oogleden die voorstellingen opvoerden en films voor haar draaiden. Wat nog meer? O ja, ze hield van aardbeienjam en chocolade.

Ze woonde in een hoog gebouw, in een klein kamertje van waaruit je de zee kon zien. Van waaruit de zee op z'n openst was, op z'n blauwst. Ze verstopte graag frambozensnoepjes in een geheim plekje in haar matras. En hing graag ansichtkaarten uit verre landen aan de muur. En verzamelde graag soldatenpoppen uit verre landen. Hoe kwam ze erbij om die te verzamelen? Wie had haar die poppen gegegeven? En wie de kaarten gestuurd?

Haar vader misschien. De vader aan wie ik tot nu toe niet gedacht had. Ze moest toch een vader hebben gehad?

Ik liep nu als een dronkeman. De sandalen deden me dansen alsof ze plotseling vrolijk waren geworden. In mijn ogen stonden domme tranen. Wat krijgen we nou? Een jongen die als een meisje huilt?! Als een meisje dat zichzelf dwingt om niet te huilen. Dat een bliksemschicht in de muur krast om niet in huilen uit te barsten. Het was onbegrijpelijk dat ik niks begrepen had van wat er die twee krankzinnige dagen met me gebeurd was! Haar kamer bij Lola. De geur van het kussentje, de kleren in de kast. De ansichtkaarten uit al die verre landen.

Ik was bang. Bang om te weten.

En Lola die een hele nacht op een stoeltje naar me had zitten kijken, en steeds maar zuchten. Die wist wanneer ik jarig was.

Dat ik het niet begrepen had.

En mijn vader, die geraden had dat Felix me uitgerekend hierheen, naar het huis van Lola, mee zou nemen.

De route die ik op deze reis had afgelegd. Die van tevoren voor me uitgestippeld was.

Als een soort levenslot.

Het verhaal dat Felix me vertelde.

Ik liep door, strompelde door. Hoe vaak kun je verrast worden? Wat wachtte me nog meer op deze reis?

'Op de kleine heuvel, bij de stoplicht, jij gaat rechtsaf, en dan linksaf,' had Felix me geïnstrueerd.

Ik sloeg rechts- en linksaf.

'En dan jij kijkt sterk naar links.'

Ik keek naar links, mijn blik klom omhoog zoals de wijzer van een klok naar negen uur opklimt.

Naast een lantarenpaal stond een vrouw me met een grote halsdoek toe te zwaaien. Lola.

Ze stond bij een motor met zijspan. Een oeroude herinnering kwam aan als een klap: een motor met zijspan met een tomatenplantje erin. En een man die zo wild was als een paard, die lachte als een paard, totdat hij ophield met lachen en o zo wettig werd, en zo triest. Maar het was Felix die op de motor zat, met een rare motorbril op, en een leren kap.

Natuurlijk was het hem gelukt om aan de greep van mijn vader te ontsnappen. Natuurlijk was hij me voor. Hij trapte hard op de starter en de motor ronkte.

Ons Rolls-Royce.

En Lola Ciperola. De beroemde actrice.

De moeder van Zohara.

En Felix Glick, de man van de gouden aren. De man die van mijn moeder had gehouden.

Niet als minnaar. Niet zoals een man van een vrouw houdt. Maar zoals een vader van zijn dochter.

Dat ik dat niet eerder begrepen had.

Hij was haar vader. Lola was haar moeder.

Een gouden aar en een paarse sjaal.

Zohara's vader en moeder.

Die me samen gebaarden dat ik gauw moest komen.

Mijn opa en oma.

25 *Zohara steekt de maan over en Cupido gaat over op een vuurwapen*

We sjeesden de hele nacht door op de motor met zijspan. Ik en Felix en Lola Ciperola. De wind sloeg ons in het gezicht, verwarde ons haar, we moesten schreeuwen om elkaar te kunnen verstaan. Felix reed, Lola hield hem om zijn middel vast en ik zat in het zijspan, heerlijk knus als een mus. Soms ruilden we: Felix reed, ik zat achter hem en hield hem vast en Lola Ciperola was de mus.

We voeren de zwarte nacht in, belicht door de stadslichten, weerspiegeld in de donkere brillen van bedelaars, in chique etalages. De schaduw van de motor likte aan stoepen, reclameborden, bankjes voor geliefden. Pijlsnel, aan elkaar vastgeklampt, passeerden wij, een zwart silhouet, kleine nachtcafés, schemerige lanen, straatvegers, eigenaardige troepen van drie, vier honden die voor een nachtelijke tocht bij elkaar waren gekomen en nu tegen ons tekeergingen: een dalmatiër en een Duitse herder onder leiding van een witte poedel; een kleine, lange wijfjesteckel met een reus van een Deen en een lelijk mopsje. Alsof de honden van Tel Aviv een oneervolle erewacht hadden gestuurd om ons uit te zwaaien op onze tocht in de voetsporen van Zohara...

Maar misschien moet ik beginnen bij de ontmoeting buiten het theater. Mijn ontmoeting met mijn opa en oma, dat onverwachte, dubbele cadeau dat ik op mijn bar mitswa kreeg, zonder ruilbon.

Ik kwam vanaf de straathoek op ze af, liep op mijn gemak, alsof er niks aan de hand was, maar begon algauw, na een paar stappen al, te hollen. Lola stond me met een halsdoek toe te zwaaien. Ze hield zich eerst nog in, zoals de first lady van het nationaal theater betaamt, maar toen ik dichterbij kwam begon ze zelf ook te rennen. Zoals ze er nu uitzag – in een spijkerbroek, het haar los en lang, zonder make-up – zou niemand op straat (of op de wereld) haar herkennen. We vlogen op elkaar af. Ze kon aan mijn gezicht zien dat ik het wist. We bereikten elkaar, botsten tegen elkaar, vielen elkaar in de armen. Ik begroef mijn hoofd diep in haar schouder en zei: 'Je bent de moeder van Zohara.' Ze zei: 'Ja, ja, ik ben zo blij dat je het eindelijk begrepen hebt, ik kon het niet meer voor me houden,' en mijn hals werd kletsnat vanwege een onverwacht lagedrukgebied boven het Habima-theater.

Felix stond naast ons met zijn handen in zijn zij en zei hoofdschuddend: 'Klaar? Excuseer, moeten wij opschieten! Komt nog tijd voor huilen-lachen-liefje-schatje!'

'Doe niet zo stoer!' zei Lola en snoot haar neus. 'Ik weet wel waarom je nu je kap opdoet. Maar ik kan je ogen ook door die tulband heen zien, hoor!'

'En hij is mijn opa, dat weet ik ook,' zei ik tegen Lola en schrok een beetje van mezelf, en van hoe ik haar in de armen gevallen was.

'Als jij noemt mij opa met andere mensen bij, ik geef jou meteen aan de politie,' bromde Felix. 'Ik ben nog te jong voor opa!'

'Arme jongen!' sloeg Lola haar handen ineen. 'Heeftie Felix als opa gekregen!'

'Waarom arme?' protesteerde Felix. 'Weet jij nog een opa wat neemt zijn kleinkind om te stelen een hele trein?'

En hij had gelijk.

'Je mag mij wel oma noemen,' zei Lola. 'Felix moet nog wennen, maar dat komt wel.' Ik werd weer ondergedompeld in haar lekkere parfum. Ik had een oma. Een echte oma, een knuffel-oma, geen passer-oma.

'Je bent dus wel getrouwd,' ontglipte het me, want zij had toch haar principes?

'Of ik getrouwd ben?' Ze keek me geamuseerd aan. 'Is dat het eerste wat een kleinkind aan zijn oma vraagt?'

'Nee, want je had een keertje gezegd dat...'

Ze lachte. 'Je hebt gelijk, Nono. Luister goed, je krijgt nu in één keer alles te horen, de hele waarheid: ik ben een vrouw die graag alleen is en die graag doet waar ze zelf zin in heeft. Ik ben altijd zo vrij geweest als een zigeunerin en als ik van iemand hield, dan wachtte ik niet totdat hij mij zou ontdekken, ik ging gewoon naar hem toe en zei: Beste man, dit en dat, zus en zo! En ik hield wel van deze oude man,' zei ze en aaide hem teder over zijn kap, 'en wilde ook graag een kind van hem hebben, maar ik had er helemaal geen zin in om hem de sleutels van mijn leven te geven.'

'Voor mij is genoeg een schroevendraaier,' barstte Felix in lachen uit, en ik was trots op Lola, mijn nieuwe oma, want ik had het geweten, ik had geweten dat ze zichzelf trouw zou blijven.

'Hoe kom je aan precies dezelfde motor?' vroeg ik aan Felix. Hij lachte zijn mysterieuze glimlach, haalde zijn schouders op en zei iets over Felix de goochelaar, Felix die alles kon, en nog meer van die kleine opschepperijen van hem die vooral bedoeld waren om Lola te pesten. Maar zij lachte alleen maar, krabde stevig aan zijn hals en zei: 'Zeventig jaar oud, en nog steeds een kind!' '*Haide*!' balkte Felix en we schoten weg.

Ik moest haar nog een heleboel dingen vragen. En hem ook. Waarom ze al die jaren geen contact met me gezocht had. En of ze van mijn bestaan geweten had. En of ze me herkend had toen Gaby en ik haar buiten haar huis hadden ontmoet...

Gaby. Gaby Gaby Gaby.

Onvoorstelbaar, hoe ze al die jaren de allerbelangrijkste dingen over Lola Ciperola voor me verborgen had gehouden: dat ze het liefje van Felix was geweest, en dat ze een dochter hadden gehad, en dat die dochter nu dood was en dat die een, ja, hoe moest je dat zeggen, een misdadigster was geweest, en dat ze toevallig ook mijn moeder was. Maar ze had er al die jaren heel subtiel en indirect op gezinspeeld dat Lola en Felix erg belangrijk voor me waren, dat ze een belangrijke rol speelden in mijn leven, in mijn levenslot. En ze had in mij ook kleine zaadjes van nieuwsgierigheid naar Lola en ook Felix gezaaid: met de gouden aren, met de paarse sjaal, met de imitaties van Lola, van haar liedjes, en de verhalen over het leven van Felix – en al die zaadjes waren nu, net op het juiste moment, drie dagen voor mijn bar mitswa, ontkiemd.

En hoe Gaby en Felix in een soort geheime, vernuftige tangbeweging met me bezig waren geweest zonder het van elkaar te weten.

En ze hadden me allebei gegrepen. En ik wilde ook gegrepen worden. Ik wilde het zo graag.

Al die tijd gluurde ik vanuit mijn ooghoek naar Lola en Felix en probeerde eraan te wennen dat ze nu mijn oma en opa waren. Ik vond het nog steeds vreemd, want toen ik Lola nog niet persoonlijk kende, stond ze heel ver van me af, en nu was ze ineens heel dichtbij gekomen, nu stond ze midden in mijn leven, en dat was een enorm verschil, net als het verschil tussen een Lola Ciperola en een Lola Katz, en ik wist nog niet precies hoe het zou worden, hoe hecht onze relatie zou zijn, hoe het was met een echte oma... Plotseling kruiste mijn blik de blik van Lola: 'Ik kijk naar je,' zei ze en boog zich op de rijdende motor naar me toe, 'en ik denk bij mezelf: wat ben ik toch stom geweest dat ik al die jaren niet geprobeerd heb om je vader om te praten en om jou toch te ontmoeten.'

'Was hij daar tegen? Waarom?' schreeuwde ik, en niet alleen maar vanwege de wind.

'Omdat hij na de dood van Zohara besloten had dat je niets met haar leven te maken mocht hebben. Hij was vreselijk bang dat je iets van haar zou overnemen, dus hij besloot om ook mij maar uit te wissen. Ja, hoor!' Ze bond haar haar boven op haar hoofd, zodat ik haar in die herrie zou kunnen verstaan. 'Maar dat is nu afgelopen! Nu heb ik niet met hem te maken, maar met jou, en ik wil een full-time oma voor je zijn. Ben ik aangenomen?'

Ik lachte. De hele tijd wilden vrouwen mijn full-time moeder of oma zijn. We schudden elkaar onder het rijden de hand. Natuurlijk was ze aangenomen.

'Diamantgebouw!' riep Felix vanonder zijn kap. Hij reed de grote rotonde om, ging van de weg af en reed over een zandpad een braakliggend terrein op dat aan het gebouw grensde.

En stopte.

Het woei niet meer. Lola en ik haalden opgelucht adem. Felix huppelde naast ons, probeerde zijn hoofd los te wurmen uit de onhandige leren kap die eruitzag als een vliegenierskap uit de Tweede Wereldoorlog. In de lucht hing de zware geur van chocolade. Ik herkende de plek meteen: de geheime zoete bron van Gaby en mij, de chocoladefabriek die de laatste vijf jaar behoorlijk gegroeid en ontwikkeld was, dankzij Gaby en mij.

'Hoe wisten jullie dat ik hier graag kom?' gniffelde ik. 'Ik heb het toch niet verteld?'

'Wat heb je niet verteld?' vroeg Lola en voegde er nog ongeduldig toe: 'Kom op, Felix, doe dat domme ding nou af!'

'Dat Gaby en ik... Dat we één keer in de maand hier naartoe komen. Naar de fabriek. Om te kijken hoe ze chocolade maken.'

'Brengt ze jou een keer in de maand híerheen?' vroeg Lola verbluft.

'Ja, altijd. Al jaren. En daarna gaan we naar jouw huis, om op jou te wachten.'

Lola keek naar mij, keek naar Felix en schudde toen verwonderd haar hoofd: 'Ik moet die Gaby gauw 's ontmoeten. Die vrouw is gewoon geweldig!'

Ik begreep haar enthousiasme niet. Oma's horen zich onder andere zorgen te maken over het gebit van hun kleinkinderen en niet zo enthousiast te zijn over frequente bezoeken aan een chocoladefabriek.

'Even vergeten de chocolade!' beval Felix, die zijn schedel met een uiterste inspanning had weten te bevrijden van de rare leren kap. Hij keek Lola nederig aan en verontschuldigde zich nederig: 'Komt van de neus. Kan niet door, hè!'

Lola maakte met haar vingers een meedogenloze snoeibeweging. Felix dook ineen en beschermde zijn machtige neus. Ik had het gevoel dat hij een beetje bang voor haar was. Altijd al geweest.

'Vergeet de chocolade!' zei hij weer tegen mij. 'Kijk

alleen deze kant, van de diamanten! Hier jouw verhaal begint.'

'Mijn verhaal?'

'Yes sir! Vele jaren geleden was hier de centrum van de diamanten van hele Israël! Gebouw vol diamanten en bewakers en camera's wat zien iedere muis als hij piept en allemodernste alarm van Israël. Afijn, Zohara en ik, wij rijden een keertje langs, Zohara kijkt, lacht, zegt: "Wat denk je, pappino" – zij noemt mij pappino – "dat ik kan 's nachts naar binnen gaan en helemaal naar boven, tot de dak, en dan ik kom weer naar buiten en geen één agent pakt mij?" '

Ho maar, niet zo snel. Ik wilde bijna mijn handen over mijn oren leggen. Ik kon er nog steeds niet aan wennen dat mijn moeder zulke dingen gezegd had, dingen die mensen in een film zeggen. En meestal mensen die zelf geen kinderen hebben.

En Felix: 'Ik zeg: "Zohara, popje, is toch niet nodig? Als jij wil geld, ik geef jou zoveel zoals jij wil. Als jij wil grote geld, spelen, zoals vroeger, dan we gaan naar de buitenland, nieuwe plaats wat kent ons nog niet, en daar wij vinden wel wat te doen!"'

Lola kwam naar me toe en legde een arm om mijn schouder.

'Je zegt het maar als het te veel wordt,' fluisterde ze. 'Felix schept graag op, en hij gaat soms te ver.'

'Waarom te ver?' protesteerde Felix. 'Ik vertel hem zijn verhaal levenecht! Ik neem hem naar alle plaatsen, dat hij ziet hoe was het, wat was het. Is zijn leven! Niet goed?'

Ik begon een beetje te begrijpen waarom die twee niet samen konden leven.

'Ga door,' zei ik. 'Ik wil het weten.'

'Ha!' blies Felix zich tegen Lola op. 'Jouw kleinzoon wil weten! Goed zo! Is zijn recht! Is zijn verhaal! Afijn, Zohara zegt: "Pappino," zij zegt: "Ik wil niet meer vieze geld en niet meer belazeren de domme mensen, ik wil alleen één keer nog spelletje doen, voelen dat mijn hart klopt, want sinds wij zijn terug in Israël de gewone leven is te saai, doodsaai, dus misschien ik ga op de dak en ik speel daar op de fluit één melodie, één liedje, en dan ik kom beneden en niemand kan mij pakken, wat zeg jij, pappino?"'

Ik keek omhoog, boog mijn nek helemaal naar achteren om te kunnen zien, en dat viel niet mee, want ik glimlachte tegelijk: 'Alleen maar om iets te spelen op het dak?' En een vrolijk melodietje kwam in me op.

'Was gewoon onzin, dat zij gaat naar binnen in deze gebouw,' vertelde Felix door. 'Om te pakken mooie spullen – dat ik kan begrijpen. Is werk. Maar gewoon voor opscheppen? Maar ja, dat is Zohara. Wat niet mag van mij, zij doet het juist. Als ik zeg: Zohara, popje, doe voorzichtig, zij zegt: Ach papa, voor jou alles is nee, nee, nee.'

Ik keek naar hem. Ja, zo was het tussen die twee waarschijnlijk gegaan.

'Praten aan de oren van dovemans,' zuchtte Felix. 'Ik zeg nee, zij zegt ja, uiteindelijk wij praten niet meer over, ik denk: zij is rustig nou, vergeten de hele zaak, godzijdank, dankuwel, alstublief. Ga ik weer naar buitenland voor mijn werk, zij blijft hier. Maar wat gebeurt? Dat ik krijg na twee weken ongeveer telefoontje van jouw oma, dat Zohara heeft gedaan wat zij heeft gezegd!'

'Het dak opgegaan? Is het haar gelukt?'

'Natuurlijk gelukt! Maar hoe, ik weet het niet! Gebouw vol met bewakers, en zij passeert iedereen! Maar één camera waarschijnlijk heeft haar toch gezien, en meteen barstte de hel, alarm, bewakers, politie, honden! En Zohara? Zij rent! En ook lacht! Maar niet naar buiten zij rent, nee, naar boven, naar de dak! Want zij wil met de fluit, hè? Is allemaal spelletje voor haar, hè?'

Hij schudde verwonderd zijn hoofd: 'Wat is gebeurd daarna, ik weet het niet,' zei hij en stak zijn handen naar voren. 'Misschien jij kan het zeggen.'

'Ik? Maar hoe...'

'Is jouw verhaal, toch?'

Hoe moest ik het weten? Ik was toen nog niet eens geboren!

Hij hield zijn mond. Zijn harige, driehoekige wenkbrauwen werden nog puntiger, trokken nog verder omhoog. Waarheen? Naar het dak? Ja, ze kwam op het dak. Zoals ze beloofd had. Maar ze had nog iets beloofd. Ik grinnikte: nee, dat kan niet, je gaat toch niet spelen als de hele poli...? Maar Felix sloot zijn ogen en knikte nadrukkelijk. Ja dus. Ze had haar fluit, haar eenvoudige houten blokfluit, inderdaad uit haar zak gehaald en... gespeeld?

'Natuurlijk, wat dacht je?'

Boven het hoge dak scheen de maan. Ik zag Zohara op het dak staan, misschien zelfs op de rand zitten, pootjebadend in de lucht. Het maanlicht viel op haar haar. Beneden, in het open veld waar wij nu stonden, krioelde het van de politie, van de blauwe zwaailichten, en zij ging rustig het mondstuk vegen voordat ze zou gaan spelen. En ik wist al wat ze zou spelen, ik dacht aan de betoverde zeemeerminnen in de zwarte rivier en voelde het bloed in haar nek kloppen.

En plotseling... Stilte! De fluit. Eenvoudig en teer. Ik hoorde de muziek van het hoge dak zweven en noot voor noot neerdalen, op de hoofden van de politiemensen. Ze stonden stil, sommigen zetten hun pet ongemakkelijk af, en luisterden naar het iele, kinderlijke wijsje dat als een lammetje in de hemelse wei dartelde, om de speler heen.

Ze wisten nog steeds niet dat het een vrouw was.

Zohara speelde het hele lied, noot voor noot, couplet voor couplet. De agenten stonden roerloos. Alsof ze een volkslied hoorden spelen. Een loflied op het lef en de fantasie en de dwaasheid. Zohara was uitgespeeld. Ze veegde het mondstuk zorgvuldig af. Stopte de fluit weer terug in het zwarte etui. Wat nu?

Want op het moment dat ze opgehouden was met spelen was de betovering verbroken en de herrie weer begonnen. Op alle verdiepingen holden rechercheurs, blaften honden, riepen schorre portofoons tegenstrijdige instructies. En zij? Wat deed zij op dat moment?

'Vertel,' fluisterde Felix. 'Jij weet.'

Ik? Hoe moest...?

Nou ja, ik kende haar al een beetje. Als ik mijn ogen hard dichtkneep, voelde ik haar gezoem op mijn plek, tussen de ogen. Ik wist meteen dat ze niet op ze gewacht had. 'Ze ging ervandoor, ja toch?'

'Ja,' zeiden de ogen van Felix.

Maar waarheen? Terug naar beneden kon ze niet. Boven haar was alleen de lucht. Wat heeft ze dan gedaan? Wat kon ze doen? Omhoogspringen en zich aan een passerend vliegtuig vasthouden? Langs een lantarenpaal naar beneden glijden? Felix glimlachte en zweeg. Lola keek me met een schuin hoofd aan, alsof ze in mijn gezicht de gedachtegang van Zohara, haar dochter, probeerde te volgen. Ik sloot mijn ogen. Concentreerde me. Voelde die punt tussen mijn ogen steeds warmer worden. Zohara boven op het gebouw. Mijn moeder. De dochter van Felix. Ik was toch een telg uit een boevendynastie? Ik was toch ineens aan die dynastie gekoppeld... Wat had ik gedaan als ik haar was? Waarom lukte het me niet om een truc te bedenken om haar daar weg te krijgen? Een vluchtroute? Waarom kon ik me niet concentreren? Was het misschien die zware chocoladelucht die mijn gedachten benevelde... De geheime zoete bron van mij en Gaby... Die me een keer in de maand hierheen bracht... Klein, wit lammetje bij de bron... De geur die me aantrok en me toefluisterde...

'Daarheen,' ik draaide me met een ruk om en wees op de chocoladefabriek. 'Daarheen is mijn moeder gevlucht,' zei ik en voegde er ernstig aan toe: 'Ze was dol op chocola.'

'Godzijdank,' zuchtte Felix opgelucht, alsof ik op dat moment het initiatieritueel van de stam had doorstaan.

En ze glimlachten elkaar toe. Misschien omdat ik 'mijn moeder' gezegd had.

Ze was de chocoladefabriek ingevlucht.

Vandaar dus dat Gaby...

Een keer in de maand. Vijf jaar lang.

Tientallen keren. Trouw en hardnekkig.

'Maar hoe kwam zij van de diamantgebouw in de chocoladegebouw?' fluisterde Felix.

'Hoe?' Goeie vraag. De twee gebouwen stonden behoorlijk ver van elkaar. Springen was uitgesloten. De trap afgaan en het op een rennen zetten – onmogelijk, vanwege alle politiemensen die haar daar opwachtten.

Wacht 's even: 'Stonden hier toen ook al hijskranen?' vroeg ik.

'Hier staan altijd hijskranen,' zei Lola. 'Volgens mij

worden hier hijskranen met behulp van gebouwen gebouwd in plaats van andersom.'

Dan wist ik het wel.

Zohara was op de gigantische hijskraan gesprongen die, laten we zeggen, hier had gestaan. Het uiteinde van de arm hing vlak boven het dak van het diamantgebouw. Ze steekt een tastend been uit: één sprong maar. Een afstand van één meter. Is te doen. Maar onder haar gaapt een afgrond van tientallen meters. Felix volgde mijn blik. Ik sprak niet. Mijn gedachten waren zo wild: Zohara vlecht haar haar en stopt de vlecht in haar kraag. Steekt de fluit in haar zak. Op leven en dood. En voor de dood is ze nooit bang geweest. Daar gaat ze dan. Ze springt over de afgrond, komt neer op de stalen arm van de hijskraan ... Ik wachtte niet eens of Felix mijn gissingen, mijn fantasieën zou bevestigen. Ik was er zeker van, alsof ik er zelf bij geweest was: ik voelde de klap toen ze neerkwam, voelde haar kiezen op elkaar slaan. Ze bleef even liggen, een beetje suf van de pijn, misschien ook van de angst, maar begon meteen te kruipen...

Nee. Fout. Excuseer: als ík het was geweest, had ik gekropen. Maar het was Zohara daar op de hijskraan. Die kroop niet. Nooit. Langzaam strekte ze haar lichaam, haar benen trilden misschien nog een beetje, maar ze ging op handen en voeten staan, gluurde naar beneden en stond toen op. Ze stond rechtop en begon te lopen.

Ik keek omhoog naar de donkere lucht. Een lange stalen arm doorkliefde de maan. Ik zag mijn moeder voor me: ze liep over de arm, stak de maan over, keek vooral niet in de afgrond beneden. Of misschien juist wel. Nu zag ik Felix ineens rillen.

En de agenten? Wat hadden die gedaan? Hun pistolen gericht? Gefloten? Ik wist precies wat er door hen heen was gegaan, hoe onzeker, hoe ontredderd ze waren geweest, hoe verbluft door die magere, wetsovertredende en ordeverstorende figuur die tot het bewaakte bolwerk was doorgedrongen, die op de rand van het dak een kinderwijsje had zitten spelen en daarna een tocht dwars door de maan had gemaakt, met het hoofd hoog in de lucht, als een koorddanser die iets trotseerde wat veel groter en krachtiger was dan zij met al hun pistolen en handboeien en fluiten. En misschien dat ze zich daarom nauwelijks bewogen en alleen maar een hoop herrie schopten en maar niet konden beslissen wat ze moesten doen.

'Niet alle politie!' corrigeerde Felix mijn gedachte. 'Was één wat meteen snapte waar zij ging. Eéntje maar. Eén politieman. Rechercheur.'

Ze keken me aan. De ogen van Lola en die van Felix. Het was weer mijn beurt om door te vertellen. Om die rechercheur te beschrijven. De enige die door had wat Zohara in haar schild voerde. Ik probeerde me zo'n type uit een Amerikaanse film voor te stellen, zo'n dandy met een kapsel en blauwe ogen. Maar het klopte niet.

Wat kon ik anders doen dan het voorbeeld nemen dat ik thuis had?

'Zo'n rechercheur, niet lang maar wel sterk. Groot hoofd. Haast geen nek. Stevig.' En een beetje slordig, dacht ik vertederd, een beetje nerveus. Eentje die er altijd uitzag alsof hij andere dingen aan zijn hoofd had, en verder gewoon korzelig-nerveus-bezweet-sjofel, kortom: zo'n KONEBBESJ.

'Klopt,' glimlachte Felix. 'Precies zo.'

En? vroegen de ogen van Lola.

'Hij was de enige die wist wat hij moest doen. Hij rende er stilletjes heen, snel, klom op het voetstuk van de hijskraan en dan verder omhoog op de dwarsbalken, als op een ijzeren ladder...'

Ja, wat wil je, dacht ik bij mezelf en werd helemaal warm vanbinnen, hij had veel ervaring met klimmen, op daken, in vlaggenstokken... Hij had toch op een nacht, niet meer dan een jaar of vier, vijf voor die bewuste avond, net zo steil moeten klimmen naar de daken van negen ambassades en consulaten in Jeruzalem? Hij was zachtjes omhoog geklommen en had allerlei touwen doorgesneden en andere weer vastgeknoopt, en 's morgens werd de Italiaanse ambassadeur wakker onder de vlag van zijn innig gehate Ethiopië, en de Franse consul viel bijna van zijn stokje toen hij merkte dat hij onder de Engelse vlaggenstok zat te ontbijten, met stokbrood en al! Binnen één minuut zaten negen woedende ambassadeurs en consuls met elkaar te bellen, een schuimbekkend mengelmoes van talen gonsde in de lucht, diplomatiek gif spoot heen en weer, en heel Jeruzalem lag in een deuk, ook mijn vader, die de weddenschap gewonnen had, die nu zijn verticale klim herhaalde en de arm van de hijskraan bereikte en een paar meter van de mysterieuze koorddanser stopte en ging zitten, even naar beneden keek en bijna flauwviel. En toen weer naar de dappere boef keek en wist dat hij nog nooit zo'n rivaal tegengekomen was.

Een huwelijk dat in de hemel is gesloten, dacht ik bij mezelf.

Stap voor stap. De stramme koorddanser heeft al bijna het uiteinde van de stalen arm bereikt, staat nu bijna boven het dak van de chocoladefabriek. Mijn vader probeert op handen en voeten te staan, maar angst en duizeligheid drukken hem tegen de stalen arm. Hij besluit om zijn trots in te slikken. Gaat kruipen. De voetstappen van de achtervolgde op het staal dreunen na in zijn buik en doen rillingen van gevaar en van een onbegrijpelijk genot door zijn hele lijf gaan. De koorddanser draait zijn hoofd even om en ziet zijn hijgende achtervolger. Zohara glimlacht in zichzelf, een glimlach van waardering voor zijn durf, en minachting voor het kruipen. Was het precies zo gegaan, of zat ik te fantaseren? Het kon me niet schelen. Ik hoopte dat het zo gegaan was. Tot op de dag van vandaag zie ik het weer voor me: de twee figuren die zwijgend over de arm van de reusachtige hijskraan bewegen. Ze zweven hoog boven de verlichte stad, boven de agenten, en de eerste, doorzichtige verbindingsdraad wordt al tussen hen gesponnen. En misschien begon Zohara daarom, door die onverwachte draad, sneller te lopen, haast te rennen, en misschien dat mijn papa daarom zijn kruiptempo opvoerde. Maar Zohara was hem voor en stond al op het uiteinde van de arm, vlak boven het dak van de chocoladefabriek.

Ik haalde diep adem: 'En toen ze boven de fabriek stond, sprong ze.'

'Is erg hoog,' twijfelde Felix. 'Vier meters misschien!'

'Ze sprong!' hield ik voet bij stuk. 'En het ging goed!'

'Ja, altijd zij kwam met de pootjes op de grond,' mompelde Felix verwonderd.

'Het was nacht,' ging ik door, kon niet meer stoppen, het verhaal stroomde uit me, uit die plek op mijn voorhoofd, terwijl ik het niet eens kende. 'Er was geen mens in de fabriek. Zohara rende heen en weer...' Ik zag haar hollen, een uitgang zoeken, ze dook hier en daar in de enorme hal op en verdween weer, sprong geruisloos op fluwelen voetjes. Ik zag het allemaal voor me, een veer kietelde mijn hersenen, het verhaal kwam rechtstreeks uit de fantasieënplek, maar deze keer was het geen leugen, deze keer was het mijn verhaal dat eindelijk naar buiten kwam, dat vloeide alsof het al die tijd binnen opgerold had gelegen en dat Zohara ineens tot leven bracht: ze huppelde tussen de grote machines, tussen de enorme kuipen die in hun zoete dromen verzonken waren, stopte af en toe, kon zich niet inhouden, stak er een vinger in, likte. Lachte.

Er klonk een doffe smak: een groot, zwaar lichaam was op het dak van de fabriek neergekomen. De rechercheur. De enige echte. Hij rolde op zijn rug, vloekte, stond op en kwam via het dak in de enorme chocoladehal. Hij liep voorzichtig, met een getrokken revolver, keek voorzichtig om zich heen, zocht de boef. Zijn zintuigen gaven altijd duidelijke signalen: als hij het warm kreeg in zijn buik, rond zijn navel, dan was de boef vlakbij. En hij had het nu heel warm. In zijn buik en in zijn hele lichaam.

'Kom op, jongen!' riep mijn vader en de echo kwam rollend terug, doordrenkt van chocoladelucht. 'Het gebouw is omsingeld! Je hebt geen schijn van kans! Steek je handen omhoog en kom langzaam tevoorschijn!'

De echo ebde weg. Stilte. Mijn vader keek voorzichtig om zich heen. Hij rook de geur van chocolade. Misschien dacht hij heel even aan zijn eigen kinderjaren in net zo'n fabriek, bij zijn vader. Tussen net zulke machines, tussen zakken suiker en meel. Heerlijk, biscuitjes met chocola, mmm...! Maar hij zette deze gedachten meteen weer van zich af. Je mocht in zijn beroep niet afdwalen, iedere fout kon fataal zijn. Hij stapte heel langzaam door. Zijn revolver snuffelde alle kanten op.

En wat nu? Wat gebeurde er toen? Ineens hield mijn fantasie op. De warme plek koelde van het ene moment op het andere af. Een zwart, rood gordijn wapperde voor mijn fantasie.

'En toen,' zei Felix, 'zij schoot hem.'

'Ze schoot?!' Ik verslikte me. Ik had niet eens gedacht dat ze een pistool had. 'Op papa?'

'Jaja. Met de pistool wat jij hebt nu in jouw zak, Amnon. Wat jij hebt genomen van mij. Was van haar.'

Een vrouwenpistool, kwam het nu weer in me op. Maar natuurlijk. Ik wist nog hoe hij op de wapententoonstelling net zo'n pistool bekeken had. En gestreeld.

'En geraakt? Heeft ze hem geraakt?'

'In de schouder. Sorry. Moet jij weten. Nooit van zijn leven zij heeft geschoten met een pistool. Zelfs een vlieg, zij kan hem niet doden. Maar juist met jouw papa, plotseling de pistool ging af. Misschien zij wilde grapje maken, spelletje, misschien... Ik weet niet.'

'Misschien wat?' kreunde ik. 'Hoezo heeft ze op hem geschoten?'

'Misschien voelde ze aan dat hij gevaarlijk voor haar was,' zei Lola doodgewoon. 'Niet als politieman. Maar als man misschien. Misschien had ze zo'n voorgevoel dat je vader een erg belangrijke en cruciale rol in haar leven zou spelen en schrok ze ineens.'

Ik leunde achterover. Gleed weg in het zijspan. Ik zou tweehonderd moeten worden om het allemaal te kunnen verwerken. Ik bleef wel vijf minuten zo, met mijn hoofd onder de zitting, de benen over de zijkant gedrapeerd. Lola fluisterde Felix iets toe en hij haalde zijn neus op. Boven ons vloog een vliegtuig voorbij. De antenne op het diamantgebouw gaf het rode knipoogjes. Ik lag ondersteboven, de kogel aan mijn hals rolde uit mijn bloesje en lag op mijn mond. Koud en kil. Uit zijn lichaam verwijderd. Door haar afgeschoten. En ik droeg hem mijn hele leven al zonder het te weten. 'Als een pijl van Cupido,' zei Lola en trok me voorzichtig omhoog uit het zijspan. 'Je vader werd ter plekke verliefd op haar.'

'Omdat zij lachte toen zij schoot hem,' legde Felix uit, 'en toen hij hoorde dat zij is een meisje.'

Papa stond perplex. Ik weet zeker dat zo'n kogel net zo hard aankomt als, zeg maar, de stoot van een koe. Hij greep zijn schouder met zijn ongedeerde hand. Probeerde het bloeden te stoppen. 'Hè, ben je een vrouw?!' vroeg hij verbaasd.

Zij lachte weer, haar klokjeslach tingelde van alle kanten, nam een loopje met hem. En weer schoot ze, maar deze keer niet gericht.

'Je hebt geen enkele kans tegen mij,' riep mijn vader en glimlachte geheel tegen zijn wil in, en tegen de pijn die zich over zijn lichaam verspreidde, en in zijn hart.

Ze schoot weer. Boven zijn hoofd knapte een grote gloeilamp. Papa dook weg. Schuilde achter een stapel cacaobonenzakken. Nog een schot, en een lawine bruine, geurige bonen barstte los en stroomde over hem heen en bedolf hem bijna. Hij deinsde achteruit. Dook. Zij schoot weer. Hij telde het aantal schoten dat ze gelost had, berekende hoeveel patronen er nog in het magazijn zaten. Kennis is macht. En toch: hoe meer hij wist, hoe zwakker hij werd, hoe meer hij zich in zijn hart aan haar overgaf.

Daar waren ze dan, met z'n tweeën. De tijd leek oneindig. Zij lachte hem toe, lachte hem uit, glipte weg achter machines, klom op kranen, stak een lange, roze tong uit vanachter een lopende band met kattentongen, tot de dag van vandaag mijn favorieten, zwaaide met haar truitje vanachter zakken suiker en als hij kwam aandraven, was ze verdwenen, dook heel ergens anders weer op, loste een schot boven hem, voorzichtig, plagerig.

En hij almaar glimlachen. Tegen zijn wil, ondanks zijn nieuwe pijn.

'Zo is het dus tussen hen begonnen,' wist ik plotseling mijn twee luisteraars te vertellen. 'Zo begon ze hem aan het lachen te maken.'

'Klopt,' beaamde Lola. 'Als ze je aan het lachen wilde maken, was ze onweerstaanbaar.'

Ja, dacht ik, alleen zij kon hem echt aan het lachen maken.

Arme Gaby.

'Een keertje, toen wij twee waren in Jamaica,' herinnerde Felix zich nu, 'hebben zij haar gekozen voor Lachkoningin 1951! Drieduizend dollars zij kreeg, alleen voor de lach!'

'Zo lachten ze dus met z'n tweeën in de lege fabriek,' ging ik door en mijn hart juichte bij de gedachte aan die twee, mijn vader en moeder: hoe ze elkaar in de enorme, lege chocoladehal achterna hadden gezeten, elkaar hadden gepest, jong, blij, alsof ze geen agent en dievegge waren, maar man en vrouw, en de lach die de hal gevuld had, haar klokjeslach en zijn hese paardenlach, ik had hem nog nooit echt, uit volle borst horen lachen... 'Totdat zij plotseling...'

Soms denk ik dat er misschien op dat moment in de hemel besloten werd dat ik verhalen zou verzinnen: 'Plotseling,' zei ik weer met een onverklaarbare zekerheid, 'toen ze over een hoge rail rende, stootte ze ergens haar voet en struikelde en...'

'En?' vroegen Lola en Felix tegelijk en bogen zich naar voren.

'En viel neer...'

'En?'

'Recht in de chocoladekuip,' maakte ik mijn zin met stille trots af. Drie meter breed. Drie meter lang. Twee meter diep, en een reusachtige schroef die al dat zoets langzaam omroerde. Ik kende de maten van alle kuipen in de centrale hal. Gaby stond altijd een poos bij de allergrootste kuip, staarde erin en zuchtte. En ik, oen die ik was, dacht dat zij ontzettende zin had om in die chocoladezee te duiken.

'Papa sprong achter haar aan, met uniform en al, om haar te redden, en crawlde met al zijn kracht door de warme, dikke chocolade.' Ik klonk net als een voetbalverslaggever.

Ik stopte meteen.

Papa kon namelijk niet zwemmen.

'Klopt precies,' merkte Felix op. 'En meteen hij verdronk bijna! Heb je zulke rechercheur gezien?' vroeg hij nu spottend aan Lola. 'Verdrinkt in chocolade.'

'Maar Zohara kon wel zwemmen,' negeerde Lola hem. 'Ze pakte hem ook meteen bij zijn kuif en trok hem keihard mee, door de chocolade, tot aan de trap van de kuip.'

Ze pakte zijn kuif.

En stal zijn hart. Helemaal.

Hij had toen een kuif gehad. Hij had een hart.

'Hè hè!' pufte Lola, 'het valt vast niet mee om het zo te vertellen en aan te horen.'

'Nee,' zei ik. 'Ja en nee,' gaf ik toe en ging weer in het zijspan zitten. 'Ik wist niet eens dat ik dit verhaal kon vertellen.'

'Die zijn de verhalen wat de beste uitkomen,' zei Felix.

De chocolade liep over papa's ogen. Over zijn uniform en zijn revolver. De chocolade stolde snel en papa durfde nauwelijks te bewegen. Zijn hart, het hart van een gezworen vrijgezel, bonkte als een trommel: ze bestond dus wel, de vrouw die aan zijn moeilijke voorwaarden voldeed, die hem neergeschoten en letterlijk opgevist had... En Zohara stond voor hem te lachen, te hijgen, keek met kinderlijke hoop naar de stevigheid die zijn schouders vierkant maakte, zijn hele lichaam...

Ik zie haar nu voor me alsof ik toen bij ze was: eenzaam en niet gelukkig, maar van top tot teen onder de chocolade. Haar haar, haar nek, haar schouders, haar spitse oren, alles droop van de chocolade, in lange slierten die op de grond vielen. Een bittere amandel met een laagje chocolade.

'Net twee chocoladepoppen,' zei Lola zachtjes. 'Een chocolade-agent en een chocoladedievegge.'

'En samen zij lachten,' mopperde Felix.

Wat had mijn vader daar gelachen!

Arme Gaby.

Almaar chocolade vreten, maar hem aan het lachen maken – dat lukte haar niet.

'Handen omhoog,' zei de chocoladerechercheur met de chocoladerevolver.

Want hij had geteld, en hij wist dat Zohara geen kogels meer had.

'Ik mag je wel,' zei de chocoladedievegge. Misschien stak ze een vinger uit en likte een beetje chocolade van de punt van zijn neus. 'Ik heb nog nooit zo'n man ontmoet als jij. Als je het lief vraagt, trouw ik met je.'

'Goed, wilt u alstublieft... Handen omhoog, graag,' zei mijn vader die het niet helemaal begrepen had.

Zohara barstte in lachen uit, want ze dacht dat dat zijn aparte humor was.

26 *Nog nooit pasten twee mensen zo slecht bij elkaar!*

En we zetten het weer op een sjezen. We verlieten de chocoladefabriek en reden in noordelijke richting. Ik wist niet waarheen. Ik vroeg het niet. Tijdens de rit trok ik de kleren van Zohara uit en die van mij weer aan. Haar kleren had ik niet meer nodig. Zij zat nu zelf in mij.

De straatlantarens vlogen voorbij. De weinige mensen die op straat waren, stonden stil en keken ons na. We waren een eigenaardig trio: Felix met zijn gruwelijke leren kap en helemaal voorovergebogen, als een jockey; Lola met haar weelderige haar dat als slangen om haar hoofd wapperde; en een jongen die niet bij dit late uur van de nacht paste.

De toeschouwers vergaapten zich ook aan de motor: een heel oud geval, groot en lomp en zo lawaaierig als een tank. Het zijspan zag eruit alsof het op afbreken stond. Ik zag mezelf al bij een scherpe bocht de nacht in zeilen, in mijn eentje, zo stil als een tomatenplantje, terwijl Felix en Lola doorreden, aan elkaar en aan de motor gekluisterd, de zonsondergang tegemoet.

Zonsopgang bedoel ik.

Af en toe keek ik van opzij naar ze. Zij klampte zich vast aan zijn rug en haar lange, grijze haar wapperde en omhulde hen allebei als een sjaal. Hij praatte aan een stuk door tegen haar, schreeuwde in de wind; zij schreeuwde terug in zijn oor. Misschien maakten ze ruzie. Misschien genoten ze gewoon van een rustige babbel. Maar je kon zien dat ze ooit een stel waren geweest.

'Dit is maar het begin van het verhaal!' riep Lola me vanachter haar haar sjaal toe.

'Ja hoor! Ik luister!' riep ik terug.

In de chocoladehal sprak mijn vader met Zohara en legde helder en stellig uit wat haar te wachten stond: hij zou haar mee naar buiten nemen en zorgen dat haar niets gebeurde. Hij zou zijn best doen om haar zelf te verhoren, zij zou hem vertellen wat ze te vertellen had, waarom ze besloten had om zich zo te misdragen, ze was toch een meisje van goeden huize, dat zag je meteen, was het misschien een weddenschap, die dingen gebeurden weleens, dat wist hij beter dan wie ook, dus in ruil voor een volledige en eerlijke verklaring zou hij zorgen dat ze een heel lichte straf zou krijgen en dat er geen enkele criminele smet op haar zou rusten, zodat ze daarna een gewoon leven zou kunnen leiden, zoals iedere fatsoenlijke burger, en zou ze later, als het allemaal achter de rug was, misschien een keertje met hem naar de film willen?

Mijn moeder was gefascineerd door hem. Door zijn kracht. Door zijn stelligheid en stevigheid en mannelijkheid. Door het feit dat hij niet beneden op haar gewacht had, zoals alle andere agenten, maar dat hij haar achternagekomen was. Want van alle mannen die ze in haar leven gekend had, van degenen die hoogdravend hadden gepraat over hun liefde voor haar en degenen die hoogdravend hadden gedreigd om van het dak te springen als ze bij hen weg zou gaan, was hij de eerste die achter haar aan geklommen was en haar niet aan haar lot had overgelaten. En Zohara, de vrouw die neerkeek op de avances van miljonairs en voetballers, keek naar mijn vader en haar mond mompelde stemloos. 'Trouw?' kwam de vraag uit het diepst van haar ziel, en heel zijn stevigheid en kracht brulde het antwoord uit, alsof een regiment soldaten om haar heen stond te bulderen en te salueren, en Zohara werd in een stormloop verslagen en veroverd.

'Iemand als Zohara,' zei Lola door de wind heen, 'die in fantasieën leefde en niet altijd kon onthouden waar de grens lag tussen waarheid en leugen – die was zeker gecharmeerd door iemand zoals je vader. Misschien dacht ze dat hij haar de weg zou wijzen naar een beetje rust...'

Misschien had Lola wel gelijk. Want laten we wel zijn: ook al was mijn vader in zijn jeugd ondeugend geweest, ook al had hij de daken van ambassades beklommen en stokbroden bedreigd met Engelse vlaggenstokken en wielen vierkant gemaakt en zebra's gelassood – hij wist altijd waar de grens lag. En wat wel en niet mocht. En wat een feit was en wat een hersenschim. Hij zou bijvoorbeeld nooit van zijn apropos raken als je hem zou vragen wie hij was.

'Grote cowboy,' glimlachte de chocoladepop zonder te weten dat hij vroeger zo genoemd werd, 'je hebt geen idee wie je opgepakt hebt, hè?'

En ze begon ter plekke, boven de chocoladekuip, te vertellen. Ze bestookte hem met namen van koningen in ballingschap en van verre landen die in dc atlas nat werden enzovoort, en met geldbedragen, en met allerlei soorten fonkelende vruchten, en met verzegelde kluizen in Zwitserland, en mijn vader stond te luisteren en zijn mond viel open van verbijstering, en zij gooide haar hoofd in haar nek en lachte om zijn verbazing, om zijn gezegende onschuld, de onschuld van een uit de kluiten gewassen kind, en mijn vader, dat weet ik zeker, voelde vanbinnen iets afkoelen, een scherpe, bittere steek ging door zijn hart, want nee, nee, ze is zo anders dan je dacht, riep een stem in hem, niks voor jou! En hij hoorde zijn oudere broer hem al de les lezen om zijn onbezonnen liefde voor zo'n misdadige vrouw, hij hoorde zijn moeder, Tsitka, snauwen: 'Met een misdadigster trouwen? Over mijn lijk!' Hij zag zich al door zijn meerderen bij de politie van alle verantwoordelijkheden ontheven omdat hij met de vijand heulde... Dat alles wist hij op dat eerste moment al en het is allemaal, letter voor letter, uitgekomen. Maar op het moment zelf was mijn vaders hart nog vol, overvol, van de nieuwe, eerste, en daarom ook allerzoetste en allersappigste liefdesnectar, en nee nee nee, hij was niet van plan om die ene vrouw op te geven, de enige die hem in zijn binnenste geraakt had, die hem neergeschoten en gevangen had. En in zijn ziel begonnen zich al spieren te spannen waarvan hij niet eens wist dat ze bestonden, spieren van hardnekkigheid en geduld en doorzetting.

Zo was het allemaal begonnen. In die luttele momenten werd zijn leven van het ene naar het andere spoor gerangeerd. Zeifs zijn gezicht veranderde van het ene moment op het andere, kreeg iets ernstigs en sombers, toonde een nieuwe verantwoordelijkheid, alsof hij nu pas van een jongen in een man veranderd was. Zijn nek verhardde en propte zich met kracht tussen zijn schouders, die zich op hun beurt boven zijn borst uitzetten, om plaats te maken voor al zijn harten, om de nieuwe last te kunnen dragen, want als je met een koelkast gedanst had, moest je met enige inspanning je schouders kunnen zetten onder het enorme juk van het stormachtige en verwarde leven van deze mooie, verbluffende vrouw, want ook als ze hem met een rinkelende lach vertelde over zeer ernstige misdaden – een schokkende crimineelheid – ook dan hoorde hij haar met een fluisterstem om hulp vragen en voelde hij dat ze hem ondertussen met doordringende ogen bekeek: of hij een echte speurneus was, of hij door haar jubelende masker heen zou kijken en, bijvoorbeeld, datgene zou opmerken wat diep in die vreemde ogen lag, de eenzaamheid van een klein, bitter, te slim meisje dat nog steeds op zoek was naar degene die niet bang voor haar zou zijn...

En van alle momenten die ik ooit met mijn vader heb gehad, van alles wat ik over hem heb gehoord, is dat moment mij het liefst (ook al was ik er zelf niet bij): ik houd het meeste van hem zoals hij op dat moment was, omdat hij zich toen gigantisch inspande om zijn kleine angsten te overwinnen, zijn rationaliteit, de bekende en veilige weg die voor hem openlag, en omdat hij bereid was een andere, onbekende en gevaarlijke weg in te slaan, kortom: het moment dat hij afstand deed van solide, duidelijke dingen, in ruil voor iets wat je niet kon bevoelen: liefde.

Papa kreeg de opdracht om haar te verhoren. Een maand lang bezocht hij haar in het huis van bewaring, zat iedere dag acht uur lang tegenover haar en schreef alles op wat ze hem in de loop van het verhoor te vertellen had.

'Verhoor? Was geen verhoor,' kreunde Felix verbitterd, 'was bekentenis!' Hij gaf furieus gas en wij schokten met de motor mee.

'Wat wil je van haar?' zei Lola en stak hem met scherpe vingers, geheel in de traditie van de passer-oma. 'Ze heeft jou toch niet verklikt! Ze heeft je niet één keer genoemd! Ze wilde gewoon zelf van alle leugens af! Opnieuw beginnen, dat mag toch?'

'Zij hoeft hem toch niet vertellen de hele geschiedenis van de wereld vanaf de schepping, toch?' knarste Felix met zijn tanden en met zijn remmen. 'Zelfs niet één geheim zij bewaarde voor haar zelf!'

'Zo was ze gewoon als ze van iemand hield,' zuchtte Lola half tegen hem, half tegen zichzelf. 'Dan gaf ze die man alle geheimen. Ze gaf zich helemaal, Felix.'

We reden een paar minuten zonder iets te zeggen. Felix trok zijn schouders tot aan zijn oren, alsof hij zichzelf wilde beschermen tegen iets wat Lola hem naar het hoofd slingerde, iets wat ik niet helemaal begreep. Toen haalde Lola diep adem en kwam ze terug op Zohara en papa en dat vreemde verhoor.

Zohara vertelde hem over de reizen, over de diamanten die als granaatappelpitten in haar hand rolden, ze noemde de namen van verre landen en eilanden die hij alleen maar uit de krant kende, en ze vertelde het zo dat alles fantasie en werkelijkheid tegelijk leek, en het kon mijn vader niet meer schelen wat wel en niet waar was, want hij had het gevoel alsof ze hem bij de haren sleepte, over zijn eigen grens heen, over alle grenzen heen, en iets in hem juichte en wilde wel, maar iets anders zette met een hardnekkige angst de hakken in de grond...

'Het was wel een heel bijzonder verhoor,' probeerde Lola me luidkeels te vertellen, door het gordijn van wind heen. 'Hij wilde alles over haar weten, alles! Haar misdaden interesseerden hem toen al niet zo... Hij was meer geïnteresseerd in haar persoonlijkheid... In het raadsel... Zohara...'

'Zelfs bij Lola hij kwam verhoren!' riep Felix sarcastisch en liet de motor zo hard rijden dat de wind woorden uit onze monden wegrukte en meevoerde.

'Niet verhoren. Praten... bij mij in de keuken, avond aan avond... wekenlang... wilde weten hoe ze was geweest toen... en als klein meisje... haar fotoalbums... schoolschriften... zat urenlang... begreep niet...' Mijn ogen traanden van de wind. De woorden en de harde stemmen schalden in mijn oren... Ik dacht aan mijn vader in de keuken van Lola. Waar ikzelf die dag geweest was.

'Ze moest voor de rechter komen,' schreeuwde Lola verder, tegen de wind in, 'en je vader verklaarde dat hij ervoor wilde instaan dat Zohara niet meer zou vervallen in de misdaad. Ze hebben daar ook rekening mee gehouden, ze kreeg maar twee jaar gevangenis. Heel lichte straf voor wat ze gedaan had.'

'Twee jaar gevangenis?' Ik was geschokt. 'Zijn ze twee jaar uit elkaar geweest?'

'Nee, Nono, integendeel. Het was een grote liefde! Ha, we zijn er bijna!'

'Waar?'

Maar Lola legde een vinger op haar mond en ik zweeg.

Daarna nam de wind wat af. De donkere kleuren die aan ons voorbijgleden, werden weer objecten: een laan, een bosje eucalyptussen, een zandheuvel, hoge muren. Met die gracieuze beweging waarmee hij altijd van een grote weg af ging, sloop Felix weer een zijweg in. De Rolls-Royce liet wat stof opwaaien, stuiterde over een zandweg, dreunde tussen eucalyptussen en kwam tot stilstand.

'Hier,' fluisterde Lola. 'Twee jaar lang.'

We stapten af. Mijn lichaam trilde nog na van de rit.

We wiebelden allemaal een beetje. Hielden ons aan elkaar vast. Felix begon weer zijn eeuwige strijd met de kap. Lola stond achter me, omhelsde me van achteren, met haar wang tegen de mijne.

'Je vat kou,' zei ze.

'Echte omaatje,' giechelde Felix.

In het maanlicht stak een rechthoekig, lelijk gebouw de lucht in. De vrouwengevangenis, omgeven door betonnen muren en prikkeldraad. En zeshoekige wachttorens op iedere hoek. Sombere, gewapende figuren liepen heen en weer over het dak. Een zoeklicht maakte om de paar minuten een rondje en zocht de omliggende velden af.

Hier had mijn moeder twee jaar lang gewoond.

Opgesloten. Verstikt. Verwelkend.

'Helemaal niet,' zei Lola. 'Binnen een maand was ze de leidster van de gevangenen geworden. Hun vertegenwoordigster bij de directie. De drijvende kracht. En bovendien, je vader kwam hier iedere dag. Ja, hoor.'

Dagelijks. Nam aan het einde van zijn werkdag afscheid van Gaby, zijn jonge secretaresse, en reed naar de gevangenis. Hier, op het parkeerterrein voor bezoekers, parkeerde hij zijn motor met zijspan (de tomatenplant had hij al uitgerukt; hij voelde aan dat die tot een afgesloten periode van zijn leven behoorde, een periode van lichtzinnigheid en jeugdige roekeloosheid), bleef nog even zitten, het hoofd gebogen, zwaar, zo roerloos als een rots, haalde toen diep adem, zoals altijd wanneer hij de beproevingen van het leven moest doorstaan, stapte van de motor af en begaf zich naar de bezoekersingang.

Dag in dag uit. Niets kon hem ervan weerhouden. Het weer niet en de woedeuitbarstingen van zijn meerderen bij de politie niet. In die tijd begonnen ze hem, zoals hij verwacht had, dwars te zitten. Zijn bevordering werd op de lange baan geschoven. Hij kreeg steeds minder taken. Hij kreeg te horen: 'Maak het uit met haar en de weg naar de top ligt voor je open!' Hij bleef haar bezoeken. Ze ontploften bijna: 'Hoe kun je je eigen carrière verprutsen voor een kleine dievegge?' Papa luisterde. En zweeg. En stapte aan het einde van zijn werkdag weer op zijn motor en reed naar de gevangenis.

Het was onlogisch. Het was kansloos. Het was onpraktisch en onprofessioneel. Maar ik herinner mezelf er iedere keer weer aan dat die liefde in een chocoladekuip geboren was en daarom gedoemd was om irrationeel te zijn en vol passie en wroeging en zoete verslaving en een gevoel van zonde en schuld.

Iedere avond om zes uur ontmoette hij haar in de bezoekruimte van de gevangenis. In een hoek hield een gewapende bewaarder hen in de gaten. Mijn ouders praatten zachtjes, met gebogen hoofden. Mama vertelde over het leven in de gevangenis, over haar celgenotes, over de vaste onenigheden met de directie en de bewaardsters. Papa vertelde over het huis dat hij voor haar bouwde: boven op de Maanberg, bij de Jordaanse grens, had hij een stuk grond gekocht en daar bouwde hij een paleis voor hen, een houten barak met meubels die hij eigenhandig voor haar maakte, en een schaapskooi en een paardenstal en een kippenhok. Ieder weekend zat hij twee dagen in z'n eentje op de winderige rots en bouwde daar het nest waarin hun liefde zou bloeien. Hij kocht hout voor de bouw en gereedschap en buizen en ramen en deuren, hij kocht een antieke houten ploeg, zaaigoed, mest en bestrijdingsmiddelen, hij begon zich te interesseren voor schapen, ezelinnen, paarden... En hij liet Zohara zijn blauwdrukken zien: waar de schaapskooi zou staan en waar de stal. Hij tekende het hek dat hij aan het opzetten was en de kasten die hij voor haar bouwde. Hij vertaalde zijn opgesloten liefde in de taal van hout, hekken, kozijnen. Zij was gefascineerd door zijn ernst en grondigheid. De gewichtigheid waarmee hij de hoogte van de houten treden met haar besprak, gaf haar een ongekende rust. Er sprak kracht en verantwoordelijkheid uit zijn brede schouders en zijn vierkante handen, en Zohara verbeeldde zich hoe gelukkig ze zou zijn in het kleine huisje met de drie houten treden, elk achttien centimeter hoog.

'Het wordt net als in de film,' lachte Zohara, en haar hart ging naar hem uit. Haar dartele hart, haar gauw verveelde hart, haar verraderlijke hart.

'Och,' zuchtte Lola en rilde.

'Och,' zuchtte Felix.

'Er waren nog nooit twee mensen geweest die zo slecht bij elkaar pasten,' zei Lola.

'Tot deze dag ik weet niet wat zij hebben gezien in elkaar,' morde Felix.

Ze keken mij aan. Alsof ik het antwoord wist. Of alsof ik zelf het antwoord was.

Maar ik wist het niet. En ik vraag het me nu nog steeds af. En misschien ben ik gewoon niet slim genoeg om te begrijpen wat die twee tot elkaar aantrok, ook al ben ik zelf een combinatie van die twee, van hun tegenstellingen en overeenkomsten.

'Meneer jouw papa, hij dacht dat zij lijken op elkaar,' gniffelde Felix. Het werd me steeds duidelijker dat hij mijn vader niet mocht en ik bedacht dat het vrij lastig is als je vader en grootvader elkaars vijand zijn. 'Meneer jouw papa denkt dat als hij was beetje stout in de leger, of in de feesten in Jeruzalem, dan hij kan Zohara begrijpen. Maar zij was veels te wild voor hem. Als hij was een kat, zij was een tijger.'

Lola zuchtte: 'Hij was gewoon te goed en te eerlijk. En ook een beetje... hoe moet ik dat zeggen, een beetje te normaal om haar karakter te kunnen begrijpen...'

Ze zei het niet sarcastisch maar juist teder, haast verdrietig, en ook al begreep ik niet helemaal wat ze ermee bedoelde, ik voelde aan dat ze gelijk had. Een bittere druppel viel in mijn hart; voor het eerst twijfelde ik een beetje aan zijn talent als rechercheur, en voor het eerst ook dacht ik bij mezelf dat vakmanschap misschien niet alle raadsels van het leven en van de mensen kon oplossen.

'Ik ben ook een beetje...' stotterde ik. Ik wist niet hoe ik het haar moest vertellen. 'Een beetje zoals Zohara, wat je van haar gezegd hebt, dat ze...' Want ik wilde dat Lola alles over me zou weten, vanaf het begin. De hele bittere waarheid. Er mocht niet één leugen tussen ons komen.

'Als je de zoon van Zohara bent, en de kleinzoon van Felix,' zei Lola doodleuk, 'dan heb je vast iets van ze in je bloed zitten.'

Dat was iets nieuws! Zo had ik het nog niet bekeken. Was het goed? Slecht? Kwam het door Zohara dat ik zo was? Maar ik had haar toch nauwelijks gekend?! Wat betekende het dat ik iets van haar en van Felix in mijn bloed had?

Ik bekeek Felix met een nieuwe, verblufte blik. Hij stond kaarsrecht, zijn hoofd hoog in de lucht. Hij zag eruit als een militair op het appèl. En ook een beetje alsof hij bang was voor mijn blik, alsof hij zich schuldig voelde, of zich verontschuldigde, precies zoals hij de dag daarvoor gekeken had, toen we bij Lola hadden ingebroken en hij me over zichzelf had verteld alsof ik zijn rechter was. Misschien vroeg hij op die manier om vergeving voor wat hij Zohara via haar bloed gegeven had, en zij aan mij... En toen werd het me allemaal te veel, ik keek naar Lola en smeekte met mijn ogen dat ze me zou redden, dat ze iets goeds zou zeggen. En zij, de volmaakte oma, begreep het en zei met een barmhartige glimlach: 'Bedenk maar hoe blij ze waren toen ze hier eindelijk weg mocht.'

Ik haalde opgelucht adem. Felix ook.

Ik zag Zohara door de grote ijzeren poort aan de overkant naar buiten komen. Papa zat hier op dit parkeerterrein op zijn motor te wachten. Ik zag haar nu uit de poort stappen en links en rechts kijken. De bewaarders volgden haar vanaf de wachttoren. Ik zag papa afstappen en naar haar toe lopen. En ze omhelsden elkaar. Ook al geneerde hij zich daarvoor als er andere mensen bij waren. En ze...

Maar ik was niet echt blij. Ik weet niet waarom. Misschien vanwege wat zich net had afgespeeld tussen Felix en mij, misschien ook omdat ik vanbinnen, op een diepe en pijnlijke piek, ineens voelde hoe slecht papa en Zohara bij elkaar pasten.

Ze stapten op de motor en reden naar de Maanberg. Ze reden er vanaf de gevangenis rechtstreeks heen, dat wist ik zeker. Ze konden nergens anders heen. Nergens waren ze samen welkom. Papa reed en Zohara zat in het zijspan. Ik zag ze wegrijden. Misschien waaide het toen net zo hard als nu en konden ze moeilijk praten. Misschien waren ze stil omdat ze ineens alleen waren, met z'n tweeën, zonder de sprookjesachtige betovering die er daarvoor was geweest, omdat ze nu geen chocoladeagent en chocoladedievegge meer waren, omdat het niet langer een liefdesverhaal was dat met een schot ontvlamd was, noch een liefde uit de film, een liefde die achter tralies bloeide... Omdat ze nu alleen maar man en vrouw waren, elkaar een beetje vreemd, heel verschillend van elkaar, en hoe moesten ze daar samen leven, alleen met z'n tweeën?

Ze kregen het benauwd. Ik ook. Zohara zakte steeds verder weg in het zijspan. Ik voelde haar en hem aan alsof ik erbij was geweest. De weg was leeg en verlaten, de wind sloeg hen in het gezicht, en in hun beider harten tekenden hun verschillende, afzonderlijke levens zich plotseling heel scherp af, en iets in haar kromde zijn rug vijandig tegen hem, en iets in hem blafte haar korzelig toe... De hand van Zohara zocht smekend zijn grote hand. Maar mijn vader keek streng en klemde zijn kaken op elkaar en wees haar met een geïrriteerd gebaar af. Want je mocht niet met één hand rijden.

'Nu we rijden heen,' fluisterde Felix. 'Dat we zijn terug op tijd in de ochtend. Voor de cadeau van Amnon in de kluis.'

'Waar gaan we heen?' wilde Lola weten. 'Ik heb het koud. Laten we maar naar huis gaan.'

'Naar Maanberg. Hun huis.'

Lola keek hem geschokt aan. 'Helemaal daarheen? Het is ontzettend ver weg! Helemaal bij de grens!'

'Wij moeten,' zei Felix resoluut. 'Ik heb beloofd dat ik laat Amnon zien in een nacht hun hele leven samen!'

'Felix,' probeerde Lola op een lief toontje, 'het kost uren om daar te komen! Je wrak haalt het nooit!'

'Binnen één uur wij zijn daar! Felix belooft!'

De honden in de gevangenis begonnen mij en Felix al te ruiken. Het geschreeuw van Lola en Felix fokte ze op. Ze trokken woest aan hun kettingen en blaften zich schor. Lola en Felix stonden neus aan neus en sisten elkaar furieus toe: 'Jij hebt altijd gedacht dat je voor mij mocht beslissen, hè? Je hebt altijd alles voor me willen regelen!' 'En nooit jij luistert! Als je mij luistert, dan...' 'Alles weet hij beter! Wat ik aan moet trekken en met wie ik om moet gaan en welke rol ik moet spelen! Een man van de wereld! De grote meneer!'

'Ja, ik weet meer dan jij,' giechelde Felix en stapte met een gracieus gebaar opzij. 'Zelfs weet ik wat jij denkt!'

'O ja?' Lola stak haar gezicht tegen hem uit. 'O ja?! Kom op dan, goochemerd, zeg het maar, wat denk ik?'

'Jij denkt...' zong Felix, 'jij denkt dat daar, die boom, is echte boom.'

En hij wees met zijn vinger op een grote struik die midden in het bosje woekerde.

'Is die dan niet echt?' vroeg ik.

'Klopt dat jij denkt dat, Loli?' drong Felix aan en kirde verrukt en probeerde haar in haar kin te knijpen. En Lola had geen andere keus dan haar beledigde gezicht die kant op te draaien.

'Wat heb je daar weer verstopt? Een nieuwe verrassing? O, Felix, word je nooit volwassen?'

Ik wachtte niet op de rest van hun gekibbel. Ik sprong op en rende erheen.

Van dichtbij zag ik dat daar iets verscholen lag. Een groot, gigantisch ding dat met takken en struiken bedekt was. Ik wierp me erop en begon ze weg te slaan, alle kanten op. Ik zag het vrijwel meteen, maar kon mijn ogen niet geloven. Dat sloeg werkelijk alles. Hoe had hij dat allemaal klaargespeeld? Wanneer had hij tijd gehad om het hier te verstoppen? Wie had hem daarbij geholpen? Hoe was hij er aangekomen?

Eerst zag ik de glimmende zwarte deur, daarna de zware rechterband, een woestijnband, dan het ronde spatbord met de witte streep die er in de oorlog op aangebracht was, zodat de Engelse voetgangers hem zouden zien...

Ik zakte op mijn knieën. Mijn parel, onze parel. De Humber Pullman die we aan Mautner hadden gegeven, die er tijdens zijn eerste rit al mee over de kop vloog, halleluja, en toen zei dat de auto vervloekt was en hem verkocht, en klaar, afgelopen, vergeten, nooit meer over gepraat, alleen af en toe die steek door het hart als we eraan terugdachten, en moet je hem nu zien, opgestaan uit de dood.

Met angst en beven deed ik het portier open. Ik kende elke centimeter van die auto. Duizenden keren had ik de metalen romp gestreeld, het dashboard geaaid, het stuur. Het voelde alsof er iets van mij in die auto zat. Ik werd helemaal week vanbinnen, zoals altijd aan het eind van 'Lassie'. Ik ging voorin zitten, naast de bestuurder, en gaf me eraan over. Wie weet waar hij al die tijd geweest was, wie erin gereden had. Of hij zich mijn vingers nog kon herinneren, die hem zo vaak gestreeld hadden.

Felix kwam erbij en keek door het raam naar binnen: 'En? Hoe vind je jouw opa?'

'Waar heb je hem...? Hoe heb je hem...?'

'Ik dacht, als wij beginnen de reis met Bugatti, moeten wij sluiten met Humber Pullman. Dat is stijl.'

'Maar... Wist je dan dat hij van ons was geweest?'

Hij lachte hartelijk, hij genoot van mijn bewondering.

'Dat is wat zeggen zij altijd van Felix,' zong hij en sloeg een arm om de hals van Lola, die ook was komen kijken: 'Tovenaar. Gewone tovenaar!'

'Deusexmachina,' zei Lola in toneeltaal en wilde weten hoe het met die auto zat.

Ik vertelde over onze parel, hoe papa hem toevallig op de sloop gevonden had, dat er niet één heel onderdeel in gezeten had en dat hij hem in stukjes naar de binnenplaats had gebracht en als een gewond dier had verzorgd, en hoe we hem met z'n tweeën in elkaar hadden gezet, stukje voor stukje, als een legpuzzel, en dat we hem nooit hadden misbruikt.

'Mocht niet van meneer papa buiten de hek komen,' lachte Felix. 'Heb jij gehoord zoiets, Loli? Wat is dat, auto of glasporselein?' Hij stapte in en vroeg Lola om erbij te komen. Zij ging achterin zitten. Ik zakte zwijmelend weg. Ik wist dat het geen zin had om hem te vragen waar hij de auto gevonden had. Hij hulde zich ook bij minder wonderbaarlijke gevallen graag in geheimzinnigheid. Kon me ook niet schelen. Kennis was macht, maar je hoefde niet voor alles een verklaring te hebben. Ik vroeg het niet eens. Vanaf het dak van de gevangenis zweepte een schijnwerper ons met zijn felle licht. De bewakers werden net zo nerveus als hun honden. Misschien dachten ze dat we een gevangene kwamen helpen ontsnappen. Achter de gevangenismuren weerklonk een nasale luidspreker. Ik keek naar Felix. Hij keek naar mij. We hadden allebei mieren op onze rug. We knikten heel licht, haast onmerkbaar. Felix startte de auto. Ik telde in mijn hart de drie korte, zwakke hoesten die niets verrieden van wat er werkelijk in de motor zat, van die zes cilinders, en toen pakte de motor, de parel schrok wakker, als de schone slaapster die door de prins gekust werd, en kwam meteen tot leven. Felix deed hem van de handrem en schakelde. De vier woestijnbanden, van het soort dat generaal Montgomery in de oorlog tegen Rommel gebruikt had, zetten zich brullend in beweging, het zand spoot naar achteren, en we reden weg.

En we reden en we reden.

Niet over de snelweg. Over een pad, door het land, weg van alle geasfalteerde wegen.

'Wil je beetje rijden?'

'Wat zei je?'

'Wil je beetje rijden, ik heb gezegd.'

Of ik wou rijden?!

'Felix!' zei mijn oma, en stak hem met een scherpe vinger van achteren, tussen de schouders. Soms kon ze een echte Tsitka zijn. 'Houd op met die onzin!'

'Laat de kind. Waarom niet? Hier is geen politie. Geen mensen. Hij heeft al gestuurd een locomotief!'

Ik smeekte: 'Heel even maar, Lola!'

'Maar houd zijn handen goed vast, Felix! Ik vind het maar niks!'

Hij gaf me een knipoog. We stopten. Ruilden van plaats. Mijn voeten kwamen amper bij de pedalen. Ik gaf gas. De parel schoot met een geweldige kracht weg. Ik nam gas terug, schakelde. Hij gehoorzaamde. Hij kende mij. Ik wist hem tot leven te brengen en ook onder controle te houden. De gebaren zaten in mijn bloed. De ronde knop van de versnellingspook paste al in mijn hand, daaraan kon ik zien dat ik gegroeid was. Mautner zou bij mij rijlessen moeten nemen. Ik probeerde te bedenken wat papa zou zeggen als hij me nu zag. Hij zou gek worden als ik hem vertelde dat ik er buiten op de weg mee gereden had. Wanneer zou ik het hem vertellen? Misschien nooit. Hoe moest ik me uit die nesten werken. Ik hoorde mijn oma achter me bidden: 'Nono, Nono!' En soms ook schril gillen: 'Felix, Felix!' Ik reed door een veld vol distels, manoeuvreerde tussen keien, begreep eindelijk hoe dat werkte, als je zag dat iemand het stuur steeds met kleine bewegingen naar links en naar rechts draaide, en de auto toch rechtuit bleef rijden. En ik begon ook de geconcentreerde warmte tussen mijn ogen te voelen. In golven: aanspoelen en weer wegstromen. Mijn voet drukte het gaspedaal helemaal in: vliegen, opstijgen...

Ik stopte. Vermande mezelf. Op het nippertje. Toen de gedachte door me heen ging dat ik de parel al een keer door een grote stommiteit was kwijtgeraakt, en dat ik hem niet wéér wilde kwijtraken.

'Nu jij,' zei ik, en gaf Felix zijn plaats terug.

Hij keek me een beetje verbaasd aan. 'Klaar? Ik dacht dat wij rijden zo tot Maanberg!'

'Nee hoor. Ik vind het goed zo. Bedankt.'

Lola kneep van achteren in mijn schouder. 'Kom hier zitten, naast mij,' zei ze. Ik ging achterin zitten en rolde me naast haar op. Ik voelde me goed. Alsof ik mijn leven gebeterd had. Alsof ik iemand in mezelf verslagen had. Felix bekeek me licht teleurgesteld en verbaasd in de achteruitkijkspiegel. Lola zwaaide met een koninklijke hand, en met die stem waarmee ze ooit tegen een taxichauffeur gezegd had: 'Het theater betaalt!' beval ze nu: 'Naar de Maanberg!' En Felix haalde zijn neus op en reed weg.

27 *Het lege huis*

Stil en zacht gleed de auto de nacht in. Op de radio klonken er liedjes in het Engels, Felix zat achter het stuur, Lola spreidde haar sjaal, mijn sjaal, over ons tweeën uit en we lagen er knusjes onder. We praatten zachtjes, om Felix niet uit zijn concentratie te halen en ook omdat we wat privacy wilden.

'Kom op met je vragen,' zei ze meteen toen we daar zo knus lagen, 'het leven is kort en we hebben al zoveel tijd verloren, vraag maar wat je wilt, want ik wil heel graag antwoord geven.'

Goed.

'Toen Zohara een klein meisje was, wist ze dat Felix... eh...'

'Heel goed,' stelde ze vast, 'je valt meteen met de deur in huis. Net als ik. Misschien heb je toch meer van mij gekregen dan alleen maar acteertalent.'

'Wat, komt dat van jou? Niet van...?' Ik had bijna 'Gaby' gezegd. Zo zie je maar hoe moeilijk het is om oude ideeën af te leren.

'Ik hoop het wel. Je moeder was ook geen slechte actrice! Ze had er gevoel voor, ze had talent, ze heeft als klein meisje samen met mij letterlijk in het theater geleefd. Ha...' lachte Lola, 'ze was gebiologeerd door het theater. Het doek met de plooien en het pluche en de maskers, de koningen, de helden, de schurken... Sommige acteurs noemde haar de mascotte van Habima.

Tja,' zuchtte ze, 'dat talent is haar erg goed van pas gekomen, wie weet hoeveel mensen ze daarmee bedrogen heeft... Maar je had een belangrijke vraag gesteld...'

'Of ze wist dat hij een crimineel was,' bracht ik er nu zonder moeite uit.

'Niet alleen wist ze niet dat hij een crimineel was,' zei Lola, 'ze wist tot haar zestiende niet eens dat hij haar vader was!'

'Wat?' Daar begreep ik nu helemaal niks van.

'Je bent al een grote jongen, Nono, ik kan openhartig met je praten, ja toch?'

'Ja, natuurlijk.' Maar waarover?

'Bijvoorbeeld over het feit dat er verschillende soorten oma's zijn. Je hebt, geloof ik, een oma van papa's kant, die is dan van het ene soort oma, prima soort, hoor, ze is je vast erg dierbaar, maar ik ben een beetje... anders, een ander soort oma.'

'Hoezo anders?'

'Met iets andere ideeën, een ander gedrag... Ieder mens heeft zijn eigen karakter, ja toch?'

'Ja.' Maar ik begreep het niet, ik merkte alleen dat ze nu voorzichtig met me was, bang voor wat ik van haar zou denken.

'Ik was altijd omgeven door mannen, aanbidders, liefdes... Deze oma was een beetje ondeugend...' Ze wierp een langdurige blik in de achteruitkijkspiegel. Felix keek op, er flitste een felle vonk. 'En voor Zohara was Felix gewoon een van de mannen om me heen, wel zo'n rijke, aardige oom die haar overal vandaan ansichtkaarten en poppetjes en cadeautjes opstuurde. En als hij af en toe even een tussenlanding maakte in ons kleine landje, dan zag hij mij en haar en de hele wereld – en verdween daarna weer met de noorderzon. Gewoon een van de mannen die ik... eh... heel goed kende, snap je?'

'Ja.' Ik dacht dat ik het begreep: ze was echt een ander soort oma.

'Nou, en toen ze achttien werd, stuurde hij plotseling een telegram met een geweldig voorstel: hij wilde Zohara op haar volwassenwording een reis cadeau geven. Eerst zou ze voor een maand gaan, maar toen ik haar eerste brief uit Parijs las, wist ik dat ze al van hem was.' Ze wierp een peinzende, niet-blije blik op Felix. 'Je hebt toch zelf gezien hoe makkelijk je je laat verleiden door zijn charme, zijn verhalen... Zeker iemand als Zohara, met zo'n woest en labiel karakter...'

Of iemand als ik.

'Want laten we eerlijk zijn, Nono,' zuchtte Lola in mijn oor, 'het was niet alleen maar wat Felix haar vertelde, en niet alleen wat hij haar leerde doen, en niet alleen dat hij haar wist te charmeren. Het was ook wat ze via haar bloed van hem gekregen had, wat ze van hem had overgeërfd. En op hun grote reis samen liet hij haar alleen maar zien dat ze zo was, want ze wist het nog niet, of ze durfde het niet helemaal te zijn, dus liet hij haar zien dat ze het wel degelijk was. Dat ze het wel kon.'

Ik ging rechtop zitten: dat klonk me bekend in de oren.

Felix gaf vrolijk gas. De Humber zoefde als een bliksemschicht. In de spiegel zag ik zijn mondhoek. Hij lachte bij zichzelf, trots en gelukkig. Lola keek naar hem en haar mond vertrok een beetje. Ineens kwam het in me op dat Felix me misschien daarom had gekidnapt: om mij, zijn enige natuurlijke erfgenaam, te wijzen op dit verborgen deel van mezelf. Om die andere Nono wakker te schudden, zodat ik zou weten dat hij bestond. Zo zou er ook iets van zijn eigen karakter op de wereld achterblijven.

Zo zou ik ook inzien dat ik niet alleen van mijn vaders kant was.

Boem.

Ieder moment veranderde mijn wereld weer. Ieder moment werd er een geheel nieuw licht geworpen op de gebeurtenissen van de laatste dagen, alsof de werkelijkheid niet iets feitelijks en permanents was, maar iets flexibels, ongrijpbaar en veranderlijk.

Mijn hoofd barstte bijna van de gedachten. Wat betekende het dan, wat Lola gezegd had over het bloed van Felix en van Zohara en van mij? Dat ik nu ook een crimineel moest worden? Dat ik gedoemd was? En als ik het niet wilde? En als ik toch de beste rechercheur ter wereld wou zijn? En hoe zat het dan met het bloed van papa dat ook in me stroomde? Had dat helemaal geen invloed? En het feit dat papa en Gaby me grootgebracht en opgevoed hadden? Was het bloed van Zohara dan sterker dan dat alles? Was de criminaliteit altijd sterker dan de wettigheid? Een paar druppels, en de wettigheid was helemaal opgelost? Ik kromp ineen, ik voelde dat bloed in me heen en weer stromen, heet, kokend, prikkelend, in mijn buik, in mijn borst, rond mijn benen, ik had nooit gedacht dat je het kon voelen, dat het een eigen karakter had, maar misschien had ik van het bloed van Zohara ook een paar andere druppels gekregen, niet van de misdaad maar van de goede dingen die ze had, van de fantasie en de verhalen, dat kon toch? De vragen volgden elkaar op, duizelden in mijn aderen, mijn bloed kolkte, werd omgeroerd, alsof er in mij met bloed werd geëxperimenteerd. Maar wie zou me vertellen wat de uitslag van de experimenten was en hoe mijn leven er van nu af aan zou uitzien? Maar eerst nog: kon iemand me nu eindelijk eens vertellen wie ik was?

'Eén ding is zeker, je bent Zohara niet,' zei Lola nadrukkelijk. 'Vergeet dat nooit: je hoeft haar weg niet te volgen. Je mag kiezen.'

'Ik ben Zohara niet,' mompelde ik. 'Ik ben Zohara niet.'

'Je hebt uiteraard wel iets van haar in je. En van Felix ook. Maar je hebt van een heleboel mensen iets. Je hebt aan je vaders kant toch ook een grote familie, met die oma die we net genoemd hebben, en een beroemde oom die boeken voor onderwijzers schrijft?'

Voor het eerst van mijn leven voelde ik dat het misschien niet zo erg was dat ik ook een paar onderdelen Sjilhav in me had. En er kwam tegelijkertijd ook een nieuw gevoel in me op, van trots, ja, en ook van zekerheid, dat ik niet helemaal alleen stond tegenover die Sjilhav-stam. Ik besefte plotseling hoezeer ik me altijd geschaamd had tegenover die mensen, hoe nietig en onzeker ik me gevoeld had, omdat zij met elkaar een familie vormden, hecht en verenigd, ze leken zelfs op elkaar, terwiji ik altijd alleen stond, met niemand naast me, alsof ik een vondeling was die zich aan de familie had opgedrongen. En ik begreep toen ook dat ze al vanaf het begin tegen me waren geweest, nog voordat ik geboren was, vanwege Zohara. Maar nu kwamen Lola en Felix en Zohara er als het ware bij staan, nu stonden de twee families tegenover elkaar: aan de ene kant de doctors en onderwijzers en Tsitka's, en aan de andere kant de acteurs en de schurken en de verhalenverzinners... Ik kneep mijn ogen dicht en zag de twee families duidelijk tegenover elkaar staan. Ik verschoof mezelf een beetje, totdat ik precies in het midden stond, tussen hen in, en luisterde naar mezelf: nee, ik voelde me nog steeds niet precies op de goede plaats. Ik ging heel even naar achteren, een half stapje richting de Felixen, en meteen ontspande zich iets in mijn ziel en kalmeerde.

'Je hebt een ander karakter,' zei Lola zonder iets te merken van mijn kleine manoeuvres op mijn innerlijke exercitieplein. 'Je bent een ander mens. Alleen Zohara was Zohara. Vergeet dat nooit! Onthoud haar, voel haar, maar weet dat jij een nieuw schepsel bent. Een afzonderlijk en onafhankelijk mens.' Ik mompelde haar woorden na. Probeerden ze in mijn geheugen te griffen. Ik wist dat ik ze nog vaak nodig zou hebben in mijn leven. 'En nu beveel ik je, Nono, als onafhankelijk mens, een beetje te gaan slapen. Het wordt een lange nacht.'

Ik legde mijn hoofd op haar knieën en sloot mijn ogen en probeerde te slapen. Het lukte niet. De gedachten vlogen door mijn hoofd op het ritme van de auto. Ik voelde de dingen daarbinnen helder worden en op hun plaats vallen. Ik was anders. Ik was anders grootgebracht. Ik had een andere vader. Ik wist nu dat ik zijn evenbeeld niet was, maar dat ik ook niet haar evenbeeld hoefde te zijn. Ik was een onafhankelijk schepsel. Ik kon kiezen wie ik zou zijn. En ik had altijd Gaby nog, die me aan mijn eigen weg zou herinneren.

Gaby. Gaby Gaby Gaby.

Die wijze, slimme Gaby. Gaby die al die jaren van mening was dat ik het recht had om wat over mijn moeder te weten, die ondanks papa's strenge verbod het een en ander over haar had laten doorschemeren, met aanwijzingen, met kleine en grote daden... Ik zag haar voor me op het strand zitten, met haar neusbeschermers en zonnecrèmes; dan bij de grote chocoladekuip; dan weer trouw naast me staan bij het huis van Lola Ciperola... Ik glimlachte. Gaby die de sjaal en de gouden aar wou hebben om, wie weet, net zo'n vrije, sterke vrouw te worden als Lola, en ook een beetje misdadig en verraderlijk zoals Felix. Om een mengeling van Felix en Lola te worden. Of iets wat er uit zo'n stel kon voortkomen...

Kortom, om een Zohara te zijn. Zodat papa weer verliefd op haar zou worden...

Terwijl zij juist géén Zohara is, dacht ik bij mezelf. En wat een geluk dat Gaby geen Zohara is. Zij is iemand uit het leven. Niet uit de film.

De lucht in het raam was nu minder zwart. Straks werd het ochtend. Lola's ogen vielen dicht. Misschien was ze ingedut, misschien ook dat ze in herinneringen verzonken was, en in de gedachte waar het met Zohara misgegaan was. Ik dacht: 'Ik heb een moeder verloren en zij een dochter. We delen dus iets heel groots met elkaar. Iets wat er niet meer is, maar wat er weer zou zijn, een beetje tot leven zou komen als we erover zouden praten en eraan zouden terugdenken.' Ik sloot ook mijn ogen. Drukte haar warme hand.

Onder ons holde de weg. De Humber Pullman gleed erover, zweefde haast. Over deze weg hadden zij tweeën gereden. Een jong stel op een motor met zijspan. Misschien waren ze na een tijdje niet meer bang voor zichzelf. De wereld ging voor ze open. Ze begonnen te babbelen. Begonnen zich te verheugen over Zohara's nieuwe vrijheid. Over het grote avontuur dat ze tegemoet gingen, over het feit dat papa nu vrij was van zijn werk, van zijn familie... De weg werd steil. Aan de einder lichtte de lucht al op. Ik herkende die mooie kleurenmengeling van de avond daarvoor, op het strand, met de bulldozer. Wat ik de laatste dagen allemaal had meegemaakt... Ik dacht terug aan het jongetje dat zijn papa en zijn Gaby had uitgezwaaid uit het raam van de trein. Dat dacht dat hij beroeps was. Zo naïef!

'Kijk,' fluisterde Lola, 'de berg.'

In het bleke licht van de dageraad zag ik een hoge, donkere, onregelmatige, vreemd uitziende berg; aan de ene kant effen en aan de andere met allemaal puntige rotsen. De wagen klom omhoog over de kronkelige, onverharde weg. Om ons heen stoven wolken stof op. Dikke patrijzen renden voor de wielen weg, stopten en keken ons verbaasd na. Wie weet hoeveel jaren ze daar geen auto hadden gezien. Hoe hoger we kwamen hoe koeler en helderder de lucht werd. Onder ons lag een uitgestrekt dal, gehuld in ochtendnevel, doorkliefd door een groene kronkellijn.

'Daar is de Jordaan,' wees Felix met zijn kin. 'De grens.' Met een laatste motorgeronk nam de Humber de bergtop, reed even over een vlak stuk dat met stenen en onkruid begroeid was, en stopte.

De Maanberg.

Er woei een koele wind. Door de nevel was het landschap beneden nu eens zichtbaar, dan weer onzichtbaar. Een roofvogel cirkelde hoog in de lucht; zijn vleugels waren uitgestrekt en hij slaakte korte kreten. Ik had het koud. Ik was eenzaam. Lola sloeg onze sjaal om me heen. Ik zag een oude, kapotte houten barak staan. Er zaten geen ruiten in de vensters. Er groeide gras tussen de planken. De wind floot met een hol geluid dat de rillingen door mijn lijf joeg.

We liepen langzaam naar de barak, alsof we die liever niet wilden bereiken. We liepen drie scheve houten traptreden op. Felix duwde de deur open. Die piepte en viel met een klap naar binnen. Elke klank had een echo. En was bedrukkend, en pijnlijk.

We zetten onze voeten voorzichtig neer, elke stap

deed stof opwaaien. We bleven weg van de kale muren, van de lege, kromme raamkozijnen. Venkelstruiken groeiden tussen de planken van de kapotte vloer. Lola legde een arm om mijn schouder.

'Vergeet niet dat ze het hier goed hadden met z'n tweeën,' zei ze zachtjes, om de stilte niet te verstoren. 'Ze wilden een plekje dat van hen alleen zou zijn. Zonder mensen vanbuiten met hun praatjes en met de wetten van de buitenwereld. Een plek waar ze niet achtervolgd zouden worden door het verleden.'

'Kijk...' fluisterde Felix.

Aan het einde van de barak, achter een kapotte houten wand, was er een apart kamertje. Hun slaapkamer misschien. Hij was leeg. Er stond alleen een grote, roestige kachel, en toen ik die aanraakte ging mijn vinger door kruimelende roest heen. Ik schrok: net als de poppetjes op Zohara's kamer. Alles wat ik de laatste dagen aanraakte, verkruimelde en loste op. Ik moest het allemaal onthouden.

'En kijk daar,' wees Lola aan.

Een vel papier hing los aan de muur. Een vergeeld, gescheurd velletje met daarop een vale potloodtekening: het gezicht van een man, en op de achtergrond: een paard. De gelaatstrekken waren nauwelijks zichtbaar, maar we wisten alledrie meteen wie het was.

Ik vroeg: 'Kon ze mooi tekenen?'

'Als ze wou,' zei Lola, 'kon ze alles.'

Dan zou ik ook zo worden.

'Kijk hier jouw papa,' zei Felix. Hij zei niet 'meneer jouw papa'. Zijn stem miste de bekende ironie.

Papa zag er jong en aantrekkelijk uit. Volle kuif, glimlach in de ogen, glimlach op de lippen. Aan de tekening kon je zien dat hij het naar zijn zin had.

'Hij hield van haar. Maar zij?' zuchtte Lola en gaf zelf het antwoord: 'Zij hield kennelijk van zijn liefde, maar echt van hem houden, zoals ze altijd wilde? Dat weet ik niet...'

Ik ga nu iets schrijven waar ik niet helemaal zeker van ben. Ik kan het alleen maar raden, aan de hand van wat Lola me verteld heeft, en hopen dat het echt zo was: Zohara had het goed op de berg, met papa. Althans in het begin. Ze was niet verwend, ze ging de schapen weiden, molk ze, mestte de paardenstal uit, kookte voor hen beiden op een petroleumstel, hield van hun huisje.

Ze voelde haar ziel met de dag schoner worden. Reiner. De oude avonturen vielen van haar af als lagen dode huid, alsof het verhalen van iemand anders waren. 's Avonds zaten ze samen naar de ondergaande zon te kijken, aten zwijgend een gezonde, eenvoudige maaltijd. Soms gingen ze op hun twee paarden een eindje rijden. Helemaal tot aan de rand van de rots. Eenzaam op de bergtop. Ze zeiden weinig. Woorden waren overbodig op die plek. Af en toe speelde Zohara op haar blokfluit...

Allemaal gissingen. Misschien was hun leven daar veel spannender en heb ik gewoon niet genoeg verbeeldingskracht om het me voor te stellen. Maar daar moet ik het mee doen, met mijn verbeeldingskracht, omdat papa me nooit verteld heeft wat ze daar echt hadden gehad. Ook na afloop van mijn reis met Felix bleef papa zwijgen. Er zijn nog een heleboel dingen die ik niet weet en ook nooit meer te weten zal komen.

'Ik heb ze hier een keertje opgezocht,' zei Lola. 'Ik bleef een hele week en toen ik naar Tel Aviv terugging, dacht ik: die twee hebben hun eigen paradijs. Adam en Eva. En zonder slang.'

'Ben je hier geweest? Mocht het van hen?'

'Ze hadden me uitgenodigd. Ze hadden een mooie brief geschreven, dat ik mijn kleinzoontje moest komen zien.'

Mij.

Was ik hier geboren?

'Je wist het niet. Hij heeft je helemaal niks verteld, hè?' Ze schudde bitter met haar hoofd en haalde diep adem. 'Ik heb het je toch gezegd, hij wilde alles uitwissen, je mocht niks weten! Alsof hij jou in z'n eentje verwekt had.'

'Zohara, zij was slim, zij wist dat meneer jouw papa zal willen haar uitwissen,' bromde Felix, 'daarom zij heeft mij gevraagd om te maken deze reis met jou. Zij wist!'

'Kijk goed, Nono,' ging Lola door en haal diep adem. 'Hier, in deze barak, in deze kamer, ben je geboren. Zonder arts en zonder vroedvrouw. Je vader kon Zohara niet meer op tijd naar het ziekenhuis in Tiberias brengen. Hij heeft je zelf ter wereld gebracht. Hij heeft je navelstreng doorgeknipt.' Ze omhelsde me van achteren en drukte haar wang tegen de mijne. 'Ik vind dit de mooiste plek op aarde om geboren te worden.' Haar stem begon te trillen: 'Het was net als bij de schepping van de wereld. Vader en moeder en kind. Precies op dit uur. Half vijf 's ochtends. Dertien jaar geleden, min twee dagen.'

Mijn gemoed schoot vol.

'Ik houd het niet meer uit,' zei Lola plotseling en ging naar buiten. Felix ging haar meteen achterna.

Ik had het ook moeilijk, maar ik wou nog even blijven. Om weer bij ze te zijn. Met z'n drieën. Zoals vroeger, in het begin. Ik knielde. Raakte de houten vloer aan. De roestige spijkerkoppen. De bruine kuiltjes die de poten van het bed hadden achtergelaten. Daarna ging ik op de grond zitten. Ik was erg stil en erg geconcentreerd. Nog nooit was ik zo geconcentreerd en gericht op mezelf geweest.

Alle echo's verdwenen op dat moment. De echo's die me aldoor omgaven sinds Zohara dood was gegaan en het gefluister en de geheimen en de verhullingen waren begonnen. De verwarrende echo's die ik steeds probeerde te verstaan, na te apen, ter wille te zijn.

Ik bleef nog een paar minuten in de barak. Vond daar een krom lepeltje. Vond ook een bandje van een rugzak, een gebroken lijst, een oud luciferdoosje. Een vrouwenschoen. Een verbleekte mannenzakdoek. Ik raapte alle spullen bij elkaar en legde ze in de slaapkamer bij de kachel. Ik ruimde het huis op.

'Ze was gelukkig met je zoals ze nog nooit gelukkig was geweest,' zei Lola buiten. Haar ogen en neus waren rood. Ook Felix had een rode neus. 'Zoals ze met jou dolde! Alsof jullie twee hondjes waren. Kijk, hier op deze plek had je vader een zandbak voor je gemaakt. Twee dagen nadat je geboren was, had hij al een zandbak klaar! En hier legde zij altijd je dekentje, omdat deze plek beschut is, en dan rolde ze met jou over de grond, en je vader stond hier geleund, met zijn hand zo, en hij lachte.'

Cadeaus! Wat een cadeaus die ik op mijn bar mitswa heb gekregen!

De zon kwam op. Het dal werd met zonlicht overgoten en goud gekleurd. Soms denk ik bij mezelf: misschien komt het door de ruimte die ik als baby heb gehad dat ik me tot de dag van vandaag ongelukkig voel in gesloten kamers. Vlak voor de rand fladderde in het licht van de dageraad een kleurvlek. Een flard dunne stof die aan een distel hing. Stof die ooit rood was geweest, of paars. Misschien was haar sjaal daar blijven haken toen ze er op haar paard langs galoppeerde, op weg naar de rand van de rots. Ik durfde er niet naartoe. En niet vanwege de rots.

'Je bent in een paradijs opgegroeid,' fluisterde Lola weeklagend.

'Maar niet lange tijd,' mompelde Felix. 'Zij heeft meegenomen de slang.'

Het is niet te zeggen wanneer hij wakker werd, de slang. Met zijn zwerfgif, met het sissende verlangen naar snelle kronkelbewegingen. Waarom kon ze daar, met hem, niet gewoon gelukkig zijn?

'Het is niet makkelijk om te vertellen, en nog moeilijker om aan te horen,' zei Lola. 'Houd je goed vast, Nono. Hier komt het.'

En ze vertelde. Zohara werd met de dag bozer, somberder. Het landschap vond ze eentonig, de schapen waren saai, ze had schoon genoeg van het huishouden en van het werk buiten en van de stank van mest die permanent aan haar kleren kleefde.

En van mijn vader.

Er was iets aan hem wat haar gek maakte. Ik weet niet wat. En als ik het probeer te bedenken doet het te veel pijn. Was het zijn zwijgzaamheid? Vond ze hem misschien een beetje saai? Ik probeer het van haar kant te bekijken, omdat het altijd nuttig is om de dingen ook van de andere kant te zien. Zou ze zijn ogen ineens klein en begerig hebben gevonden? Hij heeft zo'n neiging, mijn papa, om dingen te aaien, om ze met een vreemd soort plezier te bevoelen, alsof hij ze op die manier wil dwingen om te erkennen dat ze van hem zijn en dat hij het recht heeft om ermee te doen wat hij wil. Ergerde zij zich misschien daaraan? Deze gedachten maken me verdrietig. Misschien ook omdat ik in sommige dingen op mijn vader lijk, en hoe ouder ik word hoe meer.

En misschien irriteerde het haar dat hij de band met zijn oude leven niet helemaal wilde verbreken: dat hij zijn moeder beloofd had om één keer in de week vanuit Tiberias te bellen, dat hij niet zonder een krant op de sabbat kon, dat zijn leven geen leven was zonder een fles *malt* 's avonds na het eten, dat hij verslaafd was aan voetbalverslagen op de radio... En dan die keer dat papa op de vlooienmarkt in de nabije stad een enorme fauteuil met bloemetjesmotief gekocht had die Zohara aan een dikke dame deed denken, een dikke Dobtsi. Ze begon toen tegen hem tekeer te gaan: Wat dacht hij dat hij deed? Ze hadden toch gezworen om hier een paradijs te scheppen, om zo vrij te leven als zigeuners, zonder de last van spullen en bezittingen? Moest ze er nu achter komen dat hij zijn materialistische, kleinburgerlijke zieltje meegesleept had?! Ze zag er in haar woede angstaanjagend uit, haar zwarte haren wapperden als slangen om haar blanke voorhoofd en haar jukbeenderen staken uit alsof ze ziek was: En zij had nog in de waan verkeerd dat hij net zo'n grote ziel had als zij! Ze had gehoopt dat hij samen met haar in de hemel zou durven doorlopen. Rechtop! Niet kruipen! Maar nee, hij niet! Hij was gewoon niet in staat om zo iemand als zij te begrijpen! Zijn ziel was klein, dichtbegroeid, verstikt! Een ziel van een kind dat in een koekjesfabriek was opgegroeid! 'Een Dobtsi! Een stuk Dobtsi!' krijste ze, en ze vloog hem aan met haar vuisten, met haar nagels, en papa greep haar voorzichtig maar met een ijzeren hand vast, en Zohara ging tekeer, gevangen in zijn hand, snakkend naar lucht, naar de lucht, wegvliegen, de wereld in...

De heldere sfeer vertroebelde. Het dal beneden kromp iedere dag ineen onder het gekrijs boven op de berg. Zohara voelde dat papa haar in de gaten hield. Ze wist nog heel goed wat hij de rechter beloofd had: dat ze niet meer zou vervallen in de misdaad, daar stond hij persoonlijk voor in. En misschien had hij het ook niet moeten beloven. Weliswaar had de rechter haar daardoor een lichtere straf gegeven, maar tegelijkertijd was papa ook haar cipier geworden.

'Zit me niet achterna...' snauwde ze.

'Ik zit je niet achterna. Zeg alleen maar waar je heen gaat met het paard.'

'Waar ik zelf wil, hoofdinspecteur Feierberg. Ik ben een vrij mens.'

'Zohara, liefje, we zitten hier vlak bij de grens. Er zijn hier smokkelaars, er zijn gewapende terroristen die in het geheim de grens oversteken, en jij bent alleen.'

'Ik ben niet alleen. Ik heb mezelf, en ik heb ook een pistool.'

'Wat moet ik met jou, Zohara? Wat moet ik doen om je een beetje blij te maken? Zeg het me. Leer het me en ik zal het doen. Ik ben een goeie leerling!'

'Ja,' nam Zohara hem vanaf het paard op alsof ze hem nu voor het eerst zag. 'Je bent een goeie leerling,' zei ze meedogend. 'Je bent ijverig,' voegde ze er nog met een vleugje spot aan toe, draaide haar paard om en zette het op een galop.

'Soms bleef ze twee dagen lang weg,' vertelde Lola. 'Ze sliep in de bergen. In grotten. God mag weten waar. En als ze weer terugkwam, zat ze onder de schrammen en was uitgehongerd. "Waar ben je geweest, Zohara?" Ze zei het niet. Ze praatte niet. Soms stapte ze op de motor en reed naar Tel Aviv. Ze logeerde bij mij. Ging naar een feest. Danste. Dronk. Kwam terug. Of niet... En dan kwam hij van de berg om haar op te halen. Vreselijke ruzies... Zij gilde... Wou niet terug... Ze hoorde nergens meer thuis. Hier niet en daar niet...' Lola sprak met een zachte stem, met gebogen hoofd. Ik verslond elk woord.

'Totdat ze op een dag met het paard vertrok en niet meer terugkwam, en toen was het afgelopen,' zei Lola vluchtig. 'Wie weet, stak ze de grens over en is ze door Jordaanse militairen neergeschoten. Of haar paard is in een ravijn gevallen en zij kwam om. Misschien is ze in handen van terroristen gevallen. Het leger werd toen ingeschakeld. Ze hebben het hele gebied doorzocht. Vrienden van je vader zijn zelfs 's nachts de grens overgestoken om haar op Jordaans grondgebied te zoeken. Maar niks. Ze was spoorloos. Ineens was ze weg.'

'Ineens,' zuchtte Felix. 'Was zo haar hele leven: ineens.'

Ik keek naar het uitgestrekte gouden landschap voor mij. Ik wou niet kijken, maar kon het niet laten. Ik voelde Zohara weggalopperen, de verten in, misschien zelfs over deze rots heen. De hele tijd spartelde in mij de vraag die Zohara als kind gevraagd had: waarom is er geen hek om de wereld, om te voorkomen dat mensen eraf vallen? Maar ja, geen hek, zo is het gewoon. Je moet voorzichtig rijden en vóór de rand stoppen.

Zohara was toen zesentwintig geweest, precies de leeftijd die ze voor ogen had gehad. Ik dacht bij mezelf: Hoe kon ze ons verlaten, hem en mij? Dat ze niet aan mij gedacht heeft, en aan wat me kon overkomen zonder haar.

'Maar daarvoor, voordat ze... deed wat ze deed, vóór die stommiteit, had ze mij gebeld,' zei Lola, en haar gezicht sidderde. 'Een afscheidstelefoontje van één muntje... "Mama," zegt ze tegen me, en aan haar stem wist ik dat het zover was. Dat ze afscheid nam. "Mama, de laatste keer dat ik in Tel Aviv was, heb ik iets achtergelaten voor mijn zoon, voor Nonik..." '

Nonik?

'Hè! Noemde ze mij zo?'

'Ja, altijd. Nonik.'

Wat een mooie naam.

'Ze zei dat het een cadeau was, maar dat je het pas op je bar mitswa mocht hebben.'

Nonik.

Ik had een nieuwe naam. Nog nooit had iemand me Nonik genoemd.

Wat een vrolijke naam.

'Maar wat zit erin?' durfde ik eindelijk te vragen.

'Het was een geheim, zei ze. Een verrassing. Ze hield van geheimen en verrassingen. Je moest het met Felix gaan halen, dat zei ze. Alleen met hem.'

Bij de woorden 'geheim' en 'verrassing' begon bij mij de tweevoudige trilling. 'En ze had dat cadeau in de kluis gedaan? Op de bank?'

'Ja. Het moest een grote-mensenverrassing worden: een kluis, de kelders van de bank. Wat sta je daar te stuiptrekken? Ze wou je iets geven wat je aan haar avonturen zou doen denken en wat alleen jij zou mogen halen. Dat hebben de bewakers daar in hun boek staan.'

Alleen Nonik mag het halen, had mijn moeder gezegd.

Ze wist misschien niet hoe ze een goeie moeder moest zijn, maar ze dacht toen al aan mijn bar mitswa en hoe eenzaam ik me zou voelen en hoe erg ik haar zou missen. Ze wist het. Ze had ondanks alles toch een sterk gevoel voor me gehad, dat moest ik niet vergeten.

'Voor jou zij heeft gelaten een cadeau,' mopperde Felix naast ons, 'en voor mij meneer jouw papa.'

Want papa stak al zijn pijn en woede over haar dood in een kruistocht tegen Felix. In die tijd begon hij al iets te vermoeden van het geheimzinnige verband tussen Zohara en de legendarische Felix Glick. Tot dan toe had hij niet eens geweten dat Felix haar vader was. Zijzelf had het niet verteld, Lola had het niet verklikt en hij had niets gevraagd. Misschien had hij het ook niet willen weten. Er waren geruchten geweest dat Felix een vriend van Lola was, maar ja, Felix was een vriend van zoveel vrouwen... Papa kwam van zijn berg af, liet zijn barak achter voor plunderaars, voor de schaapherders uit de dorpen beneden, voor de terroristen en smokkelaars die de grens overstaken. Hij sprak zijn chef bij de politie en zei dat hij weer terug wou. De eerste drie maanden sloot hij zich op in het piepkleine kamertje dat hij gekregen had en zat daar 's ochtends, 's middags, 's avonds en 's nachts te werken. Gaby bracht koffie en boterhammen en paste op zijn zoontje. In die tijd werd ze verliefd op hem. Vanwege de speen in zijn holster, of gewoon vanwege dat waar mensen verliefd door worden. Papa nam alle dossiers van Zohara weer door. Hij vloog zelfs een keertje naar het buitenland om mensen van Interpol te spreken. Daarna belde hij met rechercheurs in Zanzibar en Madagaskar, in Ivoorkust en Jamaica. Geleidelijk tekende zich het hele beeld opnieuw af, de hele route van haar wonderbaarlijke, misdadige wereldreis, maar deze keer met Felix Glick.

'En ik...' zei Felix met oprechte verwondering, 'die hele tijd ik doe mijn werk in de buitenland, rustig, weet ik niks, voel ik niks, pak een bank, pak postzegelverzameling, kleine diamantje, moet verdienen de kost. En ondertussen meneer jouw papa, hij is ijverig en slim, maakt rondom Felix een draad en nog een draad, zoals de net van de jager...'

Want Felix was papa's voornaamste vijand geworden. Het symbool van de misdaad. De slang die Eva de smaak van de zonde had geleerd. Hij wou hem vangen. Hij wou die gluiperd met zijn gespleten tong en halve waarheden vermorzelen. Hij werkte dag en nacht, als een reusachtige pomp: hij had minstens twee harten als hij van Zohara hield; hij had minstens twee breinen als hij Felix volgde.

'Eén dag ik kom hier voor vakantie, weet ik niet wat of hoe, en hup! Gepakt!'

Zijn mond stond open van woede. Zijn ogen glommen bij de herinnering aan de vernedering die nog steeds in hem leefde: 'En ik heb gekregen vijftien jaren. Ben ik halve jaar geleden vrijgelaten vanwegens slechte gezondheid en goede gedrag. Tien jaren ik heb gezeten door zijn schuld!'

'Door jouw schuld,' corrigeerde Lola hem. 'Maar laten we daarover ophouden. We hebben allemaal een te hoge prijs betaald. Allemaal. Ook Jakov.'

Mijn vaders naam klonk zacht en familiaal uit haar mond.

We liepen terug naar de auto. Ik wierp een laatste, brede blik op het dal beneden. Op de eenzame barak. Hier was mijn leven begonnen. Hier had ik het goed gehad en hier was alles ook misgegaan. Ik wilde naar de rand van de rots rennen en het lapje pakken dat in de wind trilde, maar ik durfde er niet bij. Ik pakte een steentje en stopte het in mijn zak. Een grijs, eivormig steentje met een afgebroken punt. Ik heb het nog steeds. Het ligt op mijn bureau.

Er hing een geladen stilte in de auto toen we wegreden. Ergens onderweg viel ik in slaap en werd pas wakker toen we Tel Aviv binnenreden. Ik wreef in mijn ogen en meteen kwam alles weer terug. Wat we die nacht, de langste nacht van mijn leven, gedaan hadden en wat we nog gingen doen. Intussen werd ook het woord 'bank' in me wakker, geeuwde en rekte zich uit totdat het mijn brein aanraakte, en meteen was ik alert: bank en Felix. Samen klonk het een beetje gevaarlijk.

'Had je gezegd dat we naar de bank gingen?'

'De bank, ja. Goedemorgen!'

'Om het cadeau van Zohara op te halen?'

'Ja. En als jij doet dat, jij krijgt ook de gouden aar. Heb ik beloofd voor madame Gaby.'

'Zal het moeilijk gaan op de bank?'

'Natuurlijk niet. Kluis van de bank is niet moeilijk.'

Ik kan het niet aan, dacht ik bij mezelf. Ik heb het niet in me, banken beroven. Een trein kapen, dat is mijn limiet. Een mens moet zijn grenzen kennen.

Lola sliep naast me, in elkaar gerold. Ik probeerde Felix op zijn geweten te werken: 'Ik ben nu niet in staat om een bank te beroven.'

Stilte. Hij speelde nu weer de voorzichtige bestuurder. Ik probeerde de opa in hem aan te spreken: 'Ik ben moe, ik heb een zware nacht achter de rug.'

'Is geen zware werk,' mopperde hij. 'Is geen misdaad. Ga je alleen naar binnen, pak je pakje en dan je krijgt van Felix de laatste gouden aar.'

'Zonder schieten?' gromde Lola. Haar scherpe omainstincten hadden haar wakker gemaakt.

'Zonder.'

'Zonder bijvoorbeeld door een tunnel te kruipen?' wilde ik weten.

'Wat tunnel? Hoe tunnel? Wij gaan naar de bank, zeggen jouw naam aan de bewaker van de kluis, gaan binnen in de kamer, doen open de kluis, pakken wat is binnen, gaan uit en...'

'Dankuwel, alstublief, goeiedag,' maakte ik de zin samen met hem af. Hij keek me verbaasd aan en glimlachte. 'Klopt precies,' zei hij.

Er was nog een moment stilte.

'Kijk me in de ogen, opa.'

Ik zag zijn ogen in de achteruitkijkspiegel. Ze waren zo blauw en helder als de ogen van een baby.

28 *Dit gaat echt te ver*

...en om half negen 's morgens parkeerde mijn opa Felix de Humber Pullman in een stil zijstraatje in Tel Aviv, niet ver van het Habima-theater vandaan. Lola Ciperola (Katz voor mij), de first lady van het theater, winnares van de Israëlprijs voor de toneelkunsten (mijn oma), stak de straat over, stapte de bank binnen, gekleed in een versleten, vieze broek, haar haar ongekamd en verwaaid, en gaf, alle lasterpraatjes van Felix ten spijt, een perfecte vertolking van de gewone vrouw ten beste. Geen koningin, geen keizerin noch oeroude godin, geen tragische heldin die haar handen ten hemel hief of haar ogen droef neersloeg, maar een eenvoudige jodin die vijftig pond kwam opnemen, maar door de zware hitte, of wegens haar hoge leeftijd, of misschien omdat het nodig was om de aandacht van het publiek af te leiden van de oude man en de jongen die achter de menigte naar binnen glipten, languit flauwviel, platvloers gillend, kreunend, rochelend.

Nog nooit had ik haar op het toneel in zo'n goede rol gezien. Nog nooit had ik haar zoveel plezier zien beleven aan een rol. Ik denk weleens dat ze in de rol van die vrouw slaagde juist door alles wat ze in die twee dagen had meegemaakt, en doordat ze plotseling oma was geworden. Jammer dat ik geen tijd had om naar haar te blijven kijken. Er stond een hele menigte om haar heen. De mensen schreeuwden, gaven advies, wilden hulp gaan halen, en intussen glipten 'wij twee' de wenteltrap af die naar de kelder van de bank liep, naar de kluizenruimte.

Een oudere bewaker zat daar in z'n eentje langzaam aan een boterham met kaas en tomaat te knabbelen. Ik zei mijn naam. Het was een spannend moment. Voor hem op tafel lag een krant met mijn foto over de hele pagina. En mijn naam ook. Eindelijk werd mijn naam bekendgemaakt! Mijn ogen stonden wijd opengesperd van verbijstering en trots. HET ONTVOERDE JONGETJE: AMNON FEIERBERG! stond er. Het was de beroemdste dag van mijn leven, maar op dat moment kon de publiciteit alles verknallen. De man deed het grote namenboek van de bank open en bladerde erin. Hij mompelde aldoor mijn naam. Gele kaaskruimels hingen aan zijn snor. Even viel zijn blik op de krant. Hij las mijn naam hardop *uit de krant.* Merkte niet dat er enige gelijkenis was en bladerde door in zijn boek, totdat hij het eindelijk vond: 'Hier staat het. Amnon Feierberg. Je hebt toestemming om de kluis van je moeder leeg te halen. Tjonge jonge, dat is langgeleden! Deze toestemming is bijna bar mitswa!' en hij lachte en spuugde de krant onder met kaas.

'Kom maar mee. Is dit je opa?'

Ja. Dat was inderdaad mijn opa.

Wat kan de waarheid soms als een leugen klinken.

De man rinkelde met zijn sleutelbos. Deed een ijzeren deur voor ons open. Daarna nog een. Deed die achter ons dicht en liet ons alleen.

'Je hebt tien minuten,' zei hij en ik hoorde hem naar zijn stoel en boterham schuifelen.

We bevonden ons in een klein kamertje. De vier muren waren van onder tot boven bedekt met kluisjes. Allemaal rechthoekige dozen van grijs metaal. Ieder met een klein, rond schijfje met cijfers erop, van nul tot negen, en een kleine wijzer in de vorm van een pijl. Felix vond onze kluis meteen.

'Tien minuten,' zei hij. 'Dan Lola moet opstaan ook. Is hele weinige tijd. Heb je genoeg aan?'

'Genoeg waarvoor?'

'Open te doen.'

'Als je me de sleutel geeft wel.'

'Tja, dat is de probleem,' zei Felix en schraapte zijn keel, 'dat wij hebben geen sleutel.'

Ik staarde hem aan.

'Hoe bedoel je geen sleutel? Hoe krijgen we hem dan open?'

'Jij moet dat alleen doen. Zonder sleutel,' zei hij en haalde zijn schouders schuldig op. 'Moet raden vijf nummers op goeie volgorder, ja, en dan hij gaat open in een wip.' Ik wierp een keiharde blik op hem.

'Is een geheime nummer,' voegde hij er nog aan toe, alsof het probleem daarmee opgelost zou zijn. 'Soort wachtwoord. Een nummer wat Zohara heeft het gegeven en moet jij dat raden.'

'Wacht 's even,' zei ik geërgerd, 'bedoel je dat ze jou het geheime nummer niet heeft gegeven?'

'Nee. Zij heeft alleen gezegd dat jij zal het raden.' En weer haalde hij zijn schouders schuldig op. 'Is een probleem. Ik weet het! Ja. Is een probleem! Zeker weten!'

'Wacht nou 's even!' schreeuwde ik. 'Dacht je dat ik vijf cijfers kon raden, precies op de volgorde die zij bedacht had?'

'Ja. Tja. Niks te doen. Maar is beter dat jij opschiet.'

'Maar dat gaat niet!' explodeerde ik, boos, teleurgesteld, bedrogen, want daar, vlak voor mijn neus, achter een plaat van gewapend metaal lag het enige cadeau dat mijn moeder me ooit gegeven had, en ik zou het nooit krijgen!

'Je kunt niet zomaar vijf cijfers raden!' schreeuwde ik zonder stem, zodat de bewaker het niet zou horen. 'De kans dat ik nu de juiste combinatie vind, is hoogstens één op de miljoen!' Waarom had ze me dat aangedaan? Waarom kon deze familie me nooit eens een keertje een normaal cadeau geven?

'Ja, ja, niet schreeuwen. Ik weet het, is moeilijk, maar toch Amnon, moet jij denken dat het is jouw moeder wat heeft beslist welke nummers moeten dat openmaken, hè?'

'Dus?!'

'Dus wat ik zeg! Zij is moeder! Jij bent kind! Enige kind wat zij heeft in de hele wereld! Dezelfde bloed!'

En om de een of andere reden was ik juist door deze zin geraakt. Er zat geen logica in, maar na de laatste drie dagen waren mijn verwachtingen van de logica nogal laag. Het klopt wel, dacht ik bij mezelf, ik ben haar kind. Ik ben de enige die haar bloed in de aderen heeft stromen. Zij is er niet meer, en ik zit hier. Ik moet het gewoon proberen.

'Goed,' zei ik tegen Felix, 'ik wil het wel proberen. Zorg jij maar dat ik niet gestoord word.'

Ik sloot mijn ogen. Maakte me langzaam los van alles om me heen.

Van de bewaker die achter twee ijzeren deuren aan zijn boterham zat te knagen. Van Felix die aan mijn lippen hing. Van mijn oma Lola die nog steeds boven mij gevloerd lag om dure tijd voor me te winnen.

En van mijn papa, en wat hij zou zeggen als we elkaar weer zouden zien. En hoe ik het hem allemaal moest uitleggen. En hoe het nou met Gaby zat: was ze nog steeds bij hem of was ze voorgoed weg. En of ik eigenlijk nog iemand had om naar terug te gaan.

Vijf cijfers.

Zohara. Zohara. Ik heb je kleren gedragen. Ik heb in je bed geslapen. Ik heb aan een frambozenzuurtje gezogen dat je daar achtergelaten had. Je had zwart haar en zwarte ogen die ver uit elkaar stonden. Ik heb van jou alleen de ogen gekregen die uit elkaar staan, niet hun kleur.

Hallo, Zohara, ik ben het, Nonik. Ik weet nu meer van je af dan eergisteren, maar het blijft erg weinig. Lola zal me alles over je vertellen. Ik ga haar uithoren. Ik wil weten hoe je als klein meisje was, hoe je het theaterleven vond, hoe het was om je moeder te zien spelen, zoals ik haar gezien heb. En ik wil meer weten, alles: wat je lekker vond, behalve chocolade en jam, wat je lievelingsfilm was toen je zo oud was als ik, en je lievelingskleur (Mijn kleur? Blauw?) en hoe mijn leven eruit had gezien als je gebleven was.

Zohara, jij zult wel altijd een broek hebben gedragen. Dat rokje dat Felix me gegeven heeft, was vast je sabbatsrok. Je had er misschien zelfs een hekel aan. Je was een meisje van broeken. Je was toch een beetje een jongen? Zo'n dun en puntig meisje?

1.

'Eén,' mompelde ik met gesloten ogen. Het kwam er vanzelf uit. Ik was helemaal vergeten dat ik een cijfer zocht. Maar toen ik het gezegd had, wist ik dat dat het eerste cijfer zou zijn dat Zohara zou kiezen. Omdat het het allereerste cijfer is. En ook omdat het qua vorm bij haar paste: die ene, dunne lijn. Ik hoorde Felix de wijzer op de nummerschijf verplaatsen.

Ik dook weer in haar...

Toen ze wat ouder werd en toch eenzaam bleef, maar nu niet altijd afgewezen. Want haar schoonheid kwam naar buiten en werd zichtbaar. De mensen merkten die schoonheid op, de bijzondere ogen en de vonk erin. De kracht van Zohara. Ik dook steeds dieper. Dacht niet in woorden, die doe ik er nu bij. Dook op dat moment zelf diep onder de woorden, naar een plek met warmte en hitte en vlagen van gewaarwording, en mijn lichaam bewoog en kronkelde en wriemelde vanbinnen, alsof het zijn kern zocht, het punt waaromheen het ontstaan was.

Zohara groeide op. De puberteit voorbij. Ze was nu wat vrouwelijker, maar ook wilder. Rond, maar gejaagd. Sleepte haar aanbidders en versierders mee van feest naar feest, negeerde ze, zette de bloemetjes buiten met ze, maar bleef toch altijd alleen, ook als ze de spil van de avond was, een bliksemschicht aan de nachthemel van Tel Aviv, altijd de eerste met krankzinnige ideeën, verzinsels, weddenschappen, grappige streken, gemene streken, altijd even onvoorspelbaar: een vrouw, maar net zoals Felix, een cirkel, en op het laatste nippertje toch een zigzag...

2.

'Twee,' zei ik.

Ik hoorde het mechaniek van de kluis ritselen.

En toen kwam Felix en nam haar mee naar Parijs. En zij wilde niet terug. En ze gingen samen op reis naar verre, mysterieuze landen met gouden koetsen en koningen in ballingschap, met gestolen diamanten die luie vonken in zwart rivierwater afschoten, met schepen en kapiteins en nonnen. En Zohara zweefde van het een naar het ander, confronteerde haar verbeeldingskracht in draaiende cirkels met de echte beelden, totdat niet meer te zeggen viel wat waarheid was en wat droom, alles draaide in elkaar, krulde als rook uit de pijp van een koning, en zij sloot haar ogen, gaf zich over aan het genot van verzinsels, aan leugens die kronkelden als een kluwen slangen, en ze kwam erachter dat ook zij, net als haar vader, waar gebeurde verhalen en leugens die mensen geloven in elkaar kon vlechten als de ringen van een goochelaar, en ze viel al die tijd tollend, in grote kringen neer...

8.

'Acht.'

De wijzer bewoog.

Ik merkte dat ik moe werd. Dat ik uitgeput raakte door die bezigheid. Zodra ik mijn ogen sloot, werd ik wazig, dook onder mezelf, vloeide weg uit mijn brein... Ik was bang voor dat moment. Mijn hart werd zwaar, zonk in mij als een te grote druppel, zakte steeds verder naar beneden, in een afgrond, in een zwart, drassig moeras.

'Ik kan niet meer,' fluisterde ik tegen Felix. 'Ik denk dat ik ga flauwvallen...'

'Nog beetje,' hoorde ik hem smeken. 'Nu niet stoppen, asjeblief!'

Hele kolommen cijfers rolden voor mijn ogen omlaag, als een gigantisch rekenboek. Zessen en zevens en achten brachten mij in de war, dansten me toe, probeerden me te verleiden om ze te noemen, alleen zij. Maar ik liet mijn oogleden op ze vallen, drukte ze plat en zocht haar onder die cijfers, Zohara...

En ik zag haar met mijn vader in hun goeie tijden op de Maanberg. Hij en zij op de berghelling die zo rond was als de maan. En Zohara bij zonsondergang, de zon groot, mooi, helder, en haar buik al een beetje rond, met mij erin! Nonik! Ze waste zich in een blikken teil. En ook al hield ze waarschijnlijk niet echt van hem, van papa, ze probeerde toen nog gelukkig te zijn in het warme nest dat hij voor haar gebouwd en knus gemaakt had. Er waren misschien ook momenten dat ze oprecht haar best deed om voor hem blij te zijn, om tevreden te zijn met die kleine huiselijkheid die zich rondom haar vormde...

0?

Nul? Maar mijn lippen aarzelden. Het was geen echte nul. Niet helemaal een nul. Rond, dat wel, maar geen nul. Krommend en bol? Ja. Als een zwangere buik? Ja, en toch geen 0! Niet hol en heel als een nul! Er zat iets in de weg, iets wat zich wentelde en kronkelde alsof het de nul wou doorbreken, iets wat toen al, in die dagen van haar leven met papa, scherp en hoekig was en de rust van de zwangerschap en van het zachte nest verbrak, dat met kracht omhoog wees, naar buiten!

5?

'Probeer de vijf even,' mompelde ik.

'Nog één nummer,' fluisterde Felix die zichzelf probeerde weg te cijferen. 'Laatste nummer.'

Dat kan niet, dacht ik bij mezelf, het is krankzinnig. Ik zit hier met gesloten ogen en een ernstig gezicht mezelf voor aap te zetten, vijf nietszeggende cijfers te raden die iemand dertien jaar geleden bedacht heeft. Nou ja!

En moe. Uitgeput en leeggezogen.

Maar zodra ik weer naar binnen keek, bekroop haar eenzaamheid me. Haar zoontje werd geboren. Ze hield van hem. Zeker. Maar na enige tijd leek ze uit een droom te ontwaken. Ze keek om zich heen. Zag een kale berg. Een lege wereld om haar heen. En ze verveelde zich een beetje met mijn vader. Dat moet helaas toegegeven worden. Ze was een beetje in hem teleurgesteld. En ze wist al, ze voelde het aan, dat ze niet alleen hier niet thuis was, maar nergens. Ze reed haar paard soms naar de andere, gekartelde helling van de Maanberg, helemaal tot aan de rand van de rots, en stond daar, op de scherpe rand van de afgrond, en keek in de lege verten die haar toeriepen om te vliegen als een wanhopige vogel, om zichzelf uit haar leven af te schieten als een scherpe, losgeslagen pijl...

7, dacht ik

'Zeven,' zei ik.

'Weet je zeker?' fluisterde Felix. 'Denk goed, want dit is de laatste nummer.'

'Zeven,' zei ik.

Stilte.

Toen hoofde ik de metalen pijl op de ronde schijf draaien.

En daarna een heel lichte klik, als van een slot dat opengaat.

En Felix zwaar ademen.

En een klein deurtje kraken.

Ik deed mijn ogen open. Zag Felix voor me staan. Zijn witte haren stonden overeind van verbijstering, in zijn hand hield hij een dun, langwerpig houten doosje. Er zat een briefje op geplakt.

'Is gelukt,' zei hij stemloos. Mijn mond was ook droog. Ik was die hele reis nog niet zo moe geweest. Ik wilde me alleen maar oprollen en ter plekke gaan slapen, desnoods op de grond. Gewoon niet zijn.

'Jij hebt haar gelezen vanbinnen,' zei Felix en zijn stem was schor van verbazing. 'Is jullie bloed wat heeft gesproken.'

Hij gaf me de doos. Op het briefje stond met een

jong, scherp, springerig handschrift: 'Voor Nonik, een bar mitswa-cadeau. Liefs, mama.'

'Opendoen?' fluisterde ik.

'Niet hier. Geen tijd. Moeten wij weg. Vluchten. Buiten jij doet het open.'

Ik stopte het doosje in mijn achterzak. Op het moment dat ik het aanraakte, voelde ik mijn kracht weer terugkeren. Felix deed de kluis dicht, deze keer voor goed. Ik draaide de metalen wijzer op de vijf geheime cijfers om de kluis weer op slot te doen. Een. Twee. Acht. Vijf. Zeven.

'Wat ben ik toch dom,' zei ik toen ik klaar was. 'Ik had meteen moeten raden dat ze deze cijfers zou kiezen.'

'Hoe dan?'

'Het is mijn geboortedatum, twaalf augustus zevenenvijftig.' Hij mompelde: 'Een en twee, acht, vijf en zeven! Bravo!' Hij keek naar mij, ik naar hem, en we begonnen te lachen. 'Nu jij begrijpt dat voor haar het was de allebelangrijkste dag,' zei hij. 'Moet jij onthouden dat.'

'Laten we gaan,' zei ik, 'voordat ze merken dat we hier zijn.'

'Moment, Amnon. Wat Felix belooft, Felix doet het.'

Hij trok de dunne gouden ketting onder zijn overhemd vandaan, haalde de gouden aar eraf en gaf die aan mij. Hij hield nu alleen nog het gouden hartje over. Hij woog het in zijn hand, keek naar de kale ketting. 'Basta,' probeerde hij te glimlachen, maar zijn gezicht zakte in, 'zijn op, de gouden aren.'

Ik hield de fijne aar vast. Reeg die aan mijn ketting. Naast de kogel.

We gingen door de eerste ijzeren deur. Dan de tweede. We merkten allebei tegelijk dat er iets mis was buiten. We wisselden een snelle blik: de bewaker zat niet achter zijn tafel. Felix deed een stapje naar achteren. Drukte zich tegen de muur. Zijn ogen vernauwden zich als de ogen van een roofdier. Om zijn lippen tekende zich weer die dunne, witte, wrede lijn af.

'Gesnapt,' siste hij en vertrok zijn gezicht uit woede over zichzelf, over het feit dat hij gefaald had en verslagen was. '*La-dracu*! Hebben mij gepakt, die rotzakken!'

Hij drukte zijn lijf steeds verder achter de ijzeren deur, alsof hij in de muur wilde opgaan. Zijn ogen schoten heen en weer. Zweetdruppels verschenen op zijn voorhoofd. Uit zijn gezicht sprak een verschrikkelijke paniek: hij zat vast, kon niet weg, kon niet veranderen.

Om de bocht van de trap verscheen een revolverloop. Geen tijd te verspillen. Ook niet om na te denken. Alles hing nu af van mijn snelheid en vakmanschap. Ik trok mijn pistool, het pistool van mijn moeder. Laadde het in één keer door. Zette mijn voeten verder uit elkaar om steviger op mijn benen te staan. Steunde mijn rechterhand met mijn linkerhand. Hield het pistool op ooghoogte. Alles binnen één seconde. Ik dacht niet na. Ik handelde vanuit instinct en honderden uren training. 'Niet nadenken, doen!' had hij me geleerd. 'Laat het instinct je redden! Trekken!' Ik sloot mijn linkeroog. Focuste mijn blik ietsje boven de loop van de revolver voor mij.

De man achter die revolver deed zijn best om zich niet bloot te geven. Hij kwam langzaam en voorzichtig de bochtige trap af. Aan zijn stevige, berekende bewegingen wist ik dat ik met een beroeps te maken had. Ik was niet bang. Ik besefte nu dat de duizenden uren dat papa me getraind had me precies op dit moment hadden voorbereid. Mijn vinger lag op de trekker, klaar om in actie te komen.

Toen verscheen de hand die de revolver vasthield.

Dik en gebruind.

Daarna het gezicht.

Groot. Breed. En een fors, stevig lichaam. En een hoofd dat aan het lichaam vastzat, haast zonder nek.

'Halt! Politie! Glick, twee stappen naar rechts! Nono, gooi het pistool hierheen.'

Mijn vader zag er moe en ongeschoren uit.

29 *Nu zullen we zien of de wonderen de wereld nog niet uit zijn*

Wat nu?

'Niet nadenken! Trekken!' Hoe vaak had hij me dat niet toegeschreeuwd. 'De eerste die schiet, die zal het later aan zijn kleinkinderen vertellen!' Maar hier was ik het kleinkind! 'Geef je over aan je instincten!' Welk instinct bedoelde hij precies toen hij dat al die jaren van training geschreeuwd had? Het instinct van de beroeps of van de zoon? En hoe zat het met het instinct van de kleinzoon die zijn opa wilde beschermen (tegen zijn vader)?

Kom daar maar 's uit.

'Nono, gooi het pistool neer,' zei mijn vader weer met een heel zachte, gespannen stem.

Zijn revolver trilde. Mijn pistool ook. We tekenden scheve kringen op elkaars lijf. Plotseling verscherpte papa's blik. Zijn ogen vielen bijna uit hun kassen: Hij zag welk pistool ik in mijn hand had.

Het vrouwenpistool met de parelmoeren kolf. Haar pistool.

Het pistool dat hem al een keer getroffen had. En zijn hele leven had veranderd.

Ik zag hoe de herinnering hem vanuit het verre verleden een krachtige stoot gaf. Binnen een fractie van een seconde stond hij weer in de chocoladehal tegenover haar... Mij was hij even vergeten. Hij zag me niet eens. Zijn revolver bewoog tegen haar pistool. Alleen zij bestonden nu. Ik kon het pistool in mijn hand ook niet beheersen. De twee wapens dansten elkaar toe, een slangendans van provoceren, aantrekken en ontwijken.

'Gooi dat ding verdomme neer!'

Het was een smekende, wanhopige schreeuw.

Maar ik deed het niet.

Tot de dag van vandaag word ik niet goed als ik eraan terugdenk. En hoe ouder ik word, hoe minder ik aan mezelf op dat moment denk, en hoe meer aan mijn vader. Aan wat door hem heen ging toen hij zijn zoon dat pistool op hem zag richten. Alsof alle jaren dat mijn vader bij me geweest was en voor me gezorgd had en in me geïnvesteerd had, in rook waren opgegaan zodra ik haar wapen in mijn hand genomen had.

Alsof ze hem nu voor de tweede keer verslagen had.

'Het is goed, papa,' fluisterde ik. 'Wees niet bang. Ik schiet niet.'

'Laat de loop langzaam zakken. Rustig aan... En laat het pistool nu op de grond vallen.'

'Goed.' De loop zakte langzaam.

Ik stopte: 'Maar wat gebeurt er met Felix?'

'Glick gaat terug naar waar hij thuishoort. Naar de gevangenis.'

'Nee.' Mijn pistool richtte zich weer op. 'Nee, daar ben ik tegen.'

'Jij... wat?!'

Ik kende die gezichtsuitdrukking van hem, en ik was er bang voor. Hij liep rood aan, zijn ogen werden klein en gemeen en het verschrikkelijke uitroepteken daartussen tekende zich donker en diep af, zwaaide boven mij als een scepter, of als een stok.

'Ik wil het niet. Laat hem gaan.'

'Nono, doe niet zo raar! Gooi het pistool onmiddellijk neer!'

'Nee. Eerst moet je beloven dat je hem laat gaan.'

Zijn gezicht was nu helemaal verwrongen van woede: 'Hij heeft je ontvoerd, snap je dat niet? Ontvoerd!'

'Nee, het was geen ontvoering,' zei ik.

'Houd je mond!' brulde hij. 'Ik heb het je niet gevraagd!'

'Als je hem niet laat gaan, dan...' begon ik en in mijn hoofd steeg er een rode mist op.

'Wat dan? Wat doe je dan?' eiste mijn vader spottend, woedend, en zijn revolver beefde voor mijn ogen.

'Dan... dan ga ik schieten!'

'Op wie?' gilden papa en Felix met één stem.

'Op... hem! Op Felix!' wist ik ineens het antwoord.

Er viel een stilte. Ik probeerde mezelf ook te begrijpen.

'Ik snap het niet,' zei mijn vader. 'Wou je hem neerschieten? Hij is je opa!'

'Kan me niet schelen! Kan me niks meer schelen! Hij niet en jij niet! Jullie maken me gek! Laat hem gaan of ik schiet hem neer!'

Het werd steeds mistiger in mijn hoofd. De laatste dagen duizelden in mij als een draaikolk. Ik schiet hem dood, dacht ik. Ik schiet mezelf dood. Ik schiet mijn vader en hem en mezelf dood. Het wordt een slachtpartij, een begin van een volkerenmoord. Ik pleeg zelfmoord en ren daarna weg. Ik zal vechten tegen goed en kwaad. Ik zal verder leven buiten de wereld van goed en kwaad!

Ik gilde, spuugde brokken zinnen uit, schopte tegen de muur, ramde mijn hoofd tegen de ijzeren deur. De vulkaan Feierberg explodeerde! Bovendien wou ik papa laten zien hoe het was als ik ineens ontplofte. Zodat hij zou beseffen hoe gevaarlijk ik in mijn woede was.

Ik weet niet hoe lang ik zo tekeerging, maar één ding

weet ik wel: sinds ik er die ene keer een show van heb gemaakt, lukt het me niet meer om van ganser harte, zonder remmingen tekeer te gaan. (Zou Lola dit bedoeld hebben toen ze zei: 'Als je je emoties gebruikt om anderen iets te laten voelen, dan raak je je eigen emoties kwijt'?)

'Ho maar!' riep mijn vader door de wolken van mijn theatrale woede heen. 'Waarom zeg je dat het geen ontvoering was?'

Hij klonk minder zelfverzekerd. Was mijn show een succes?

'Omdat het dat niet was!' Ik stampte met mijn voet, maar nu wat milder, een soort eerste stap in een onderhandeling. 'Ik ben uit mezelf naar hem toe gegaan! Hij heeft me niet ontvoerd!'

'Hoe bedoel je? Leg uit!'

'Het was gewoon een vergissing,' zei ik. 'Ik ging de verkeerde coupé binnen in dat spel van jullie.'

Papa keek zuur: 'En wat deed hij in de trein?' En bij dat 'hij' tekende zijn revolver een kring vol walging op Felix.

Felix, die tot dan toe gebogen had gestaan, alsof hij halverwege zijn vlucht bevroren was, richtte zich nu wat op, ontspande zijn gespannen lichaam, streek met zijn hand over zijn haar en glimlachte zoetjes tegen mijn vader: 'Wat is de probleem, meneer papa? Ik wilde alleen hem zien. Mag toch? Is toch mijn kleinzoon, of niet?'

En toen ik hem zo zag glimlachen, toen ik hem met dat brede gebaar op mij zag wijzen, alsof hij vol trots iets bijzonders liet zien wat hij zelf gemaakt had, toen schrok ik, want ik merkte hoe Felix me binnen tweeënhalve dag veranderd had, me van papa had vervreemd, en misschien was dat wel zijn grote wraak op mijn vader.

Ik was lamgeslagen van verbijstering. Want als dat waar was, dan had hij me iets sluws en wreeds en duivels aangedaan, hij had me tegen mijn vader gebruikt... Aan de andere kant, als hij me niet ontvoerd had, had ik nooit mijn verhaal gehoord, en het verhaal van Zohara, en had ik nooit haar cadeau gekregen. En aan de derde kant voelde ik dat ook als het allemaal als wraak op mijn vader begonnen was, dat hij het uiteindelijk allemaal gedaan had vanwege mij, en vóór mij, en als een compagnon, als vriend. En bovenal – als opa.

Papa kreunde, sloeg met zijn hand keihard tegen de muur en brulde tegen Felix: 'Nono is niks voor jou! Je ziet hem niet meer en je blijft van hem af! Jij en dat oude mens dat daarboven ligt te schmieren!'

'Maar Lola is mijn oma!' schreeuwde ik verontwaardigd.

Langzaam, als een vermoeide os, draaide papa zijn gezicht naar me toe: 'Dus je weet het al. Ze hebben je alles al verteld, die twee.'

'Alles, ja. Ook over mama. En over jou. Maak je geen zorgen. Het maakt me niks uit.'

'Foute boel,' mompelde mijn vader. Zijn revolver zakte langzaam, samen met zijn hoofd. 'Ik wilde het je niet vertellen. Je bent er nog te jong voor.'

Alle woede vloeide in één keer uit hem weg. Hij ging op de trap zitten, de revolver hing tussen zijn knieën. Eindelijk kon ik hem nu zien zoals ik hem had willen zien. Kon ik proberen om zijn hele verhaal, zoals ik het sinds een paar dagen kende, van zijn gezicht af te lezen. Hij hield zijn hoofd met zijn beide handen vast en staarde voor zich uit. Ik zocht in zijn gezicht de jongeman die 's nachts op de hijskraan was gesprongen en omhoog geklommen was, en de man die bijna verdronken was in de allerzoetste kuip, en hij die Zohara dag in dag uit in de gevangenis bezocht had, en die een paleis voor haar gebouwd had op de Maanberg, en mijn papa, die me eigenhandig ter wereld had gebracht en mijn navelstreng had doorgeknipt.

Maar ik vond hem niet.

Mijn vaders gezicht was gesloten en verzegeld. Het was het gezicht van iemand die zijn lippen voortdurend op elkaar klemde om te voorkomen dat de herinneringen als een vloedgolf zouden losbreken. En dat was hem kennelijk gelukt, want dat deden ze niet. Toen niet en nu ook niet. Toen ik jonger was, kon ik ze in hem voelen borrelen als kokende lava. Nu voel ik ze haast niet meer. Het is hem helemaal gelukt. Helaas.

Ja, ik zag daar alleen het gezicht van de politieman, van de beroeps. De man die zichzelf al twaalf jaar strafte en kwelde omdat hij van een misdadigster gehouden had, omdat hij zich had laten verleiden tot de reis die zij had voorgesteld, de reis buiten de wet van de gewone mensen. De man die meedogenloos en zonder compromis weigerde om zichzelf zijn grote fout te vergeven, wat hij als een grote fout zag, omdat hij zoals bekend geen pardon kende. De man die zichzelf voor straf alles onthield wat vreugde kon bieden, of verlichting van zijn leed, of troost.

Een gevangene van zichzelf, van zijn eigen moeilijke aard.

'Ik was echt van plan om het je allemaal te vertellen, Nono,' zei hij moeizaam. 'Ik heb alleen gewacht totdat je wat groter werd. Ik dacht dat je nog niet oud genoeg was en niet eh... niet volwassen genoeg om alle complicaties en narigheden te horen. Nu weet je het toch. Jammer.'

'Ja, en ik leef nog. Niks gebeurd.'

Er was wel degelijk wat gebeurd, maar dit was het moment niet om hem met details lastig te vallen.

'En heeft hij je goed behandeld? Heeft hij je niets gedaan?'

'Papa, Felix is zó.' En jullie lijken wel op elkaar, zei ik nog in mijn hart.

Mijn vader keek Felix in de ogen. Felix keek terug. Een lang moment doken ze in elkaars ogen. En hoewel ik erg jong was, begreep ik wat er met die lange blik uitgewisseld werd. Tussen hen hing tenslotte niet alleen de wederzijdse vijandigheid, maar ook de unieke lotsverbondenheid van twee mannen die van dezelfde vrouw hadden gehouden.

'Wat doen we nu?' vroeg mijn vader. 'De politie zoekt jullie in het hele land...' Hij zuchtte, maar ik had de indruk dat hij expres te veel praatte. 'Ik ben hier alleen, ik dacht al dat je uiteindelijk hierheen zou komen,' zei hij en wierp een blik op Felix, 'om het cadeau op te halen dat Zohara voor Nono had achtergelaten...'

'Jij bent alleen hier?' Een vonk van belangstelling flitste in de ogen van Felix. Hij likte zijn onderlip met een snelle tong.

'Alleen, ja,' zei papa en keek hem met lege ogen aan. 'Hoezo, had je iets willen voorstellen?'

'God bewaar. Wie ben ik dat ik voorstel aan meneer papa. Was alleen een idee.'

'Zeg het dan.'

'Ik dacht, misschien wij doen het zo: plotseling ik heb de pistool uitgetrokken, ja?'

'Ik luister,' zei mijn vader.

'Heb ik gelegd de pistool tegen de hoofd van Amnon en heb ik gezegd: als meneer papa laat mij niet gaan ik schiet, ja?'

‘Ik luister.’

‘Dan jij had geen keus, hè? En zo ik ben gevlucht.’

Er viel een stilte. Die twee begrepen elkaar zonder veel woorden.

‘Dat betekent dus,’ gniffelde papa halfhartig, ‘dat je mij verslagen hebt. Heb je enig idee wat me dan te wachten staat? Ik krijg de hele pers over me heen. En de politie.’

‘Wat scheelt jou de politie?’ vroeg Felix met een brede glimlach. ‘Jij hoef niks meer aan te trekken van de politie. Jij hebt Felix gepakt. Is al de tweede keer dat jij hebt Felix gepakt, geen één agent in de hele wereld wat heeft halve van dat gedaan. Toch?’

‘Maar als ik je laat gaan, weet niemand toch dat ik je nu gepakt heb?’

‘Jij weet,’ zei Felix preuts, ‘en jouw Amnon weet. Dat is de allebelangrijkste, toch?’

Mijn vader knikte halfhoofdig. Maar hij was altijd een snelle beslisser geweest: ‘Vooruit,’ zuchtte hij. ‘Iedere andere oplossing zal voor iedereen pijnlijker zijn. Vooral voor de jongen. Bind ons maar vast.’

Hij stond op, stak zijn revolver in zijn holster en trok de riem uit zijn broek. Felix en ik volgden hem gespannen. Ik hield mijn pistool nog steeds in mijn hand. Want stel dat hij me ineens zou aanvliegen? Papa bleef halverwege de trap staan. Hij zag ons kijken. Zag mijn pistool zijn bewegingen volgen. Stond stil en zuchtte diep.

‘Ja, Nono,’ zei hij met een bitter glimlachje, ‘je doet precies wat iedere beroeps in zo’n situatie zou moeten doen. Ik begrijp niet waarom ik dat nu zo deprimerend vind.’

Ik wist toen dat hij ons niet zou proberen te overvallen en stopte mijn pistool weer terug in mijn zak.

Papa vertrok zijn mond tot een gniffel en zei tegen Felix: 'Uiteindelijk gebruiken ze wat we ze geleerd hebben juist tegen ons, hè?' En Felix knikte.

Papa kwam voor me staan. Lang, bezweet, sjofel. Op en top KONEBBESJ. We hadden elkaar drie dagen niet gezien. Ik wilde hem om de hals vliegen en blij gillen omdat het allemaal goed afgelopen was. Maar we gaven elkaar niet eens een hand. Misschien was het beter zo. Als mannen onder elkaar. Felix vroeg ons om de kluizenruimte binnen te gaan en met de ruggen tegen elkaar te gaan zitten. Hij bond ons krachtig aan elkaar vast, neuriede al doende, en om zijn mond verscheen die vluchtige trek, zoals altijd wanneer hij iemand vastbond of opsloot. Toen hij klaar was, trok hij de knoop op mijn rug nog eens goed aan, zodat ik hem niet los zou kunnen maken. Ik hoorde wel hoe mijn vader hem toesnauwde dat hij me niet te strak moest vastbinden. 'Doe de jongen geen pijn,' zei hij.

Daarna viste Felix de handboeien uit papa's broekzak op en maakte papa's hand aan de mijne vast. Toen ik de klik van de handboei om papa's pols hoorde, moest ik denken aan de nepgevangene in de trein, die de cipier van de agent was geworden. Het was een rare reis, en dat was het.

Uit mijn ooghoek zag ik hoe Felix zich naar mijn vader toe boog. 'Zij was hele bijzondere vrouw, Zohara,' zei hij. 'Ik weet dat jij echt hield van haar. Maar nu is genoeg. Moet je vergeten de doden. In de tussentijd de leven gaat door, en jij hebt een goeie kind. En een kind moet hebben een moeder. Luister mij, meneer Feierberg, deze oudje heeft gekend in zijn leven veel vrouwen – maar niemand als madame Gaby. Zij is heel wijze vrouw. Moet je denken goeie gedachten over haar. Excuseer dat ik bemoei met persoonlijke dingen. Bedankt en tot ziens.'

Ik voelde papa's diepe ademhaling in mijn rug. Ik dacht dat hij zou ontploffen. Felix liep om zijn vastgebonden pakje heen, kwam voor mij staan, boog zich voorover en glimlachte me toe. Hij gaf eerst zijn bekende, hypnotiserende glimlach ten beste die alles blauw verfde. Maar toen stopte hij meteen, wiste die glimlach van zijn gezicht en gaf me een kleintje, uit het hart.

'Was goed, wij twee samen, hè?'

Ik knikte van ja.

'Jij bent een kind zoals geen andere. En boef, én braaf. Ratatouille! Nu ik heb jou gezien, nu heb ik helemaal niks meer nodig. Ik weet: blijft toch iets van Felix in de wereld.' Hij haalde zijn neus op. Zijn blauwe ogen werden van onderen ietsje rood. 'Zo is genoeg. Moet ik gaan. Moet snel regelen dingen. Misschien ik zie jou nog. Misschien niet. Misschien jij loopt een keertje op straat, komt opa Noach, zegt jou dag. Kan alles gebeuren in onze wereld. Jij hebt Felix ontmoet, ik heb jou ontmoet, dat is de allebelangrijkste.' Hij stak zijn hand uit en raakte de gouden aar aan mijn hals voorzichtig aan, alsof hij er afscheid van nam. 'En ook is de allebelangrijkste dat ik weet dat Lola zal oppassen dat jij niet wordt te veel Felix, God bewaar. Alleen beetje, dat jij vergeet niet dat de leven is niet alleen de wetten. Moet in de leven ook plaats zijn voor jouw wet alleen!' Hij kwam dichterbij en gaf me plotseling en onverwachts een zoen op mijn voorhoofd.

'En moet je goed onthouden, Nono: onze leven is alleen beetje licht tussen donker en donker. En jij hebt gezien beter dan veel mensen de licht van Felix als hij gaat door de wereld.'

Een blauwe flits – en weg was hij.

We zaten te zwijgen. Ik en mijn papa. Rug aan rug.

Waar begin je dan?

We zaten daar maar te zitten.

Ik zat. Hij zat. Wij zaten.

'Hoe zit het dan met Gaby?' durfde ik uiteindelijk.

Stilte, en dan een gebrom: 'Ze wacht thuis.'

'Enne... gaat ze bij ons weg?'

Ik hoorde hem zijn stoppelbaard tegen zijn schouder wrijven.

'Ze heeft me een ultimatum gesteld, die Gaby. Ik moet vóór zondag beslissen.'

Net zoals ik het me voorgesteld had. Alles wist ik, alles.

We zwegen.

Toen gromde papa: 'Heb je je pistool nog?'

Ik tastte mijn broekzak met mijn elleboog af. Voelde alleen de opgevouwen sjaal. Verder niks. Felix had me bij die zoen gerold! Ik begon binnensmonds te lachen, maar hield me in uit eerbied voor het verdriet van mijn vader, aan wie ik erg gehecht was.

En plotseling, mijn vader: 'Besef je wel dat je over twee dagen bar mitswa bent?'

Nu kon ik mijn lach niet meer inhouden. Ik brulde het uit. Papa zweeg. Zijn grote, stevige rug bewoog niet. De lach kwam uit mijn buik, uit mijn tenen. Ik lachte naar voren, ik lachte naar achteren... En toen voelde ik hem even bewegen, in mijn rug spartelen, zich met moeite stil houden, totdat ook hij ineens in een bulderende lach uitbarstte die me heen en weer slingerde alsof ik op een schip zat, die me alle kanten op smeet als een koelkast op de rug van een danser. En dat was dan, zou je kunnen zeggen, de eerste keer dat ik hem aan het lachen had gemaakt. De eerste en de laatste en de enige, bij elkaar dus drie keer.

En hij lachte... als een paard!

'Wat een toestand allemaal,' zei hij toen we allebei weer gekalmeerd waren.

'Heb je gemist,' zei ik vluchtig.

'Ik ook,' zei mijn vader. Meer had ik niet nodig.

Na enkele minuten kon ik weer praten. 'Ik heb in de krant gestaan,' zei ik.

'Dat is nog niks. Het hele land is in rep en roer over jou. En dan krijg ik van je te horen dat het helemaal geen ontvoering was.'

'Was het ook niet.'

'Ze zullen me nog te grazen nemen om die hele heisa. Zoals altijd. Geeft niks. Nog een berisping in mijn dossier zal nu niks meer uitmaken.'

Ik zweeg. Ik had al voor hem besloten hoe het verder met zijn werk bij de politie moest. Ik dacht bij mezelf dat het me niet eens meer kon schelen als ze niet op mijn bar mitswa zouden komen. Ik hoefde hun cadeautjes niet, hoor, ik had al genoeg cadeaus gekregen.

'Ze doen maar,' zei hij plotseling en zijn rugspieren spanden zich en trokken mij ietsje omhoog. 'Ik word al twaalf jaar gestraft! Ik heb in twaalf jaar nauwelijks promotie gemaakt. Ik mag alleen maar flutgevallen onderzoeken. Wat kunnen ze me nog meer doen?'

Buiten hoorden we sirenes loeien. Herrie en geren en commando's.

'Ze zijn er,' zei papa nors. 'Ik had tegen Ettinger gezegd dat hij hier om negen uur nul nul moest zijn. Ik had niet gezegd waarom. Hij zal nu wel smullen.' En toen voegde hij er nog een wonderbaarlijk zinnetje aan toe: 'Ik hoop in ieder geval dat je opa ontsnapt is.'

Die avond gingen we uit eten, Gaby en papa en ik. Het was de gelukkigste maaltijd van mijn leven tot dan toe, al moet ik toegeven dat het eten in het restaurant met Felix ietsje bijzonderder was. Terwijl we zaten te schrokken vertelde ik ze alles, of bijna alles, of eigenlijk heel weinig, want zodra ik begon te praten besefte ik dat ik het allerbelangrijkste niet zou kunnen vertellen, omdat het allerbelangrijkste wat onduidelijk was, ongrijpbaar, onlogisch ook. Ik voelde me net als iemand die wakker wordt en enthousiast zijn droom vertelt, en al doende merkt dat de droom oplost en verdwijnt.

Maar één ding bleef tastbaar en werkelijk: het cadeau dat iemand me uit mijn droom gestuurd had en dat ik nu op schoot had en met mijn hand vasthield, en dat ik sindsdien altijd bij me heb gehouden. Jammer dat ik niet muzikaal ben en dat ik niet echt kan spelen op deze houten fluit, deze eenvoudige blokfluit die Zohara me gegeven heeft. Maar als ik me erg naar voel, en eenzaam, ga ik op mijn kamer in het raam zitten, bengelend met mijn benen, en steek het mondstuk in mijn mond en hoor onhoorbare klanken.

Daarna gingen we over op papa's toekomst bij de politie. En toen bleek dat die er niet meer was.

'Morgenochtend dien ik mijn ontslag in. Luister 's, eh... Gaby, ik wil een nieuw leven beginnen.'

Gaby werd rood. Ze verdiepte zich in het tafelkleed. En ik begreep ineens dat dat 'eh... Gaby' van hem niet bedoeld was om haar te jennen, helemaal niet, maar dat hij gewoon even stopte voordat hij haar naam zei, om te voorkomen dat hem, God beware, een andere naam zou ontvallen, die altijd in zijn mond lag.

'Het was een fout van mij om al die jaren bij de politie te blijven na dat geval met Zohara,' zei papa, en ik wist dat ik het goed geraden had, en vond het ook fijn om haar naam zo vrij en helder uit zijn mond te horen.

'Het echte leven lag de hele tijd vlak naast me, maar ik zag het niet. Ik heb mezelf in het werk begraven en kostbare jaren verloren.'

Ik was met stomheid geslagen. Ik had hem al jaren niet zo horen praten. Alsof Gaby de speech voor hem geschreven had. En trouwens, Gaby zweeg bijna de hele avond. Alsof ze op zijn beslissing wachtte.

'Maar de afgelopen dagen heb ik een paar dingen geleerd over wat echt belangrijk voor me is, en wie, en wat voor een leven ik echt wil, en wat het beste bij me past. En ik wou deze gelegenheid gebruiken om met het nieuwe leven alvast te beginnen,' zei hij.

Hij zocht iets in zijn colbertzak en haalde er uiteindelijk een klein doosje uit. Vierkant. Van die dozen die weduwnaars in films tevoorschijn halen als ze de oppas van hun kinderen iets bijzonders willen geven.

'Wacht even, papa!' riep ik. 'Je gaat het voor me verpesten!'

Gauw haalde ik de gekreukelde sjaal uit mijn zak, trok hem steeds verder uit, zoals een goochelaar een sjaal uit zijn mouw trekt, en ik was ook echt een goochelaar: ik spreidde hem uit over de tafel, paars en doorzichtig, en wachtte totdat hij uitgepuft was en legde er met geveinsde kalmte, precies in het midden, één gouden aar op.

'Voor jou,' zei ik tegen Gaby. 'Ik heb het allemaal voor jou gedaan.'

Ze bedekte haar rode gezicht met haar beide handen en de tranen begonnen te vloeien.

'Niet huilen!' smeekte ik in haar oor. 'Je verknalt alles!'

'Laat haar maar huilen,' mompelde papa, 'het zijn tranen van blijheid.'

Zo te zien was daar ook het een en ander veranderd in de tijd dat ik weg was geweest.

Gaby friemelde aan haar sjaal van paarse, doorzichtige zijde en hield de gouden aar in haar hand. 'Ik heb nu alles,' zei ze. 'Alles wat ik nodig heb om een wens te doen. Nu zullen we zien of de wonderen de wereld nog niet uit zijn.'

Ze beet op haar trillende onderlip en keek papa dapper aan. Ze kneep haar ogen goed dicht en deed haar wens zonder stem. Alleen haar lippen bewogen.

En terwijl ze daar met gesloten ogen zat, deed papa het doosje open en legde een ring op tafel: mooi, glimmend, een beetje fonkelend zelfs. De mensen naast ons hielden op met eten en keken toe.

'Wat denk je, eh... Gaby, als je volgende week tijd hebt, zou je misschien met me willen trouwen?' zei papa verlegen.

Hij kon inderdaad heel mooi om een hand vragen.

'Een ring,' mompelde Gaby zwakjes. 'Een diamant... Dat had je niet...'

Met trillende handen probeerde ze de ring om haar vinger te doen. Ze duwde en drukte en zuchtte en lachte papa schuldig toe, en probeerde toen een andere vinger, weer vergeefs, en toen weer een dunnere vinger, en papa kuchte en keek vanuit zijn ooghoek naar de andere tafels, totdat het haar eindelijk gelukt was: de ring zat, om haar pink, voorgoed. En mijn vader glimlachte gespannen en zei: 'Je hebt ons allemaal om je pink gewonden, vandaar...'

Ze keek vluchtig naar mij, toen naar hem, en begon te lachen. Een nieuwe, zachte lach was het. Een lange, mysterieuze lach, alsof ze in haar keel een geheime, persoonlijke grap proefde. Even ging er een vreemde, schokkende, totaal absurde gedachte door me heen: dat Gaby misschien een iets grotere rol gespeeld had in mijn ontvoering dan ik beseft had, en dat ze misschien ook niet in haar eentje had gehandeld, maar samen met een verborgen, sluwe, een beetje criminele, veranderlijke compagnon, iemand die tegelijk met haar, in een tangbeweging... Nee... Hoe kwam ik erbij? Dat kon niet!

Ik keek haar verwonderd, nieuwsgierig aan: wel of niet? Maar haar blik bleef ondoorgrondelijk. Ik heb nooit antwoord gekregen op die vraag die sindsdien zo'n vraag is geworden waar je je met plezier mee bezighoudt, zonder het antwoord te willen weten. Want ja, kennis is weliswaar macht, maar het geheimzinnige geeft een apart, heerlijk gevoel.

Daarna draaide Gaby zich om, wendde zich statig en gelukkig tot papa, je kon haar innerlijke schoonheid nu eindelijk zien opkomen en haar gezicht ook vanbuiten verlichten, en zei met luide, heldere stem: 'Ik wil wel, Jakov. Ik zal met je trouwen.'

En ze keek om zich heen met een geweldige trots, de trots van een klein meisje. Ze straalde, grijnsde van oor tot oor, lachte iedereen toe, ook mij, en mijn papa, en zei met een zachte, tedere stem: 'O, Jakov...'

En toen stond ze op en liep naar hem toe en viel hem om de hals. De obers en de klanten keken schaamteloos toe. Ik kon, zoals gebruikelijk, door de grond zakken. Eerst Felix en Lola, en nu papa en Gaby. Ik had kennelijk iets wat mannen en vrouwen ertoe dreef om elkaar om de hals te vliegen.

Ik keek omlaag, ik keek omhoog. Ik bedacht dat Jakov een heel geschikte naam was voor een rechercheur.

Omdat Jakov 'hij die zal volgen' betekent. Ik bedacht dat ik ze moest vragen om me voortaan Nonik te noemen. En toen kon ik niks meer bedenken. Gaby, die tranen met tuiten zat te huilen, zocht mijn hand achter papa's rug, drukte die dankbaar, pakte mijn vinger en schreef ermee in de lucht, als een geheime brief van haar aan mij:

EINDELIJK

Rainbow

556 *Bad Trips* **Bruce Chatwin e.a.**
547 *Echte vrouwen beminnen anders* **Marguerite Duras e.a.**
594 *Echte vrouwen koken anders* **Laura Esquivel e.a.**
494 *Echte vrouwen reizen anders* **Martha Gellhorn e.a.**
600 *Het Groot Hertenkamp Boek*
624 *Het Italië-gevoel* **Hella Haasse e.a.**
574 *Klassiek toerisme. Reizen met Odysseus, Aeneas en Hannibal* **Homerus, Ovidius e.a.**
582 *Mens in uitvoering* **Renate Dorrestein e.a.**
436 *De mooiste treinreizen* **Michael Palin e.a.**
493 *Naar Afrika* **Lieve Joris, Adriaan van Dis e.a.**
575 *Trouw Almanak 2002*
563 *Trouw Schrijfboek vernieuwde versie*
382 *Vrouwen op reis* **E. Annie Proulx e.a.**
622 *Walking* **Alexandra David-Neel e.a.**
623 *Was ik maar thuisgebleven* **Isabel Allende e.a.**
558 *Zin, niet-correcte erotische verhalen van vrouwen* **Désanne van Brederode e.a.**
539 **Clark Accord** *De koningin van Paramaribo*
606 **Yasmine Allas** *Idil, een meisje*
628 **Maya Angelou** *3x Maya Angelou*
545 **Melissa Bank** *Vrouw zoekt man*
157 **Elisabeth Barillé** *Anaïs Nin*
113 **Elisabeth Barillé** *Lijfelijkheid*
627 **Pat Barker** *Weg der geesten*
586 **Sabine van den Berg** *De naam van mijn vader*
629 **Leonard Blussé** *Anny Tan*
540 **Leonard Blussé** *Bitters bruid*
479 **Jean Shinoda Bolen** *Goden in elke man*
478 **Jean Shinoda Bolen** *Godinnen in elke vrouw*
513 **Ina Boudier-Bakker** *Armoede*
559 **Ina Boudier-Bakker** *Het spiegeltje*
612 **C.R. Boxer** *Zeevarend Nederland en zijn wereldrijk 1600-1800*
541 **Conny Braam** *Zwavel*
631 **Sarah Bradford** *Jacqueline Kennedy Onassis*
517 **H.M. van den Brink** *Over het water*
420 **John Brockman & Katinka Matson** *Simpele feiten*
610 **Carry van Bruggen** *De verlatene*
551 **A.S. Byatt** *Obsessie*
516 **Remco Campert** *Kus zoekt mond*
238 **Jane Campion** *De piano*

568 **Alexandra Cavelius** *Leila, een meisje uit Bosnië*
310 **Chungliang Al Huang** *De Tao van de wijsheid*
633 **Alfred van Cleef** *Het verdwaalde eiland*
181 **John Cleese en Robin Skynner** *Hoe overleef ik mijn familie*
605 **Jean-Marie Gustave Le Clézio** *Diego en Frida*
529 **Roald Dahl** *Gelijk oversteken*
363 **Roald Dahl** *Oom Oswald*
306 **Dalai Lama** *De kracht van het mededogen*
530 **Dalai Lama** *De kunst van het geluk*
403 **Dalai Lama** *Vriendelijkheid en helder inzicht*
458 **Dalai Lama** *Vrijheid in ballingschap*
630 **Alexandra David-Neel** *De lama der vijf wijsheden*
613 **Marlene Dietrich** *Marlene Dietrich*
399 **F.M. Dostojewski** *Boze geesten*
580 **F.M. Dostojewski** *De gebroeders Karamazow*
324 **F.M. Dostojewski** *Misdaad en straf*
564 **Maartje Duin** *Hier komen alleen slechte vrouwen*
617 **Helen Dunmore** *Terug naar de zee*
620 **Ed van Eeden** *Wisecracks, oneliners en wijsheden*
549 **Elle Eggels** *Het huis van de zeven zusters*
637 **Alan Epstein** *Verrukingen en drama's in Rome*
589 **Michael Faber** *Onderhuids*
581 **Viviane Forrester** *De terreur van de globalisering*
608 **Marianne Fredriksson** *Inge en Mira*
578 **Carl Friedman** *Tralievader*
459 **Gabriel García Márquez** *Honderd jaar eenzaamheid*
394 **Gabriel García Márquez** *Liefde in tijden van cholera*
611 **Leon Garfield** *De god die in zee werd gegooid*
357 **Ronald Giphart** *Het feest der liefde*
570 **Ronald Giphart** *Phileine zegt sorry*
526 **Ronald Giphart** *De voorzitter*
572 **François Giroud** *Alma Mahler*
246 **I.A. Gontsjarow** *Oblomow*
243 **Günter Grass** *De blikken trommel*
634 **David Grossman** *Het zigzagkind*
379 **Benoîte Groult** *Het leven zoals het is*
236 **Benoîte Groult** *Zout op mijn huid*
524 **Benoîte en Flora Groult** *Dagboek voor vier handen*
618 **Robert Haasnoot** *Waanzee*
598 **Thich Nhat Hanh** *Boeddha leeft, Christus leeft*
497 **Kristien Hemmerechts** *Margot en de engelen*
577 **Kristien Hemmerechts** *De tuin der onschuldigen*
172 **Judith Herzberg** *Doen en laten*

104 **Robert Hughes** *De fatale kust*
576 **Gerrit de Jager** *Zusje*
282 **Oek de Jong** *Cirkel in het gras*
470 **Lieve Joris** *Mali Blues*
393 **Michael Kahn** *De Tao van het gesprek*
602 **Helena Klitsie** *Liefde's logica*
410 **Dirk Ayelt Kooiman** *Montyn*
416 **Rutger Kopland** *Geluk is gevaarlijk*
475 **Krishnamurti** *Innerlijke eenvoud*
569 **Krishnamurti** *Het licht in jezelf*
565 **Jhumpa Lahiri** *Een tijdelijk ongemak*
635 **Camille Laurens** *In zijn armen*
515 **Th. M. van Leeuwen** *Van horen zeggen*
636 **Christine Leunens** *Vlees*
345 **Dr. Li Zhisui** *Het privé-leven van Mao*
597 **Nico ter Linden** *Verhalen*
583 **Alison Lurie** *Buitenlandse verhoudingen*
434 **Joris Luyendijk** *Een goede man slaat soms zijn vrouw*
108 **Amin Maalouf** *'Rovers, Christenhonden, Vrouwenschenners'*
584 **Axel Madsen** *Coco Chanel*
535 **Ian McEwan** *Amsterdam*
462 **Ian McEwan** *Ziek van liefde*
503 **Gita Mehta** *Raj*
79 **Eduardo Mendoza** *De stad der wonderen*
590 **Ronald Naar** *Geen berg te hoog*
385 **Ronald Naar** *Op zoek naar evenwicht*
573 **Top Naeff** *Voor de poort*
593 **Maria Orsini Natale** *De pastakoningin*
585 **Barbara Noske** *Mens en dier*
607 **Martha Nussbaum** *Wat liefde weet*
599 **Alicia Dujovne Ortiz** *Eva Perón*
308 **M. Scott Peck** *De andere weg*
592 **Emilio Platti** *Wat gelooft een goede moslim?*
441 **A.S. Poesjkin** *Jewgeni Onegin*
595 **E. Annie Proulx** *Klaaglied*
550 **Edward Radzinsky** *De laatste tsaar*
591 **Jean-François Revel en Matthieu Ricard** *De monnik en de filosoof*
615 **Heleen van Royen** *De gelukkige huisvrouw*
78 **Nawal El Saadawi** *De gesluierde Eva*
616 **Jaap Scholten** *Morgenster*
286 **Mirjam Schöttelndreier** *Monsters van kinderen*
512 **Vikram Seth** *Verwante stemmen*
548 **Meir Shalev** *De grote vrouw*

197 **Meir Shalev** *De kus van Esau*
405 **Meir Shalev** *Russische roman*
351 **Meir Shalev** *De vier maaltijden*
604 **Meir Shalev** *Vooral over de liefde*
579 **Zeruya Shalev** *Liefdesleven*
603 **Carol Shields** *De republiek der liefde*
609 **Sylvia Smith** *Het onopvallende leven van Sylvia Smith*
571 **James Spada** *Grace Kelly*
562 **Peter van Straaten** *3x Agnes*
625 **Peter van Straaten** *3x Agnes II*
587 **Peter van Straaten** *Agnes, Agnes*
632 **Peter van Straaten** *Ciao Agnes*
544 **Peter van Straaten** *Het kantoor*
601 **Peter van Straaten** *Pittige tantes*
491 **Peter van Straaten** *Vakantiekiekjes*
378 **Wislawa Szymborska** *Uitzicht met zandkorrel*
486 **Susanna Tamaro** *De stem van je hart*
566 **Susanna Tamaro** *Love*
356 **I.S.Toergenjew** *Eerste liefde*
205 **L.N.Tolstoj** *Anna Karenina*
355 **L.N.Tolstoj** *De Kreutzersonate*
619 **L.N.Tolstoj** *Na het bal*
456 **L.N.Tolstoj** *Oorlog en vrede 1*
457 **L.N.Tolstoj** *Oorlog en vrede 2*
626 **John Kennedy Toole** *Een samenzwering van idioten*
292 **A.P. Tsjechow** *Huwelijksverhalen*
621 **Marijke Vermond & Eric Schuijt** *De wind door je haar*
567 **Arjan Visser** *De tien geboden*
492 **Carolijn Visser** *Brandend zout*
249 **Carolijn Visser** *Ver van hier*
596 **Barbara Voors** *Vertrouwen in jou*
588 **Carol Wolper** *Cigarette Girl*
561 **J.J.Woltjer** *Recent verleden*
614 **Muhammad Yunus** *Bankier voor de armen*
543 **Joost Zwagerman** *Walhalla*